U0003657

LOCUS

LOCUS

LOCUS

LOCUS

RECREATION

R27

自由幻夢（飢餓遊戲3）

Mockingjay (the final book of The Hunger Games)

作者： 蘇珊・柯林斯（Suzanne Collins）

譯者：鄧嘉宛

責任編輯：廖立文 美術編輯：蔡怡欣

校對：呂佳眞

法律顧問：董安丹律師、顧慕堯律師

出版者：大塊文化出版股份有限公司

台北市105022南京東路四段25號11樓

www.locuspublishing.com

讀者服務專線：0800-006689

TEL：(02) 87123898 FAX：(02) 87123897

郵撥帳號：18955675 戶名：大塊文化出版股份有限公司

總經銷：大和書報圖書股份有限公司 地址：新北市新莊區五工五路2號

TEL：(02) 89902588 FAX：(02) 22901658

排版：辰皓國際出版製作有限公司 製版：瑞豐實業股份有限公司

初版一刷：2011年2月

初版二十九刷：2023年7月

定價：新台幣 320元

Printed in Taiwan

飢餓遊戲3

MOCKINGJAY

自由幻夢

SUZANNE COLLINS
蘇珊·柯林斯—著　鄧嘉宛—譯

獻給
我的先生和一雙兒女
Cap, Charlie, and Isabel

第一篇

灰燼

1

我低頭瞪著腳上的靴子，看著一層薄灰落在老舊磨損的皮革上。這會兒我站的地方，曾經擺著我跟我妹小櫻一起睡覺的床。廚房的餐桌應該在過去那頭。煙囪的磚塊燒得焦黑，坍塌成一堆，成了我辨認方位的依據。否則，在這片灰色海洋裡，我要如何知道自己的所在？

第十二區幾乎什麼都沒剩。一個月前，都城用燃燒彈摧毀了炭坑裡貧窮礦工的房子、鎮上的商店，乃至於司法大樓。唯一逃過一劫，沒被燒成灰的，是勝利者之村。我不確定爲什麼。可能爲了讓不得已來這裡出都城公差的人，有個像樣的地方待吧。偶爾會有個古怪的記者來訪。專家會來評估煤礦的狀況。維安部隊會來搜查，看有沒有逃亡者潛返。

只不過，除了我，沒有人回來。我也只能短暫逗留。第十三區當局反對我回來。他們認爲這是毫無意義，代價又大的冒險。這裡沒有情報值得探查，而此時我頭頂上起碼有一打看不見的氣墊船盤旋著，保護我。但是，我一定要來看看。這是我開的條件。非得如此不可，否則我不配合他們的任何計畫。

最後，那位在都城統籌叛變行動的首席遊戲設計師，普魯塔克．黑文斯比，舉手投降。「讓她去吧。與其再浪費一個月，不如浪費一天。也許就是得讓她到第十二區打個轉，她才會相信我們站在同一邊。」

同一邊？左邊太陽穴突然一陣劇痛，我伸手緊緊按住，就在喬安娜．梅森用金屬絲線圓軸擊中的地方。記憶飛旋，我試著分辨眞假。究竟是怎樣的一連串事件，導致我如今站在家鄉的廢墟中？思考好難。喬安娜這一擊所造成的腦震盪，尙未完全平復，我的思緒動不動仍會亂成一團。此外，他們用來幫我控制疼痛與情緒的藥物，我猜，有時候會令我產生幻覺。我到現在還沒能完全相信，有天晚上我病房的地板變成群蛇纏繞蠕動，只是幻覺。

我用了一位醫生教我的方法：從我確知爲眞的，最簡單的事實開始，然後逐漸回想比較複雜的事情。於是，記憶的清單在我腦中展開……

我名叫凱妮絲．艾佛丁。我十七歲。我家在第十二區。我參加了飢餓遊戲。我逃脫了。都城恨我。比德被囚。大家認為他死了。他很可能已經死了。說不定他死了最好……

「凱妮絲。要我下去嗎？」蓋爾的聲音從我頭上戴的耳機傳來。耳機是反抗軍堅持要我戴的。蓋爾是我最要好的朋友，在上方一艘氣墊船裡，密切守護著我，隨時準備一有狀況就俯衝下來。我這才發覺自己蹲在地上，手肘撐在腿上，兩手抱頭。我看起來一定像是瀕臨崩潰邊緣。這樣不行。他們好不容易才逐漸減少給我用藥，可不能再來一次。

我起立挺直身子，揮手拒絕。「不要，我很好。」爲了證明我眞的很好，我開始邁步離開舊家，朝鎭上走去。蓋爾原本要求跟我一起下來。不過，我拒絕他陪伴時，他就沒再勉強。他瞭解我今天不想要人陪。連他都不要。有些路，必須自己一個人走。

這個夏天熾熱宛若火炙，乾燥如同枯骨。幾乎沒下過雨，大轟炸後留下的一堆堆灰燼未曾受到驚擾。隨著我前進的腳步，灰燼輕輕翻滾挪移。沒有風吹散它們。我兩眼專注地盯著記憶中的道路，因爲，我剛降落在草場時，不小心一腳踢到一塊石頭。只是那不是石頭，是人的頭骨。它滾啊滾的，停下來時面朝上。有好半天，我怔怔地盯著那兩排牙齒，不知道那是誰，心想在同樣的情況下，我看起來可能也是這個樣子。

出於習慣，我堅持走在路上，但這是錯誤的決定。路上到處是屍骨，那些曾經掙扎逃命的人。有些人已完全燒成灰。但有些人，大概死於煙燻，逃過了烈焰焚身之苦，現在橫陳在路上腐爛，發出陣陣惡臭。食腐動物正在嚼食，密密麻麻布滿蒼蠅。**是我害死你**，我走過一堆屍骸，心裡說。**還有你，還有你**。

因爲眞的是我。是我的箭，射向覆蓋競技場的力場的那個破綻，結果帶來這場烈焰的懲罰。那一箭，把整個施惠國送入一場浩劫。

我腦中響起史諾總統在我展開勝利之旅那天早晨說的話。**「凱妮絲．艾佛丁，燃燒的女孩。妳擦出一點火花，不顧後果就走了，而它可能會燒起來，變成毀滅施惠國的燎原大火。」**結果證明，他沒有誇大其詞，也不單純是虛言恫嚇。說不定，他當時是眞心來找我幫忙。只是，我點燃的火，我無力控制。

燃燒。還在燃燒，我麻木地想著。遠處還在燃燒的煤礦坑吐出陣陣黑煙，但沒有人留下來滅火。第十二區超過百分之九十的人都死了，剩下的八百多人如今成爲難民，待在第十三區——對我而言，這等於是說，此後我們永遠無家可歸了。

我知道我不該那樣想。我知道我應該心存感恩。我們的人又傷又病，飢餓難當，兩手空空而來。他們卻這樣歡迎我們。但是，第十二區會毀滅，第十三區應該負一部分責任。這個事實，我無法視而不見。當然，這不能洗脫我的罪責。有太多罪責需要人承擔了。只是，若沒有他們，我不會在推翻都城的計畫中扮演任何角色，更不可能有本事扮演這個角色。

第十二區的居民，本身並沒有進行有組織的反抗行動。在這場天翻地覆的革命中，他們未曾有過發言權。他們有的只是不幸，不幸出了我這麼一個人。不過，有些倖存者覺得，終於能逃出第十二區，是一件幸運的事。因爲，從此我們就不用再忍受無止境的飢餓與壓迫、危險的礦坑，以及我們最後一位維安隊長羅姆拉斯．崔德的鞭子。居然能夠擁有一個新家，許多人覺得是奇蹟——畢竟，才不久前，我們根本不知道第十三區依然存在。

倖存者得以逃出生天，蓋爾的功勞無疑最大，儘管他不願意居功。大旬祭一結束，也就是我被帶離競技場的那一刻，第十二區的電力立時被切斷，電視螢幕一片漆黑，整個炭坑一片死寂，人們可以聽見彼此的心跳。沒有人抗議或慶祝競技場裡發生的事。不到十五分鐘，天空已經布滿盤旋機，炸彈如暴雨落下。

是蓋爾想到草場。炭坑少有像草場這樣的地方，沒有到處卡著煤灰的老木屋。他盡其所能地將人們帶往草場，包括我媽和小櫻。他招呼眾人，推倒鐵絲網。沒有通電的鐵絲網，只是不足爲害的障礙。然後，他帶領大家進入森林，前往他唯一能想到的地方，我爸在我小時候帶我去過的那個湖。從那裡，他們遙遙望著沖天烈焰吞噬了這世上他們熟悉的一切。

到了天亮，盤旋機早已撤走，火漸漸熄去，落後的最後一批倖存者也抵達了。我媽和小櫻爲傷患設置了一個醫療區，盡力使用在森林中能採集到的藥草治療他們。蓋爾有兩副弓箭、一把獵刀、一張漁網，以及八百多個驚魂未定的人要吃飯。靠著一些身體還算強健的人齊心協力，大夥兒捱過了三天。然後，一艘氣墊船出其不意地出現，把他們全撤到第十三區。在那裡，有許多雪白、乾淨的房間給他們住，充足的衣服給他們穿，並且，一天供應三餐。美中不足的是，房間在地底下，衣服是人人一樣的制服，食物淡而無味。但是對第十二區的難民來說，這些都是無關緊要的小事。他們安全了。他們得到照顧。他們還活著，並且受到熱烈的歡迎。

大家都認爲，第十三區的熱忱是仁慈、善意的表現。不過，有個數年前靠自己雙腳從第十區走到第十三區，名叫道同的難民，偷偷告訴了我這裡的人的眞正動機。「他們需要妳。需要我。他們需要我們所有的人。幾年前，第十三區爆發一場類似天花的疫病，死了很多人，活下來的人許多從此不能生育。在他們眼中，我們是一批新到的種畜。」他在第十區的肉牛牧場工作，專門移植長年冷凍的牛胚胎，維持牛隻的遺傳多樣性。他的猜測應該八九不離十，因爲這裡的孩童所佔的人口比例未免太低了。但是，那又如何？我們沒被關在畜欄裡，反而接受訓練，擔負各種工作，孩子也都繼續受教育。此外，第十三區當局馬上授予每位難民公民身份，而超過十四歲的人全部獲頒初級軍階，大家都殷勤地稱呼他們「軍士」。

但是，我仍舊痛恨他們。當然，現在我幾乎痛恨所有人。尤其我自己。

我腳下的地面變硬了。在厚厚的灰燼底下，我感覺到廣場的石板地。廣場周邊有一圈低矮的廢墟，那裡曾經是圍繞廣場的商店。司法大樓如今成了一個巨大的瓦礫堆。我走到大概是比德家麵包店的位置，那裡除了一團融化變形的烤爐，什麼也沒剩下。比德的父母和他兩個哥哥，都沒去到第十三區。第十二區裡那些日子過得算不錯的人家，只有十來人逃過這場大火。比德即便回來，也一無所有了。只除了我……

我倒退著離開麵包店，腳下絆到了什麼，失去平衡，一屁股坐在一大塊被太陽烤得發燙的金屬上。我苦苦思索，看不出它原來是什麼。然後，我想起崔德不久前替廣場增添了一些新設施。關人的柵籠、執行鞭刑的柱子，還有這個——這是絞刑架殘餘的部分。不好。這實在不好。這些日子裡，不論清醒或睡著，時刻折磨我的影像，一時間如潮水般湧來。水浸、火炙、刀剮、電擊、斧刖、毆打——我總不時想到，都城爲了逼比德供出他一無所知的反抗軍消息，不知會怎樣動刑折磨他。我緊緊閉上眼睛，試圖跨越幾百哩，在心裡尋找他，幻想他會感受到我的心思，知道自己並不孤單。然而，他是孤單的，我幫不了他。

我拔足飛奔，遠離廣場，奔向唯一沒有被大火摧毀的地方。我經過市長家的廢墟，我的朋友瑪姬住的地方。她和她家人音訊全無。他們一家是因爲她父親的職位而被送到了都城，還是被棄置在大火中？揚起的灰燼包圍我，我拉起衣襬遮住口鼻。令我感到窒息的，不是我想到我吸入什麼，而是我吸入誰。

草都烤焦了，煙塵餘燼也如灰雪落在這裡，但勝利者之村的十二棟房子毫髮無傷。我衝進過去一年我住的房子，用力關上門，背靠著門喘氣。屋裡似乎沒有人動過。乾淨。靜得詭異。我爲什麼要回第十二區來？這趟探訪怎能幫我解答我無法逃避的問題？

「我該怎麼辦？」我對著牆壁喃喃低語。因爲我眞的不知道。

人們總是一直跟我說話，一直說，一直說。普魯塔克·黑文斯比、他精明的助手芙薇雅·卡卓、行政區裡各色各樣的領導人、部隊的軍官。他們不停地說話。但第十三區的總統奧瑪·柯茵只是在一旁觀察，不曾對我說什麼。她大約五十歲上下，一頭齊肩的灰髮。我不知怎地被她的頭髮吸引住，因爲它是如此整齊均勻，猶如一整面灰布，毫無瑕疵，一絲不亂，甚至沒有任何分叉。她的眼睛也是灰色的，但跟炭坑居民的灰不同。那雙眼睛的灰非常淡，彷彿失去了所有的顏色。是那種你巴不得趕快融掉的殘雪的灰。

他們期望我做的，是眞正承擔起他們爲我設計的角色，成爲革命的標誌——學舌鳥。我過去所做的，只是在遊戲中違抗都城，感召人心，還不夠。我現在必須變成實際的領導者，反抗的具體化身，革命的面孔和喉舌。如今，大多數行政區已公然和都城作戰。我必須成爲各行政區可以仰賴的人，帶頭開路，邁向勝利。我無須獨力承擔。他們有一整組人會改造我，打扮我，幫我寫講稿，精心策劃我的每一次露面——**這一切**聽起來眞熟悉，熟悉得可怕。而我，只要扮演好我的角色就行。有時候，我聽他們說。但有時候，我只是看著柯茵完美的頭髮，試圖看清楚那是不是假髮。最後，我一定會離開房間，因爲我開始頭痛了，或吃飯時間到了，或我再不到地面上走走，恐怕要開始尖叫了。我總是一句話不說，直接站起來，走出去。

昨天下午，當門在我背後關上，我聽到柯茵說：「我早說了，我們應該先救那個男孩。」她是指比德。我再同意不過了。他會是絕佳的代言人。

相反地，他們從競技場救了誰出來？我，一個不肯合作的傢伙。比提，年紀較長，第三區的發明家。我幾乎見不到他，因爲他一能起身，就被送去研發武器的地方。確切地說，他們是直接把他的病床推到某個絕對機密的區域，如今只偶爾在吃飯時間出現。他非常聰明，也非常願意爲革命大業出力，但他實在不是煽風點火的料。還有芬尼克．歐戴爾，來自水產區的性感象徵。在競技場中，我辦不到時，是他護住比德的命。他們也想把芬尼克變成一位反抗軍領袖，但他們得先設法讓他保持清醒五分鐘以上才行。即便是在他意識清楚的時刻，一件事情你也至少得說上三遍，他的大腦才能接收。醫生說，那是因爲他在競技場遭受電擊。但我知道原因要複雜得多。我知道，第十三區的任何事，芬尼克都無心留意，因爲他一心只想知道安妮在都城會發生什麼事。那個發瘋的家鄉女孩，是他在這世上唯一愛的人。

我會落到這個地步，芬尼克也有份。但是，儘管心裡極爲不快，我還是得原諒他在這個陰謀當中扮演的角色。起碼，他多少瞭解我受的苦。還有，要一直對一個不時哭得一塌糊塗的人生氣，實在太費勁了。

我踩著獵人的輕悄步履走遍樓下，避免發出任何聲響。我拿了幾樣紀念品：我爸媽結婚當天拍的照片，一條小櫻綁頭髮的藍絲帶，那本登載藥草和可食用植物的家傳書冊。書不經意攤開，是繪有黃花的那一頁。我迅速把書闔上，因爲那是比德親手上的顏色。

我該怎麼辦？

眞有必要做任何事嗎？我母親、妹妹，還有蓋爾的家人，終於都安全了。第十二區的其他百姓，要不是已經死於非命，無可挽回，就是在第十三區的庇護之下。剩下需要顧慮的，是其他行政區的反叛者。當然，我痛恨都城，但我對化身爲學舌鳥到底能給他們帶來什麼助益，毫無信心。每次我採取任何行動，總是招致別人受苦與死亡，我還能怎麼幫助各行政區呢？第十一區那個老人因爲吹口哨被槍斃。在我阻撓蓋爾的鞭刑之後，第十二區受到嚴厲懲罰。我的造型設計師秦納，在遊戲開始前，被打得皮開肉綻昏死過去，拖出發射室。普魯塔克的情報來源認爲，秦納已經在審訊中喪命。聰穎萬分、神祕莫測萬分、迷人萬分的秦納，因我而死。我將這念頭推開，因爲這太痛苦，再想下去我將難以自持。

我該怎麼辦？

成爲學舌鳥……即便我做的事是對的，有可能彌補我帶來的傷害嗎？這個問題，我能仰賴誰幫我解答？肯定不是第十三區的那批人。說眞的，既然現在我和蓋爾的家人都遠離傷害了，我可以逃跑。現在只剩一件事還沒著落。比德。如果我確知他已經死了，我會遁入森林中消失，永不回頭。但是，在我確知之前，我動彈不得。

一聲嘶嘶叫的咆哮，讓我猛轉過身。在廚房門口，站著那隻全世界最醜的公貓。牠拱著背，耷拉著耳朵。我叫道：「金鳳花。」數千人死於非命，牠卻活下來了，甚至看起來像是吃得飽飽的。吃些什麼？牠可以從我們儲藏室始終敞開的一扇窗戶自由出入這棟房子。牠吃的一定是田野間的老鼠。我拒絕去想另一種可能。

我蹲下，伸出一隻手。「小子，過來。」牠不肯。牠對自己遭到拋棄還在火大。此外，我這次也沒提供食物。牠之所以還把我放在眼裡，是因爲我能給牠一些零碎吃食。有一段時間，我們習慣在舊家那邊碰頭，因爲我們都不喜歡這個新家，於是我們有了點交情。那點兒交情看來已成爲過去。牠眨了眨那雙不友善的黃眼睛。

「想見小櫻嗎？」我問。她的名字引起牠的注意。除了牠自己的名字，那是唯一一個對牠具有意義的詞兒。牠沙啞地喵了一聲，朝我走過來。我把牠抱起來，撫摸牠的皮毛，然後去櫥櫃翻出我的獵物袋，毫不客氣地把牠塞了進去。要把牠帶上氣墊船，除此別無他法，而牠對我妹來說，太重要了。我妹那頭有實際價值的動物，名叫「貴婦」的山羊，很不幸始終沒出現。

我戴的耳機傳來蓋爾的聲音，告訴我該回去了。不過這個獵物袋提醒了我，還有一樣要帶的東西。我把袋子的背帶掛在椅背上，衝上樓，走進我的臥室。衣櫥裡掛著我爸的打獵外套。在大旬祭之前，我把這外套從舊家拿過來，心想如果我死了，這衣服或許能給我媽和我妹帶來一些安慰。感謝老天，否則這會兒它也化成灰了。

撫摸著它柔軟的皮革，覺得好溫暖。我想起那些穿著這件外套的日子，有那麼片刻心頭平靜了許多。接著，沒來由地，我的手心開始出汗。一種怪異的感覺爬上我的頸背。我猛地轉身，面對整個房間。沒有人，乾淨整齊，每樣東西都放在原位。也沒有任何異樣的聲音引起我恐慌。那麼，是怎麼回事？

我嗅了嗅，是那味道。甜得發膩的人工香味。我的衣櫃上，有支花瓶裝了一把乾燥花，當中露出一點白。我小心翼翼地靠近。就在那兒，一朵新鮮的白玫瑰，差一點隱匿在群花之中。每根刺和每片絲滑的花瓣，都無比完美。

我立刻知道這是誰送我的。

史諾總統。

當濃烈的氣味開始令我噁心作嘔，我後退，迅速離開。那朵花在這裡擺多久了？一天？一小時？在我獲准來這裡之前，反抗軍已派人在勝利者之村做過全面性的安全檢查，確保沒有炸彈、竊聽器，以及任何不尋常的東西。或許，一朵玫瑰對他們而言沒什麼值得注意的。只有我才會注意。

到了樓下，我抓起掛在椅子上的獵物袋，拖在地板上走了一會兒，才想起袋子裡有東西。出到外頭草地上，我著急地給氣墊船打信號，金鳳花則在袋子裡掙扎翻騰。我用手肘撞了牠一下，只把牠惹得更火大。一艘氣墊船出現，垂下梯子。我站上梯子，電流把我凍住，直到我被拉進船艙。

蓋爾幫我下了梯子。「妳還好吧？」

「還好。」我說，用袖子擦掉臉上的汗。

他留了一朵玫瑰給我！我想尖叫。但我很確定，在普魯塔克這種人的注視下，這件事不該拿出來講。首先，這會讓我聽起來像個神經病。人們會認爲，那是我的想像。我承認，這很有可能眞是我的想像。要不，就是我反應過度，而這會促使醫生再度對我用藥，引發我拼了命要逃脫的噩夢。在勝利之旅展開前，他在書房裡威脅我的時候，沒有第三者在場。不會有人明白，它不單是一朵花，甚至不單是史諾總統的花。它是復仇的誓言。

放在我的衣櫃上，那朵雪白的玫瑰，是給我個人的訊息。它代表尚未了結的恩怨，悄聲說著：**我會找到妳**。**我會逮到妳**。**說不定我現在正看著妳呢**。

2

都城的盤旋機會突然出現，把我們從天上打下去嗎？我們飛越第十二區時，我焦躁地留心可能的徵兆。沒有任何東西追來。幾分鐘後，我聽見普魯塔克和飛行員交談，確定空域暢通無阻，我開始放鬆下來。

蓋爾對著獵物袋裡的嗥叫聲點點頭，說：「現在我知道妳爲什麼一定要回去一趟了。」

「只要有一絲機會找到牠。」我把袋子扔到一張座椅上，那討厭的小傢伙開始發出低而深沉的咆哮。「喔，閉嘴。」我對著袋子喊，一屁股坐在對面窗邊有軟墊的座位。

蓋爾在我旁邊坐下，說：「底下很糟，是吧？」

「不能再糟了。」我回答。我望著他，看見他眼中映出我的悲痛。我們尋著彼此的手，牢牢握住第十二區倖存的生命，史諾尚未摧毀的那一部分。接下來的航程，我們只是靜靜坐著，沒再說話。這趟路只要大約四十五分鐘，步行的話約一個禮拜。去年冬天我在森林中遇見的第八區難民，邦妮和織文，離她們的目的地已經不遠。然而她們顯然沒有抵達。當我在第十三區打聽她們的下落，沒有人知道我說的是誰。我猜，她們死在森林裡了。

從空中鳥瞰，第十三區看起來並沒有比第十二區好多少。只差這裡的瓦礫堆早已不再冒煙，不像都城在電視上播給我們看的那樣，但地面上同樣杳無人跡。自從都城與各行政區交戰的「黑暗時期」結束，第十三區據稱已經毀滅，七十五年來，幾乎所有新的建設都構築在地底下。當年，經過幾個世紀的發展，這裡原本已有規模可觀的地下設施，充作戰爭時期政府領導人的祕密藏身之處；萬一地面環境惡劣到不適合人居住，這裡也可以成爲人類的最後避難所。對第十三區的人而言，最重要的是，這裡曾是都城核武發展計畫的中心。在黑暗時期，第十三區的反抗軍從政府軍手中奪下控制權，將他們的核子飛彈瞄準都城，然後展開談判，達成協議：都城放手，任由第十三區脫離控制，而第十三區則假裝已全數被消滅。都城在西部另有一處基地儲備了大批核武，可以用來攻擊第十三區。但這樣做，必會招致一定程度的報復。都城被迫接受第十三區的條件。於是，都城將第十三區地面尙存的一切建築和設備摧毀淨盡，切斷它所有的對外聯繫。或許都城的領導人認爲，在缺乏外援的情況下，第十三區終必自行滅亡。有好幾次，它確曾瀕臨毀滅邊緣。但是，藉由資源的縝密分配運用、紀律的嚴格實施，並對可能來自都城的攻擊長期保持高度警戒，第十三區存活了下來。

如今所有的居民幾乎都生活在地底下。你可以到地面上運動和曬太陽，但只能在你的作息時間表所排定的特定時段去。你不可能錯失你的作息表。每天早晨，你得把右手臂伸進牆壁上的一個裝置，它會用一種難看的紫色墨水，把你這一天的作息表打印在你前臂內側。**七點：早餐。七點半：廚房勞務。八點半：教育中心，第十七教室**。諸如此類。那種墨水是擦不掉的，要到晚間**二十二點：洗澡**時，墨水中的不知什麼防水成分自行裂解，整個作息表才會沖洗掉。夜裡十點半熄燈，除了輪値夜班的人，其餘所有的人都應該上床睡覺。

起先，我傷重，還待在醫院時，手臂上可以不用打印。一旦我出院搬進三〇七室，與我媽、我妹同住，人們就期望我遵守作息表的安排。但是，除了吃飯時間我會出現，我可以說從不理會手臂上排定的事。我要不就返回我們的居室，要不就在第十三區到處遊蕩，或找個地方躲起來睡覺。某一條廢棄的空氣輸送管、洗衣房的水管後面，我都待過。最棒的地方是教育中心裡的一個小儲藏間，因爲似乎從來沒有人有需要到那裡找文具或教學用品。這裡的人非常節儉，浪費簡直是一種罪行。幸好，第十二區的人從來沒有浪費的習慣。有一次，我看見芙薇雅．卡卓揉掉一張上面只寫了幾個字的紙，然後所有人瞪著她看的眼神，會讓你以爲她謀殺了什麼人。她一張臉脹得通紅，鑲在圓鼓鼓的臉頰上的那朵銀花變得更加醒目。一朵銀花，都城誇張生活的絕佳表徵。待在第十三區，我少數的樂趣之一，便是觀察那幾位養尊處優慣的都城「叛徒」，彆扭萬分地嘗試融入此地的生活。

我不知道我這種完全不甩此地主人要求，不遵守作息表的行徑，能維持多久。目前，他們不干涉我，是因爲我被歸類爲精神錯亂的人。起碼我戴在手腕的病歷塑膠手環上頭是這麼寫的。因此，大家只好忍受我四處晃蕩。但這種情況不可能一直持續下去。他們也不可能容忍學舌鳥這件事情一直懸而未決。

跨出氣墊船起降台，蓋爾和我通過一連串樓梯往下走，前往三〇七室。我們可以搭電梯，但它總讓我想起把我送入競技場的升降梯。我一直很難適應待在地底下那麼長的時間，但猶如在夢境中看見那朵玫瑰後，這樣一步步深入地底，我頭一次有一絲的安全感。

在標上**307**號碼的門口，我遲疑了一下，揣想著我媽和我妹會問的問題。我問蓋爾：「第十二區的情況，我該怎麼跟她們說？」

「我想她們不會問細節。她們都看見它被大火吞噬。我想，她們最擔心的，是妳目睹那情景以後會怎麼樣。」蓋爾伸手輕輕觸摸我的臉頰。「我也擔心。」

我將臉貼在他手掌上好一會兒。「我會撐過去的。」

然後我深吸一口氣，打開門。這是**十八點：反省**的時段，晚餐前的半小時休息時間，我媽和我妹都在家。她們在揣測我的心情，我看見她們臉上的擔憂。在她們提出任何問題之前，我把獵物袋裡的東西倒出來。於是，這個時段立刻變成**十八點：寵貓時間**。小櫻坐在地板上，抱著醜斃了的金鳳花，又哭又搖。那貓不停打呼嚕，只偶爾停下來對我咆哮兩聲。當小櫻把那條藍絲帶繫在牠脖子上，牠得意地看了我一眼。

我媽將結婚照緊緊抱在胸前，然後將照片及那本植物書冊，一起放在政府配發的五斗櫃上。我將我爸的打獵外套掛在椅背上。有那麼片刻，我恍惚覺得這裡有家的味道。看來，走這麼一趟第十二區，不完全是白費。

十八點半：晚餐。我們在前往餐廳的途中，蓋爾的通訊鐲開始嗶嗶響。這種通訊器看起來像個超大型手錶，但可以接收文字訊息。配戴通訊鐲是一種特權，只保留給那些在反抗運動中擔負重任的人。蓋爾因為拯救了第十二區的百姓，而享有這樣的地位。「他們要我們兩個去指揮中心。」他說。

想來這又是一場沒完沒了的學舌鳥遊說會議。我走在蓋爾後面幾步，努力收拾心情，做好心理準備。我在指揮中心門口遲疑著，沒有馬上走進去。這間高科技會議室兼作戰議事廳，牆壁上裝設了電腦化的通訊傳聲器材、顯示各行政區部隊動態的電子地圖。中間那張巨大的長方桌，上面有許多我不該碰的控制儀表板。沒人注意我，因為大家全聚在房間另一頭，那台全天候播放都城廣播節目的電視螢幕前。我心想，說不定我能夠開溜。龐大身軀一直擋住螢幕的普魯塔克，偏偏這時瞥見了我，立刻急急招手要我過去加入他們。我不情願地走過去，想像不出有什麼節目可能讓我感興趣。永遠千篇一律。戰爭的片段、宣傳、轟炸第十二區的實況重播，或史諾總統預告壞事的談話。因此，我看到始終擔任飢餓遊戲訪談主持人的凱薩·富萊克曼那張濃妝重彩的臉，以及他一身閃閃發亮的西裝，準備要做訪問時，不禁覺得有趣——直到攝影機的鏡頭往後拉，我看到他訪問的對象是比德。

我驚愕地發出聲音。像是溺水缺氧，痛苦不堪的呻吟，又像是倒抽一口氣的喘息。我推開旁人，往前擠，直到站在他面前，手落在螢幕上。我在他眼中搜尋痛苦的痕跡，任何足以反映遭受刑求的痛苦的跡象。什麼都沒有。比德看起來是健康的，甚至是強壯的。他肌膚紅潤，毫無瑕疵，是那種接受過全身美容的狀態。他神態沉著、嚴肅。我無法把他跟夢中那個渾身是傷、血流不止的男孩連在一起。

凱薩坐在比德對面的椅子。他調整姿勢，讓自己坐得更舒服些，然後盯著比德看了好一會兒。「所以……比德……歡迎歸來。」

比德淡淡笑了一下。「我敢打賭，凱薩，你一定以為你上回已經是最後一次訪問我了。」

「坦白說，沒錯。」凱薩說：「大旬祭的前一天晚上，我是這麼以為……嗯，誰想得到我們會再度見到你呢？」

「我保證，這可不是我的計畫。」比德皺著眉頭說。

凱薩的身體稍微往前傾。「我想，我們都很清楚你的計畫是什麼。你打算在競技場中犧牲自己，保住凱妮絲．艾佛丁和你們孩子的命。」

「一點也沒錯。簡單明瞭。」比德的手指摩挲著椅子扶手上的椅套花紋。「但其他人也有他們的計畫。」

對，其他人也有他們的計畫。我在心裡說。那麼，比德已經猜到，反抗軍把我們當棋子利用？已經猜到，打從一開始他們就計畫營救我？還有，已經猜到，我們的導師黑密契．阿勃納西為了一個他假裝沒興趣的目標，而出賣了我們倆？

在接下來的沉默中，我注意到比德雙眉間皺起深深的紋路。是的，他已經猜到了。要不，就是已經有人告訴他了。但是都城沒殺害他，甚至沒懲罰他。此刻，這遠遠超過了我最離譜的期盼。我全神貫注地看著他毫髮無傷的樣貌，領略他身體和心智都健康無恙的事實。那種感覺就像他們在醫院裡給我的麻精，流竄全身，淹沒了我過去幾週來的痛苦。

「你何不跟我們說說在競技場最後一晚的情形？」凱薩提示他。「好幫我們釐清幾件事。」

比德點頭，但停了好一會兒才緩緩說道：「最後一晚……跟你們說說最後一晚的情形……嗯，首先，你必須想像一下置身在競技場中的感覺。那就像有一個碗覆蓋著，裡頭熱氣蒸騰，一隻小蟲被困在底下。環繞著你的是熱帶叢林……濃密、翠綠、充滿活物。那個巨鐘滴答作響，一分一秒地減損你的性命。每個鐘頭都會帶來新的恐怖。你必須想像，前兩天已經死了十六個人，當中有些人是爲了保護你而死。以這種速率持續下去，最後八個人到了早晨也都會死。只剩一個人，那個勝利者。而在你的計畫中，那人不是你。」

想起那段經歷，我全身冒汗。我的手從螢幕上滑下，無力地垂在身側。比德無需畫筆來描繪遊戲中的景象，他的話語同樣動人。

「一旦你進入競技場，外面的世界就離你很遙遠了。」他繼續說：「所有你喜愛與關心的人、事、物，都不存在了。那個粉紅色天空、叢林裡的怪物，以及隨時想取你性命的貢品，成爲你最終的現實，唯一必須在意的東西。你必須殺人，縱使那感覺壞透了。必須殺人，因爲在競技場中你只有一個願望，而它的代價極其高昂。」

「那代價是你的命。」凱薩說。

「噢，不。那代價遠超過你的命。我們說的可是殺害無辜的人。」比德說：「那代價是你所有的人性。」

「**你所有的人性**。」凱薩低聲重複。

議事廳籠罩在寂靜裡。我可以感覺到，寂靜擴散到了整個施惠國。整個國家都傾身靠近電視螢幕。因爲過去從來沒有人說過，置身在競技場裡是什麼感覺。

比德繼續說：「因此你抓緊你的願望。最後那天晚上，沒錯，我的願望是保住凱妮絲。我儘管不知道叛軍的存在，仍感覺到情況不對勁。每樣事情都太複雜了。我很後悔，沒有接受她的提議，在那天稍早跟她一起逃跑。但那時，你根本不可能逃跑。」

「你們太專注在比提那個將鹹水湖通電的計畫了。」凱薩說。

「太忙於扮演其他人的盟友了。我絕不該讓他們分開我們的！」比德衝口而出。「我就是在那時候失去了她。」

「你是指你留在閃電樹旁，她和喬安娜．梅森拿著金屬線軸下到水邊的時候。」凱薩替他把當時的情況說得更清楚些。

「我一點也不想這樣！」比德激動得滿臉通紅。「可是，我沒辦法跟比提爭論，因爲那樣會洩漏我們打算脫離結盟關係的意圖。當那條金屬絲線被剪斷，所有的事情立時大亂。我只記得一些片段。我急著找她。看著布魯塔斯殺了麥糠。我殺了布魯塔斯。我知道她在喊我的名字。然後閃電擊中大樹，接著，覆蓋競技場的力場……爆炸了。」

「比德，是凱妮絲把它擊爆的。」凱薩說：「你看過那段影片。」

「她不知道自己在做什麼。我們沒有人完全瞭解比提的計畫。你可以看到她拼命想搞清楚那條金屬絲線是要幹嘛用的。」比德厲聲反駁。

「好吧。只不過看起來是很可疑。」凱薩說：「好像她自始就參與了叛軍的計畫。」

比德站起來，傾身面對凱薩的臉，兩手緊緊抓著主持人座椅的扶手。「是嗎？讓喬安娜差點把她打死也在她的計畫之中？讓閃電擊中，全身癱瘓呢？引發轟炸呢？都是在她的計畫之中嗎？」現在，他是用吼的。「凱薩，她不知道！除了一心想保住對方的命，我們兩個什麼都不知道！」

凱薩伸出一隻手平貼在比德胸前，一方面為了自衛，再方面為了安撫比德的情緒。「好，好，比德，我相信你。」

「好。」比德身體往後退，收回雙手，抬手撫過頭髮，弄亂了他精心打理過的金色鬈髮。他重重地癱坐回自己的椅子，整個人失魂落魄。

凱薩等了一會兒，端詳著比德。「那你們的導師黑密契．阿勃納西知道嗎？」

比德面露惱色。「我不知道黑密契知道什麼。」

「他會不會也參與了這項陰謀？」凱薩問。

「他從來沒提過。」比德說。

凱薩追問：「你心裡的感覺呢？」

「我從頭到尾都不該相信他。」比德說：「就這樣。」

打從我在氣墊船上攻擊黑密契，在他臉上留下長長的抓傷之後，我就沒再看過他。我知道他待在這裡會很慘。第十三區嚴禁任何含酒精的飲料，連醫院裡消毒用的酒精都受到嚴密控管。黑密契終於被迫保持清醒，沒有私藏或私釀的酒來幫他緩解過渡時期的痛苦。他們把他隔離，直到他戒除酒癮爲止。彷彿他們認爲他不適於公開露面。那一定非常難熬，但是，當我明白他一直都在欺騙我們，我已經絲毫不同情他了。我希望他這會兒也在看都城這段廣播，知道比德也不再理會他了。

凱薩拍拍比德的肩膀，說：「如果你不想說了，我們現在就可以停止訪談。」

「還有什麼需要討論的嗎？」比德苦笑著說。

凱薩說：「我本來打算問你對戰爭的看法，但是如果你太難過……」

「噢，我還沒難過到不能回答這個問題。」比德深吸一口氣，然後直視著攝影機的鏡頭。「無論你是都城的人，還是站在叛軍那一邊，我希望電視機前的各位能停止片刻，好好想想這場戰爭意味著什麼，對人類有什麼意義。過去人類在戰爭中幾乎滅絕。如今，我們的人口比當時還少，環境資源也更貧乏了。這眞的是我們想要的嗎？把我們自己消滅殆盡？然後希望——希望什麼呢？希望有某種更高尚的物種來繼承硝煙滾滾的殘存大地嗎？」

「我不懂……我不確定我懂你的意思……」凱薩說。

「我們不能再這樣互相打下去了，凱薩。」比德解釋：「到時候我們當中存活下來的人口，將不足以繼續繁衍下去。如果大家不放下武器，我是說，不在**最短的時間內**停戰，大家就玩完了。」

「所以……你這是在呼籲停火？」凱薩問。

「對，我是在呼籲停火。」比德不耐地說：「現在我們可以叫警衛過來，帶我回房間去了吧？我好繼續用撲克牌再搭他一百棟紙房子。」

凱薩轉頭面對鏡頭。「好。我想，訪問就到此結束。接下來請繼續收看原先排定的節目。」

音樂響起，伴隨著他們退場。然後，一個女人開始念都城預期短缺的物資清單：新鮮水果、太陽能電池、肥皂。我一反常態地注視著她，因爲我知道大家都在等我對這場訪談的反應。但是我不可能這麼快就消化這一切——看見比德仍好好活著，毫髮無傷，我滿心喜悅；他爲我的無辜辯護，說我沒有跟反抗軍勾結；還有，他呼籲停火，證明他毫無疑問已經跟都城同謀。沒錯，他的話聽起來好像在譴責開戰的雙方。但在這個節骨眼，反抗軍這邊只打了幾場微不足道的勝仗，停火只會讓我們回到之前的狀況，甚至更糟。

在我背後，譴責比德的聲音越來越大。**叛徒**、**騙子**和**敵人**等字眼此起彼落，在房間裡迴盪。我既無法和反抗軍同仇敵愾，也無法反駁他們，我想，我最好的辦法是立刻走人。當我走到門口，柯茵的聲音壓過所有的人。「艾佛丁軍士，還沒請妳離席。」

柯茵的一名屬下伸手輕輕搭在我的手臂上。說眞的，他的舉動不帶攻擊性。但從競技場脫身之後，我對任何陌生的觸碰都會產生防衛性反應。我甩開他，奪門而出，一路衝過好幾條長廊。我背後傳來扭打的聲音，但我沒停下來。我腦子裡飛快地挑選平日躲藏的一些奇怪的地方。最後，我躲進那個小儲藏間，蜷縮身子，背靠著一箱粉筆。

「你還活著。」我低聲說，兩手緊緊捧著自己的臉，感覺臉上的笑容誇張到像是在扮鬼臉。比德還活著。而且是個叛徒。然而，此刻，我不在乎。他在說什麼，他這些話是說給誰聽的，都不重要。重要的是他還能夠說話。

過了一會兒，小房間的門打開，有人閃了進來。蓋爾一屁股滑坐在我旁邊，鼻子滴著血。

「發生什麼事了？」我問。

「我擋住博格斯的路。」他聳了聳肩膀回答。我用袖子擦他的鼻子。「小心點！」

我的動作盡量放輕柔，輕輕摁壓，而不是用擦的。「哪個是博格斯？」

「喔，妳知道的，柯茵那個得力的奴才，試圖攔住妳的那個。」他把我的手推開。「別碰了！妳會害我流血而死的。」

鼻血本來是一滴一滴地淌下，現在是用流的。我放棄做急救的打算。「你跟博格斯打了起來？」

「沒有，只是在他要追妳的時候擋住門口。他的手肘撞到了我的鼻子。」蓋爾說。

「他們說不定會懲罰你。」我說。

「已經懲罰了。」他舉起手腕。我瞪著他的手腕，不明白。「柯茵把我的通訊鐲收回去了。」

我咬住下唇，努力保持嚴肅。但這實在太可笑了。「對不起，蓋爾．霍桑軍士。」

「沒關係，凱妮絲．艾佛丁軍士。」他笑著說：「反正，戴著那東西到處走，讓我覺得像個蠢蛋。」我們兩個開始大笑。「我想，這次降級可降得厲害了。」

這是來到第十三區以後的少數幾件好事之一：蓋爾回到我身邊了。都城為比德和我安排婚禮的壓力已經成為過去，我們總算恢復了友誼。他沒進一步勉強我，沒有企圖吻我或要談情說愛什麼的。不知道是因為我傷太重，或他願意給我空間，或他認為比德還在都城手裡，提這件事太殘酷了。無論是哪個原因，總之我又有人可以傾吐我的祕密了。

「他們究竟以爲自己是什麼人？」我說。

「他們就是我們。如果我們手裡也有核武，而不是煤炭的話。」他回答。

「我寧可相信，在黑暗時期，第十二區不會拋下反抗軍戰友。」我說。

「如果只能在投降和發動核子大戰之間做選擇，也許我們會。」蓋爾說：「說眞的，他們竟能存活到現在，實在了不起。」

也許因爲我的靴子上還殘留著家鄉的灰燼，我頭一次對第十三區的人民起了佩服的心。他們畢竟克服了一切不利因素，活了下來。他們的城市整個被炸毀之後的起初那幾年，只能躲在地底下相互依偎取暖，那情況一定很可怕。人口銳減，沒有盟友可以求助。過去七十五年來，他們學會自給自足，把全民變成一支軍隊，在孤立無援的情況下建立起一個新社會。如果不是那場疫病大幅降低他們的生育率，他們甚至會比現在還強大，也不至於像今天這樣迫切需要新的基因庫和能夠生育的人口。或許他們是太軍事化，太規律、僵硬，缺乏幽默感了。但是他們存在，就在這兒，而且願意對抗都城。

「可是，他們還是花了太久的時間才露臉。」我說。

「事情沒那麼簡單。他們必須在都城內部建立一個反抗軍基地，在各行政區建立起祕密組織。」他說：「然後，他們需要有某個人來發動這整件事。他們需要妳。」

「他們也需要比德，卻似乎忘了這一點。」我說。

蓋爾的臉色沉了下來。「比德今晚恐怕造成了極大的傷害。當然，絕大部分的反抗軍會立刻駁斥他的倡議。但有些區的反抗力量比較脆弱，有可能動搖。停火的呼籲顯然是史諾總統的主意，但是從比德的嘴裡說出來，卻顯得十分有理。」

我雖然害怕聽到蓋爾的答案，還是問了：「你想他爲什麼這麼說？」

「他可能受了刑訊折磨，或被說服了。我的猜測是，他爲了保護妳，和都城達成了某種協議。只要史諾總統容許他把妳說得像個搞不清楚狀況的孕婦，在被反抗軍抓走時根本不明白究竟怎麼回事，他就提出停火的呼籲。如此一來，如果行政區的反抗失敗了，妳還有機會獲得寬恕。如果妳配合他的策略，表現得宜的話。」我看起來一定還是一臉困惑，因爲，蓋爾的下一句話說得很慢：「凱妮絲……他還在竭力保住妳的命。」

保住我的命？我明白了。遊戲仍在進行。我們已經離開了競技場，但由於我和比德都還沒死，他保住我性命的最後願望依然存在。他是希望我保持低姿態，做個安全的階下囚。如此一來，交戰雙方都不至於有理由殺掉我。而比德呢？如果反抗軍贏了，他就大禍臨頭。如果都城贏了，誰知道結果會如何？只要我表現得宜，也許都城會容許我們兩個都活下去，然後眼睜睜看著飢餓遊戲繼續上演……

我腦中飛快掠過各種影像：在競技場中，標槍刺穿了小芸的身體。蓋爾被綁在鞭刑柱上，昏死過去。我的家鄉變成廢墟，屍橫遍野。這究竟是爲了什麼？爲了什麼？我的血液開始沸騰，想起了其他事情。在市長家的電視螢幕上，我第一次瞥見暴動的景象。在大旬祭開始的前一天晚上，各屆的勝利者手牽手連成一線。我當然記得，我一箭射向競技場的力場，根本不是意外。我記得，我是多麼希望那一箭能深深射進敵人的心臟。

我跳起來，撞翻一盒鉛筆，上百枝筆散落在地板上。

「怎麼啦？」蓋爾問。

「絕對不能停火。」我彎下腰，拾起一把鉛筆，笨拙地想將它們塞回盒子裡。「我們不能走回頭路。」

「我知道。」蓋爾抓起一把鉛筆，抵著地板輕敲，把筆弄整齊。

「無論比德爲了什麼理由說那些話，他錯了。」那些混帳鉛筆不肯好好滑進盒子裡，我著急地折斷了好幾根。

「我知道。來，給我。妳會害它們斷成一小截一小截。」他把盒子從我手中拿走，動作乾淨俐落地把鉛筆重新裝進盒子。

「他不知道他們對第十二區幹了什麼事。如果他能夠看到地面的情形——」我話還沒說完。

「凱妮絲，我不是要跟妳爭辯。如果我能按個鈕就宰了所有爲都城工作的人，我會毫不遲疑地按下去。」他讓最後一根鉛筆滑進盒子裡，把蓋子蓋上。「問題是，妳打算怎麼辦？」

又回到這個一直啃噬著我的問題。現在，事情已很清楚，它只可能有一個答案。卻要靠比德企圖玩這個策略，我才終於明白。

我該怎麼辦？

我深吸一口氣，兩臂微微抬起，彷彿它們仍是秦納給我的黑白色翅膀，然後停住，平伸在身體兩側。

「我要成爲學舌鳥。」

3

金鳳花躺在小櫻的臂彎裡，雙眼反射出門上安全燈幽微的光。牠已經回到工作崗位，在夜裡守護她。小櫻緊挨著我媽。在沉睡中，她們的模樣就像我第一次投入飢餓遊戲的那個抽籤日早晨。我有自己的床，因爲我還在復原當中，也因爲我常做噩夢，會在夢中拳打腳踢，沒人能跟我睡。

在輾轉反側幾個鐘頭之後，我終於認了，這將是一個不眠的夜晚。在金鳳花的眈眈注視下，我踮著腳走過冰涼的瓷磚地板，來到衣櫃前。

中間的抽屜擺著政府發放的衣服。在這裡，每個人都穿同樣的灰色長褲和襯衫，襯衫下襬得塞進褲腰。衣服底下，有幾樣我被救出競技場時身上的小東西：我的學舌鳥胸針。比德的信物，那個項鍊墜子，裡面放著我媽、小櫻、蓋爾的相片。一朵銀色降落傘，裏著可以從樹幹取水的插管，以及我擊爆力場的幾個鐘頭前，比德送我的珍珠。第十三區沒收了那管外用藥膏，拿去醫院，還沒收了我的弓箭，保管在武器室裡，因爲只有警衛可以攜帶武器。

我摸索著找到了降落傘，伸進手指，直到握住那粒珍珠。我回到床上盤腿坐下。不久，我發覺自己拿著表面滑潤、光澤幻化的珠子，來回不停地摩擦自己的嘴唇。不知何故，這樣做帶給我一種安慰的感覺。一個來自贈與者本人的清涼的吻。

「凱妮絲？」小櫻低聲喚我。她醒了，在黑暗中凝視著我。「怎麼了？」

「沒事。只是個噩夢。妳睡吧。」我立時本能地回答。我早已習慣將小櫻和我媽擋在某些事情之外，保護她們。

小櫻小心翼翼地起身下床，避免吵醒我媽。她抱起金鳳花，到我身邊坐下，伸手碰觸我握住珍珠的手。「妳好冷。」她從床尾拿了條毯子，裹住我們三個，將我裹在她的溫暖與金鳳花毛茸茸的熱氣裡。「妳知道的，妳可以跟我說。我很會保守祕密，甚至不讓媽知道。」

她真的不一樣了。那個襯衫下襬跑到外面像個鴨尾巴，要人幫忙拿架上碗碟，央我帶她去看麵包店櫥窗裡糖霜蛋糕的小女孩，已經消失了。時間和災難迫使她提早長大。雖然我不樂見，她卻已經長成一個小女人，能縫合血淋淋的傷口，並曉得隱瞞事情，不讓母親擔憂。

「明天早上，我會同意接受學舌鳥的任務。」我告訴她。

「是妳自己想要這麼做，還是被逼的？」她問。

我笑了一下。「都有吧，我猜。不，是我想要。我必須這麼做，如果這能幫反抗軍擊敗史諾的話。」我用力捏緊了掌中的珍珠。「只不過……比德。我怕如果我們眞的贏了，反抗軍會把他當作叛徒處決。」

小櫻仔細想了想。「凱妮絲，我想，妳還不瞭解，在這件事情上面妳有多麼重要。重要人物通常能獲得他們想要的。如果妳想保住比德不受反抗軍傷害，妳辦得到。」

我猜我是很重要。他們不畏艱難，費了好大力氣救我出來。他們還帶我去第十二區走了一趟。「妳的意思是……我可以要求他們豁免比德的罪刑？而他們非得同意不可？」

「我想妳幾乎可以要求任何事情，而他們都非得同意不可。」小櫻皺起眉頭。「問題只在於，妳怎麼知道他們會說話算話？」

我想起所有黑密契對比德跟我說過的謊話，好讓我們照他的意思做。要怎樣才能讓反抗軍不會食言？關起門來許下的口頭承諾，甚至白紙黑字寫下的聲明，戰後都可能輕易蒸發。他們會否認有過這麼一回事，或說協議無效。指揮中心裡的見證人都靠不住。事實上，將來比德的死刑執行令很可能會是他們簽署的。我需要更多見證人。我需要每個我能找到的人。

「這事一定要公開才行。」我說。金鳳花輕輕甩了一下牠的尾巴。我想，牠這是在表示贊成。「我要讓柯茵在第十三區全體人民面前宣布。」

小櫻露出微笑。「噢，那好極了。這麼做即使不能成爲百分之百的擔保，至少會讓他們變得很難食言。」

我鬆了口氣，有那種找到解決辦法之後放下心來的感覺。「小鴨子，我該更常半夜吵醒妳才對。」

「希望妳會這麼做。」小櫻親了我一下。「現在，試著睡一下，好嗎？」於是我睡了。

到了早晨，我看見**七點：早餐**之後，緊接著是**七點半：指揮中心**。沒問題，事情早一點解決也好。手臂上的作息表附有身份證編號。在餐廳裡，我舉起手臂在一個感應器前掃過簽到。我把餐盤放在餐台前方的金屬架子上，邊推著餐盤邊往前走。早餐的內容，還是一成不變——一碗熱麥片、一杯牛奶，以及一小杓水果或蔬菜。今天供應的是搗爛的蕪菁。所有這一切，都來自第十三區的地底農場。我在分派給艾佛丁和霍桑兩戶人家及其他幾位難民的桌位坐下，把食物鏟進嘴裡，希望能再添菜。但這裡從來沒有添菜這一回事。食物的營養分量，都是依據科學方法精算過的。你用完餐離開時，體內將有足夠的卡路里支撐你到下一餐，不多不少。食物分量根據你的年齡、身高、體型、健康狀況，以及作息表上規定的勞力工作而定。爲了讓第十二區的難民能長得壯一點，我們分配到的分量已經比第十三區本地人多一些。我猜，骨瘦如柴的士兵太容易疲累了。這方法還眞有效，才一個月，我們看起來已比從前健康，孩童尤其明顯。

蓋爾在我旁邊放下餐盤。我眞的很想再多吃一點，但我努力不可憐巴巴地瞪著他盤裡的蕪菁。不過，儘管我設法轉移注意力，摺起了餐巾，他已經不聲不響地舀了滿滿一匙蕪菁，放進我碗裡。

「你別再這麼做了。」我說。但由於我已經舀起那團食物送進嘴裡，這話也就沒了說服力。「眞的。說不定這麼做是違法的。」關於食物，他們有非常嚴格的規條。譬如，食物不可帶出餐廳。即使你東西沒吃完，想省下來稍後再吃，也沒辦法。顯然早年發生過囤積食糧之類的事故。對於像蓋爾跟我這種曾經多年負責供應家人食物的人，這種情況委實難受。我們知道如何忍受飢餓，卻無法忍受被告知如何處理我們的口糧。就某些方面而言，第十三區控制得甚至比都城嚴格。

「他們已經拿走了我的通訊鐲，還能怎樣？」蓋爾說。

我把碗裡的食物刮乾淨時，突然靈機一動。「嘿，也許我該把這一點列爲扮演學舌鳥的條件之一。」

「讓我可以餵你吃蕪菁嗎？」他說。

「不，讓我們打獵。」這話吸引住了他的注意力。「我們必須把打到的所有獵物都交給廚房。但是，無論如何，我們可以……」我不必把話說完，因爲他懂。我們可以到地面上去。進入森林。再度做我們自己。

「就這麼辦。」他說：「現在正是時候。就算妳開口要月亮，他們都得想辦法替妳摘下來。」

他還不知道，要求他們饒比德一命，已等於要求他們給我月亮。我還在考慮要不要告訴他這件事時，鐘聲響起，告訴我們這一梯次的用餐時間結束了。想到得單獨面對柯茵，我不禁緊張起來。「你接下來的時間要幹嘛？」

蓋爾察看他的手臂，說：「核子歷史課。對了，順帶一提，他們知道妳缺課。」

「我得去指揮中心。陪我去？」我問。

「好。不過，經過昨天的事，他們說不定會把我扔出來。」我們把餐盤拿去回收處時，他說：「妳知道，妳最好把金鳳花也列入要求事項。我想，這裡的人恐怕無法瞭解幹嘛養沒有用的寵物。」

「噢，他們會找個工作給牠做，每天早晨打印在牠的腳爪上。」我說。但我在心裡暗暗記下，爲了小櫻，無論如何得把牠列入。

我們抵達指揮中心時，柯茵、普魯塔克，以及所有他們的人，都已經在場。蓋爾的出現讓一些人揚起了眉毛，但是沒人把他丟出去。我腦子裡記的東西已經亂成一團，因此我立刻要求紙筆。我的舉止出乎他們的意料。打從我來到第十三區，這可是頭一次我顯露出對開會有興趣。好幾個人交換了幾次眼色。也許他們原本準備給我來一場額外的特別訓話。柯茵親自遞給我紙筆。當我在桌前坐下，潦草地寫下我的清單——**金鳳花、打獵、豁免比德、公開宣布**——所有人都安靜地在一旁等候。

就是此時了。說不定這是我唯一一次討價還價的機會。**快想，妳還想要什麼**？我感覺到他，站在我身邊。我在清單上加上**蓋爾**。我想，沒有他我做不來。

頭忽然痛起來，我的思緒又開始打結。我閉上眼睛，開始默念。

我名叫凱妮絲．艾佛丁。我十七歲。我家在第十二區。我參加了飢餓遊戲。我逃脫了。都城恨我。比德被囚。他還活著。他成了叛徒但還活著。我必須保住他的性命……

這份清單，似乎還是太微不足道。我應該試著想大一點的事情。在目前的狀況下，我無比重要，但未來我可能毫無價值。我必須看得遠一點。難道我不該再多要一點？爲我的家人要？爲我倖存的第十二區百姓要？想到死者的灰燼，我的皮膚發癢。想到靴子踢到顱骨，我仍覺得心驚。而鮮血和玫瑰的氣味，仍然讓我的鼻子不舒服。

手中的筆自己移動。我睜開眼睛，看見歪歪斜斜的字體寫著：**我要殺史諾**。如果他被捕，我要這項特權。

普魯塔克謹慎地輕咳一聲。「寫好了嗎？」我抬頭，注意到時鐘。我已經在這裡坐了二十分鐘。看來芬尼克不是唯一一個注意力有問題的人。

「好了。」我說。聲音聽起來有些嘶啞，因此我清了清喉嚨。「好，我要說的是，我願意做你們的學舌鳥。」

我靜候片刻，讓他們有時間發出鬆一口氣的聲音，互相道賀，撫拍彼此的肩背。柯茵仍一如往常，無動於衷地盯著我。

「但是我有一些條件。」我撫平那張清單，開始說：「我的家人可以留下我們的貓。」我最小的要求引發了一波爭論。來自都城的反抗軍成員認爲，這根本不是問題，我當然可以保住我的寵物。那些第十三區的人卻指出，這會造成一些嚴重的困難。最後，他們終於想出一個解決的辦法：我們搬到最頂層。頂層的房間多出一扇八吋高的窗戶，露在地面上。金鳳花可以從那裡出入，去辦牠自個兒的事。牠得自己餵飽自己。如果牠錯過了宵禁時間，就會被鎖在外面。如果牠引發任何安全問題，將立刻遭到射殺。

聽起來還可以。自從我們離開第十二區，牠差不多就是這樣過日子的，除了可能被射殺這點。萬一到時候牠餓著了，我可以偷渡一些內臟給牠吃，如果我下一項要求被接受的話。

「我要打獵，跟蓋爾一起，到外面森林裡去。」我說。所有人一下子都沒了聲音。

「我們不會跑遠。我們使用自己的弓箭。獵到的東西會交給廚房。」蓋爾補充說明。在他們拒絕之前，我趕快接著說：「是這樣子的……被關在這底下，像個……我沒法呼吸。如果……我可以打獵……我的狀況會好轉，變得更矯捷。」

普魯塔克開始解釋這樣做的問題，包括各種危險、額外的安全措施、受傷的風險等等。但是柯茵打斷他的話。「不，讓他們去。給他們一天兩小時，從他們的訓練時間扣除。以半徑四分之一哩為範圍。身上要帶通訊器和追蹤腳環。下一個條件是什麼？」

我瞄了一眼清單，說：「蓋爾。我做學舌鳥時需要他跟我一起。」

「怎麼跟妳一起？在不上鏡頭的時候？還是全天候在妳身邊？妳要他以什麼身份出現在世人面前？妳的新情人嗎？」柯茵問。

她說話的口吻不帶任何惡意。相反地，聽起來非常地就事論事。但我還是震驚得張大嘴巴。「什麼？」

「我認為，我們該讓目前的羅曼史繼續演下去。太快背叛比德，會讓觀眾失去對她的同情。」普魯塔克說：「尤其是他們還認為她懷了他的孩子。」

「有道理。所以，在螢幕上，蓋爾可以單純扮演一名反抗軍同志。這樣可以嗎？」柯茵說。我只是瞪著她。她不耐煩地重複一遍：「蓋爾的角色，這樣夠了嗎？」

「我們還是可以讓他扮演妳的表哥。」芙薇雅說。

「我們不是表親。」蓋爾和我同時出聲。

「沒錯，但是在攝影機前，我們恐怕還是得繼續這樣假裝下去。」普魯塔克說：「下了鏡頭之後，他全歸妳。還有什麼條件？」

我被惹惱了。這番對話這麼一轉折，他們的話明顯意味著，我已經輕易地把比德棄如敝屣，在跟蓋爾談戀愛，這整件事自始就是在演戲。我的兩頰開始燒起來。他們居然認為，以我們目前的處境，我還在計較要誰來扮演我的情人。這實在太小看人了。我讓憤怒驅使自己說出我最重大的要求：「等戰爭結束，如果我們贏了，比德將無罪開釋。」

一片死寂。我感覺到蓋爾全身緊繃。我想我該提早告訴他的，但我沒把握他會如何反應。當事情涉及比德，我就沒把握。

「任何形式的懲罰都不准加在他身上。」我繼續說，腦中突然冒出個新想法。「這條件也適用於其他被俘虜的貢品，喬安娜和伊諾巴瑞雅。」坦白說，伊諾巴瑞雅太過凶殘，我才不在乎第二區這名貢品的死活。事實上，我討厭她，但是把她排除在外似乎不該。

「不行。」柯茵斷然說道。

「行。」我吼回去。「這不是他們的錯。是你們遺棄他們，把他們留在競技場裡。天知道都城怎麼對付他們？」

「他們將和其他戰犯一起接受審判。法庭怎樣裁決，他們就承擔怎樣的罪責。」她說。

「他們將無罪開釋！」我感覺自己從椅子上站起來，我的聲音飽滿、宏亮。「妳要當著第十三區全體人民和第十二區所有倖存者的面，親口承諾這件事。馬上，今天就做。這件事要記錄下來，留給後世子孫知道。妳要確保妳和妳的政府會爲他們的安全負起責任。否則，妳就自己去找另一位學舌鳥！」

我的話在空氣中迴盪良久。

「就是她！她回來了！」我聽見芙薇雅低聲對普魯塔克說：「就在那裡。只需再穿上服裝，背景有砲火，加上一點煙。」

「沒錯，這就是我們要的。」普魯塔克壓低聲音回答。

我眞想狠狠地瞪他們一眼，但我覺得這時把目光從柯茵身上移開會是個錯誤。我看得出來，她正在計算我這最後通牒要她付出的代價，衡量我值不值得這要求。

「總統，妳說呢？」普魯塔克問。「在這種情況下，妳可以發布特赦令。那男孩……他甚至還沒成年呢。」

「好吧。」柯茵終於說：「妳最好給我好好地表演。」

「妳一宣布，我就上場好好地演。」我說。

「召開全國性的安全會議吧，利用今天的『反省』時段。」她下令。「屆時我會宣布這件事。凱妮絲，妳的清單上還有別的條件沒說嗎？」

那張紙已經揉成一團，捏在我的右手裡。我把紙放在桌上撫平，看著上面歪歪斜斜的字體。「還有一樣。我要殺史諾。」

這是第一次，我看見總統的嘴唇露出一絲笑意。「等時候到了，我們擲銅板決定，看是由妳下手，還是由我下手。」

也許她說得對。我肯定不是唯一一個想要史諾性命的人。我想，即便由她下手，事情也一定不會出錯。「合理。」

柯茵瞄了一下自己的手臂。時間。她也有作息表得遵守。「那麼，普魯塔克，我把她交給你了。」她走出議事廳，她的人跟了出去，只留下普魯塔克、芙薇雅、蓋爾和我。

「太好了，太好了。」普魯塔克坐下，手肘擱在桌上，揉著眼睛。「妳知道我最想念什麼嗎？咖啡。我問妳，吃了麥片粥和蕪菁後，喝點什麼，會很不可思議嗎？」

「我們沒想到這裡會這麼苛刻。」芙薇雅邊幫普魯塔克按摩肩膀，邊跟我們解釋。「還以爲在領導高層不用這樣。」

「或者至少有點通融的餘地。」普魯塔克說：「我的意思是，即使是第十二區，都有個黑市，不是嗎？」

「對，灶窩。」蓋爾說：「我們在那裡做買賣。」

「沒錯，知道我的意思了吧？看看你們兩個，多麼正直啊，也不會因此變壞。」普魯塔克嘆口氣。「唉，算了，戰爭不會永遠持續下去。所以，很高興你們加入。」他往身旁舉起一隻手，芙薇雅早已伸長了手，拿著一冊黑色皮革封面的大素描簿探過來。「凱妮絲，妳大致瞭解我們需要妳做什麼。我很清楚，妳對要不要參與，心裡一直很矛盾。我希望這個東西能有所幫助。」

普魯塔克把素描簿滑過桌面，送到我面前。有那麼片刻，我狐疑地看著簿子。然後，好奇心戰勝一切。我翻開封面，看到一張我的畫像，站得筆直，雄壯威武，穿著一身黑色的制服。只有一個人能設計出這樣的服裝。第一眼看去，它的設計完全基於實用性的考慮；但再看一眼，你會覺得那是藝術品。頭盔的彎折線條，胸甲的弧度，稍微鼓起的衣袖顯露出手臂下方的白色縐褶。在他手中，我再次成為一隻學舌鳥。

「秦納。」我低語。

「是的。他要我發誓，除非妳自己決定要成為學舌鳥，我不能給妳看這本素描簿。相信我，我好幾次差點忍不住。」普魯塔克說：「繼續，往下翻。」

我慢慢地翻頁，看著這件制服的每個細節。鎧甲的疊層裁剪精緻，靴子和腰帶暗藏武器，心臟位置經過強化設計。最後一頁，畫了一枚我的學舌鳥胸針，底下是一行秦納的字：

我仍然賭妳會贏。

「他什麼時候……」我說不下去了。

「我想想。嗯，在大旬祭宣布之後。也許是遊戲開始之前幾個禮拜？不只這本素描簿，我們還有妳那身制服。噢，對了，比提做了樣很特別的東西要給妳，在兵器庫裡。我不告訴妳，免得破壞妳的驚喜。」普魯塔克說。

「妳一定是有史以來打扮得最漂亮的叛徒。」蓋爾微笑著說。突然間，我明白了，連他也瞞著我。跟秦納一樣，他自始就希望我做這個決定。

「我們的計畫是發動傳播突襲。」普魯塔克說：「製作一系列宣傳短片，以妳為主角，向整個施惠國播送。」

「你要怎麼辦到？都城控制了所有廣播頻道。」蓋爾說。

「但是我們有比提。大約十年前，他可以說已經重新設計了地下網絡，能夠播放任何節目。他認為，照道理說，應該辦得到。當然，我們需要有內容可以播放。所以，凱妮絲，攝影棚正等著妳大駕光臨呢。」普魯塔克轉向他的助理：「芙薇雅？」

「普魯塔克和我一直在討論，到底要怎樣我們才能完成這項任務。我們認爲，也許最好的辦法是由外……而內重新塑造妳，我們反抗軍的領袖。也就是說，我們要盡可能找出最震撼人心的學舌鳥形象，然後逐漸鍛鍊妳的個性，直到表裡一致！」她興高采烈地說。

「妳已經有她這身制服了呀。」蓋爾說。

「對，但是她有傷痕累累，渾身浴血嗎？她有發出反叛的怒火嗎？我們要怎麼把她弄得夠髒，卻又不讓人噁心？無論如何，她一定要是個什麼。我是說，顯然這個——」芙薇雅突然趨近，伸手要捧住我的臉——「臉蛋是不行的。」我反射性地頭往後拉，但她已回頭忙著收拾她的東西。「就是因爲想到這一點，我們還有個小驚喜要給妳。跟我來，跟我來。」

芙薇雅對我們招手，於是蓋爾和我尾隨她和普魯塔克離開議事廳，走到走廊上。

「用心這麼良善，卻又這麼侮辱人。」蓋爾在我耳邊低語。

「歡迎來到都城。」我用唇語回答他。可是芙薇雅的話對我毫無影響。我把素描簿緊緊抱在懷裡，讓自己往好的方面想。如果秦納也要我這麼做，這一定是正確的決定。

我們進了電梯，普魯塔克察看他的記錄。「讓我看看。是在三九〇八室。」他按下標示著**39**的按鈕，但是電梯動也不動。

「你得用鑰匙開啓它。」芙薇雅說。

普魯塔克從襯衫底下掏出連在一條細鍊上的鑰匙，插入一道我先前沒注意到的細長鑰匙孔。電梯門關上。「啊，行了。」

電梯下降了十層，二十層，乃至於三十幾層，遠超過我所知道的第十三區的深度。電梯門打開，是一條寬闊的白色走廊，兩旁是成排的紅門。跟上面幾層的灰色比起來，這裡可以算是有點兒裝飾了。每個門上都只簡單標上一個號碼：**3901, 3902, 3903**……

我們走出電梯時，我回頭瞥見電梯門關上，接著一道金屬柵門滑進電梯門前的位置，封住它。當我轉回頭，一名警衛已經從長廊盡頭的一個房間走出來。房門在他背後靜靜闔上，他大步朝我們走來。

普魯塔克迎向他，舉起一隻手打招呼，我們其餘的人跟在他後面。這個地方讓人覺得非常不對勁。引起這種感覺的，不單是加固的電梯門，或深入地底所引發的幽閉恐懼，或刺鼻的消毒水味。我看了蓋爾一眼，知道他也察覺到了。

「早安，我們是來找——」普魯塔克話還沒說完。

「你們走錯樓層了。」警衛直截說。

「眞的嗎？」普魯塔克再次察看他的記錄。「我這上面寫的是三九〇八啊。我想，你能不能打個電話到——」

「我恐怕得請你們馬上離開。記錄有誤，你們可以到總辦公室去查問。」警衛說。

三九〇八室就在我們前方，不過幾步之遙。那扇門，事實上是所有的門，看起來都好像缺了什麼。沒有門把。它們一定是用鉸鏈開闔的，就跟警衛剛才出來的那扇門一樣。

「那又是在哪裡啊？」芙薇雅問。

「你們可以在七樓找到總辦公室。」警衛說完，張開雙臂，作勢要把我們趕回電梯。

三九〇八室門後傳來一個聲音。小小一聲嗚咽。像極了一隻嚇壞的小狗，害怕再挨打，而發出的那種聲音。只不過，那分明是人的聲音，而且耳熟。我跟蓋爾互望一眼——只那麼一眼，但對我們這樣的人來說，已經足夠。我手一鬆，秦納的素描簿砰地一聲巨響落在警衛腳前。他俯身要幫我撿，蓋爾也緊跟著彎下腰，故意撞上他的頭。「噢，對不起。」他說，輕笑一聲，伸手抓住警衛的手臂，彷彿要扶住他，卻稍微扯動他的身體，讓他側過身去。

機不可失。趁警衛分神，我一閃掠過他身邊，往前奔去，推開標示著**3908**的房門。他們赫然出現在我眼前，衣不蔽體，滿身瘀青，縲紲加身，鏈在牆上。

我的預備小組。

4

久未洗澡的體臭，積累數日的尿臭，以及細菌感染的膿臭，穿破濃雲般的消毒水味道撲來。這三個人形，只能從他們最醒目的裝扮特徵來辨認：凡妮雅臉上的金色刺青。富雷維斯的橘紅色螺旋狀鬈髮。歐塔薇雅的淺豌豆綠膚色，但那層皮膚現在鬆鬆垮垮地掛在身上，彷彿她的身體是慢慢在洩氣的氣球。

一看到我，富雷維斯和歐塔薇雅立刻往後退縮，緊靠在瓷磚牆壁上，彷彿害怕我會衝過去揍他們。可是，我從來沒傷害過他們呀。我對他們最不禮貌的動作，也只是一些不客氣的批評，而且我都是放在心裡，沒說出來過。所以，爲什麼他們看到我會畏縮？

警衛喝令我出去，緊接著傳來腳步雜沓的聲音，我知道蓋爾肯定攔住了他。爲了問明原委，我走到凡妮雅跟前。她始終是他們當中最堅強的一個。我蹲下來，握住她冰冷的手，她的手立刻像鉗子那樣緊緊抓住我的手。

「凡妮雅，發生什麼事了？」我問：「你們怎麼會在這裡？」

「他們帶我們來的，從都城帶來這裡。」她沙啞著聲音說。

普魯塔克這時也進來了。「到底發生什麼事？」

「是誰帶你們來的？」我追問。

「一些人。」她含含糊糊地說：「就在妳脫逃那個晚上。」

「我們認爲，找來妳習慣的預備小組，或許妳會自在些。」普魯塔克在我背後說：「這是秦納的要求。」

「秦納要求**這樣**？」我對他咆哮。如果天底下還有一件我懂得的事，那就是秦納絕不會同意虐待這三個人。他對待他們始終那麼溫柔、耐心。「他們爲什麼被當作犯人對待？」

「我眞的不知道。」他講話的口吻讓我相信他，芙薇雅慘白的臉色也證實了這一點。警衛剛跑到門口，蓋爾緊跟在後。普魯塔克轉身問警衛：「我只被告知，他們遭到禁足。他們爲什麼受到懲罰呢？」

「因爲偷竊食物。在爲了幾片麵包發生爭執之後，我們必須教訓他們。」警衛說。

凡妮雅的眉頭皺在一起，彷彿還在竭力弄明白警衛的話。「沒有人告訴我們任何事。我們實在很餓。她只是拿了一片麵包。」

歐塔薇雅開始哭泣，把臉埋在破爛的短袍裡，壓抑住哭聲。我想起我第一次活著走出競技場，歐塔薇雅如何不忍心看我挨餓，從桌子底下偷偷塞了個麵包卷給我。我蹲著身子挪到她顫抖的身軀前面，「歐塔薇雅？」我一碰她，她就瑟縮起來。「歐塔薇雅，別怕，沒事了。我會帶你們離開這裡，好不好？」

「這似乎太過分了。」普魯塔克說。

「就因爲他們拿了一片麵包？」蓋爾問。

「他們一再違規，才會導致這樣的結果。他們已經受到警告，卻還是伸手多拿麵包。」警衛停了一下，似乎對我們怎麼會不懂感到困惑。「你不可以拿麵包的。」

我無法讓歐塔薇雅放下手，露出臉來，但她稍稍抬起了頭。她手腕上的手銬往下滑了幾吋，露出底下皮開肉綻的傷口。「我帶妳去找我媽。」我對警衛說：「放了他們。」

警衛搖頭。「沒有人授權批准。」

「放了他們！馬上！」我大吼。

這讓他動搖了。一般的百姓不會這樣對他吼叫。「我沒有收到釋放他們的命令。妳也無權——」

「我有權。照我的話做，放了他們。」普魯塔克說：「反正我們本來就是來帶走這三個人的。特殊防禦中心需要他們。這事我負全責。」

警衛走開去打電話。他回來時帶著一串鑰匙。他們三人被迫縮著身子太久了，以至於鐐銬解開以後，連走路都有困難。蓋爾、普魯塔克和我得扶著他們走。富雷維斯的腳踢到地板上蓋住一個圓形開口的金屬製格柵式孔蓋。當我想到房間裡爲什麼要有排水口，我的胃揪緊。人慘遭酷刑留下的污痕，必須從白色瓷磚上沖洗清除……

我在醫院裡找到我媽，我只敢將他們託付給她照顧。由於他們三人目前這種狀況，她花了一點時間才認出他們。但是，她臉上已先露出驚愕和憂慮的神色。我知道這不是因爲她看到慘遭凌虐的身體。在第十二區時，對她而言，這可是家常便飯。這是因爲她察覺，第十三區也有這樣的事。

他們歡迎我媽到醫院工作。但是，儘管她一輩子都在治療傷病，在這裡她卻被視爲護士而非醫生。不過，她帶他們三人進入檢查室評估傷勢時，沒有人干預她。我在醫院門外走廊上的長椅坐下，等著聽她的診斷。她一定能從他們的身體看出他們承受過什麼樣的痛苦。

蓋爾坐在我旁邊，伸出一隻手摟住我的肩膀。「她會把他們治好的。」我點了下頭，心想他或許想起了自己在第十二區遭受殘酷鞭刑的往事。

普魯塔克和芙薇雅坐在我們對面的長椅上，但對我的預備小組的遭遇，沒再開口說什麼。如果他們事先對這件事一無所知，那麼，他們怎麼理解柯茵總統的這種做法呢？我決定幫他們看清現實。

「我猜，這是給我們下馬威。」我說。

「什麼？不會吧。妳這話是什麼意思？」芙薇雅問。

「懲罰我的預備小組是個警告。」我告訴她：「不只對我，也對你們。意思是要我們明白，在這裡到底誰說了算；如果誰敢違抗，會有什麼下場。如果你們還以爲自己擁有什麼權力，我勸你們別再做夢了。顯然，在這裡，擁有都城的背景可不能保護你們，說不定還是個不利因素。」

「普魯塔克是策劃反叛者脫逃的首腦，不能跟那三個化妝師相提並論。」芙薇雅冷冷地說。

我聳聳肩。「隨便妳怎麼說，芙薇雅。但是，如果妳惹惱了柯茵，妳想，會發生什麼事呢？我的預備小組是被抓到這裡來的。他們至少可以盼望著有一天回都城去。蓋爾和我可以在森林中討生活。但是妳呢？你們兩個能逃到哪兒去？」

「我們對這場戰爭的重要性，也許比妳所認爲的還要高一點。」普魯塔克說，完全無動於衷。

「他們當然需要你嘍。飢餓遊戲要玩得起來，也需要貢品，直到哪一天不需要他們。」

我說：「然後，我們就可以扔了。對吧，普魯塔克？」

他們不再作聲，談話結束。我們沉默等候，直到我媽來找我們。「他們不會有事的。」她說：「沒有永久性的身體傷害。」

「好，太好了。」普魯塔克說：「他們多快可以開始工作？」

「也許明天吧。」她回答：「在經歷過這些事後，你得有心理準備，他們可能會有點情緒不穩。他們以前在都城過那樣的日子，對這邊的生活尤其不適應。」

「我們大家不也都是這樣嗎？」普魯塔克說。

不論是因爲預備小組無法上工，還是因爲我太煩躁不安，今天接下來的時間，普魯塔克放我假，容許我不必擔起學舌鳥的責任。蓋爾和我直接去吃中飯。今天餐廳提供的是一碗洋蔥燉豆子湯、一片厚片麵包，以及一杯水。在聽了凡妮雅的故事後，吃下去的麵包卡在我的喉嚨，我把剩下的麵包塞到蓋爾的餐盤。然後，大部分時間裡我們倆都沒怎麼說話。等碗裡的東西吃乾淨了，蓋爾拉起袖子，露出他的作息表。「我接下來是訓練課程。」

我也拉起袖子，把手臂伸到他的手臂旁邊。「我也是。」我記得現在訓練時間就等於打獵時間。

遁入森林的渴望壓倒了眼前的焦慮，就算只有兩小時也好。沉浸在翠綠草木與陽光之中，肯定能幫我釐清思緒。一等離開主要通道，蓋爾和我像小學生似地衝向武器室。到達目的地時，我氣喘吁吁，頭昏眼花。這提醒了我，我尚未完全康復。警衛給了我們舊日的武器、刀子，以及用來裝獵物的麻袋。我忍受他們在我腳踝扣上追蹤器，並努力假裝認眞聽他們講解操作手持通訊器的方法。我腦子裡唯一記住的是，它有計時功能，而我們必須在指定時間內回到第十三區，否則我們打獵的特權就會被撤銷。我想，我會盡力遵守這條規定。

我們走出地底，踏上地面圈圍起來的廣闊訓練場。旁邊就是森林。警衛不發一語，打開滑動靈活的柵門。如果我們想要自己穿越這道圍籬，一定非常困難——三十呎高，永遠通電，不時發出嗡嗡聲，頂端有銳利的螺旋狀鋼卷。我們朝森林深處走去，直到看不見圍籬。在林間一小塊空地上，我們停下來，仰起頭，讓自己沐浴在陽光中。我張開雙臂，慢慢地轉圈圈，轉得很慢，免得世界飛旋起來。

我在第十二區看見的乾旱，也傷害到了這裡的植物。有些樹的葉子枯萎得厲害，在我們腳下鋪成又乾又脆的地毯。我們脫掉了鞋子。反正我這雙也不合腳。由於第十三區絕不浪費的精神，我穿的是某個人長大後穿不下的舊鞋。我跟前主人之間，顯然有一人的走路姿勢很怪。要不是鞋子被前主人穿到合腳時，已整個變形，就是我自己有問題。

我們像往日那樣打獵。安靜，不需要用言語溝通，因爲在森林裡，我們行動如同一體，預知彼此的下一步動作，守護著彼此的後背。距離上次可以這樣自由自在，已經多久了？八個月？九個月？當然情況不盡相同，這中間發生了這麼多事情，我們腳踝上還扣著追蹤器，並且我得不時停下來休息。但我想，這是我目前所能擁有的最接近幸福的時刻了。

這裡的動物警覺性都太弱。牠們停下來辨認我們的陌生氣味，所需要的那一會兒工夫，已足以要牠們的命。才一個半小時，我們已獵獲十幾隻各種動物——兔子、松鼠，還有火雞。於是，我們決定歇手，把剩下的時間花在池塘邊。這池塘的水又涼又甜，看來是地下湧泉形成的。

蓋爾主動表示要宰殺清洗獵物，我沒反對。我含了幾片薄荷葉，閉上眼睛，往後靠在一塊石頭上，聆聽著森林裡的各種聲音，讓午後的驕陽烘烤我的肌膚，覺得好平靜，好安心，直到蓋爾的聲音突然傳來：「凱妮絲，妳爲什麼這麼關心妳的預備小組？」

我張開眼睛，想看他是不是在開玩笑，但他正皺眉看著手裡要剝皮的兔子。「我爲什麼不該關心？」

「嗯，讓我想想。因爲他們去年把妳打扮得漂漂亮亮，送去給人屠宰？」他幫我想了這麼一個理由。

「沒那麼簡單，不是三言兩語可以說明白的。這些人我認識。他們並不邪惡或殘酷。

他們甚至算不上聰明。傷害他們，簡直就像傷害小孩子。他們不明白……我是說，他們不知道……」我的話開始打結。

「他們不知道什麼，凱妮絲？」他說：「不知道貢品被迫互相殘殺，至死方休嗎？別忘了，受到傷害的孩子，可是貢品，而不是妳那怪胎三人組。還是不知道妳進入競技場搏命是爲了娛樂大眾？難道這在都城是個祕密？」

「不是。但他們看事情的角度和我們不一樣。」我說：「他們是在那種環境下長大的，而且——」

「妳眞的在爲他們辯護嗎？」他手一扯，迅速撕下整張兔皮。

這話眞傷人，因爲，我確實是在爲他們辯護，而我這麼做很荒謬。我掙扎著想找個合理的理由。「我想，我會爲任何只因拿了一片麵包，就遭到這種對待的人辯護。或許因爲它硬生生地提醒了我，你因爲一隻火雞而出了什麼事！」

但是，他說得沒錯。我關心預備小組的程度，實在太奇怪了。我應該要恨他們，想看他們被吊死才對。但他們是如此無知，並且他們屬於秦納，而秦納站在我這邊，不是嗎？

「我不是要跟妳吵架。」蓋爾說：「但我不認爲柯茵因爲他們破壞這裡的規矩而懲罰他們，是爲了傳遞什麼了不得的訊息給妳。她說不定覺得，妳會認爲這是幫了妳一個大忙。」

他把兔子塞進痲袋裡，站起身來。「如果想準時回去，我們最好現在動身。」

「好。」我不理會他伸過來的手，自己搖搖晃晃站起來。回程中我們倆都沒說話，但我們走進柵門時，我想起另外一件事。「在大旬祭的時候，歐塔薇雅和富雷維斯做到一半就做不下去，因為他們哭個不停，捨不得我再度進入競技場。凡妮雅幾乎無法開口跟我道別。」

「好吧，他們……打扮妳的時候，我會試著記得這一點。」蓋爾說。

「謝謝。」我說。

我們把獵物交給在廚房工作的油婆賽伊。她還蠻喜歡第十三區的，不過她認為這裡的廚子都缺乏想像力。一個能用大黃和野狗燉出美味濃湯的女人，在這裡肯定覺得縛手縛腳。

缺乏睡眠，打獵又消耗了體力，我精疲力竭地回到房間，發現裡頭已經搬得精光，這才想起我們為了金鳳花，已經換了住處。我折回最頂層，找到E室。它看起來跟三〇七室一模一樣，只差多了個窗戶，兩呎寬，八吋高，就在外牆的上方中央。一塊沉甸甸的金屬板固定在窗子上頭，但現在它敞開著，而且屋裡到處都看不到貓的蹤跡。我手腳張成大字，躺在床上，一束午後的陽光在我臉上跳躍著。接著我只知道，我妹把我叫醒，因為**十八點：反省**時間到了。

小櫻告訴我，中餐的時候他們已宣布要集合。除了那些不能離開崗位的人，全體人民都必須出席。我們跟隨方向指示，來到集會廳。這是個非常大的廳，輕易就容納了到場的數千人，一點也不擁擠。你可以看得出來，它原本是建造來供更大型集會使用的。也許那場疫病爆發之前有過這樣的集會。小櫻悄悄地指了指四周的人，提醒我注意那場災難在許多人身上留下的痕跡——人們身上的痘疤，肢體有一點畸形的孩子。「他們吃了很多苦。」她說。

經過今天早上的事情後，我沒有心情爲第十三區感到難過。「他們吃的苦不會超過我們第十二區。」我說。我看見我媽領著一群還能行動的病人進來，他們身上穿著醫院的睡衣和袍子。芬尼克也在當中，神情怔忪，但依然很帥。他手上捏著一截細繩，長度不足一呎，短到連他都無法拿來打個有用的繩套。他的手指迅速地動著，在他茫然四顧時，無意識地不斷打著各種各樣的繩結，隨即又解開。說不定這是他的治療方式之一。我走到他身邊，說：「嗨，芬尼克。」他似乎毫無所覺，因此我用手肘輕輕碰他一下，好引起他注意。「芬尼克！你好嗎？」

「凱妮絲。」他說著緊緊抓住我的手。我想，他是因爲看到一張熟面孔而鬆了一口氣吧。「我們幹嘛聚在這裡？」

「我告訴柯茵，我願意當學舌鳥。但是我要她承諾，如果反抗軍贏了，必須豁免其他貢品的所有罪責。」

「噢，太好了。因爲我也擔心安妮不知會怎麼樣。我怕她會在自己毫無所知的情況下說出一些什麼話，而被解釋爲背叛。」芬尼克說。

安妮。糟了，我完全忘了她。「別擔心，我會處理這件事。」我捏了捏芬尼克的手，然後直接朝大廳前方的講台走去。柯茵正看著手中的講稿，這時對我揚起眉毛。我告訴她：「我要妳在豁免名單裡加上安妮．克利絲塔。」

總統微微皺起眉頭。「那是誰？」

「她是芬尼克．歐戴爾的——」什麼呢？我不知道該怎麼介紹她。「她是芬尼克的朋友，來自第四區，另一位勝利者。競技場爆炸時，她被逮捕並送到都城去。」

「噢，那個發瘋的女孩。其實沒這個必要。」她說：「我們通常不會懲罰那麼脆弱的人。」

我想起今天早上撞見的情景，想到歐塔薇雅蜷縮在牆邊的模樣。柯茵和我對脆弱的定義，肯定差距很大。「不會嗎？那麼，加上安妮肯定不麻煩。」

「好吧。」總統說，提筆寫下安妮的名字。「宣布的時候，妳要上來跟我一起站在這兒嗎？」我搖搖頭。「我也是這麼想。那妳最好趕快回到人群裡去。我就要開始了。」我走回芬尼克身邊。

言語是第十三區另一樣絕不浪費的東西。柯茵叫大家注意，然後直截告訴他們，我同意成爲學舌鳥，條件是其他的勝利者，包括比德、喬安娜、伊諾巴瑞雅和安妮，將獲得赦免，無論他們對反抗軍造成什麼損害。在群眾轟然響起的嗡嗡聲中，我聽到不贊同的聲音。我猜，沒有人會想到我可能不願意成爲學舌鳥。因此，我居然索取代價——饒恕可能的敵人——當然激怒了他們。我無動於衷地站在那兒，不理會朝我投來的敵視目光。

總統停頓片刻，讓騷動漸趨安靜，然後一仍她絕不含糊的務實作風往下說。只不過，現在從她嘴巴吐出來的話對我來說也是新聞。「我們同意這項史無前例的要求，相對地，艾佛丁軍士承諾獻身於我們所追求的目標。因此，無論是她的動機或行動，如果出現偏離她的使命的情事，都將被視爲破壞這項協議，豁免將被撤銷，這四位勝利者的命運將由第十三區的法律來決定。她自己的命運也一樣。謝謝大家。」

換句話說，只要我稍有差池，我們就全死定了。

5

這是另一股我必須對付的勢力。這是另一個不擇手段，會用權力壓迫人的人，已決定在她的遊戲中把我當棋子用。只是，事情的發展從來不按照計畫，他們的計畫。首先，一群遊戲設計師把我捧成他們的明星，卻因一把毒莓果而手忙腳亂，好不容易才恢復鎮定。接著，史諾總統企圖利用我撲滅反叛的火焰，結果我的每一步行動反而煽起更凶猛的烈火。然後，反抗軍誘捕我，用鋼爪把我從競技場抓走，指定我做他們的學舌鳥，卻發現我根本不想要那對翅膀，震驚得久久難以平復。現在，柯茵，滿手珍貴核武，擁有一整個行政區當她的精良部隊，卻發現打扮一隻學舌鳥遠比抓一隻困難。但她是反應最迅速的人，馬上看出我有我的打算，不能信任。她已第一個公開標定我是一個威脅。

我的手指穿過浴缸裡厚厚一層泡沫。把我洗乾淨不過是重新塑造我的初步工作。遭毒霧酸蝕的頭髮，被烈日灼傷的皮膚，還有醜陋的傷疤，這是現在的我。預備小組得先把我弄得漂漂亮亮的，**然後**再傷我、燒我、糟蹋我，在我身上製造比較迷人的傷痕。

「把她翻新，回到『美人原點』。」這是今天早晨芙薇雅下令要做的頭一件事。「然後我們從那裡開始。」稍後我才明白，所謂「美人原點」原來是指一個人剛起床時，完好如初的自然模樣。也就是說，我的指甲修剪完美，但沒有抛光塗油。我的頭髮柔軟發亮，但沒有做造型。我的皮膚光滑清潔，但沒有化妝上彩。他們得替我上蠟除去體毛，消除黑眼圈，但不做任何顯而易見的美化。我猜，我以貢品的身份抵達都城的第一天，秦納給的也是同樣的指示。只不過那不一樣，那時我是參賽者。如今，身爲反抗軍，我以爲我可以看起來更像我自己。但是，叛徒一旦上電視，似乎還是得符合一定的標準。

我把身上的泡沫沖乾淨後，轉身發現歐塔薇雅拿著浴巾在等我。剝除了花稍的衣服、濃妝豔抹、珠寶，以及裝飾頭髮的小玩意兒，她跟我在都城認識的那個女人實在相差很遠。我還記得有一天她出現時，頭髮是鮮亮的粉紅色，上頭綴滿老鼠形狀的閃爍彩燈。她告訴我，她家裡養了好幾隻老鼠當寵物。當時，我只覺得厭惡，因爲我們認爲老鼠是害蟲，除非是煮來吃。但是，歐塔薇雅會喜歡老鼠，說不定是因爲牠們又小又軟，並且吱吱叫。跟她一樣。當她輕輕地幫我擦乾身體，我試著去熟悉這個在第十三區的歐塔薇雅。原來她眞正的頭髮是很好看的赤褐色。她長相普通，但你一定會覺得甜美可愛。她比我原先想的要年輕，也許才二十出頭。少了三吋長的裝飾指甲，她的手指頭簡直又短又粗，並且一直顫抖。我想告訴她，沒事，別害怕，我絕不會再讓柯茵傷害她。但是她淺綠色皮膚底下深深淺淺的瘀青，只提醒了我我有多無能。

富雷維斯沒了他的紫色唇膏和鮮豔衣服，看起來也有點蒼白。不過，他已經將那頭橘紅色鬈髮勉強打理出一個樣子。凡妮雅改變最少。她水綠色的頭髮不再是滿頭尖刺的造型，而是服貼在頭上。你可以看到，她的髮根已逐漸灰白。然而，臉上的金色刺青始終是她最搶眼的特徵，而且依舊閃耀懾人。她走近前來，從歐塔薇雅手中取走浴巾。

「凱妮絲不會傷害我們。」她小聲但堅定地對歐塔薇雅說：「凱妮絲甚至不知道我們在這裡。從現在起，事情會好轉的。」歐塔薇雅輕輕點了下頭，但仍舊不敢看我的眼睛。

普魯塔克有先見之明，從都城帶來了一整套精心挑選的化妝品、工具和各種不知名的器材。即便如此，要讓我回復到「美人原點」可不是件簡單的事。我的預備小組做得很好，直到他們要處理喬安娜在我左前臂剜走追蹤器所留下的傷疤，才束手無策。先前醫療小組在處理這個綻開的傷口時，沒有人會把焦點放在美觀。現在，那裡已變成一塊呈鋸齒狀紋路的疙瘩，約一個蘋果大小。通常我都穿長袖遮著，但秦納設計的那件學舌鳥服裝，袖長僅及手肘。由於問題嚴重，芙薇雅和普魯塔克都被請來一起討論。我發誓，芙薇雅看到這個傷疤時，立時反射性地嘔了一聲。對一個長期與遊戲設計師共事的人來說，她實在敏感過了頭。

但我猜，這一類令人不舒服的東西，她向來只在電視螢幕上看到。

「大家都知道我這裡有個疤呀。」我說，心裡很不爽。

「知道和看見是完全不同的兩碼事。」芙薇雅說：「這絕對會讓人吃不下飯。普魯塔克和我會在午餐時想個辦法出來。」

「沒事，沒事。」普魯塔克揮了揮手，一副沒什麼大不了的樣子。「也許綁個臂章或什麼的就行了。」

我心中厭惡到了極點，三兩下穿好衣服，準備去餐廳吃飯。我的預備小組擠成一團，站在門邊。「他們會幫你們送吃的過來這裡嗎？」我問。

「不會。」凡妮雅說：「我們應該要去餐廳吃。」

我內心嘆了一聲，想像自己走進餐廳，後面跟著這三個人。不過，反正不管怎樣，人們總是會瞪著我看。他們跟不跟都一樣。「來吧，」我說：「我帶你們去餐廳。」

通常人們只是偷偷瞄我一眼，竊竊私語。這時，大家一看見我模樣怪異的預備小組，那反應可真是非同小可。許多張大的嘴、指指點點的手，以及大呼小叫，在四面八方冒出來。「別理他們。」我告訴我的預備小組。他們低垂著眼睛，僵直、彆扭地移動，排隊時緊緊跟在我背後，相繼伸手接過一碗灰撲撲的燉魚秋葵湯和一杯水。

我們在我那張桌子坐下，隔壁是一群從炭坑來的人。他們顯得比第十三區的人節制一些，不過這很可能是因爲他們比較害羞。我在第十二區時的鄰居麗薇，謹慎地跟預備小組打了聲招呼。蓋爾的媽媽哈賽兒舀起一匙濃湯，說：「別擔心，嚐起來比看起來好多了。」她一定已經知道他們被囚受虐的事。

不過，幫上最多忙的是蓋爾五歲的妹妹波西。她忽然沿著長板凳快步繞到歐塔薇雅旁邊，伸出食指，小心翼翼地碰了一下她的皮膚，說：「妳是綠色的。是不是生病了？」

「波西，這是一種流行時尚，就像塗口紅一樣。」我說。

「本來是爲了變漂亮。」歐塔薇雅悄聲說。我看到眼淚快要從她的睫毛溢出了。

波西想了想，然後以平實的口吻認眞地說：「我認爲，妳不管是什麼顏色，都很漂亮。」

歐塔薇雅的嘴邊浮出一個非常小、非常小的微笑。「謝謝妳。」

「如果妳眞想引起波西注意，妳得把自己染成鮮亮的粉紅色。」蓋爾砰地一聲在我旁邊放下餐盤說：「那是她最喜歡的顏色。」波西咯咯笑，溜回她媽媽身邊。蓋爾對著富雷維斯的碗點點頭說：「我不會等涼了才吃，涼了也不會變得比較不黏。」

大家都低頭吃起來。燉湯的味道其實還不壞，但那黏糊糊的感覺實在不怎麼舒服。彷彿每一口你都得嚥三次，才吞得下去。

平常吃飯時，蓋爾都不怎麼說話，但他今天努力維持聊天的氣氛，居然問起化妝打扮的事。我知道他是想要藉此緩和我們兩人之間的不快。昨晚，我們吵了一架，因爲他居然說，我要求柯茵保證勝利者的安全，逼得她別無選擇，只好也提出相對的強硬立場。「凱妮絲，她管理這整個行政區。如果她讓人家以爲她屈從於妳的意志，她總統的位置就甭幹了。」

「你的意思是，她不能容忍任何不同意見，即使那是合理的意見。」我不客氣地回應。

「我的意思是，妳讓她陷入困難的處境。在我們還不知道比德和其他人可能造成什麼損害之前，就逼她豁免他們的罪責。」蓋爾說。

「所以我就應該照著他們的計畫走，讓其他貢品自己去碰運氣？這當然沒關係，反正我們所有的人正是這樣在做。」說完這句話，我當著他的面重重甩上了房門。早餐時，我沒有跟他坐在一塊兒。當普魯塔克派他去參加今天上午的訓練，我不發一語，任他離去。我知道他講那些話是出於對我的關心，但我眞的很需要他站在我這邊，而不是柯茵那邊。他怎麼可能不知道呢？

午餐後，蓋爾和我的行程是到下面的樓層，去特殊防禦中心跟比提碰面。我們搭乘電梯時，蓋爾終於開口說話：「妳還在生氣。」

「而你還沒道歉。」我回答。

「我仍然認爲自己沒說錯。難道妳要我說謊？」他問。

「不，我要你再好好想想，然後提出正確的看法。」我告訴他。但這話只是惹得他哈哈大笑，我只好算了。你不可能規定蓋爾怎麼想，或強逼他改變想法。如果我夠誠實，就該承認，這正是我信任他的理由之一。

特殊防禦中心的樓層，幾乎和我們發現預備小組的地底牢房一樣深。這個樓層包含許多房間，錯綜複雜，彷彿蜂窩，到處是電腦、實驗室、研究設備，以及測試區。

當我們說要找比提，他們便指引我們穿過迷宮般的通道，直到抵達一面巨大的強化玻璃窗前。玻璃窗內，是我來到第十三區以來見到的第一個漂亮的地方：一大片複製的草地，長滿眞正的樹和開花植物，還有蜂鳥飛舞，顯得生氣勃勃。比提在草地中央，一動也不動地坐在一張輪椅上，盯著一隻嫩綠色的鳥兒懸停在半空，從一朵大橙花中吸食花蜜。鳥兒倏地飛走時，他的目光也追著鳥兒移動，然後，他看見了我們。他高興地對我們招手，要我們進去，到他身邊。

裡面的空氣清涼舒適，不是我原先預期的潮濕悶熱。四面八方傳來細小翅膀振動的嗡鳴聲。以前在家鄉的森林裡，我曾誤以爲這是昆蟲的聲音。我不禁納悶，是由於什麼美好的意外，這裡竟然打造了一個世外桃源。

比提的臉色依然蒼白，就像一個仍在康復期的病人。但在那副和他的臉型不搭的眼鏡後方，那雙眼睛閃著興奮的神采。「牠們很神奇吧？第十三區在這裡研究與蜂鳥相關的空氣動力學已經好幾年了。向前、向後飛，可以加速到每小時六十哩。凱妮絲，我眞希望有辦法幫妳打造一對這樣的翅膀！」

「比提，我很懷疑我能駕馭它們。」我笑著說。

「忽而在東，忽而在西，來去迅疾。妳有辦法用弓箭射下一隻蜂鳥嗎？」他問。

「沒試過。牠們身上沒有什麼肉。」我回答。

「是沒有。而妳打獵也不是爲了好玩。」他說：「不過，我敢說，牠們很難射中。」

「也許可以張網捕捉。」蓋爾說，臉上浮現每次他腦子裡在想辦法時，就會出現的那種出神的表情。「用網眼非常小的網子圍住某個區域，只留下一個大約兩呎平方的開口，裡面用富含花蜜的花朵做餌。牠們在吸食花蜜時，把開口迅速收攏。牠們會被噪音驚動飛走，結果是撞上網子的另一頭。」

「行得通嗎？」比提問。

「我不知道。只是個想法。」蓋爾說：「牠們說不定比我想的聰明。」

「嗯，說不定。不過，你是在利用牠們逃離危險的本能。你從獵物的角度思考……就在這個地方，你找到牠們的弱點。」比提說。

我想起一件我不喜歡去想的事。在爲大旬祭做準備時，我看過一捲錄影帶，在很久以前的那場飢餓遊戲裡，比提還是個少年，他把兩條金屬絲線接在一起，電死了一票追殺他的孩子。比提在邁向勝利的過程中，一次又一次眼睜睜看著其他孩子死去，看著那些抽搐的身體、扭曲的表情。不是他的錯。這只是自衛。我們所有的行動都只是爲了自衛……

我突然很想馬上離開這個蜂鳥房，怕有人等一下眞的張起一面網。「比提，普魯塔克說你有東西要給我。」

「對。我有東西要給妳。妳的新弓。」他摁下輪椅扶手上的一個控制鈕，輪椅轉動，離開房間。我們跟著他穿過特殊防禦中心彎彎曲曲的通道時，他跟我們解釋：「我現在可以走一點路了，只不過我很容易累。坐輪椅讓我行動比較方便。芬尼克的情況怎麼樣？」

「他……他集中注意力有困難。」我回答，不想說他的精神整個崩潰了。

「集中注意力有困難，是嗎？」比提苦笑了一下。「如果妳知道過去幾年來芬尼克都經歷了什麼事，妳就知道他居然還能跟我們在一起，是件多麼了不起的事。不過，我正在幫他設計一把新的三叉戟，請妳告訴他好嗎？這或許能分散一點他的注意力。」芬尼克最不需要的似乎就是分散注意力，但我還是答應會把話帶到。

門廊入口標示著「特殊武器」，有四名警衛把守著。檢查我們手臂上的作息表，只是初步程序。我們接著掃描檢查了指紋、視網膜、DNA，然後還要通過一個特殊的金屬偵測器。比提必須把他的輪椅留在外面，不過我們通過安全檢查後，他們在裡面幫他準備了另一張輪椅。我覺得這整件事詭異得可以，因爲我無法想像有哪個在第十三區長大的人會對政府構成威脅，讓他們得這樣嚴密警戒。那麼，是因爲新近有大批移民湧入，他們才設下這些防範措施嗎？

在兵器庫門口，我們又得經過第二關驗明正身的檢查，彷彿我穿過走廊，走這短短二十碼的路，我的DNA就會發生突變。最後我們終於獲准進入兵器庫。我必須承認，裡面陳列的武器令我目眩神搖，喘不過氣來。一排又一排的槍械、發射器、爆裂物、裝甲車。「當然，航空部門在別的地方。」比提告訴我們。

「當然。」我說，彷彿這是不言而喻的事。我不知道在這些高科技武器當中，哪裡有地方容下一副簡單的弓箭，但是，接著我們就看到各式各樣致命的弓箭，掛了滿滿一面牆。在飢餓遊戲的賽前訓練中，我試過不少都城的武器，但它們都不是爲眞正的軍事戰鬥設計的。我的注意力集中在一副一看就知道具有強大殺傷力的弓上。它裝設了一些觀測鏡和其他小零件，看起來很沉。我確定我連拿都拿不動，更別提開弓射箭了。

「蓋爾，也許你想拿幾把弓試試。」比提說。

「眞的假的？」蓋爾問。

「眞正作戰時，當然，你終究會分發到一把槍。不過，如果你是凱妮絲的組員，要出現在宣傳短片中，那麼背一把這裡的弓，會更炫。我想，你會想要在這裡頭找一把適合你用的。」比提說。

「是啊，我是想。」蓋爾的手立刻握住那把我剛才一眼看中的弓。他將弓舉上肩膀，瞇著眼透過瞄準鏡朝房間裡不同地方瞄準。

「用來獵鹿似乎對鹿不太公平。」我說。

「我不會用它來獵鹿，對吧？」他回答。

「我馬上回來。」比提說。他在一個儀表板上按了一串號碼，牆上有個小門打開。我看著他消失在門的另一邊，然後門關上。

「所以，用來對付人，對你來說就毫無困難了？」我問。

「我沒這麼說。」蓋爾把弓放下來。「但是，如果我有一樣武器，能夠阻止我眼睜睜看著在第十二區發生的事……如果我有一樣武器，能夠讓妳不用進入競技場……我就會用它。」

「我也是。」我承認。但是，我不知道要怎麼告訴他，殺人之後會怎麼樣，而且那種感覺會永遠伴隨著你。

比提坐著輪椅回來，一個狹長的矩形匣子彆扭地架在輪椅上，一端抵住踏板，另一端靠著他的肩膀。他煞住輪椅，抓著匣子朝我傾斜過來。「給妳的。」

我把匣子平放在地板上，扳開一側的鎖釦。鉸鏈張開，蓋子無聲無息地開啓。匣內，在醬紫色的絲絨襯墊上，放著一把精美絕倫的黑弓。「噢——」我低聲讚嘆，小心地將它舉起來，仔細欣賞它精巧的平衡性、優雅的設計。弓身向兩端伸展出去的弧度，不知怎地，讓我聯想到鳥兒振翅欲飛。我還感覺到別的什麼。我必須抓牢了弓，靜止不動，才能確定那不是我的想像。真的，這弓在我手中是活的。我握住弓貼緊在臉頰上，感覺到一種細微的鳴動穿透我臉部的骨頭。「它在幹什麼？」我問。

「跟妳打招呼。」比提露出笑容說：「它聽見妳的聲音了。」

「它認得我的聲音？」我問。

「**唯獨**認得妳的聲音。」他告訴我：「是這樣的，他們要我設計一把弓，單純只考慮外型好看，搭配妳的打扮。妳知道，就像是妳的服裝配件。但是我不停地想，**這多浪費啊**。我的意思是，萬一妳有時候眞的需要用它呢？如果它不只是裝飾性的配件呢？因此，我讓外觀保持簡潔，但在內部發揮我的想像力。不過，妳邊試我邊解釋，會比較清楚。要試嗎？」

於是，我們開始試用。他們早已爲我們備妥射擊練習區。比提設計的箭，跟弓一樣令人驚嘆。有了這樣的弓和箭，我可以準確地射中一百碼外的東西。各種各樣的箭——鋒利無比的，能縱火燃燒的，會爆炸的——讓這把弓變成多功能武器。箭的種類，用箭桿的顏色區別。任何時候，我都可以選擇使用聲控，但是，我想不出來我爲什麼會需要用到這個功能。要解除這把弓的特殊功能，我只需對它說：「晚安。」然後，它就會去睡覺，直到我的聲音再度把它喚醒。

當我跟比提和蓋爾分手，回到預備小組身邊，我的心情好極了。整個化妝和試裝過程，我都耐心地坐著。現在，我的裝扮多了一塊血淋淋的繃帶，遮住左臂那個疤，同時也藉此顯示我才剛參與過戰鬥。凡妮雅在我的胸口別上那枚學舌鳥胸針。我拿起我的弓和一袋比提製造的普通的箭——因爲他們不可能讓我帶著那些會爆炸、燃燒的傢伙，到處亂逛。然後，我們就進了攝影棚。我覺得我在裡面站了好幾個小時，等他們一再調整化妝、打光，以及硝煙瀰漫的程度。最後，隱藏在玻璃圍成的控制室內，透過內部通話系統發號施令的人們，發出的指示越來越少。芙薇雅和普魯塔克花在端詳我的時間漸長，用在調整我的時間漸短。終於，整個攝影棚安靜下來。有整整五分鐘，人們只是靜靜地打量我。然後，普魯塔克說：「我想，應該可以了。」

有人招手要我走到一台監視器前。他們倒帶播放最後幾分鐘的錄影，我看著螢幕上那個女人。她的身材看起來比我高大，比我有氣勢。她的臉污痕斑斑，但性感迷人。她的黑色眉毛的弧度，透著睥睨、挑釁的神態。她的衣服冒著縷縷輕煙，彷彿她的火若不是才剛熄滅，就是即將爆出一團烈焰。我不知道這個人是誰。

芬尼克已經在攝影棚裡晃蕩了好幾個小時，這時走到我背後，似乎還帶有一點他昔日的幽默感，說：「他們一定會想殺了妳，要不就是想親妳，或變成妳。」

大家都非常興奮，對自己的成就很滿意。這時差不多已經到了停工吃晚餐的時間，但是他們堅持繼續拍攝。明天，我們要專注在演講和訪問上，並且讓我假裝置身戰鬥現場。今天，他們只要我講一句口號，短短一句話，好讓他們加入短片裡，秀給柯茵看。

「施惠國的人民，我們戰鬥，我們敢，我們終結不義！」這就是那一句話。從他們教我講這句話的神態來看，我敢說，他們不知道花了幾個月，甚至幾年，才擬定這樣一句話，並且驕傲得不得了。不過，我覺得這句話拗口，而且生硬。我無法想像在真實的人生裡說這句話，除非我用都城的口音和一種開玩笑的態度來說。就像我和蓋爾以前總愛模仿艾菲．純克特說：「願機會**永遠**對你有利！」但是，這時，芙薇雅就站在我面前，說我剛剛參加一場戰鬥，同袍已經全部戰死，在我四周倒下，爲了鼓舞還活著的人，我必須轉身面對攝影機，大聲喊出這句話！

他們催促我回到我的位置，煙霧製造器開始噴煙。有人喝令大家安靜，攝影機開始轉動，我聽到：「開拍！」於是，我高高舉起我的弓，盡全力凝聚內心的憤怒，然後大吼：

「施惠國的人民，我們戰鬥，我們敢，我們終結不義！」

攝影棚裡寂靜無聲。依然無聲。還是無聲。

終於，內部通話系統發出啪啦啪啦的爆裂聲響，黑密契尖酸刻薄的笑聲盈滿攝影棚。

他忍住不笑的那幾秒鐘，只夠他說出這句話：「各位，我親愛的朋友們，革命就是這樣夭折的。」

6

昨天，突然聽見黑密契的聲音，並得知他不單人好好的，還再度對我的人生擁有某種程度的控制權，我大爲震驚。這真的把我氣炸了，我轉頭直接離開了攝影棚。今天，無論他在控制室裡說什麼話，我完全不予理會。即便如此，我仍然馬上知道，對於我的表現，他說得一點也沒錯。

他花了一整個上午的時間，才說服大家正視我的侷限，瞭解我根本辦不到。像這樣子站在電視攝影棚裡，化好妝，穿上戲服，杵在人造煙霧中，我不可能號召各行政區，邁向勝利。說眞的，這麼長一段時間以來，我不斷暴露在攝影機前，居然還撐得住，簡直是個奇蹟。當然，過去在鏡頭前的表現，要歸功於比德。單獨一個人，我做不了學舌鳥。

我們聚集在指揮中心，圍著那張巨大的長方桌坐定。柯茵和她的手下、普魯塔克、芙薇雅、我的預備小組，還有黑密契和蓋爾，都出席了。但是，還有幾個第十二區的人，像是麗薇和油婆賽伊，爲什麼也在場，我就不明白了。最後一分鐘，芬尼克推著坐在輪椅上的比提進來，旁邊跟著那個第十區的養牛專家，道同。這眞是一個奇怪的組合。我猜，柯茵召集這麼一票人，是要大家來見證我的失敗。

然而，起身對大家致歡迎詞的是黑密契。從他講的話，我才明白，他們是他親自邀請來的。這是我抓傷他之後，我們第一次同處一室。我避免正眼看他。不過，從牆上一片明亮的控制儀表板，我瞥見了他的映像。他看起來臉色有點黃，而且瘦了很多，顯得有些乾癟。有那麼片刻，我很怕他是不是快死了。我必須提醒自己，我才不在乎。

黑密契做的第一件事，是放映我們才拍攝的毛片。在普魯塔克和芙薇雅的指導下，我的表現似乎達到了新低點。我的聲音和肢體動作都顯得突兀、不協調，彷彿木偶，由看不見的力量操縱著。

「好，」片子放映完，黑密契說：「有人認爲這能幫我們打贏戰爭嗎？」沒人說話。「好極了，節省不少時間。現在，讓我們安靜一分鐘。我要大家仔細想想，凱妮絲．艾佛丁在哪一點上，眞正打動了你。我不是指你有多嫉妒她的髮型，或她的衣服著火燃燒，或她射出還算漂亮的一箭。也不是指比德讓你喜歡她的地方。我要聽的是，有哪一個時刻，**她**讓你有一種很眞實的感覺。」

靜默的時間持續延長，我開始想，大家會不會就這麼一直安靜下去。這時麗薇開口了：

「她在抽籤日自願取代小櫻的時候。因爲我很確定，那時她認爲自己是去送死。」

「好極了，絕佳的例子。」黑密契說。他拿著一支紫色的麥克筆，在便條簿上寫字。「在抽籤日自願取代妹妹。」黑密契環視桌子一圈。「還有沒有？」

我很驚訝第二個發言的是博格斯。我一直以爲他是長了一身結實肌肉的機器人，柯茵說什麼他做什麼。「那個小女孩死去，她唱那首歌的時候。」我腦海裡突然浮現一個影像，博格斯的膝蓋上坐了個小男孩。大概是在餐廳裡吧，我想。或許他畢竟不是機器人。

「那一刻沒有人不哽咽，對吧？」黑密契說著，在紙上寫下來。

歐塔薇雅衝口而出：「當她用藥把比德迷昏，跟他吻別，好去搶醫治他的藥，我哭了。」接著她伸手摀住嘴，好像她確定自己犯了錯一樣。

然而，黑密契只是點點頭。「噢，對。用藥迷倒比德，好救他一命。很好。」

大家發表的意見越來越多，越來越快，沒有特定的順序。我跟小芸結盟的時候。在訪問當晚把手伸向麥糠。拼命想背起梅格絲。大家一次又一次提到我拿出那把毒莓果的時刻，但每個人的解讀都不同：出於對比德的愛；在不可扭轉的命運面前拒絕屈服；挑戰都城的殘酷。

黑密契高高拿起便條簿。「好，問題是，所有這一切的共同點是什麼？」

「全都出自凱妮絲自己。」蓋爾靜靜地說：「沒有人告訴她該怎麼做，怎麼說。」

「對，沒有劇本！」比提說。他手伸過來，拍了拍我的手。「所以，我們都該滾到一邊去，不要干涉妳，對吧？」

大家都笑了。我也忍不住露出小小的笑容。

「嗯，這些都很感人，但沒有什麼幫助。」芙薇雅不悅地說：「很不幸，她在第十三區這裡令人驚奇的時刻顯然有限。所以，除非你們是想把她扔進戰鬥當中——」

「那**正是**我的想法。」黑密契說：「把她丟到戰場上去，同時開著攝影機持續拍攝。」

「可是，大家都相信她懷孕了。」蓋爾指出。

「我們可以把話傳出去，說由於在競技場遭到電擊，她流產了。」普魯塔克回應。「非常悲哀，非常不幸。」

把我送上戰場的主張引起很大的爭議。但黑密契非常堅持。如果只有在眞實情境裡，我才演得好，那麼我就該上戰場。「每一次我們指導她或給她台詞，我們頂多只能期望她表現得還可以。一定要發自她內心才行。這才是人們受到感動的地方。」

「我們就算很小心，也不能保證她的安全。」博格斯說：「她會成爲靶子，每一個——」

「我要去。」我打斷他的話。「我待在這裡對反抗軍一點用也沒有。」

「萬一妳被殺了呢？」柯茵說。

「那你們一定得拍到一些鏡頭。反正，妳一定用得上。」我回答。

「好。」柯茵說：「不過我們一步一步來。先找最不危險，又能引起妳自發反應的地方。」她在指揮中心裡踱來踱去，端詳著被照亮的各行政區地圖，上面有戰爭中各部隊當前的所在位置。「今天下午帶她去第八區。該區早上遭到密集轟炸，不過這波攻擊似乎已經結束。我要她帶上一隊護衛。攝影小組在地面隨行。黑密契，你在空中跟著，跟她保持聯繫。讓我們看看會發生什麼事。還有人有別的意見嗎？」

「把她的臉洗乾淨。」道同說。大家都轉過頭看他。「她還是個女孩子，而你們把她弄得像三十五歲似的，感覺根本不對。就像都城會做的事。」

柯茵宣布散會，黑密契問她，能不能跟我私下講幾句話。其他人都走了，只剩下蓋爾還在我旁邊逗留，不確定要不要走。「你擔心什麼？」黑密契問他：「需要保鏢的是我吧。」

「沒事的。」我告訴蓋爾，於是他也走了。議事廳裡只有各種儀器持續不斷的嗡嗡聲，以及空氣流通系統低沉的呼呼聲。

黑密契在我對面的椅子坐下。「我們又要再度合作了。所以，有話直說吧。」

我想起我們在氣墊船裡互相咆哮，大打出手，以及隨後忿恨、苦澀的感覺。但是，我開口只說：「我不敢相信你竟然沒救比德。」

「我知道。」他回答。

我有一種少了什麼，錯失了什麼的感覺。不是因爲他沒道歉，而是因爲我們曾是一個團隊。我們曾經約定，要保比德安全。在一個漆黑的夜裡，酒後不切實際的約定。但是，無論如何，約定就是約定。在我內心深處，我知道我們兩個都沒有依約而行。

「現在，換你說。」我告訴他。

「我不敢相信那天晚上妳竟讓他離開妳的視線。」黑密契說。

我點頭。錯就錯在這裡。「我在心裡一遍又一遍地回想。當時我要怎麼做，才能讓他一直待在我身邊，而又不會破壞結盟關係。但是，我想不出任何辦法。」

「妳根本沒有選擇。那天晚上，即便我逼普魯塔克留下來救他，整艘氣墊船也會被打下來。我們幾乎沒能脫身。真是千鈞一髮。」我終於直視黑密契的眼睛。炭坑的眼睛，灰而深，環繞著黑眼圈。那是無數不眠的夜晚。「他還沒死，凱妮絲。」

「我們還在遊戲當中。」我試圖用樂觀的口吻說，但是我的聲音嘶啞了。

「還在其中，並且我還是妳的導師。」他把手裡的麥克筆指向我。「當妳在地面上，要記得我在空中。我有比妳好的視野，所以按照我告訴妳的去做。」

「再說吧。」我回答。

我回到化妝室，把臉洗乾淨，一道道顏料混合著肥皂水流進洗臉槽的排水口，消失了。鏡中的人看起來很憔悴，皮膚粗糙，眼神疲倦，但她看起來像我。我扒掉手臂上的繃帶，露出追蹤器留下的醜陋傷疤。沒錯。那看起來也像我。

由於我是要進入戰區，比提幫我穿上秦納設計的盔甲。頭盔由不同金屬混織而成，戴在頭上非常服貼。它質地柔軟，感覺像布料，我不想一整天戴在頭上時，可以像兜帽那樣，把它掀到後面去。一件背心用來加強保護我的重要器官。一個白色的小耳機，有電線連接到衣領上。比提在我的腰帶繫上一個防毒面罩，以防遭到毒氣攻擊。「如果妳看到有人倒下而原因不明，立刻把面罩戴上。」他說。最後，他在我背上綁上一個分成三個鞘室的箭袋。「妳只需記住：右邊是火，左邊會爆炸，中間是普通的箭。妳應該用不上，但有備無患。」

博格斯來找我，要護送我到航空部門。電梯來的時候，芬尼克出現，情緒激動。「凱妮絲，他們不讓我去！我告訴他們我很好，但是他們甚至不讓我上氣墊船！」

我打量了芬尼克一眼。他穿著醫院的袍子，腳上趿著拖鞋，中間露出光溜溜的兩條腿，頭髮蓬亂糾結，手指纏繞著打了一半結的細繩，眼神狂亂。連我也不認爲應該帶他一起去，但我知道我怎麼求他都沒有用。因此，我舉手拍了一下額頭，說：「哎呀，我忘記了。都是該死的腦震盪。我本來要告訴你，去特殊武器中心跟比提報到。他為你設計了一把新的三叉戟。」

一聽到**三叉戟**，昔日的芬尼克彷彿活了過來。「真的？它能做什麼？」

「我不知道。但是如果它像我的弓箭一樣，你一定會愛死它。」我說：「不過，你得先練習練習。」

「是喔。看來如此。我想我最好快去找他。」他說。

「芬尼克，」我說：「也許該先去穿條褲子？」

他低頭看自己的腿，似乎是第一次注意到自己的穿著。接著，他扯下醫院的袍子，身上只剩一條內褲。「為什麼？難道妳覺得這樣——」他擺出一個荒謬可笑的挑逗姿勢——「太誘人嗎？」

我忍不住大笑，因為實在太好笑了，而讓這件事變得更加好笑的，是一旁的博格斯顯得非常不自在。此外，我很高興，因為這時的芬尼克看起來就像我在大旬祭上認識的那個傢伙。

「歐戴爾，我只是凡人啊。」我在電梯門關上之前閃進去。「不好意思。」我對博格斯說。

「沒關係。我認爲妳……處理得很好。」他說：「反正，比我只能逮捕他好得多。」

「是啊。」我說，從眼角偷偷瞥他一眼。他大概四十五歲上下，灰髮小平頭，藍眼睛，站得跟雕像一樣。他今天兩次開口講話，所說的話讓我覺得他比較像朋友而非敵人。也許我該給他一個機會。但他對柯茵似乎太言聽計從了……

電梯發出一連串很大聲的卡嗒聲，稍微停了一下，然後開始橫向往左方移動。「它可以橫著走？」我問。

「對。第十三區地底下有一個完整的電梯路線系統。」他回答：「這條線正好在通往第五空運月台的傳輸輪輻正上方，它會帶我們到停機庫。」

停機庫。地牢。特殊防禦中心。生長糧食的地方。發電系統。空氣和水的過濾淨化。

「第十三區比我想像的還要大。」

「不能說是我們的功勞。」博格斯說：「我們基本上是繼承了這個地方。我們只是盡力保持它運作下去而已。」

卡嗒聲再度響起。我們又往下降了一會兒，幾層樓而已。然後電梯門打開，是停機庫。

「噢。」我不由自主地對機群發出一聲驚嘆。一排又一排各種不同的氣墊船。「這些也是你們繼承來的？」

「有些是我們製造的。有些是都城的空軍武力，當然，都更新過了。」博格斯說。痛恨第十三區的感覺突然再次跑出來。「你們擁有這一切，卻讓其他毫無防禦力量的行政區去對抗都城。」

「事情沒那麼簡單。」他馬上反駁。「直到最近以前，我們根本沒有能力發動反擊。先前，連要活下去都非常困難。我們推翻並處決都城派在這裡的人之後，沒幾個人懂得駕駛航空器。沒錯，我們可以用核子飛彈打他們。但是，始終有個更大的問題橫在前面：如果我們對都城發動核子戰爭，還會有人類存活下來嗎？」

「這聽起來很像比德講的話。你們卻說他是叛徒。」我嗆他。

「因爲他呼籲停火。」博格斯說：「你注意到了吧，我們雙方都沒有發射核子武器。我們打的是舊式的戰爭。艾佛丁軍士，請這邊走。」他帶我走向一艘比較小的氣墊船。

我爬上梯子，發現裡面載滿了電視攝影小組和攝影器材。每個人都穿著第十三區的暗灰色連身軍服。黑密契也是，不過他似乎對緊勒著他脖子的衣領不太高興。

芙薇雅．卡卓使勁擠過來，看到我素著一張臉，失望地嘆了口氣。「費了好大工夫，全沖進排水溝了。凱妮絲，我不是怪妳，只不過天生就上鏡頭的人實在太少了。哪像他？」她伸手拽住正在和普魯塔克講話的蓋爾，把他轉過身來面對我們。「他是不是帥斃了？」

我猜，穿著制服的蓋爾確實英氣逼人。但是，想到我們倆的過往，芙薇雅這話只是讓我們覺得尷尬。我試著想找一句機智的話來回應，一旁的博格斯已經快言快語地說：「喔，別指望我們跟妳一樣大驚小怪。我們才剛遇見只穿著一條內褲的芬尼克·歐戴爾。」我當場決定喜歡博格斯。

即將起飛的警示聲響起，我趕忙在蓋爾旁邊坐下，繫上安全帶，對面是黑密契和普魯塔克。我們滑行穿過迷宮般的隧道，來到一處平台。一種像是升降梯的裝置，頂著氣墊船緩緩地一層層往上升。突然間，我們已來到地面上一片寬廣的平地，四周圍繞著森林。接著，我們隨即凌空升起，進入雲層。

行前一陣忙亂，我沒有空多想。現在，我才意識到，這趟第八區之行到底會遇到什麼狀況，我根本毫無概念。事實上，無論這場戰爭的實際狀態，或贏得勝利所需付出的代價，乃至於一旦打贏之後會怎樣，我幾乎都一無所知。

普魯塔克試著用最簡單的方式爲我解說。首先，除了第二區之外，每個行政區目前都在跟都城交戰。第二區雖然也得送貢品參加飢餓遊戲，卻一向獲得都城的優遇，和我們的敵人交好。他們可以得到比較多的食物，居住條件也比較好。黑暗時期結束後，都城宣稱第十三區已被摧毀，第二區成爲都城新的軍事重鎮。在公開的資訊裡，就像第十三區以生產石墨著稱那樣，第二區表面上是國家的採石場。但實際上，第二區不單生產武器，還負責訓練維安人員，甚至提供兵源。

「你是說……有些維安人員是第二區出身的？」我問。「我以爲他們全都來自都城。」

普魯塔克點點頭。「他們就是要你們這麼想。有部分人員是來自都城沒錯，但都城的人口不足以維持那麼大一支武裝部隊。另外，要招募都城出身的公民，派到各行政區去過貧乏、枯燥的日子，也是個問題。維安人員得服役二十年，期間不允許結婚生子。有些人吃這一套，相信服役是一種榮譽。有些人則是爲了免除懲罰，而去服役。舉例來說，加入維安部隊，你欠的債就免了。都城有許多人都被債務壓得喘不過氣來，但不是每個人都適合當兵。所以，第二區成爲我們補充兵源的地方。對第二區的人來說，服役是擺脫貧困，避免在採石場度過一生的出路。他們自幼就養成了尙武好鬥的心態。妳已經看到了，他們的孩子是多麼熱切地自願去當貢品。」

卡圖和克菈芙，布魯塔斯和伊諾巴瑞雅。是的，我已看過他們的熱切與嗜血。「那，所有其他行政區都站在我們這一邊嗎？」我問。

「對。我們的目標是一個接一個地拿下各行政區，最後是第二區。這樣，我們就可以切斷都城的供應鏈。然後，一旦它的力量變弱，我們就進攻都城。」普魯塔克說：「那會是全然不同的另一種挑戰。不過，船到橋頭自然直，時候到了再說吧。」

「如果我們贏了，誰來領導政府？」蓋爾問。

「大家。」普魯塔克告訴他。「我們將會組成一個共和國，各行政區和都城的人民選出自己的代表，在中央政府爲他們自己發聲。別一臉懷疑的樣子，以前就這樣運作過。」

「在書裡。」黑密契喃喃說道。

「在歷史書裡。」普魯塔克說：「如果我們的祖先做得到，我們也能。」

坦白說，我們的祖先好像沒什麼值得誇耀的。我的意思是，看看他們留給我們怎樣一種處境。戰爭，破碎的星球。很明顯，他們根本不在乎後代子孫要面對怎樣的狀況。不過，這個共和政體的想法，聽起來似乎比我們現在的政治體制要好一些。

「如果我們輸了呢？」我問。

「如果我們輸了？」普魯塔克看著窗外的雲，嘴角露出一抹嘲諷的笑。「那麼，我敢說，明年的飢餓遊戲一定讓人永難忘懷。這倒提醒了我。」他從背心口袋掏出一個小瓶子，倒了幾粒深紫色的藥丸在手上，然後把手伸到我們面前，說：「凱妮絲，爲了向妳致敬，我們將它命名爲**夜鎖**。如今反抗軍擔待不起我們任何一個人被捕。不過，我保證，這能讓妳死得毫無痛苦。」

我拿了一粒膠囊，拿不定主意該放在哪裡。普魯塔克拍了拍我左肩前方衣袖上端的位置。我察看了一下，發現那裡有個小口袋可以藏放這顆藥。就算我雙手被綁住，也可以一低頭就把藥咬進嘴裡。

看來，秦納什麼都想到了。

7

氣墊船迅速盤旋降落在第八區外郊一條寬闊的馬路上，艙門幾乎立刻打開，梯子落地，我們瞬間就踏上柏油路面。最後一人才剛下機，氣墊船隨即收回梯子，升空消失，丟下我、我的護衛隊，和攝影小組。隨我同行的護衛，其實就是蓋爾、博格斯，和另外兩個士兵，共四名。攝影小組包括兩位壯碩的都城攝影師，身上扛著笨重的移動式攝影機，彷彿甲蟲背著殼，整個身體被這副裝置包住。另外，還有女導演奎希妲和她的助理米薩拉。奎希妲剃光頭，頭上有綠色藤蔓的刺青。米薩拉是個苗條的年輕男子，耳朵戴好幾對耳環。我仔細觀察，發現他的舌頭也打了個洞，釘著一枚狀似袖扣的小飾物，頂端是銀色圓球，彈珠大小。

博格斯催促我們離開馬路，朝旁邊一排倉庫走去，因爲第二艘氣墊船已經臨空，即將降落。它載來一箱箱補給藥品和六位醫護人員。我是從他們特有的白色衣袍，認出他們的身份。我們隨博格斯轉入一條巷弄，兩旁是晦暗的灰色倉庫，一整片斑駁的金屬牆面創痕斑斑，只偶爾被通往屋頂的豎梯間斷。一走出巷子，踏上大街，我們彷彿進入了另一個世界。

在上午轟炸中受傷的人，鮮血淋漓，缺手斷腳，昏迷不醒，正被自製的擔架、獨輪車、二輪手推車，或扛在肩上，或緊抱在懷中，一波接一波由心焦如焚的人們慌慌張張地送過來，湧向其中一間倉庫。那倉庫大門上方潦草地漆著一個大大的医字。這是舊家廚房裡常見的景象，我媽在那裡治療垂死的傷患。只不過人數得再乘上十倍，五十倍，一百倍。我本來以爲會看到轟炸過後的斷垣殘壁，卻發現自己面對的是人類支離破碎的軀體。

這是他們打算拍攝我的地方？我轉身面對博格斯。「這行不通，」我說：「我在這裡不行。」

他一定看到了我眼中的恐慌，因爲他停下腳步，兩隻手搭在我肩上。「妳行的。只需讓他們看見妳。這比世界上任何醫生都還要有用。」

有個女人在指揮剛送傷患抵達的人，看見我們，頓了一下，又多看兩眼，接著大步走過來。她深棕色的眼睛顯得疲憊紅腫，身上發出金屬和汗水的氣味。包裹著她喉嚨的繃帶，三天前就該更換了。斜背在背上的一把自動步槍，肩帶掐進了她脖子上的肌膚，於是她挪動肩膀，調整了一下肩帶。她豎起大拇指一比，指示醫療小組進入那座倉庫。他們遵命行事，毫不質疑。

「這位是第八區的指揮官佩勒。」博格斯說：「指揮官，這是凱妮絲．艾佛丁軍士。」

她看起來太年輕，不像是個指揮官。才三十出頭吧。但她聲音裡自有一種威嚴，讓人覺得，她獲得這項任命絕非出於偶然。穿著一身簇新、筆挺、閃亮的衣服站在她旁邊，我覺得自己像一隻剛剛孵出來的雛鳥，沒經過風浪，才正要學習怎麼在這世界上飛翔。

「是，我知道她是誰。」佩勒說：「所以，妳還活著。我們一直不敢確定。」是我聽錯了，還是她聲音中真的帶著指控的意味？

「我自己到現在也不敢確定。」我回答。

「還沒完全復元。」博格斯拍拍自己的頭說：「嚴重腦震盪。」他壓低聲音。「還有流產。但她堅持要來看看你們的傷患。」

「嗯，我們的傷患夠她看了。」佩勒說。

「把傷患像這樣集中在這裡，」蓋爾蹙起眉頭看著這座臨時醫院，「妳覺得好嗎？」

我不覺得。一旦發生傳染性疾病，就會像野火一樣在這個地方擴散開來。

但佩勒說：「我想，這比把他們丟著等死要來得好一點。」

「我不是這個意思。」蓋爾告訴她。

「嗯，但目前那是我的另一種選擇。如果你有第三種選擇，並且得到柯茵的支持，我洗耳恭聽。」佩勒邊朝門口走去，邊對我招手。「進來吧，學舌鳥。當然，請妳的朋友都一起進來吧。」

我回頭瞥了一眼我這組裝扮怪誕的人馬，鼓起勇氣，跟著她走進醫院。室內從這一頭到那一頭掛著一塊沉重的工業用簾幕，圍出一條相當大的走道，屍體一具接一具擺放著，簾幕拂過他們的頭，他們臉上蓋著白布。佩勒說：「這倉庫西邊幾條街外，我們已經開始挖一個巨大的集體墓穴，但我還撥不出人手來搬運他們。」她在簾幕上找到一道開口，將它拉開。

我的手扣緊蓋爾的手腕，壓低聲音說：「別離開我身邊。」

他低聲回答：「我不會走開。」

我穿過簾幕，感官立刻受到強烈的衝擊。我第一個直覺反應是摀住鼻子，擋住骯髒紗布、化膿血肉、嘔吐物混合在一起的臭味。在悶熱的倉庫蒸烤下，臭味變得更濃重。他們已撐開了金屬屋頂上縱橫交錯的天窗，但透得進來的空氣，絲毫不能沖淡底下凝聚的濁臭。從屋頂射入的稀薄陽光，是唯一的照明。隨著我的眼睛逐漸適應室內的光線，我看見一排又一排受傷的人，躺在帆布床、棧板，或地上，因爲這裡面要容納的人實在太多了。黑蠅飛舞嗡嗚，傷患痛苦呻吟，照顧他們的親人低聲啜泣，構成令人揪心的合唱。

在各行政區，我們其實沒有眞正的醫院。我們都死在家裡。有那麼片刻，我覺得，跟眼前的景象比起來，死在家中似乎要好得多。接著我想起來，這裡這許多人很可能已經在轟炸中喪失了他們的家。

我的背部開始淌下汗水，手心也已汗濕。我用嘴巴呼吸，試圖減少吸入臭味。我眼前開始浮現黑點，我怕自己很快就要昏倒了。但是，我瞥見佩勒正睜大眼睛，緊盯著我看，要看我是不是眞有本事，他們把信心押在我身上到底是對是錯。因此，我放開蓋爾，強迫自己朝倉庫深處走去，走入兩排病床之間狹窄的通道。

「凱妮絲？」我左手邊冒出一個微弱嘶啞的聲音，打破原先哽咽與呻吟交織的沉沉聲響。「凱妮絲？」一團迷濛中一隻手向我伸來。我覺得自己快跌到了，趕緊抓住它。那手的主人是個腿部受傷的年輕女子。血從她腿上厚厚的繃帶滲出，繃帶上爬滿了黑蠅。她的臉流露出傷口所帶來的痛，但那表情裡還有別的東西，某種跟她的情況完全不協調的東西。「眞的是妳嗎？」

「是的，是我。」我終於說出話來。

喜悅。她的臉流露的是喜悅。聽見我的聲音，她的臉亮起來，暫時抹除了原來的痛苦。

「妳還活著！我們不曉得。大家傳言妳還活著，但是我們不確定！」她激動地說。

「我受傷很嚴重，但現在好多了。」我說：「就像妳也會好起來一樣。」

「我得告訴我弟弟！」她掙扎著坐起來，對著前頭某張床喊道：「艾迪！艾迪！她在這裡！是凱妮絲．艾佛丁！」

一個十二歲左右的男孩，轉過頭來看著我們。繃帶遮住了他半張臉。我所能見到的他的半張嘴張開，彷彿要發出驚呼。我走到他面前，將他額前潮濕的棕色鬈髮撥開，低聲問候他。他無法說話，但他那隻沒有受傷的眼睛緊緊盯著我，彷彿要記下我臉上的每一個細節。

我聽見自己的名字在悶熱的空氣中蕩漾，在整個醫院裡蔓延開來。「凱妮絲！凱妮絲．艾佛丁！」痛苦和悲傷的聲音開始褪去，被充滿期盼的話語取代。四面八方，都有聲音在呼喚我。我開始走動，握住每一隻伸向我的手，撫摸那些無法移動肢體的人身上還完好的部位，跟他們說哈囉，你好嗎，很高興見到你。沒有重要的談話，沒有鏗鏘動聽的勉勵。但是那一點也沒關係。博格斯是對的。只要看見我，活生生的我，就是對他們最大的鼓舞。

熱切的手吞噬了我，大家都想要摸到我。當一個受傷的男人用雙手捧住我的臉，我在心裡無聲地向道同道謝，感謝他建議我洗掉臉上的妝。戴著那張塗繪而成的都城面具出現在這些人面前，將是多麼荒謬跟錯誤。受傷、被折磨、不完美。這才是他們認識的我，也是我屬於他們的原因。

儘管比德回應凱薩的話引起了爭議，還是有許多人問起他，並向我保證，他們知道他是被迫說那些話。我盡力讓自己聽起來像是對我們的未來充滿希望，不過，當人們知道我失去了孩子，他們眞的非常悲痛。我很想澄清，想告訴那個爲此哭泣的女人，這整件事是個騙局，是遊戲中的手段。但是，此刻讓人們知道比德在說謊，無益於他的形象，無益於我的形象，也無益於革命。

我這才眞正瞭解，人們爲了保護我，付出了多少努力。我對反抗軍具有什麼樣的意義。一向以來，我一再對抗都城，經常覺得孤單，但其實這一路上我從來不孤獨。有成千上萬各行政區的百姓，站在我這一邊。早在我接受這個角色之前，我就已經是他們的學舌鳥了。

在我裡面有一種新的感覺在凝聚。但是，直到我高高站在一張桌子上，對著嘶啞呼喊我名字的人們揮手道別時，我才認出它是什麼。力量。我擁有一種我從來不知道自己擁有的力量。我遞出那把毒莓果時，史諾知道。普魯塔克從競技場中把我救出來時，他知道。現在柯茵也知道了，非常清楚地知道，以至於她得公開提醒她的百姓，有權力的人不是我。

當我們回到戶外，我背靠著倉庫的牆，慢慢平復呼吸，接過博格斯遞來的水壺。「妳做得好極了。」他說。

嗯，我沒昏倒或嘔吐或尖叫著衝出門外。大部分時候，我只是隨著醫院裡洶湧起伏的情緒移動。

「我們在裡面拍到不少好東西。」奎希妲說。我看著甲蟲似的兩位攝影師，汗水從他們的裝備底下淌出來。米薩拉在記筆記。我根本忘了他們在拍我。

「其實，我沒做什麼。」我說。

「妳應該對自己過去所做的事情有點信心。」博格斯說。我過去做了什麼？我想到我走過之處必帶來傷害與破壞，膝蓋一軟，整個人滑坐在地上。

「那可是五花八門，有好有壞。」

「嗯，妳離完美還差得遠。但是，事到臨頭，妳就得做該做的事。」博格斯說。蓋爾在我旁邊蹲下，搖了搖頭，說：「我真不敢相信，妳竟讓那些人摸妳。我一直準備著妳下一秒鐘就會奪門而出。」

「閉嘴。」我笑著說。

「妳媽媽看了這段影片，一定會感到非常驕傲。」他說。

「我媽不會注意到我。那裡面的情況一定會讓她驚駭。」我轉向博格斯，問：「每個行政區都像這樣嗎？」

「是的。絕大部分都受到了攻擊。只要辦得到，我們都盡力予以援助，但怎麼做都不夠。」他停了片刻，被他耳機裡的聲響分了心。我這才想到，我一直沒聽見黑密契的聲音，便伸手胡亂撥弄我的耳機，納悶它是不是壞了。「我們得立刻趕回飛機跑道去。」博格斯說著，一隻手把我拉起來。「有麻煩了。」

「怎樣的麻煩？」蓋爾問。

「轟炸機來了。」博格斯說。他手伸到我頸後，把秦納設計的頭盔拉起來罩住我的頭。

「走！」

由於情況不明，我們沿著倉庫正面的牆邊跑，朝那條通往跑道的巷子奔去。不過，我沒有感覺到任何立即的威脅。天空清朗，澄藍無雲。街道上除了把傷患送到醫院去的人，也空空蕩蕩的。沒有敵人，沒有預兆。接著，空襲警報開始鳴叫。才幾秒鐘，都城的轟炸盤旋機以V字隊形低空飛行，出現在我們頭頂上，炸彈開始落下。我被爆炸震飛出去，撞上倉庫的牆壁。右膝彎上方一陣劇痛，同時有什麼東西擊中我的背部，但似乎沒有穿透背心。我試圖站起來，博格斯把我撲倒，整個人趴在我身上護住我。隨著一顆又一顆的炸彈落下、爆炸，地面如波浪般起伏。

炸彈如雨下時，被壓制在牆邊的感覺，實在太恐怖了。打獵時碰到可以輕易得手的獵物，我爸是怎麼形容的？**就像在桶子裡射魚**。我們是魚，這街道是桶子。

「凱妮絲！」黑密契的聲音突然從耳機裡冒出來，嚇了我一大跳。

「什麼？是，怎樣？我在這裡！」我回答。

「注意聽我說。轟炸的時候我們無法降落。但妳絕不能被他們看到。」他說。

「所以他們不知道我在這裡？」我原本以爲，如同過往，是我的出現給這地方帶來了懲罰。

「情報單位認爲，他們不知道。這一波空襲是原先就預定的。」黑密契說。

接下來是普魯塔克的聲音，鎮定有力。那是首席遊戲設計師在壓力下發號施令的聲音。

「你們前方第三棟建築是一座淺藍色的倉庫，它的北邊角落有地下碉堡。你們能趕到那裡去嗎？」

「我們盡力而爲。」博格斯說。普魯塔克的聲音一定傳進了每個人的耳機，因爲我的護衛和攝影小組都起身了。我雙眼本能地搜尋蓋爾，看見他也站起來了，顯然沒有受傷。

「在下一波炸彈落下之前，你們大約有四十五秒的時間。」普魯塔克說。

當我的右腿承受身體重量，我忍不住痛得低聲叫出來，但是我繼續前進。沒時間檢查傷勢。反正，這時候最好別看。幸虧我穿的是秦納設計的鞋子，踏在柏油路面上，落下時抓地力很強，起步時彈性又超好。如果我穿的是第十三區發放給我的那雙不合腳的鞋，我就完蛋了。博格斯領頭，但是其他人都沒有超越我。他們配合我的步伐，護在我的兩側與背後。時間一秒一秒流逝，我強迫自己快跑。我們奔過了第二棟灰色倉庫，沿著一棟棕黃色建築的牆邊前進。前方，我看見一面褪了色的藍色牆壁。地下碉堡的所在。我們剛抵達另一條小巷。只要跨過這條巷子，就到達藍色倉庫的門口了。這時，第二波炸彈開始落下。我本能地撲進巷子，翻滾到藍色牆邊。這次是蓋爾撲過來護住我，在轟炸中提供我多一層的保護。這次，時間似乎持續得更久，但我們離轟炸地點更遠了。

我側翻過身，發現自己直直望進蓋爾的眼睛。剎那間，整個世界逐漸後退隱去，我眼中只剩下他脹紅的臉，他太陽穴清晰可見的脈搏跳動，他喘息時微微張開的雙唇。

「妳還好嗎？」他問，爆炸聲幾乎淹沒了他的話語。

「沒事。我想他們還沒看見我。」我回答：「我是說，他們不是在追我們。」

「對，他們瞄準的是別的東西。」蓋爾說。

「我知道，但是那邊什麼東西都沒有，除了——」瞬間我們同時明白過來。

「醫院。」蓋爾立刻起身，對其他人大喊：「他們在攻擊醫院！」

「不關你們的事。」普魯塔克堅定地說：「到碉堡裡去。」

「但是，那裡除了傷患沒別的啊！」我說。

「凱妮絲！」我聽到黑密契聲音裡帶著警告的語氣，曉得接下來他要說什麼。「妳千萬別想——！」我一把拽下耳機，任它連同電線垂吊著。沒了讓我分心的干擾，我聽見另一種聲音。巷子對面棕黃色倉庫的屋頂，傳來機關槍開火的聲音。有人還擊了。在任何人來得及阻止之前，我起身衝向一道通往屋頂的豎梯，開始攀爬。一直爬。我最拿手的事情之一。

「別停！」我聽到蓋爾在我下面喊。然後是他的靴子踢到某人臉上的聲音。如果那是博格斯的臉，稍後蓋爾可要付上昂貴的代價。我攀到梯頂，勉力爬上鋪了焦油的屋頂，等了一會兒，把蓋爾拉上來。倉庫面向街道那一側的屋頂邊上，架了一排機關槍，安置在各別的網狀掩體裡。每個掩體看來都部署了幾名反抗軍。我們衝向其中一座機關槍，鑽進掩體，跟裡頭的兩名反抗軍一起弓身蹲踞在掩蔽工事後面。

「博格斯知道你們上來這裡嗎？」在我左邊，我看到佩勒在一座機關槍後，帶著質疑的神情看我們。

我試圖含糊帶過，避免直接說謊。「他知道我們在哪裡，沒問題的。」

佩勒大笑。「我敢說他知道。你們受過這東西的訓練嗎？」她拍了拍手裡的槍托。

「我受過，在第十三區。」蓋爾說：「不過我寧願用我自己的武器。」

「對，我們帶了自己的弓箭來。」我舉起自己的弓，但隨即察覺，它看起來一定很花俏。「它比看起來的樣子致命。」

「最好是這樣。」佩勒說：「好，我們預計至少還會有三波轟炸。他們在投擲炸彈之前，必須先放下防護罩。那是我們的機會。躲好！」我單膝著地，擺好射箭姿勢。

「最好先從火開始。」蓋爾說。

我點點頭，從箭袋右鞘抽出一支箭。如果我們沒射中，這些箭大概會落在對街某個倉庫。倉庫失火可以撲滅，但如果是爆炸，恐怕就沒得補救了。

突然間，它們出現在兩條街外的空中，距離屋頂大約一百碼。七架小盤旋機，排成V字隊形。「雁！」我對蓋爾大喊。他一定明白我是什麼意思。在候鳥遷徙的季節，我們射獵野禽時，爲了避免兩人同時瞄準同一隻鳥，我們發明了一種分配目標的方法。我射擊V字較遠的那一邊，蓋爾負責較近的這一邊，同時我們輪流瞄準領頭的鳥。沒時間做進一步討論，我衡量轟炸盤旋機的時速，隨即放箭，射中其中一架的內側機翼，爆出一團火球。蓋爾沒射中領頭的那架飛機，一團火焰在對面一棟空倉庫屋頂爆開。他咬牙罵了一聲。

我射中的那架飛機搖晃著偏離隊伍，但還是丟下了炸彈，而且沒有就此墜毀。另一架好像被機關槍擊中的飛機，也依然在空中盤旋。不過，它們受到的損傷，一定使得它們的防護罩失去了作用。

「射得好。」蓋爾說。

「我根本不是瞄準那一架。」我喃喃地說。我瞄準的是它前面的那架。「它們飛得比我們想像的快。」

「就位！」佩勒大喊。下一波盤旋機已經逼近。

「火沒用。」蓋爾說。我點點頭，然後我們都選擇搭上會爆炸的箭。反正對面的那些倉庫看起來都廢棄了。

隨著那些飛機靜靜地襲來，我做了另一個決定。「我要站著！」我大聲通知蓋爾，隨即起身站立。這是我最能瞄準目標的姿勢。我稍微提早一點發箭，直接擊中了領頭的飛機，在機腹炸開一個洞。蓋爾緊接著轟掉另一架飛機的尾翼。它在空中翻滾掉落，墜毀在街上，所攜帶的炸彈引發一連串爆炸。

毫無預警地，第三個V字隊形出現。這次，蓋爾直接射中領頭機，我則轟掉第二架的一側機翼，令它失衡打轉，撞上它後面那架飛機。兩架飛機一起墜毀在醫院對面的倉庫屋頂。機關槍掃下了第四架。

「好，就這樣了。」佩勒說。

飛機殘骸冒出的火焰和濃煙遮蔽了我們的視線。「他們炸中醫院了嗎？」

「肯定是。」她沉著臉說。

當我奔回屋頂另一端的豎梯，米薩拉和一位甲蟲從空氣輸送管後方冒出來，嚇了我一跳。我以爲他們還蹲伏在下面的巷子裡。

「我對他們越來越有好感了。」蓋爾說。

我七手八腳地爬下梯子。兩腳才著地，就看見一名護衛、奎希妲，和另一位甲蟲等在那裡。我預期會遭到攔阻，但奎希妲揮著手要我趕去醫院。她大喊著說：「普魯塔克，我不管！再給我五分鐘！」沒有人質疑或爭論，我立刻朝街道跑去。

當我看見醫院——本來是醫院的那個地方，不禁脫口喃喃說道：「噢，不。」我經過幾名受傷的人，經過燃燒的飛機殘骸，怔怔地盯著眼前的災難。人們驚慌失措地尖叫奔跑，但是束手無策。炸彈炸垮了醫院的屋頂，整座建築燒起來，有效地困住了裡面的傷患。救難人員已經抵達，試圖清出一條通往屋內的路。但是我已經知道他們會找到什麼。那些沒被垮下來的房屋壓死，沒被火焰燒死的人，也會被濃煙嗆死。

蓋爾站在我身邊。他沒有採取任何行動，確認了我的猜想。礦工在意外發生時，不會放棄坑內的夥伴，除非已確定無望。

「走吧，凱妮絲。黑密契說他們現在可以派一艘氣墊船下來接我們了。」他告訴我。但我似乎不能動彈。

「他們爲什麼要這麼做？他們爲什麼要攻擊已經垂死的人？」我問他。

「為了恐嚇其他人。為了使受傷的人無法尋求援助。」蓋爾說：「妳剛才接觸的那些人，是沒有價值，可以丟棄的。對史諾來說，是這樣。如果都城贏了，一群傷殘的奴隸對他們能有什麼利用價值呢？」

我想起在森林中的那些歲月，蓋爾常激烈地批評都城。而我，沒太理會，還疑惑為什麼他要費心去剖析都城的動機，為什麼懂得敵人怎麼思考很重要。如今，懂得敵人的想法顯然很重要。當蓋爾質疑這樣一處醫院的設置，他想的不是傳染病，而是這個。因為他從來不會低估我們所面對的敵人有多麼殘酷。

我慢慢轉身背對醫院，發現奎希妲站在我前方兩三碼，兩位甲蟲站在她兩旁。她似乎還很平靜，甚至冷靜。「凱妮絲，」她說：「史諾總統剛剛已經命人播放這場轟炸的實況。然後他親自上電視，說他採取這個行動，是要向反抗軍傳達一個訊息。那麼妳呢？妳有什麼話想對反抗軍說嗎？」

「有。」我喃喃地回答，注意到一部攝影機上的紅燈閃爍著，知道他們已經開始拍攝。「有。」我用力地再說一次。每一個人，包括蓋爾、奎希妲和兩位甲蟲，都向後退開，為我讓出一個舞台。我只繼續注視著閃爍的紅燈。「我要告訴反抗軍，我還活著。此刻我人就在第八區，就在都城剛剛炸掉一所醫院的地方。醫院裡面擠滿了手無寸鐵的男女老少，不可能有人存活。」我剛才所受到的震驚，開始轉變成憤怒。「我要告訴大家，如果你有絲毫動搖，以爲停火之後，都城會善待我們，你是在欺騙自己。因爲你知道他們是誰，他們在做什麼。」我雙手不自覺地向外張開，彷彿要指出我周遭的恐怖景象。「**這**，就是他們做的！我們必須反擊！」

憤怒驅使著我，我一步步朝攝影機走近。「史諾總統說他要傳達一個訊息給我們？很好，我也有一個訊息要給他。你可以拷打我們，轟炸我們，把我們的家園夷爲平地，但你看到那個了嗎？」有一部攝影機隨著我手指指示的方向，轉向我們對面倉庫屋頂上燃燒的兩架飛機。一片機翼上都城的徽章在火光照耀下發亮，清晰可見。「星火已經燎原！」我開始大吼，決心不讓他錯過任何一個字：「我們如果燃燒起來，你也會跟著燒得屍骨不存！」

我最後一句話在空氣中迴盪。我感覺到時間靜止，我乘著一團熱氣，懸浮在空中。熱氣不是來自我的周遭，而是來自我裡面，來自我本身就是火。

「停！」奎希妲的聲音把我熄滅，拉回現實。她對我點了個頭，似乎很滿意。「收工。」

8

博格斯出現，一把緊緊抓住我的手臂，但我現在不打算跑了。我回頭看醫院，正好見到它剩餘的結構坍塌下來，我的鬥志也一下子洩光了。所有那些人，數百名傷患、他們的親友，以及來自第十三區的醫護人員，全都不見了。我轉回頭面對博格斯，看見他的臉腫得厲害，果然是被蓋爾踢中了。我不是專家，但我很肯定他的鼻梁斷了。不過，他開口說話的聲音像是認命，而不是生氣。「回飛機跑道吧。」我順從地往前跨出一步，痛得縮了一下，這才感覺到右膝彎在痛。腎上腺素激發的感覺已經消退，我身體各部位開始異口同聲地呻吟。我受傷，流血，而且似乎有人在我頭顱裡面拿著鎚子不停地敲擊左邊太陽穴。博格斯迅速察看了一下我的臉，接著便將我打橫抱了起來，小跑步奔向跑道。半途中，我吐在他的防彈背心。我想，我聽到他嘆了口氣。不過，也很難說，因爲他跑得喘不過氣來。

一艘小型氣墊船，跟送我們來的那艘不同，停在跑道上等我們。我的組員才跨進艙門，氣墊船立刻起飛。這一次既沒有舒適的座位，也沒有窗戶。我們似乎是搭乘某種貨運機。博格斯幫受傷的人做了急救，讓他們可以撐到返回第十三區。我想把背心脫下來，因爲它也被我吐得亂七八糟。但我覺得好冷，只好作罷。我躺在機艙地板上，頭枕在蓋爾腿上。我記得的最後一件事，是博格斯把幾個麻袋攤平蓋在我身上。

我醒過來時，身體是暖和的，而且包紮好了，躺在醫院裡我原來的病床上。我媽在旁邊，正在察看儀器上我的生命跡象。「妳覺得怎麼樣？」

「受了點傷，不過沒事。」我說。

「沒有人告訴我們妳要出門。直到妳離開了，我們才曉得。」她說。

一陣罪惡感襲來。如果妳的家人曾經兩次被迫送妳去參加飢餓遊戲，妳似乎不應該疏忽這種細節。「對不起。他們沒想到會碰上攻擊。我本來只是去探望傷患。」我跟她解釋。「下一次，我一定請他們徵求妳的同意。」

「凱妮絲，沒有誰會徵求我同意什麼。」她說。

這是實話。連我都不會找她同意什麼。自從我爸死了以後，我就不曾這樣做過。那幹嘛假裝呢？「呃，總之，我會請他們……通知妳。」

床邊的桌上有一塊他們從我腿上取出的彈片。醫生比較擔心的，是爆炸可能對我的腦子造成傷害，因爲我的腦震盪本來就還沒完全康復。但是我沒有把一個東西看成兩個，也沒有其他這一類症狀，而且我可以清楚思考。我睡了一整個下午和晚上，現在餓得要命。我的早餐少得令人喪氣，只有幾小塊麵包蘸熱牛奶吃。他們通知我一早就去指揮中心開會。我坐起身後，才明白他們打算直接推著我的病床過去。我想走路過去，但這不可能。我跟他們交涉了半天，總算同意我改坐輪椅去。我覺得自己沒問題，眞的。除了我的頭、我的腿，幾處挫傷會痛，以及吃過東西幾分鐘後噁心想吐之外。好吧，或許坐輪椅是個好主意。

當他們推著我往下走，我開始對自己即將面對什麼情況感到不安。昨天，蓋爾和我斷然抗命，博格斯臉上的傷可以證明。當然，一定會有一些後果，但是情況會糟到讓柯茵取消我們免除勝利者罪責的協議嗎？我所能給予比德的一點點保護，也被我自己剝奪了嗎？

當我抵達指揮中心，只有奎希妲、米薩拉和那兩位甲蟲已到場。米薩拉眉開眼笑地說：「我們的大明星來啦！」其他人也都笑得非常眞誠，我忍不住報以微笑。他們在第八區的表現令我印象深刻，不但在轟炸中跟著我爬上屋頂，還讓普魯塔克讓步，以便拍攝他們想要的鏡頭。他們不只是完成工作，他們以自己的工作爲榮。就跟秦納一樣。

我有個奇怪的想法，如果我們是在競技場中，我會選擇跟他們結盟。奎希妲、米薩拉，還有，還有——我對著兩位攝影師衝口而出：「我不該再叫你們『甲蟲』了。」我趕忙解釋，因爲我不知道他們的名字，而他們身上的裝備看起來很像昆蟲的甲殼。我這樣比喻，他們似乎不以爲意。此時，即使身上沒有甲殼似的裝備，他們兩個看起來還是很像。同樣的黃棕色頭髮、紅鬍子、藍眼睛。那個幾乎把指甲啃禿的攝影師說，他叫卡斯托，另一個是他弟弟，叫波呂克斯。我等著波呂克斯跟我說哈囉，他卻只是點了點頭。起初我以爲他是害羞或話少的人。但是，我突然心頭一凜——他嘴唇的模樣，他吞嚥時費力的樣子——在卡斯托跟我解釋之前，我就明白過來了。波呂克斯是去聲人。他們割掉了他的舌頭，他這輩子再也不能說話。我不必再好奇，他爲什麼甘冒一切危險，獻身推翻都城。

隨著廳裡的人到齊，我鼓起勇氣，做好心理準備，等著其他人臭著臉看我。但是唯一擺臉色給我看的人是黑密契，反正他總是那副死樣子，另外就只有芙薇雅一臉酸溜溜。博格斯臉上從眉毛到上唇的部位，戴著膚色的塑膠面罩，看不出表情。我猜得沒錯，他的鼻子斷了。柯茵和蓋爾正說著話，看來似乎交情很好。

當蓋爾在我輪椅旁的位子坐下，我說：「交上新朋友了？」

他瞟了總統一眼，回過頭來說：「嗯，我和妳之間總得有一個是可以打交道的。」他輕輕碰了碰我的太陽穴。「妳感覺怎麼樣？」

他們今天早餐的蔬菜一定是筍瓜大蒜濃湯。越多人進來，蒜味就越濃。我的胃開始翻攪，燈光突然變得很刺眼。「有點頭暈目眩。」我說：「你呢？」

「還好。他們挖出了幾片炸彈碎片。沒什麼大不了的。」他說。

柯茵叫大家安靜，會議開始。「我們的傳播突襲行動已經正式展開，昨晚八點我們的第一支宣傳短片首播，隨後比提又成功重播了十七次。你們當中有些人錯過了這幾次播映，所以我們現在重播給各位看。」重播？所以他們不單拍到有用的毛片，而且已經剪輯成一部影片，播送了好幾次。想到要看自己出現在電視上，我的手心開始出汗。如果我還是表現很糟怎麼辦？如果我還是像在攝影棚裡那樣，既僵硬又不知所云，而他們也放棄再改善我的表現，怎麼辦？桌上每個人面前升起一面螢幕，室內燈光轉暗，整個房間安靜下來。

一開始，螢幕一片漆黑。然後中央出現一點星火閃爍著。這火花綻放、擴散，悄無聲息地吞噬掉黑暗，直到整個螢幕燃成一片熊熊大火，逼眞又熾烈，我不禁以爲自己感覺到了它透出的熾熱。接著，螢幕上出現我的學舌鳥胸針，散發著金紅色的光輝。那個不時出現在我噩夢中的，低沉、雄渾的聲音，開始說話。飢餓遊戲的官方宣布者克勞帝亞斯·坦普史密斯說：「凱妮絲·艾佛丁，燃燒的女孩，繼續燃燒吧。」

突然間，我出現在螢幕上，取代了學舌鳥，站在第八區眞正的火焰和濃煙前。**「我要告訴反抗軍，我還活著。此刻我人就在第八區，就在都城剛剛炸掉一所醫院的地方。醫院裡面擠滿了手無寸鐵的男女老少，不可能有人存活。」**鏡頭切到醫院轟然倒塌，一旁的人一臉絕望的景象，我的聲音在畫面外繼續說：「**我要告訴大家，如果你有絲毫動搖，以為停火之後，都城會善待我們，你是在欺騙自己。因為你知道他們是誰，他們在做什麼。**」鏡頭回到我身上，我舉手指出四周慘遭蹂躪的景象。「**這，就是他們做的！我們必須反擊！**」接下來是以蒙太奇手法剪接的一連串戰地實景鏡頭。最初一波炸彈落下，我們奔跑，被爆炸威力震倒，拉到一個特寫鏡頭，呈現我的傷口，鮮血淋漓，然後我們爬上屋頂，衝向掩體。接著是一個個令人驚異的鏡頭：反抗軍、蓋爾，以及我，大部分是我，一次次把天空中那些飛機打下來。跳接回到我身上，只見我一步步逼近攝影機。「**史諾總統說他要傳達一個訊息給我們？很好，我也有一個訊息要給他。你可以拷打我們，轟炸我們，把我們的家園夷為平地，但你看到那個了嗎？**」我們隨著攝影鏡頭轉向倉庫屋頂上燃燒的飛機殘骸，聚焦在一片機翼上都城的徽章，然後畫面融回我的臉，正對著史諾總統大吼：「**星火已經燎原！我們如果燃燒起來，你也會跟著燒得屍骨不存！**」火焰再次吞噬整個螢幕，疊上斗大的黑色字體：

我們如果燃燒起來

你也會跟著燒得屍骨不存

這些字著火燃燒，整個螢幕燒回一片漆黑。

廳裡安靜了好一會兒，大家都在回味心頭的震撼。緊接著掌聲響起，眾人要求再看一次。柯茵志得意滿地按下重播按鈕。這次，由於已經知道內容，我想像自己是在炭坑的家中觀看。一則反都城的聲明。過去電視上從來沒有這種東西，起碼我這輩子還沒見過。

等螢幕第二次燃燒成一片漆黑，有些事情我一定得知道。「這在整個施惠國播出嗎？在都城的人看得到嗎？」

「在都城看不到。」普魯塔克說：「我們無法覆蓋他們的系統，比提正在努力。不過，所有的行政區都看得到。我們甚至侵入第二區播出。在這場遊戲的這個節骨眼上，侵入第二區可能比侵入都城還有價值。」

「克勞帝亞斯．坦普史密斯跟我們在一起？」我再問。

這問題害得普魯塔克捧腹大笑。「只有他的聲音跟我們在一起。不過，他的聲音任我們取用，甚至不需要特別剪接。妳第一次參加飢餓遊戲時，他確實講過這麼一句話。」他一巴掌拍在桌上，說：「好，我提議我們再次給奎希妲和她了不起的組員，當然還有我們鏡頭前的傑出演員，熱烈鼓掌！」

我跟著大家一起鼓掌，然後才明白過來，那個鏡頭前的傑出演員是指我。我竟給自己鼓掌，未免太恬不知恥了，不過似乎沒人留意。但我無法不注意芙薇雅那張緊繃的臉。我想，看見黑密契的提議在奎希妲的執導下如此成功，而她的攝影棚錄製竟然一場糊塗，對她而言一定非常難堪。

對於大家沾沾自喜的反應，柯茵似乎覺得已經夠了。「沒錯，是值得鼓掌。結果遠超過我們的預期。但你們竟然爲了拍片冒這麼大的危險，我實在不敢苟同。我知道大家事先不曉得有轟炸。但是，在這種情況下，我想，你們讓凱妮絲投入實際戰鬥的決定，有必要拿出來討論一下。」

決定？讓我投入戰鬥？那麼她不曉得我明目張膽地抗命，拔掉耳機，甩開護衛？他們還有哪些事情瞞著她？

「這是一個非常困難的決定。」普魯塔克皺著眉頭說：「但是，大家的基本共識是，如果每次槍聲一響，我們就把她關進某個地下碉堡，我們就拍不到任何値得一看的東西。」

「而妳覺得可以接受？」總統問。

蓋爾在桌子底下踢了我一腳，我才察覺她是在問我。「噢！是，我完全接受。能夠換換口味，做點不同的事，感覺很好。」

「好吧。以後如果還得讓她暴露在危險中，我們最好再審愼一點。尤其現在都城已經知道她能做什麼了。」柯茵說。在座所有的人都發出贊同的聲音。

沒有人舉發蓋爾和我。我們不理會普魯塔克的命令，他沒告發我們。博格斯被踢斷鼻子，沒告密。兩位甲蟲被我們帶入戰火中，也沒說話。連黑密契也沒有——不，等一下。黑密契正看著我，露出滿懷惡意的笑容，甜甜地說：「是啊，我們的小小學舌鳥好不容易終於開口唱歌了，我們可不想失去她。」我在心裡切切叮嚀自己，千萬別單獨跟他共處一室，因為我扯掉那混帳耳機的事，他顯然不會輕易饒過。

「那麼，接下來你們有什麼計畫？」總統問。

普魯塔克對奎希妲點點頭。她察看了一下手中寫字板上的筆記，說：「我們手上有凱妮絲在第八區醫院中的一些鏡頭，相當不錯。我們可以用這些材料再製作一部短片，以『因為你知道他們是誰，他們在做什麼』為主題。我們會著重在凱妮絲跟傷患的互動上，特別是跟小孩子的互動，還有醫院遭到轟炸、燒毀坍塌的鏡頭。米薩拉已經在剪輯了。我們也在思考一部以學舌鳥為主題的片子。找出凱妮絲最精彩的一些時刻，跟反抗軍的暴動及作戰場景剪輯在一起。我們把這影片稱為『星火已經燎原』。後來，芙薇雅想到一個非常精彩的點子。」

芙薇雅吃了一驚，滿臉酸葡萄的表情馬上褪去。但她很快就恢復鎮定。「嗯，我不知道是不是眞的精彩啦，不過我是想到，我們可以做一系列宣傳短片，命名爲『我們記得』。每個短片描述一位已經過世的貢品，例如第十一區的小芸，或第四區的梅格絲。背後的想法是，我們可以針對個別行政區，製作各區覺得倍感親切，別有意義的短片。」

「可以說，這是向你們的貢品致敬。」普魯塔克說。

「那眞是**太**棒了，芙薇雅。」我由衷地說：「用這種方式提醒人們，他們爲什麼而戰，實在是很棒。」

「我想，應該可以達到這種效果。」她說：「而且，如果你們覺得不錯，我還想到可以請芬尼克來做引言和插入旁白。」

「坦白說，我認爲『我們記得』系列短片再多都不嫌多。」柯茵說：「可以今天就開始製作嗎？」

「當然。」芙薇雅說，顯然對她這個主意獲得肯定大感欣慰。

奎希妲藉著一個細緻的動作，撫平了創意部門內部的齟齬。她稱讚芙薇雅的點子——而那眞的是個好點子——從而將可能的障礙化解於無形，好推動她自己的「學舌鳥」主題計畫。有意思的是，普魯塔克似乎不需要沾光。他一心只希望整個傳播突襲行動奏效。我想起普魯塔克是首席遊戲設計師，而不是設計師團隊裡的一個成員，更不是遊戲中的一枚棋子。

因此，他的價値不是靠單一元素，而是靠整體結果的成功來界定。如果我們贏得戰爭，那就是普魯塔克上台接受歡呼，享受榮耀，並期待獲得屬於他的獎賞的時候。

總統解散會議，讓大家各自去忙，於是蓋爾推著輪椅把我送回醫院。我們談起大家隱瞞我們抗命的事實，都笑了。蓋爾說，沒人想丟臉，承認他們管不住我們倆。我嘴巴沒蓋爾那麼刻薄，只說他們因爲現在拍到一些很棒的鏡頭，所以不願破壞再帶我們出去的機會。也許這兩種看法都對。蓋爾得去特殊武器中心跟比提碰面，因此我一個人又迷迷糊糊地睡著了。

我似乎才閉上眼睛幾分鐘而已。但是，我睜開眼睛時，嚇得縮起來，因爲黑密契就坐在床邊，離我不過兩呎。他在等我醒來。如果時鐘沒錯，他說不定已經等了好幾個小時。我考慮大聲喊叫，吸引別人注意，過來當證人。不過，算了，我遲早都得面對他。

黑密契傾過身來，手裡捏著一條白色電線，電線吊著一樣東西，懸在我鼻子前面左右晃動。我很難對焦看清楚，但我心裡明白那是什麼。他手一鬆，讓它落在床單上。「這是妳的耳機。我再給妳一次機會戴上，就一次機會。如果妳再把它從耳朵拽出來，我會讓人給妳安上這個。」他舉起一個像是金屬頭盔的東西。看到那東西的形狀，我馬上將它命名爲**頭銬**。「這是另一種聲音傳輸裝置，可以圈住妳整顆頭，在妳下巴扣住。要打開卸下，得用鑰匙，而唯一的一把鑰匙會在我手裡。如果妳居然那麼聰明，想出辦法把它卸下來——」黑密契把那可以銬住我腦袋的東西扔到床上，掏出一枚小銀片——「我會授權他們動手術，把這個傳導器植入妳的耳朵。這樣我就能一天二十四小時對妳講話。」

黑密契夜以繼日都在我腦袋裡。恐怖。「我會把耳機戴好。」我低聲說。

「對不起，我聽不到。」他說。

「我會把耳機戴好！」我說，聲音大到可以叫醒醫院裡一半的病人。

「妳確定？我可不挑剔，這三樣東西妳隨便選哪一樣，我都樂意。」他告訴我。

「我確定。」我說，將耳機和電線一把緊緊握在手裡，另一手抓起頭銬朝他的臉扔去。他輕鬆接住。大概早就預期我會拿它扔他。「還有事嗎？」

黑密契起身打算離開，說：「在等妳醒來的時候……我吃掉了妳的午餐。」

我這時才看見床邊桌上的空碗盤。「我會去告發你。」我咬著牙喃喃地對枕頭說。

「去啊，小甜心。」他轉頭走開，明知我不是那種會打小報告的人。

我想回頭睡覺，卻焦躁難安。昨日的景象此刻開始湧入腦海。轟炸，燃燒的飛機墜毀，那些已經不復存在的傷患的臉。我從各個角度想像死亡。看到炸彈落地前的最後一刻；感覺我搭乘的飛機機翼被轟掉，暈眩地墜落到空無之中；倉庫在我頭頂上垮下來，而我無助地被困在帆布床上。那些我親眼看見或在影片中看見的事。那些我拉弓射箭所造成的事。那些我將永遠無法從記憶中抹除的事。

晚餐時，芬尼克端著餐盤來我床邊陪我，跟我一起看電視播放最新的宣傳短片。他已經分配到一個新住處，就在我們以前住的那個樓層，但是他精神問題經常復發，所以基本上還是住在醫院裡。這次，反抗軍播放的是米薩拉剪輯的「因爲你知道他們是誰，他們在做什麼」短片，中間穿插了一些在攝影棚裡錄製的片段，由蓋爾、博格斯和奎希妲描述事件的經過。看到自己在第八區醫院受到傷患的歡迎，我實在很難受，因爲我知道接下去會發生什麼事。當炸彈如雨落在屋頂上，我把臉埋進枕頭裡，直到所有的受害者都死了，我才抬起頭來，瞥見結尾我短暫出現的鏡頭。

短片播完時，還好芬尼克沒鼓掌或興高采烈。他只淡淡地說：「應該讓人們知道發生了什麼事。現在他們知道了。」

「芬尼克，快把電視關了吧，免得他們又重播一次。」我催促他。就在芬尼克把手伸向遙控器時，我大叫：「等一下！」都城正要播放一個特別節目，裡頭有個眼熟的人。沒錯，那是凱薩．富萊克曼。我猜得到他的來賓是誰。

比德外貌的改變，令我震驚。幾天前我見到的那個男孩，身體健康，眼神清澈。現在他至少瘦了十五磅，並且雙手緊張不安地顫抖著。他們還是把他打扮得很體面。但他臉上那層妝遮不住他的眼袋，那身精緻的衣衫也無法掩飾他身體的痛苦。那是個飽受折磨的人。

我感到暈眩，想要明白這究竟是怎麼回事。我才見過他呀！不過是四天前——噢，不，是五天——我想是五天前，他才出現在電視螢幕上。他的狀況怎麼會惡化得這麼快？在這麼短的時間裡，他們能對他做出什麼事？接著，我突然明白了。我在腦海中盡可能詳細地回想他上一次接受凱薩訪談的情景，搜尋任何足以顯示錄製時間的跡象。但我什麼也沒想到。他們有可能在我擊爆競技場的一兩天後，就錄了那段訪問，而在那之後，就盡一切可能地折磨他。「噢，比德……」我喃喃地說。

凱薩跟比德寒暄幾句後就問他，傳言我爲各行政區錄製了一些宣傳短片，他有什麼看法。「很清楚，他們利用她，爲了激勵叛軍。」比德說：「我很懷疑，她恐怕連戰爭究竟是怎麼回事，輸贏是什麼，都不知道。」

「你有什麼話想對她說嗎？」凱薩問。

「有。」比德說。他直視著攝影機，直直望進我眼裡。「別傻了，凱妮絲。自己好好想清楚。他們把妳變成了一件武器，可以導致人類毀滅。如果妳眞的具有影響力，請利用它來終止這整件事吧。在一切都太遲之前，利用它來停止戰爭。問問妳自己，妳眞的信任那些一起合作的人嗎？妳眞的知道到底發生了什麼事嗎？如果不是……去搞清楚。」

螢幕一片漆黑。施惠國的徽章。表演結束。

芬尼克摁下遙控器的按鈕，關閉電源。片刻之後，人們會蜂擁而至，進行損害控制，減輕比德的身體狀況和從他口中說出來的話所造成的影響。我得駁斥比德的話。但事實是，我不信任反抗軍、普魯塔克和柯茵。我不相信他們告訴了我眞相。我無法隱藏這一點。腳步聲越來越近。

芬尼克用力抓住我的手臂。「我們沒看到。」

「什麼？」我問。

「我們沒看到比德。我們只看了有關第八區的宣傳短片。然後我們就把電視關了，因爲短片中的情景讓妳難過。懂嗎？」他問。我點頭。「把妳的晚餐吃完。」我才勉強收拾好心情，普魯塔克和芙薇雅就進來了，恰好看見我塞了一嘴的麵包和甘藍菜，而芬尼克正在說蓋爾在鏡頭前表現得眞好。我們向他們道賀，誇讚短片製作得很棒，並讓他們知道，由於深受短片衝擊，我們看完就立刻關了電視。他們一副鬆了口氣的樣子。他們相信了我們。

沒有人提及比德。

9

我嘗試睡了幾次，都被可怕的噩夢驚醒，於是我放棄了。之後，每當有人過來察看，我便躺著靜止不動，假裝呼吸平穩。到了早晨，我獲准出院。他們要我放輕鬆，不要有壓力。奎希妲請我去錄了幾句話，給新的「學舌鳥」短片使用。午餐時，我繼續等著看有誰會提起比德再度出現在電視上的事，但是沒有人提起。除了芬尼克跟我，一定還有別人看到。

我有訓練課，但蓋爾依照作息表得去跟比提一起忙武器之類的事。因此，我徵得同意，帶芬尼克到森林裡去。我們四處遊蕩了一陣子，然後把通訊器丟到一處矮樹叢底下。等走到安全距離之外，我們坐下來討論比德上電視的事。

「我沒聽見有人提起這件事。沒人跟妳說什麼嗎？」芬尼克問。我搖搖頭。他停了一下，才又問：「連蓋爾也沒跟妳提起？」我緊抓著一線希望，也許蓋爾真的不知道比德上電視講那番話。但我有不好的感覺，他知道。「也許他是想找個時間私底下告訴妳。」

「也許。」我說。

我們沉默了許久，久到一隻公鹿闖進我們獵殺的範圍。我一箭射倒牠。芬尼克將牠拖回了圍籬內。

晚餐時，燉湯中有碎鹿肉。飯後蓋爾陪我走回E室。當我問他有沒有發生什麼事，他仍然沒提及比德。夜裡，等我媽和我妹一睡著，我便從抽屜裡拿出那粒珍珠，將它握在手中，度過第二個無眠的夜晚。我不斷在腦袋裡重播比德的話：**「問問妳自己，妳真的信任那些一起合作的人嗎？妳真的知道到底發生了什麼事嗎？如果不是……去搞清楚。」**去搞清楚。搞清楚什麼呢？找誰搞清楚呢？再說，除了都城告訴他的，比德還能知道什麼別的事嗎？那只是都城的宣傳片。再一次擾亂我心思的噪音。但是，如果普魯塔克認爲那只是都城的伎倆，他爲什麼不告訴我？爲什麼沒有人肯讓我和芬尼克知道？

我心裡犯嘀咕，翻來覆去地思量，背後還有一個原因，而那正是我痛苦不安的眞正根由：比德。他們已經對他做了什麼？現在又在對他做什麼？很清楚，史諾不相信比德跟我對叛亂的事一無所知。現在，他當然更不相信了，因爲我已公然以學舌鳥的身份現身。比德只能猜測反抗軍的策略，或捏造一些事，來告訴拷問他的人。謊言一旦揭穿，將受到更嚴厲的懲罰。他必定覺得我拋棄了他。在第一次訪談裡，他試圖保護我，希望我既不會受到都城懲罰，也不會被反抗軍傷害，而我不但沒保護他，還導致更多可怕的事臨到他身上。

早晨來臨，我把手臂伸進牆裡那個裝置，頭昏腦脹地看著打印上去的作息表。早餐之後，我得馬上去製片中心。在餐廳裡，我食不知味地呑嚥麥片牛奶和甜菜泥，瞥見蓋爾手腕上戴著通訊鐲。「你什麼時候又取回通訊鐲了，霍桑軍士？」我問。

「昨天。他們認為，既然我要跟妳一同到戰場上去，這可以當作通訊支援系統。」蓋爾說。

從來沒有人提到要給我通訊鐲。我不禁想，如果我開口要求，他們會給我嗎？「嗯，我猜，我和你之間總得有一個是可以打交道的。」我冷冷地說，話中帶著一絲嘲諷。

「這話是什麼意思？」他說。

「沒什麼，只是重複你的話。」我告訴他。「而且我完全同意，可以打交道的那個人應該是你。我只希望，我跟你還說得上話。」

我們盯著彼此的眼睛。我這才明白，我對蓋爾有多生氣。我一點也不相信他沒看見比德的短片。他什麼也不告訴我，讓我覺得自己遭到背叛。我們太瞭解對方了，他不可能看不出我的心情，或猜不到我生氣的原因。

「凱妮絲——」他開口想要解釋，聲調裡已承認他感到愧疚。

我抓起餐盤，走到回收處，把碗盤重重摔在架子上。我走到走廊上時，他追上來。

「爲什麼妳什麼話都不說？」他抓住我的手臂。

「爲什麼**我**不說？」我掙開他。「爲什麼**你**不說，蓋爾？還有，我說了。我昨晚問你，有沒有發生什麼事！」

「對不起。行嗎？我不知道該怎麼辦。我想告訴妳，但是大家都擔心妳知道比德的這部短片後會難過。」他說。

「他們說得沒錯，我是難過。但你幫著柯茵一起欺騙我，更讓我難過。」這時候，他的通訊鐲響了。「她在找你了。最好快去。你有事可以向她報告了。」

有那麼片刻，他臉上出現很受傷的神情。接著，憤怒取而代之，面色冰冷。他轉身離開。也許我太刻薄了，甚至沒給他時間解釋。也許大家只是想保護我，因此欺瞞我。但我不管。我受夠了人們爲了我好而欺瞞我。因爲，其實他們主要是爲了他們自己好。叛亂的事要瞞著凱妮絲，免得她做出什麼瘋狂的事。在她毫不知情的情況下將她送入競技場，這樣我們才能救她出來。別跟她提到比德的短片，免得她難過——因爲在目前的狀況下，要她做出像樣的表演已經夠困難了，別再添亂子。

我確實很難過。傷心而失望。而且我好累，根本受不了一整天拍片。但我還是來到了化妝室，因此我走了進去。我發現，原來今天我們要回第十二區。奎希妲想現場即興訪問蓋爾跟我，讓觀眾更瞭解我們被摧毀的家園。

「如果你們兩個都願意的話。」奎希妲說，仔細端詳著我的臉。

「好，帶我去。」我說。然後，我只是站在那兒，沉默、僵硬，像個人體模型，任由預備小組幫我著裝，梳理頭髮，在我臉上化妝。不是舞台濃妝，只是讓我一夜無眠的黑眼圈不要那麼明顯。

博格斯護送我到停機庫。除了一開始打聲招呼，我們沒再多說什麼。我很感激他沒提起我在第八區抗命的事，尤其他戴著面罩似乎很不舒服。

在最後一刻，我想起要送個口信給我媽，讓她知道我要離開第十三區，並且強調這趟出去毫無危險。我們登上一艘氣墊船，隨即展開這趟短短的路程，前往第十二區。我被領到一張桌前坐下，普魯塔克、蓋爾和奎希妲正圍著看一張地圖。普魯塔克 臉笑容，很滿意的樣子，指著地圖告訴我，我們這幾部宣傳短片播放之後已產生怎樣的效果。原本只在幾個行政區勉強站住腳的反抗軍，都已重整旗鼓，士氣大振。他們實際上已經拿下第三和第十一區。拿下第十一區尤其重要，因爲它是施惠國的糧倉，主要的食物供應地。在其他好幾個行政區，反抗軍也已經有長足的進展。

「充滿希望，眞的充滿了希望。」普魯塔克說：「今晚芙薇雅就會備妥第一輪的『我們記得』短片，然後我們就可以針對個別行政區，播放紀念各區死者的片子。芬尼克眞是太不可思議了。」

「只不過，看他那樣子眞是叫人難過。」奎希妲說：「他認識他們當中許多人，跟他們交往過。」

「就是這樣才有震撼力。」普魯塔克說：「發自內心。你們表現得實在太好了。柯茵非常高興。」

這麼說來，蓋爾沒告訴他們，我假裝沒看見比德的短片，而且對他們的隱瞞非常憤怒。不過，我想，他這時才這樣表現已經沒有用了，太遲了，因爲我仍然無法釋懷。沒關係。何況他也沒跟我說話。

直到我們在草場降落，我才想到黑密契沒跟我們一起來。當我問普魯塔克他爲什麼沒來，他只是搖搖頭說：「他無法面對。」

「黑密契？他也有無法面對的東西？他大概是想摸一天魚吧。」我說。

「我想，他完整的說法是——『沒有酒，我無法面對。』」普魯塔克說。

我翻了翻白眼。對我的導師，對他的嗜酒如命，對他能或不能面對的事物，我早已失去耐性，不想理會了。但是，踏上第十二區才五分鐘，我也希望自己手上有一瓶酒。我原本以爲，我已經認命了，已經接受了第十二區業已消滅的事實——畢竟我不但知道它已毀滅，還從空中看到過，在它的灰燼裡走過。那麼，爲什麼每樣事物還會引起如此強烈的悲痛，彷彿這是我第一次知道，第一次目睹？難道我之前太不清醒了，所以沒有眞正領會到我的世界已經不見了？還是蓋爾終於在地面上踏看家園的廢墟，臉上流露的神情，讓我覺得這也是我第一次目睹眼前殘酷的事實？

奎希妲指示攝影小組從我回到舊家開始拍。我問她要我做什麼，她說：「妳想做什麼就做什麼。」回到舊家的廚房，我站在那裡，什麼也不想做。事實上，我發現自己只是仰頭瞪著天空，因爲有太多的回憶將我淹沒，因爲家已經不見了，天空是僅存的屋頂。過了一會兒，奎希妲說：「沒關係，凱妮絲。我們繼續往前走吧。」

蓋爾回到他的舊家後，可沒那麼容易就可以離開。奎希妲拍了好幾分鐘他默默不語的鏡頭。然後，當他從灰燼裡拉出一樣昔日人生殘存的東西，一支扭曲的鐵製火箸，她開始問他問題：關於他的家人、他的工作、他在炭坑的生活。她要他回顧燃燒彈轟炸的那一晚，重現逃亡的過程，從他家開始，如何在危急中糾集大家前往草場，穿過森林，去到湖邊。我跟在攝影小組和護衛隊後面慢慢走，覺得他們來到這裡就是在侵犯我深愛的森林。這是私密的地方，我們神聖的避難所，已經被都城的邪惡玷污。即使已遠離鐵絲網和森林邊緣燒焦的殘餘株幹，我們腳下還是不時會絆到解體的屍骸。我們眞的需要把這些拍下來給大家看嗎？

當我們終於抵達湖邊，蓋爾似乎已經失去說話的能力。每個人都汗流浹背，尤其是背負著一身甲殼的卡斯托和波呂克斯，於是奎希妲讓大家休息。我用雙手從湖裡掬水，眞希望能夠一躍潛入水裡，再浮上水面，單獨一人，赤裸裸的，沒有人觀看。我繞著湖的四周遊蕩了一陣子。當我回到湖邊的水泥小屋，我在門口停住腳步，看見蓋爾把從廢墟中搶救出來的火箸靠在壁爐的牆邊。有那麼片刻，我腦中浮現一個景象：遙遠的未來，一個孤獨的旅人，在荒野中迷了路，撞見這個小小的避難所，裡面有劈好疊起來的木柴，有壁爐，還有火箸，不禁緬想著這些東西怎麼會在這裡。蓋爾轉過身來，雙眼對上我的視線。我知道他想起了我們最後一次在這裡見面的事。當時，我們爭論著到底要不要逃跑。如果我們逃了，第十二區會不會仍舊存在？我想會。但是都城也會依舊控制著整個施惠國。

大家傳遞乳酪三明治，坐在樹蔭底下吃。我故意走到人群的最邊邊，坐在波呂克斯身旁。這樣，我就不用開口講話。事實上，也沒什麼人講話。由於人安靜下來，鳥兒又佔據了森林。我用手肘輕輕碰了碰波呂克斯，指引他注意一隻有羽冠的黑色小鳥。牠在樹上，正從一根樹枝跳到另一根，翅膀展開片刻，露出底下的白色斑紋。波呂克斯指了指我的胸針，揚起眉毛，表示詢問。我點點頭，確認那是一隻學舌鳥。我舉起一根手指，意思是說**等等，我**

做給你看，然後我撮嘴打哨，模仿鳥囀。那隻學舌鳥偏著頭，立刻呼哨應答。接著，出乎我意料地，波呂克斯也吹了幾個音。那隻鳥馬上回應他。波呂克斯的臉綻放欣喜的神情，於是他繼續吹出一串旋律，跟那隻鳥互相應答。我猜，這是他多年來第一次跟外界交談。音樂吸引學舌鳥，猶如盛開的花吸引蜜蜂，沒一會兒工夫，他已招來六、七隻學舌鳥棲落在我們頭頂上的枝椏間。他拍了拍我的手臂，用一根樹枝在地上寫兩個字：**唱歌**？

通常，我會推辭，但在這種情況下，我好像無法拒絕波呂克斯。再說，學舌鳥的歌聲跟牠們的呼哨聲不一樣，我也想讓他聽聽牠們唱歌。因此，在我還沒想清楚自己在做什麼之前，我已經唱出小芸那首四個音符的小曲子。那是她在第十一區一天工作結束時唱的曲子，最後也成爲她遇害死去時的背景音樂。鳥兒不知道這些。牠們只是拾起簡單的樂句，彼此唱和，譜出甜美的樂章。那次飢餓遊戲結束前不久，牠們也是這樣合唱，然後變種狼衝出森林，把我們追到豐饒角上，然後慢慢地將卡圖啃噬成一團血肉模糊——

「想聽牠們唱首眞正的歌嗎？」我衝口而出。做什麼都好，只要能阻斷那些記憶。於是，我站起來，走進林木之間，將手搭在鳥兒棲息的那棵楓樹的粗糙樹幹上。因爲我媽禁止，我已經十年沒唱「吊人樹」這首歌了，但我記得每一個字。如同我爸那樣，我輕輕柔柔地開始唱。

妳要，妳要來嗎？
到這兒來，到樹下來。
他們在這裡吊死一名男子，說是有三個人被他殺死。
這裡真的發生很多怪事，
最古怪的卻是
一旦我們子夜相會於吊人樹。

那群學舌鳥察覺我在唱新的歌，開始變換牠們的曲子。

妳要，妳要來嗎？
到這兒來，到樹下來。
吊死的男人在這裡大聲叫號，要他的愛人快快逃。
這裡真的發生很多怪事，
最古怪的卻是

一旦我們子夜相會於吊人樹。

現在，我已引起所有鳥兒的注意。再唱一節，牠們一定能抓到旋律，因爲這首歌很簡單，同樣的曲調重複四次，每次只有很小的變化。

妳要，妳要來嗎？
到這兒來，到樹下來。
在這裡我曾叫妳快快走，好讓我們倆都得著自由。
這裡真的發生很多怪事，
最古怪的卻是
一旦我們子夜相會於吊人樹。

林中一片寂靜，只有微風吹過樹葉的沙沙聲響。沒有鳥叫，無論是學舌鳥還是其他的鳥。比德說得沒錯，我唱歌的時候，牠們全都安靜下來。正如牠們會靜下來聽我爸唱歌一樣。

妳要，妳要來嗎？
到這兒來，到樹下來。
戴上繩索的項鍊，與我在一起肩挨著肩。
這裡真的發生很多怪事，
最古怪的卻是
一旦我們子夜相會於吊人樹。

鳥兒等著我繼續唱。但這已是最後一節，我唱完了。一片寂靜中，我想起那天的情景。

我跟我爸在森林裡待了一整天，回到家之後，我坐在地板上跟小櫻玩。那時她還是正在學步的小娃娃。我一邊唱「吊人樹」，一邊拿舊繩子的零碎紗線給我們倆編項鍊，就像歌裡唱的那樣。我不懂歌詞的眞正意思，只知道曲調簡單好聽，而那時候，幾乎任何東西只要編成歌曲，我聽過一兩回便可以牢牢記住。突然間，我媽跑過來，一把奪走繩子編的項鍊，同時大聲斥喝我爸。我開始哭，因爲我媽從來沒大聲叫嚷過。然後小櫻也跟著哇哇大哭，我跑到外面去躲起來。當時我只有一個躲藏的地方，那是草場上一處忍冬花叢底下，所以我爸馬上找到了我。他安撫我，跟我說沒事沒事，只要我們以後別再唱這首歌就好了。由於我媽要我忘了這首歌，所以，不用說，每個字便立刻烙在我腦海裡，無法磨滅。

我爸跟我再也沒唱過這首歌，甚至不再提起它。他死後，這首歌一度時常回到我腦海中。長大以後，我開始瞭解歌詞在說什麼。一開始，聽起來像是有個男人想叫他的女友半夜裡偷偷跟他見面。但那眞是奇怪的幽會地點，一棵吊人樹，是以前一個男人因爲犯了謀殺案被吊死的地方。那殺人犯的愛人一定跟謀殺案脫不了關係，或者，無論如何，人們就是打算連她也一起懲罰，所以他的屍體才會呼喊著叫她快逃。死屍會說話，這已經夠詭異了，但直到第三節，這首「吊人樹」才眞的令人不寒而慄，因爲這時你才明白，原來唱歌的正是那個已經死去的殺人犯。他還在那棵吊人樹上。雖然他叫愛人快逃，卻仍不停地問她要不要來跟他會面。那句**在這裡我曾叫你快快走，好讓我們倆都得著自由**最是費解，令人不安，因爲一開始你以爲他是叫她快點逃跑，而且應該是跑到安全的地方，然後你開始懷疑，他是不是要她奔向他，奔向死亡。到了最後一節，意思就很清楚了，他眞的是在等他的愛人，戴著繩索做的項鍊，在樹上吊死在他旁邊。

我曾經以爲，那個殺人犯是我所能想像最令人毛骨悚然的傢伙。如今，在我兩度經歷飢餓遊戲的洗禮之後，我決定，在不知道詳情之前，不去論斷他。也許他的愛人已經被判了死刑，他只是試著讓她覺得好過一點——讓她知道，他在等她。或者，他認爲自己死了以後，她單獨留下來的處境，其實比死亡還痛苦。我不是也曾經想用針筒殺了比德，免得他受都城折磨嗎？那眞的是我唯一的選擇嗎？也許不是，但當時我想不到其他辦法。

不過，我猜，我媽一定認爲，對一個七歲的孩子來說，這首歌委實太變態了。何況這個小女孩居然眞的用繩索替自己編起了項鍊。當然，把人吊死不是只有在故事裡才會發生。第十二區有很多人就是這樣被處死的。不難想見，她一定不希望我在音樂課上當著大家的面唱這首歌。說不定她也不希望我在這裡唱給波呂克斯聽，但還好我起碼不是唱給一大票人聽——等等，不，我錯了。當我的視線往旁邊瞥，我看見卡斯托已經把我拍攝下來。每個人都聚精會神地看著我，而波呂克斯的眼淚從臉頰滑落。毫無疑問，我這首詭異的歌觸及了他人生中某件可怕的變故。太好了。我長嘆一聲，往後靠在樹幹上。這時候，學舌鳥開始演繹牠們的「吊人樹」。在牠們口中，這首歌聽起來美極了。由於意識到卡斯托正在拍攝，我靜靜站立著，直到聽見奎希妲喊「停！」

普魯塔克邊笑邊朝我走來。「妳打哪兒學來的這首歌啊？即便這眞的是我們編的，也絕對沒有人相信！」他伸出一隻手臂環抱我，大聲親了一下我的頭頂。「妳眞是太精彩了！」

「我不是爲拍片唱的。」我說。

「那麼，我們能拍到眞是太幸運啦。」他說：「走吧，大家回鎮上去！」

我們步履沉重地回頭穿越森林，經過一塊大石頭。蓋爾和我不約而同地轉頭朝同一個方向望去，就像兩隻狗同時嗅到風中傳來的某種氣味。奎希妲注意到了，問我們那邊有什麼。我們看都沒看對方一眼，齊聲回答，那是我們以前出來打獵時會面的地點。她想去看看，雖然我們告訴她眞的沒什麼可看的。

沒什麼可看，卻是一個曾經讓我很快樂的地方，我在心裡說。

這是我們的大岩塊，可以俯瞰整個山谷。那裡的黑莓樹叢似乎沒有以前那麼綠，但結滿了纍纍的莓果。曾經，數不清的日子，都是從這裡開始的。我們從這裡出發，去打獵、設陷阱、釣魚、採集野菜，一起在森林裡遊蕩，一邊裝滿我們的獵物袋，一邊傾吐各自的心事。這是我們尋找食物與修補心靈的門戶，而我們是彼此的鑰匙。

如今，我們已經沒有一個第十二區需要逃開，沒有維安人員需要欺瞞，沒有嗷嗷待哺的嘴巴需要餵食。都城將這一切都奪走了，而我也瀕臨失去蓋爾的邊緣。過去多年來，由於互相需要，將我們緊緊結合在一起的黏膠，正在融化。我跟他之間的空間，已出現斑斑暗影，而非光線。這到底是怎麼回事？今天，面對第十二區毀滅的可怕命運，我們怎麼會因爲太過生氣，而彼此不講話呢？

蓋爾簡直是在欺騙我。這令人無法接受，即使他這麼做是爲了我好。不過，他的道歉似乎是眞心的，我卻毫不領情，當面羞辱他，彷彿巴不得他難受。我們之間到底怎麼了？爲什麼我們現在老是意見相左？這眞是一團混亂，令人困惑，但是我有一種感覺，如果我回到這個困境的根源，我將發現，我自己的行爲會是問題的核心。我眞的想把他逼走嗎？

我伸手抓住一粒黑莓，將它從枝上摘下，在拇指和食指之間輕輕轉動。接著，我突然轉身，將莓果朝他的方向拋去。「願機會——」我把莓果拋得很高，讓他有足夠的時間決定是要接受，還是要把它拍開。

蓋爾的眼睛盯著我，而不是盯著莓果。但在最後一刻，他張嘴接住了莓果。他咀嚼，嚥下，停頓好一會兒，才開口說：「——**永遠**對你有利。」無論如何，他總算接下了我的話。

奎希妲要我們像以前那樣，坐在岩石間那處隱蔽的凹穴裡。擠在這麼小的空間，我們不可能不碰到彼此。她哄著我們，要我們談打獵的事，談驅使我們進入森林的原因，談我們相遇的經過，談我們最喜歡的時刻。說到碰上蜜蜂、野狗和臭鼬的倒楣事時，我們開始融化，稍微會笑了。但是，當奎希妲問道，把用弓箭打獵的本事轉變成在第八區打下盤旋機的戰鬥技能，我們感覺如何時，我不再講話，而蓋爾只淡淡地說：「等太久了。」

抵達鎮上的廣場時，已近黃昏。我帶奎希妲到已變成一堆瓦礫的麵包店，請她拍些東西。我設法振作精神，卻只召來疲憊的感覺。「比德，這是你的家。自從大轟炸之後，就再也沒有你家人的消息。第十二區已經不見了。你還要叫大家停火嗎？」我望向前方的一片空無。「這裡沒有人聽你說這些話了啊。」

當我們站在只剩一塊廢鐵的絞刑架前面，奎希妲問我們是否曾被酷刑折磨。蓋爾默默地脫下襯衫，轉身背對攝影機。我瞪著那些鞭痕，再次聽見鞭子揮舞呼嘯的聲音，看見他兩隻手腕被縛在木柱上，一身鮮血淋漓，失去了意識。

「我拍夠了。」我宣布說：「我先到勝利者之村等你們。我去拿些東西……給我媽。」

我猜我是走過來的。但我什麼都不記得，只知道自己恢復意識時，已經在勝利者之村的家中，坐在廚房櫥櫃前的地板上。我細心地將陶罐和玻璃瓶一個個放進盒子裡，用乾淨的棉花繃帶塞在瓶瓶罐罐之間，以防打破。接著，我將乾燥花一把一把包起來。

忽然間，我想起衣櫃上的玫瑰。那是眞的嗎？若是眞的，它還在那裡嗎？我必須抗拒想要前去察看的衝動。它如果還在那裡，只會再次把我嚇得半死。於是，我加快打包的速度。

櫥櫃清空時，我起身，發現蓋爾站在廚房裡。他能夠這樣無聲無息地出現，實在惱人。他靠著餐桌，手指張開，摩挲桌面的木頭紋理。我把盒子放在我們兩人中間。「記得嗎？」他問：「妳在這裡吻我。」

所以，被鞭打之後，注射大量麻精也沒能把那個吻從他意識中抹除。「我以爲你不會記得這件事。」我說。

「只有死了才會忘記。說不定死了也不會。」他告訴我：「也許我會像『吊人樹』裡的那個男人，仍舊在等候一個答案。」我從未見過蓋爾哭，但現在，他眼中閃爍著淚水。爲了不讓他的眼淚溢出，我上前將自己的嘴唇緊緊貼住他的嘴唇。我們嚐起來有熾熱、灰燼及悲慘際遇的味道。一個溫柔的吻竟是這種滋味。他退開，給我一個苦澀的微笑，說：「我就知道妳會吻我。」

「怎麼可能？」我說，因爲我自己都不知道。

「因爲我很痛苦。」他說：「那是我唯一能得到妳關注的時候。」他拿起盒子。「別擔心，凱妮絲。這會過去的。」他在我能開口回答之前就走出門外了。

我太累了，無法應付他最新的控訴。返回第十三區的短暫旅途，我整個人縮在椅子上，試著不去理會普魯塔克一直談論他最喜愛的話題：人類早已不再使用的武器。例如高空飛機、軍用衛星、細胞粉碎器、無人駕駛飛機，以及具有有效期限的生化武器。由於大氣層的破壞、資源的匱乏，或道德上的潔癖，這些武器都已廢棄不用。你可以聽得出來，只能在夢中把玩這些玩具，卻必須將就氣墊船、地對地飛彈，以及簡單的舊式槍砲，對這麼一位首席遊戲設計師而言，是多麼遺憾的一件事。

脫下學舌鳥的制服後，我沒吃晚飯，直接上床。即便如此，到了早晨，還是得靠小櫻把我叫醒，我才起得了床。吃過早餐後，我不理會作息表，跑到儲藏間睡了一覺。當我睡醒，從一箱箱粉筆和一盒盒鉛筆之間爬出來時，已經是晚餐時間了。我吃了超大分量的一碗豌豆濃湯，打算回E室時，博格斯把我攔了下來。

「指揮中心要開會，別管妳現在作息表上的安排了。」他說。

「沒問題。」我說。

「妳今天根本沒按照作息表作息，對吧？」他問，既氣惱又無奈的樣子。

「誰知道？我是精神錯亂，不是嗎？」我把手舉起來，要給他看我的病歷塑膠手環，這才想到它早被取下了。「你看，我甚至不記得他們已經把我的手環拿掉了。爲什麼要我去指揮中心開會？我錯過了什麼嗎？」

「我想，是奎希妲要給妳看第十二區的短片。不過，我猜，等它們正式播放時，妳還是可以看到。」他說。

「對我而言，短片播放的時間才需要列在作息表上吧。」我說。他瞪了我一眼，但沒再說什麼。

指揮中心裡已經擠滿了人，不過他們在芬尼克和普魯塔克之間給我留了個位置。桌上已經豎起了螢幕，正在播放都城平日給我們看的節目。

「怎麼回事？我們不是要看第十二區的短片嗎？」我問。

「噢，不是。」普魯塔克說：「我是說，可能。我不確定比提打算用哪些片子。」

「比提認爲，他已經找到侵入全國性頻道的辦法。」芬尼克說：「因此，我們的短片也可以在都城播出了。他現在正在特殊防禦中心忙這件事。今天晚上有個現場直播節目，史諾要出來講話什麼的。我想，節目要開始了。」

螢幕上出現都城的徽章，背景音樂是國歌。然後，史諾總統向全國觀眾問安，我直直望進了他蛇一般的眼睛。他站在講桌後面，卻彷彿用什麼防禦工事屏障著，但他衣領上那朵白玫瑰清晰可見。攝影機往後拉，將一旁的比德和他背後的一幅施惠國地圖投影也納入鏡頭。他坐在一張高腳椅上，腳踏著椅子下方的金屬圈。他那隻義肢的腳打著不規則的拍子。汗珠從他擦了粉的額頭和上唇冒出來。但是，最讓我害怕的，是他的眼神——憤怒，但散亂。

「他的情況更壞了。」我喃喃地說。芬尼克抓住我的手，給我穩定的力量，我試著支撐住。

比德開始用沮喪的語調，談論停火的必要性，並特別強調各個行政區關鍵性基礎設施遭到破壞的情況。他一邊說，地圖上的不同位置就相繼亮起來，秀出設施遭受破壞的影像。第七區崩塌的水壩。一列出軌的火車，儲存槽漏出大量有毒的工業廢棄液體。穀倉在大火後坍塌。所有這一切，他全歸咎於反抗軍的攻擊行動。

轟！毫無預警地，我突然出現在電視上，站在麵包店的瓦礫堆前。

普魯塔克跳起來。「他辦到了！比提成功侵入了！」

議事廳裡盈滿興奮的情緒，但此時比德又回到螢幕上，卻已不再能專心。他一定在監視器上看見我了。他試圖繼續先前的演說，提到一處淨水處理廠被炸毀，接著鏡頭一跳，芬尼克談論小芸的畫面取代了他。隨後，整個過程變成一場頻道爭奪戰。都城的科技專家不斷嘗試阻卻比提的攻擊，但他們事先沒有防備，而比提顯然預料到自己不可能長時間控制頻道，早已備妥一堆長僅五至十秒鐘的片段鏡頭，相繼丟出。於是，一場正式的演講被精選的短片切得七零八落。

普魯塔克興奮異常，情緒高昂。幾乎每個人都在爲比提喝采。但是，芬尼克在我旁邊靜靜坐著，不發一語。我望向房間另一頭的黑密契，看見他臉色慘白，回應我的恐懼。他和我都知道，這邊每發出一聲歡呼，比德的處境就越危險。

都城的徽章回到螢幕上，伴隨著平板的電波聲，持續了大約二十秒，然後史諾和比德又出現了。我們可以看到，那邊的攝影棚現場一片混亂。我們聽見他們控制室裡的人急切地交換意見。史諾擠到鏡頭前，宣稱叛軍在看到自己的罪證後，顯然企圖干擾資訊的傳播，但眞相和正義終將取得勝利。他並說，等到安全防護措施重新安置好，都城將會恢復正常的廣播。然後，他問比德，經過今晚的各區破壞現況展示，他最後有沒有什麼話要對凱妮絲・艾佛丁說。

一聽到我的名字，比德的臉因用力而扭曲。「凱妮絲……妳想這會如何收場？還有什麼會剩下？沒有人是安全的。在都城的人不安全。在各行政區的人也不安全。而妳……在第十三區……」他猛地吸一口氣，彷彿迫切需要空氣，眼神狂亂──「到早上就沒命了。」

鏡頭之外，史諾下令：「結束！」比提砲火全開，每隔三秒鐘丟出一個我站在醫院前的靜止畫面，讓對方的鏡頭陷入一片混亂。但是，在混亂的影像之間，我們還是瞥見了在對方攝影棚裡活生生演出的景況。比德企圖繼續說話。攝影機被撞倒，拍攝著白色的地磚。腳步雜沓的聲響。重擊的聲音伴隨著比德痛苦的呼號。

以及他的鮮血，濺在地磚上。

第二篇

攻擊

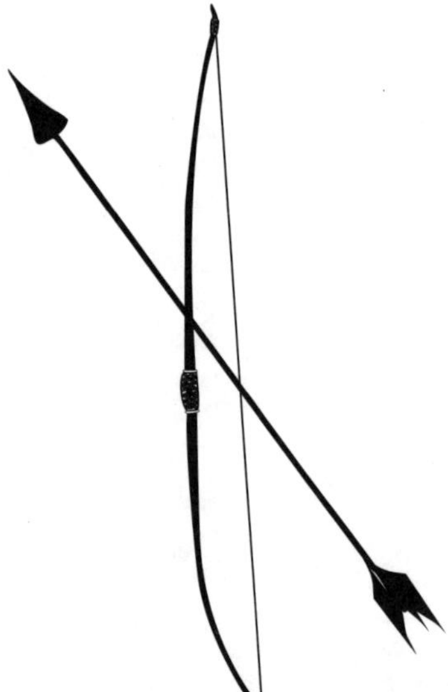

10

尖叫聲在我後腰匯聚，沿著我的身體一路往上竄，最後卻卡在喉嚨。我如瘖啞的去聲人，被悲傷噎住。即使我能放鬆頸部的肌肉，讓聲音衝出來，會有人注意嗎？房間裡一片騷動喧囂，質疑和詰問此起彼落，他們都想搞懂比德這句話：**「而妳……在第十三區……到早上就沒命了。」**但沒有人問起說這句話的人，他濺出的血被螢幕上的靜電訊號取代了。

一個聲音壓倒眾人，引起注意。「安靜！」每雙眼睛都落到黑密契身上。「這不是什麼超級謎語！那男孩在告訴我們，我們即將遭到攻擊。就在這裡，在第十三區。」

「他怎麼會得知這個消息？」

「我們爲什麼要相信他？」

「你怎麼知道？」

黑密契沮喪地大吼一聲。「我們在這裡吵吵鬧鬧的時候，他們正在狠狠地揍他。你們還需要什麼證據？凱妮絲，快幫我！」

我必須猛搖頭，才能把聲音釋放出來。「黑密契說得沒錯。我不知道比德從哪兒得來的消息，也不知道這消息是不是眞的。但他相信這是眞的。並且他們正——」我說不出史諾正對他下怎樣的狠手。

「妳不認識他。」黑密契對柯茵說：「我們認識。叫妳的人快準備。」

事情如此轉折，總統似乎並不驚慌，只是有些困惑。她思忖著，一根手指輕輕敲著她面前的控制儀表板邊緣。當她開口，她是針對黑密契說話，聲音平穩。「當然，對這種狀況，我們早有準備。我們數十年來的經驗足以證明，倘若都城直接攻擊第十三區，將會造成反效果，對都城本身不利，他們應該不至於貿然採取行動。核子飛彈會將輻射釋放到大氣層，造成難以估計的環境破壞。即便是一般的轟炸，也可能重創我方的軍事設施，而我們知道，他們始終希望拿回這裡的設施。當然，他們還會招致我們反擊。不過，鑑於我們已和各區反抗軍結盟，對方確實可能覺得，這些都可以視爲可接受的風險。」

「妳眞這麼想？」黑密契說，口氣未免過度誠實。不過，委婉諷刺在第十三區通常都是白搭。

「我是這麼想。無論如何，我們早該實施第五級安全演習了。」柯茵說：「所以，現在就實施禁閉吧。」她迅速敲打面前的鍵盤，簽署她的決定。當她抬起頭來，演習開始了。

自從來到第十三區，我經歷過兩次低層級的安全演習。我不太記得第一次。那時我在醫院的加護病房，只依稀知道有個機械的人造聲音指示人們到黃色警戒區集合。我想，病人可以不用參加。爲了一個小演習而搬動我們，太費事，不划算。第二次是第二級演習，用以應付小型危機，依規定大家都應返回自己的住所——譬如，爆發流感時，所有居民要暫時隔離檢查。不過，那時我躲在洗衣房的一根水管後頭，看一隻蜘蛛結網，不理會播音系統傳來的一陣陣嗶嗶聲響。我沒有料到，今天這次演習，警報聲響徹第十三區，尖銳刺耳，令人心驚，根本不可能忽視。這種聲音應該足以逼得全體人民陷入恐慌。不過，這是第十三區，不會有那種情形出現。

博格斯引導芬尼克和我離開指揮中心，沿著走廊到達一處門口，進入一道寬敞的樓梯。人群彷彿涓流，從四面八方匯集過來，形成一條河流，往下流淌。沒有人驚慌尖叫或推擠，連幼童都很聽話。大家一階一階往下走，沒有人說話，因爲在刺耳的警報聲中，講任何話都聽不見。我舉目搜尋我媽和小櫻，但除了身邊周圍的人，根本沒法看到任何其他人。不過，她們倆今晚都在醫院輪值，不可能錯過演習。

我覺得耳朵悶痛，兩眼腫脹。我們已深入地底，好似置身礦坑。唯一的好處是，我們越往下走，警報聲就越不刺耳。彷彿那聲音的功能，就是爲了把我們從表層往底層驅趕。我猜，其實這眞的就是它的設計目的。人群開始分散，一批批進入各別指定的門，但博格斯領著我們繼續往下走，直到樓梯在一個巨大洞穴的邊緣終止。我舉步就要直接朝裡面走，博格斯攔住我，教我先在一個掃描機前面揮動手臂上的作息表，以便登錄。毫無疑問，這些資訊會流入某處電腦，以確保沒有人走失。

這洞穴看不出是天然的還是人工開鑿的。有些地方的牆是石頭，另一些地方則用鋼筋水泥補強。睡覺的鋪位直接挖在石壁上。洞中有廚房、浴廁和急救站。這地方是設計來做長期停留用的。

環繞著洞穴，每間隔一段距離就有白色字母或數字的標示。博格斯叫芬尼克和我到標示著我們居室編號的地方報到。譬如我，就到標示著E的那塊地方去。這時，普魯塔克晃了過來。「啊，妳在這裡。」他說。剛才發生的那些事，似乎對普魯塔克的情緒沒有影響。他渾身仍散發著比提成功侵入播映頻道的欣喜。著眼於大局，而不是單獨個別事件——不是比德被凌虐，也不是第十三區即將遭轟炸。「凱妮絲，由於比德遭到挫敗，對妳來說這顯然是難捱的時刻。但妳必須知道，別人都在看著妳。」

「什麼?」我說，不敢相信他竟把比德的悲慘處境，輕描淡寫地說成「挫敗」。

「這地下碉堡裡的人，他們會注視著妳的一言一行。妳怎麼做，他們就怎麼反應。如果妳冷靜而勇敢，其他人也會試著鼓起勇氣。如果妳驚慌失措，那可會像野火一樣蔓延開來。」普魯塔克解釋說。我只瞪著他。「這麼說吧，大火會燒起來。」他繼續說，好像我的理解力很差。

「普魯塔克，我不如就假裝自己是在鏡頭前面，怎麼樣？」我說。

「對！好極了。人在有觀眾的時候，總會顯得特別勇敢。」他說：「看看比德剛才展現的勇氣！」

我得竭盡全力，才能不甩他耳光。

「我得在禁閉之前回柯茵那裡。妳好好表現啊！」他說完，便朝洞外走去。

我走到牆上寫著大大的字母E的位置。我們分配到的空間有十二平方呎，在石板地面上畫線標出界限。牆上有上下層兩個挖出來的睡鋪，我們三個人當中有一個得睡地上。另外，石壁接地的地方還挖了個儲放物品的立方形小洞。洞裡放著一張用透明膠膜護貝的白紙，上頭寫著「碉堡備忘錄」。我目不轉睛地瞪著白紙上的一列列小黑點。有好一會兒，眼前殘留的血滴怎麼也抹不去，紙上的黑點一片朦朧。很慢很慢地，那些字才聚了焦。第一段的標題是「抵達」。

一、確認你居室中所有成員都已到齊，或確知去處。

我媽和小櫻還沒到，不過我是首批抵達這地下碉堡的人之一。她們兩人大概都在幫忙遷移醫院的病人。

二、前往供應站，為同居室每位成員領取一個包裹。安頓好你的居住區。歸還包裹袋。

我環顧洞穴，直到找到供應站。有一個看似很深的房間，因爲前頭有個櫃台，不難辨認。櫃台後面有人在等候，不過人還不多，並不忙碌。我走過去，報了我的居室字母，說要領取三份包裹。有個男人察看了一張單子，然後從架子上拉出特定的包裹，甩上櫃台。我把一個包裹扛到背上，雙手提著另外兩個，轉身準備往回走，才發現背後已經迅速排了一群人。「借過。」我邊說，邊從他們身邊擠出來。是因爲時間湊巧嗎？還是普魯塔克說得對？這些人眞的會拿我當榜樣，我怎麼做，他們就跟著照做嗎？

回到我們的空間，我打開一個包裹，看到裡面有一張薄睡墊、鋪蓋、兩套灰色衣服、一把牙刷、一把梳子，還有一支手電筒。察看另外兩個包裹，我發現唯一可見的差別是，裡面除了灰色衣服，還各有一件白外套。白外套一定是給我媽和小櫻的，以備她們必須擔負醫療工作。等我鋪好床，擺好衣服，歸還包裹袋之後，除了遵守最後一條規定外，就沒事做了。

三、等候進一步指示。

我盤腿坐在地上等。人們持續湧入，進住各個空間，領取物資。過不了多久，這整個地方一定會擠滿人。我媽和小櫻遲遲不來，我不禁納悶，難道醫院病人被帶到哪裡，她們就會陪著他們待在哪裡過夜嗎？不過，不，我想不可能。這邊的名單上有她們。我開始感到焦急時，我媽出現了。我往她身後望進一片陌生的人海。「小櫻呢？」我問。

「她還沒到嗎？」她回答：「她比我早十分鐘離開，應該會直接從醫院到這裡來啊。她到哪裡去了？她能到哪裡去？」

我閉緊雙眼，就像我在追蹤獵物時會做的那樣，在腦子裡追索她的去向。我看見她聽到警報聲，衝去幫助病人，而當他們指示她下到地下碉堡時，她點頭回應。然後，來到樓梯間，我和她一起遲疑了一下。有那麼片刻，我們猶豫不決。但，這是爲什麼呢？

我的眼睛猛然張開。「貓！她回去找貓！」

「噢，不。」我媽說。我們都知道我說對了。我們擠過湧進的人潮，試圖走出碉堡。在前方，我看見他們準備關上厚重的金屬門，緩緩地向內側轉動兩邊的絞輪。我不知怎地知道，一旦門關上，天底下沒有任何事情能讓那些士兵再將門打開。說不定，開或關根本不是他們能決定的。我開始不顧一切地把擋住路的人推開，同時大聲呼喊，要他們等一等。兩扇門之間的距離越來越短，只剩一碼，一呎。當我把手伸進兩扇門之間的空隙，只剩幾吋。

「開門！讓我出去！」我吼道。

衛兵們一臉錯愕，把絞輪往後轉了一下。還不足以讓我擠出去，但已經不至於把我的手指夾碎。我趁勢把肩膀也擠進門縫。「小櫻！」我朝空曠的樓梯上方大喊。我媽不停地央求衛兵，而我繼續試著擠出去。「小櫻！」

然後，我聽見了。樓梯間傳來細微的腳步聲。「我們來了！」我聽見我妹的叫聲。

「別關門！」是蓋爾的聲音。

「他們來了！」我告訴衛兵，於是他們把門打開到大約一呎寬。但是我不敢出去，怕他們把我們全關在外面。小櫻終於出現，跑得臉頰通紅，手裡緊抱著金鳳花。我把她拉進門，蓋爾緊跟在後，側身拿著滿手的東西擠進碉堡裡。大門哐啷一聲關上，響亮而確定。

「妳到底在想什麼？」我怒沖沖地抓著小櫻用力搖晃，然後緊緊抱住她，把她懷裡的金鳳花壓扁。

小櫻迫不及待地解釋：「凱妮絲，我不能丟下牠不管，不能再一次遺棄牠。妳應該看看牠在我們房間裡走來走去哭號的樣子。牠跑回去要保護我們。」

「好，好。」我深深吸了幾口氣，讓自己鎮定下來，然後後退一步，揪住金鳳花的脖頸子，把牠拎起來。「我早先眞應該把你溺死才對。」牠兩耳往後攤平，舉起一隻腳爪。我搶在牠之前對牠咧嘴嘶叫，這似乎令牠有點錯愕，因爲牠認爲這是牠表達不屑時特有的叫聲。爲了報復我，牠委屈地學小貓喵了一聲，果然我妹立刻出頭維護牠。

「噢，凱妮絲，別逗牠。」她說，把牠抱回懷裡。「牠心裡已經很不好受了。」

居然說我傷了這隻畜生的小小心靈，這讓我更想奚落牠。但小櫻是眞心爲牠感到難過，我只好忍下來，就像多年來那樣，僅在心裡想像著把金鳳花那身皮毛拿來做手套襯裡，聊以洩憤。「好啦，對不起。我們的位置在牆上寫著字母E那裡。最好趁牠還沒發狂，趕快把牠安頓下來。」小櫻趕忙走過去，留下我面對面看著蓋爾。他手裡抱著從第十二區我們家廚房拿來的醫藥盒，肩膀背著我的獵物袋。我心裡不禁浮現不久前我們在那廚房裡談話、親吻的畫面，以及心裡留下的苦澀滋味。

「如果比德說得沒錯，這些東西留在上面那裡一定會報銷。」他說。

比德。鮮血像雨滴打在窗戶上，像濕泥濺在靴子上。

「謝謝你……做的這一切。」我接過那些東西，問：「你去我們房間做什麼？」

「只是再察看一下。」他說：「如果妳要找我，我們在四十七號。」

剛才洞穴大門關上時，大家差不多都已回到各自的位置。因此，當我舉步走回我們的新家，至少有五百雙眼睛注視著我。我努力表現得格外鎮定，彌補剛才發狂似地擠過人群的形象，彷彿這樣騙得了人。好一個樹立榜樣。噢，管他呢！反正他們早就認為我是瘋子。有個好像剛才被我推倒在地的男人，這時邊盯著我的眼睛，邊憤懣地揉著手肘。我差點也對他咧嘴齜牙嘶叫。

小櫻把金鳳花安置在下層睡鋪，拿一條毯子包住牠，只剩一張臉露在外邊。打雷的時候，牠就是喜歡這樣子躲起來——牠最怕打雷了。我媽把她的醫藥盒小心地放進牆上那個儲物洞。我蹲下來，背靠著牆，打開獵物袋，察看蓋爾幫我搶救出來的東西。那本植物書冊、那件打獵外套、我爸媽的結婚照，還有我抽屜裡的私人物品。我的學舌鳥胸針已經別在秦納設計的服裝上，但還留下那個項鍊金墜子和那朵銀色降落傘，以及包在降落傘裡面的插管和比德的珍珠。此刻，這些東西都安然無恙地放在獵物袋裡。我把珍珠塞到降落傘的角落，打個結綁牢，再把降落傘塞到袋子的最底部，彷彿它是比德的生命，而只要有我守著它，就沒有人可以將它奪去。

大門關上後原已顯得微弱的警報聲突然終止。柯茵的聲音從行政區的播音系統流瀉出來，感謝我們所有的人秩序井然地從上層撤到底下，堪爲典範。她強調，這不是演習，因爲，根據第十二區的勝利者比德·梅爾拉克利用電視傳達的訊息，都城今晚可能會攻擊第十三區。

就在這時候，第一顆炸彈落下。我先是感受到撞擊的震撼，緊接著爆炸的威力在我體內最深處迴盪，我的胃腸黏膜、骨髓、牙根都在震顫。**我們全會死在這裡**，我心想。我抬眼望向上方，預期看見洞頂裂開數道大縫，巨大的石塊如雨落在我們頭上，但是，這地底碉堡只微微地抖動。燈光熄了，我陷入伸手不見五指的全然黑暗中。人類說不出話時的聲音——不自主的尖叫、急促的呼吸、嬰孩似的抽泣，以及一聲心智錯亂的悅耳輕笑，在緊張的空氣中四處跳動。然後，發電機的嗡嗡聲傳來，昏黃、搖曳的光線取代了第十三區平日的慘白燈光，像極了第十二區冬夜裡蠟燭和柴火即將燃盡時的光。

在朦朧的光線中，我向小櫻伸出手，抓住她的腿，然後將自己挪到她身邊。她聲音穩定、低柔地安撫著金鳳花：「沒事，寶貝，別害怕。我們在這底下會沒事的。」

我媽張開手臂環抱住我們。在這一刻，我聽憑自己返回幼小時的心境，把頭倚在她肩膀上。「這跟第八區的炸彈完全不一樣。」我說。

「也許是針對地下碉堡的飛彈。」小櫻說。爲了避免引起金鳳花緊張，她維持輕柔的聲調。「這是我們在上新住民的環境熟悉課程時學到的。這種飛彈的特點是鑽入地底深處後才爆炸，因爲轟炸第十三區的地面已經毫無意義了。」

「核子彈嗎？」我問，不禁不寒而慄。

「不見得。」小櫻說：「有些就只是載有大量炸藥。不過……我猜，兩者都有可能。」

光線太過昏暗，我看不清碉堡另一頭那道厚重的金屬門。如果是核彈攻擊，那道門抵擋得了嗎？就算它能百分之百有效地阻擋輻射——這看來是不可能的——我們還能夠離開這地方嗎？不管轟炸過後殘存的生命變成什麼樣子，想到餘下的時間都得在這地底石洞裡度過，我就害怕。我想發瘋也似地衝到門前，要求他們放我出去，無論外頭上方是什麼情況。當然，這樣做一點意義也沒有。他們絕對不會放我出去，而我可能會引起人們驚恐亂竄。

「我們在很深的地底下，我確定我們很安全。」我媽慘然說道。她是不是想到我父親在礦坑中被炸得屍骨無存？「不過，這眞的是千鈞一髮。感謝老天，比德居然有這個本事警告我們。」

本事。一個再籠統不過的詞，卻包含了他要發出這項警告所必須具備的一切因素。他得知道這件事，他必須有機會說話，他要有勇氣說出來。還有，還有別的什麼，我無法確定。比德似乎在自己心裡進行某種爭戰，掙扎著要傳達這項訊息。爲什麼會這樣？輕鬆地操控語言向來是他最了不起的天賦，這時卻顯得萬般困難。這是飽受折磨的結果嗎？還是有別的因素？譬如，瘋狂？

柯茵的聲音似乎顯得嚴肅了一些，再度盈滿碉堡，忽大忽小，隨著光線閃爍。「比德・梅爾拉克給的消息顯然是正確的，我們欠他很大一個人情。感應器顯示，第一枚飛彈不是核子彈，但威力十分強大。我們預期接下來還有更多飛彈來襲。在遭受攻擊期間，所有居民請待在自己所分配的區域，除非接獲別的指示。」

有位士兵來通知我媽，急救站需要她。她躊躇著，不想離開我們，即使那只是走到三十碼外。

「我們不會有事的，眞的。」我告訴她：「妳想，有什麼能通過牠這一關呢？」我指了指金鳳花，牠虛弱地對我嘶叫一聲，我們都忍不住笑了一下。連我都替牠感到難過了。我媽走了之後，我提議說：「小櫻，妳何不上去陪牠？」

「我知道這聽起來有點荒謬……但我怕轟炸時睡鋪會垮下來壓在我們身上。」她說。

如果睡鋪垮了，整個碉堡也已經崩塌，將我們活埋了。不過，我想，說出這番道理實在沒什麼幫助。於是，我只整理了一下儲放物品的小洞，在那裡給金鳳花做了個窩。然後我把一塊睡墊鋪在小洞前，供我們姊妹倆使用。

我們可以分批使用浴室，但不能沖澡。我和小櫻去過浴室，刷完牙後，便窩在睡墊上。洞穴裡濕冷沁骨，我們蓋上兩條毯子。小櫻持續不斷安撫金鳳花，但牠還是一副悲慘的模樣，蜷縮在小洞裡，朝著我的臉呼出貓的氣息。

儘管這樣的處境很不舒服，我很高興能有時間跟我妹窩在一起。我來到第十三區之後——不，應該是打從第一次去參加飢餓遊戲之後——我對她的關注就少得可憐。我不再像過去那樣，擔負起身爲姊姊的責任照顧她。畢竟，剛才去察看我們居室的是蓋爾，不是我。這是我該彌補的事情。

我發覺，我甚至沒想到要問她，來到此地的衝擊，她應付得如何。於是，我問：「小櫻，妳對第十三區的感覺怎麼樣？喜歡嗎？」

「妳是說此刻嗎？」她問。我們倆都笑起來。「有時候我很想家。然後，我想到，那裡什麼都沒有了，沒什麼好想的。在這裡，我感到安全。我們不用再擔心妳。嗯，擔心的方式不同。」她頓了頓，接著嘴角泛起害羞的微笑。「我想，他們打算訓練我做個醫生。」

這是我頭一次知道這件事。「嗯，當然，他們肯定會這麼打算。不會的話就太蠢了。」

「當我在醫院裡幫忙，他們一直在觀察我。我已經開始上一些醫學的課了。只是初級課程。很多內容我在家裡都已經知道了。不過，還是有很多東西要學。」她告訴我。

「太棒了。」我說。小櫻成爲一名醫生。這是在第十二區，她連做夢都不敢想的。某種很小、很靜的東西，像一根火柴棒那樣擦著了，點亮了我心裡的晦暗。這樣的未來，就是反抗所可能帶來的。

「妳呢，凱妮絲？妳過得怎麼樣？」她的指尖在金鳳花的雙眼之間來回輕柔地撫摸著。「別告訴我妳沒事。」

這話是眞的。不管「沒事」的反面是什麼，那正是我的狀況。因此，我直接告訴她比德的事，他在螢幕上看起來情況惡化的樣子，還有我認爲這時候他們一定已經殺了他。金鳳花這會兒得靠自己了，因爲小櫻已經把關注的焦點轉移到我身上。她把我抱得更緊一點，伸手把我臉上的頭髮撥到我耳後。我沒再說話，因爲眞的已經沒有什麼可說的了，而我的心痛得像被刺穿一般。說不定還會心臟病發作，不過這好像沒必要提。

「凱妮絲，我不認爲史諾總統會殺了比德。」她說。她當然會這麼說，她認爲這樣能安撫我。但是她接下來的話讓我吃驚。「如果他這麼做，他手中就沒有妳想要的人了。他就沒有辦法傷害妳了。」

突然間，我想起另一個女孩，她見過都城使得出來的一切邪惡手段。第七區的貢品，喬安娜．梅森。上次在競技場中，叢林裡有八卦鳥會模仿你所愛的人遭受折磨的聲音，我企圖阻止她走進去，但她甩開我的手，說：「**他們傷害不了我。我不像你們。我愛的人都已經不在了**。」

於是，我知道小櫻說得對，史諾浪費不起比德的命，尤其是現在，我這隻學舌鳥造成這麼大的破壞的此刻。他已經殺了秦納，毀了我的家鄉。而我的家人、蓋爾，甚至黑密契，他都鞭長莫及。他手裡只剩下比德。

「那麼，妳想他們會怎麼對付他？」我問。

小櫻開口回覆時，聽起來像老了一千歲。

「使盡一切手段，只要能讓妳崩潰就行。」

11

什麼會讓我崩潰？

接下來三天，我們等待著從這所安全的監牢獲釋，但這個問題一直啃噬著我。有什麼會把我擊得粉碎，使我再也無法復原，從此毫無用處？這個問題，我沒跟任何人提起，但它吞噬了我清醒的時刻，交織在我的每一場噩夢裡。

這段期間，又有四顆碉堡飛彈落下，全都威力強大，極具破壞性，但沒造成什麼緊急狀況。每一次飛彈來襲，都間隔很長的時間。因此，當你以爲轟炸終於結束了，另一次爆炸帶來的震波又穿透你的五臟六腑。都城的策略感覺起來像是要逼我們一直處於禁閉狀態，而不是要毀滅第十三區。沒錯，是爲了癱瘓這個行政區，讓人們得花很大的力氣，才能使這個地方重新運作。但是，毀滅它？不。柯茵在這一點上是對的。你不會摧毀你以後想要取得的東西。我猜想，他們眞正的目的，就短期而言，是阻遏第十三區發動傳播突襲，讓我不能出現在施惠國的電視上。

關於目前的情況，我們幾乎得不到任何訊息。電視螢幕始終沒亮，只能從廣播中聽柯茵簡短地報告最新狀況，說明炸彈的性質。戰爭肯定還繼續在打，但是情形如何，我們一無所知。

在碉堡裡，當前的首要之務就是合作。我們遵守嚴格的作息時間，定時吃飯、洗澡、運動和睡覺。每天有一小段時間讓我們從事社交活動，排解煩悶。我們家這一小塊地方變得很受歡迎，因爲無論大人小孩，都對金鳳花著迷。牠每晚表演的「瘋貓秀」，已經讓牠成了名人。我是幾年前，一天冬夜裡停電的時候，無意中發明了這遊戲。你只要將手電筒的光束在地板上晃來晃去，金鳳花就會去抓它。我愛玩這遊戲，確實沒安好心眼，因爲我覺得這讓牠看起來很蠢。令人難以理解的是，這裡每個人都認爲牠既聰明又討人喜歡。我甚至多分配到一組電池，專門用來逗貓。這眞是極大的浪費。可見第十三區的居民多麼渴望娛樂。

就在第三天晚上，當我們在逗貓，我找到了那個啃噬著我的問題的答案。「瘋貓秀」變成我的境遇的一種象徵。我是金鳳花。比德是那一束光，是我亟欲得到、保有的東西。只要金鳳花認爲牠有機會用爪子抓住那束難以捉摸的光，牠就會豎起全身的毛，充滿鬥志，竭力追擊。（那就是我離開競技場，知道比德還活著之後的狀況。）當亮光完全熄滅，金鳳花一時間會焦急、困惑，不過牠會恢復過來，轉而去做別的事情。（如果比德死了，我應該也會那樣。）但有件事會令金鳳花陷入恐慌：當我讓手電筒開著，把光打在牠搆不到的牆壁高處，就算牠跳再高也沒用，牠就會在牆底下來回踱步，哀哀叫，怎麼安慰牠或轉移牠的注意力都沒用。牠變成一隻一無是處的貓，直到我關上燈爲止。（目前，史諾就是這樣對付我，只是我不知道他的遊戲會是什麼樣子。）

或許，我光是察覺這一點，就已正中史諾下懷。想到史諾控制著比德，爲了套取反抗軍的情報，而對他嚴刑逼供，固然很難受，但是，想到他折磨比德，是特意爲了癱瘓我，我完全無法承受。明白這一點所帶來的巨大壓力，眞的開始令我崩潰了。

「瘋貓秀」結束之後，我們依指示上床睡覺。這幾天，電力總是時有時無，有時候燈泡大放光明，有時候我們得在昏暗中瞇著眼睛互望。就寢時間，他們會把燈調到幾乎全暗的地步，然後在各個空間啓動安全燈。小櫻這時已有把握牆壁不會坍塌，跟金鳳花一起依偎在下鋪。我媽睡上鋪。我曾自願睡上鋪或下鋪，但她們要我還是睡地上鋪的睡墊，因爲我睡著時仍然會拳打腳踢。

不過，現在我動也不動，因爲我正繃緊了肌肉，全身僵直，以免自己崩解。心頭刺痛的感覺又回來了，我想像細細的裂縫從胸口蔓延開來，穿過我的軀幹，擴散到四肢和臉部，全身布滿縱橫交錯的龜裂紋路。只要再來一顆碉堡飛彈，震動一下，我就可能碎成奇形怪狀、邊緣銳利的碎片。

等絕大部分焦躁不安、翻來覆去的人都睡著之後，我小心地從毛毯底下爬出來，躡手躡腳地在洞穴裡走動，直到找著芬尼克。由於某種說不清楚的原因，我覺得他會瞭解。他坐在他那塊空間的安全燈下，打著繩結，乾脆連假裝睡覺都省了。當我低聲告訴他我的發現，向他解釋史諾擊垮我的計畫，我突然明白過來。這種策略對芬尼克早就不是新聞了。他就是這樣被擊垮的。

「他們就是這樣用安妮來對付你，對吧？」我問。

「他們逮捕她，不是因爲他們認爲可以從她那裡獲得反抗軍的情報。」他說：「他們知道我爲了保護她，絕不會告訴她任何這類的事。」

「噢，芬尼克，我眞是抱歉。」我說。

「不，我才抱歉。我沒有事先警告妳。」他告訴我。

突然間，有個記憶冒上來。我獲救之後，被綁在床上，因悲傷和憤怒而發狂。芬尼克爲我解釋比德的處境，試圖安慰我。**「他們很快就會發現他什麼都不知道。而且他們不會殺他，如果他們認為可以利用他來對付妳的話。」**

「不對，你確實警告過我。在氣墊船上。只是，當你說他們會利用比德來對付我，我以爲你的意思是拿他當餌，引誘我去都城。」我說。

「我甚至不該說那些話。那時候已經太遲了，說那些話對妳也不會有幫助。我應該在大旬祭之前就警告妳，要不我就應該閉嘴，絕口不提史諾是怎麼操作事情的。」芬尼克輕輕扯了一下繩索的尾端，一個複雜的繩結瞬間又變成一條直線。「我沒在大旬祭開始前警告妳，是因爲我碰到妳的時候，我還不明白。在妳第一次參加飢餓遊戲之後，我以爲，在妳這一邊，這整件羅曼史不過是一種表演。我們全都以爲，妳會繼續這項策略。直到比德撞上力場，差一點喪命，我才——」芬尼克遲疑了一下。

我回想起競技場上那一刻，當芬尼克救活比德，我止不住啜泣，芬尼克一臉狐疑，卻拿我懷孕的事當託辭，爲我的反應開脫。「你才怎樣？」

「我才知道我錯看了妳。妳是眞的愛他。我不知道妳是怎樣愛他，或許連妳自己都不知道。但任何人只要留意，都看得出來妳有多在乎他。」他溫柔地說。

任何人？在勝利之旅前，史諾來找我，逼我消除人們的疑慮，證明我對比德的愛。「**說服我。**」史諾說。看來，在那炎熱的粉紅色天空下，比德命懸一線時，我終於做到了。但，因爲我做到了，我也給了他用來擊垮我的武器。

芬尼克跟我沉默地坐著，久久不能言語，看著繩結一次次打好又拆掉。最後，我終於有能力開口說話：「你是怎麼承受這件事的？」

芬尼克一臉難以置信地看著我，說：「我沒有，凱妮絲！很明顯，我根本沒辦法承受。每天早晨我把自己從噩夢中拖出來，卻發現清醒時也找不到安慰。」他注意到我的表情，停了一下。「最好別讓自己崩潰。妳得花十倍的時間和力氣才能把自己收拾起來，崩潰卻很快。」

嗯，他一定很清楚。我深深吸一口氣，努力把自己拼湊回去。

「妳越讓自己分心越好。」他說：「明天第一件事，我們幫妳找一條繩子。在這之前，妳先用我這一條吧。」

這夜餘下的時間，我待在自己的睡墊上著魔般地打著繩結，每個繩結都拿給金鳳花察看。如果有哪個結看起來可疑，牠會一掌把它掃到地上，猛咬個幾下，確定它是死的。到了早晨，我的手指痠痛，但我還是繼續打。

又度過了安靜的二十四個小時之後，柯茵終於宣布，我們可以離開碉堡。我們原先的居室已經被炸毀了，大家必須確切遵從指示，前往新房間。我們按照指示清理了我們避難的空間，然後乖乖地排隊走向碉堡門口。

我還走不到一半，博格斯出現，把我拉出隊伍。他打手勢要蓋爾和芬尼克加入我們。大家讓出一條路給我們經過，有些人甚至對我微笑。「瘋貓秀」似乎讓我變得可愛不少。出了門，上了樓，穿過走廊，搭上一部能上下左右移動的電梯，最後我們抵達了特殊防禦中心。我們一路上沒見到任何設施受到損壞，不過我們仍在很深的地底。

博格斯帶領我們進入一個幾乎跟指揮中心一模一樣的房間。柯茵、普魯塔克、黑密契、奎希妲，以及圍繞著桌子的其他每個人，看起來都精疲力竭。終於有人端出咖啡——我很確定，它被視爲緊急時刻才能飲用的興奮劑。普魯塔克雙手緊緊環抱著杯子，彷彿隨時會有人來奪走似的。

沒有開場白或閒聊。「我們需要你們四個立刻穿戴裝備，到地面上去。」總統說：「你們有兩個小時的時間拍攝轟炸所造成的損壞，並顯示第十三區的武力與軍隊不只保有戰力，也依然佔有優勢。最重要的是，讓大家知道，學舌鳥還活著。有問題嗎？」

「我們可以喝杯咖啡嗎？」芬尼克問。

冒著熱氣的杯子隨即傳遞給眾人。我嫌惡地瞪著那發亮的黑色液體。我從來不愛這東西，不過我想它或許能幫我打起精神。芬尼克倒了些奶油進我杯子，然後把手伸進糖罐。「要來塊糖嗎？」恍惚間，我聽見他用從前那種誘惑人的聲音問我。我們第一次見面時，身邊圍繞著馬匹和馬車，身上穿著爲群眾打扮的戲服，化著濃妝，芬尼克就是這樣問我的。那時我們還沒結盟，我也還不知道他爲什麼會是那副德性。不過，初次見面的回憶已經在我臉上召喚出一抹微笑。「加一點吧，能讓它變得好喝些。」這時，我聽到的是他此時眞正的聲音。他朝我杯子裡丟了三塊方糖。

當我轉身要去換學舌鳥的衣服，我瞥見蓋爾滿臉不高興地看著我和芬尼克。又怎麼了這是？難道他眞的以爲我跟芬尼克之間有什麼嗎？也許他昨晚看到我去找芬尼克。我得經過霍桑家的空間才能走到芬尼克那兒。我猜，這可能就已經惹得他不高興了。我不找他陪伴，反而去找芬尼克。嗯哼，很好。打繩結讓我的手指痛得要死，一夜無眠害我這時眼皮直打架，而且有個攝影小組正等著我做些精彩的演出。還有，比德仍落在史諾手中。蓋爾愛怎麼想就怎麼想吧。

我的新化妝室設在特殊防禦中心裡。等我的預備小組快手快腳地幫我換上學舌鳥服裝，編好我的頭髮，在我臉上化很淡很淡的妝，我的咖啡都還沒涼呢。不到十分鐘，下一部宣傳短片的演員和攝影小組已經啓程，沿著彎來拐去的地底通道朝外面走去。路上我啜著咖啡，發覺奶油和糖確實大大改善了咖啡的滋味。當我仰頭飲盡杯底的沉渣，我發現有微微興奮的感覺在血管裡竄流。

在爬上最後一道梯子後，博格斯扳動一根槓桿，啓開了一扇活板門。新鮮的空氣湧入。

我大口呼吸，頭一次允許自己讓痛恨地下碉堡的感覺浮上來。我們冒出地面時，已置身森林中。我舉手拂過頭頂上的樹葉，有些已經開始變顏色。「今天幾號？」我隨口問。博格斯告訴我，下禮拜就九月了。

九月。意思是，比德落在史諾手中已經五個星期，也許甚至六個星期了。我檢視掌中的一片樹葉，卻看見自己的手在發抖。我沒辦法控制自己不顫抖。我猜這都要怪咖啡。我試著集中精神，放慢呼吸。我走得不快，呼吸不該這麼急促。

森林的地面開始可以看到轟炸後的殘骸碎片。我們來到這一路上遇見的第一個彈坑，三十碼寬。多深？我說不上。太深了。博格斯說，任何人只要待在最上頭十層，恐怕都沒命了。我們繞過這個彈坑，繼續往前走。

「你們能夠重建嗎？」蓋爾問。

「暫時沒辦法。這顆炸彈沒擊中什麼重要的設施。只是一些備用的發電機，還有養家禽的農場。」博格斯說：「我們只會把它封起來。」

樹沒了，我們走進圍籬之內的區域。新舊瓦礫堆環繞著一個個彈坑。在轟炸之前，第十三區只有少數一些東西在地面上，包括一些警衛站和訓練場。我們居住的最頂層大約有一呎高是露在地面上，供金鳳花出入的窗子就開在這個部位。那上頭還有好幾呎的鋼筋結構。

但即便是這些鋼筋結構，也擋不住表層的攻擊。

「那男孩的警告，讓你們爭取到多少時間？」黑密契問。

「比我們的系統偵測到飛彈還早了大約十分鐘。」博格斯說。

「那麼，他的警告確實幫上了忙，對吧？」我問。如果他說不是，我一定無法忍受。

「絕對幫了大忙。」博格斯說：「居民百分之百撤離。遭受攻擊時，幾秒鐘都是重要的。十分鐘代表無數人命獲救。」

這包括小櫻，我心想。**還有蓋爾**。他們進入碉堡沒兩分鐘，第一顆飛彈就落下來了。比德可說是救了他們。我把他們的名字加入欠債清單。我總是不斷地欠比德。

奎希妲想到個主意，要拍攝我站在舊司法大樓前。由於都城多年來用那棟大樓作爲背景報假新聞，顯示這個區早就毀滅了，我們現在這麼做可以說是在取笑都城。經過最近這一次轟炸，司法大樓距離一個新彈坑的邊緣，大約只有十碼。

當我們逐漸走近原本是宏偉大門的地方，蓋爾指著前方一些東西，整隊人馬放慢了腳步。起先我不曉得出了什麼問題，接著我看到地上散布著鮮麗的粉紅色和紅色玫瑰。「別碰！」我大喊：「那是給我的！」

一股噁心的甜膩氣味撲鼻而來，我的心臟開始劇烈地撞擊胸膛。所以，那不是我想像的，那放在我衣櫃上的玫瑰。現在擺在我面前的，是史諾第二次送來的禮物。美麗的粉紅與紅色長莖花朵，比德和我第一次參加飢餓遊戲獲勝之後接受訪談時布置場景的玫瑰。這些花不是給一個人的，而是給一雙戀人的。

我盡可能向大家解釋怎麼回事。經過目視檢查，它們看來是完全無害的花朵，也許經過基因改造。兩打玫瑰，有一點點枯萎，很可能是最後一顆飛彈爆炸之後拋下的。一組穿著特殊服裝的人員收集了花載走。不過我很肯定，他們不會在這些花裡頭找到任何不尋常之處。史諾非常清楚他在對我做什麼。這就像大旬祭開始前一刻，讓我站在即將把我送進競技場的玻璃圓筒裡，眼睜睜看著秦納被打成一團血肉模糊，只爲了害我精神恍惚。

就像那時候，我試圖振作起來，開始反擊。但是，當卡斯托和波呂克斯就位，我感覺到自己的焦慮在攀升。我好累，好亢奮，並且在看見玫瑰之後，我的心思除了比德，無法專注在其他任何事物上。喝那杯咖啡眞是大錯特錯。我最不需要的就是刺激。我的身體明顯地在顫抖，似乎快喘不過氣來了。在地下碉堡關了幾天之後，不管我轉往哪個方向，看東西都得瞇著眼睛，而且光線刺得雙眼好痛。即使微風清涼，汗水還是不停地從我臉上淌下來。

「好，這一次妳到底要我做什麼？」我問。

「只要說幾句話，表示妳還活著，仍在奮戰。」奎希妲說。

「好。」我站好位置，然後瞪著攝影機上閃爍的紅燈。一直瞪著。一直瞪著。「對不起，我想不出任何東西。」

奎希妲走到我面前。「妳沒事吧？」我點頭。她從口袋拿出一條小毛巾，在我臉上摁了摁，吸掉汗水。「要不，我們用問答的老辦法？」

「好。我想那很有幫助。」我兩臂交叉，抱在胸前，隱藏自己的顫抖。我瞥了芬尼克一眼，他對我豎起大拇指。不過他自己看起來也搖搖欲墜。

奎希妲已經回到她的位置。「凱妮絲，妳逃過了都城對第十三區的轟炸。跟妳在第八區地面上的遭遇相比，這一次感覺如何？」

「這次我們在很深的地底下，絲毫沒有危險。第十三區依然屹立不搖，大家都很好，我也——」我的聲音破了，嘎地一聲啞了。

「這句話再試一遍。」奎希妲說：「第十三區依然屹立不搖，大家都很好，我也是。」

我深吸一口氣，試著把空氣逼入橫膈膜。「第十三區依然屹立不搖，我——」不對，不是這樣。

我發誓我還聞得到那些玫瑰的氣味。

「凱妮絲，只要說完這句話，妳就完成今天的工作了。我保證。」奎希妲說：「第十三區依然屹立不搖，大家都很好，我也是。」

我甩了甩手臂讓自己放鬆，雙手握拳頂在骨盆上，然後垂放在身體兩側。我口中迅速充滿唾液，快得誇張，同時感覺到喉嚨底下有什麼東西要嘔出來。我用力吞嚥，張開嘴巴，好吐出那句混帳的話，然後跑去躲在森林裡——但這時我控制不住，開始哭起來。

我實在做不了學舌鳥，連說完這麼一句話都辦不到。因爲，現在，我知道我所說的每一句話，後果都將由比德承擔。他會受到更多折磨，卻不會死。不，沒這麼仁慈。史諾會確保他生不如死。

「停。」我聽見奎希妲靜靜地說。

「她是怎麼回事？」普魯塔克悄悄地小聲問。

「她明白了史諾怎麼利用比德。」芬尼克說。

我面前圍成一個半圓的這一群人，集體發出一聲爲我抱憾的嘆息——因爲現在我知道了，因爲我絕無可能再變成不知道，因爲我崩潰了，更遑論損失一隻學舌鳥將導致軍事上的不利。

有好幾雙手都願意擁抱我。然而，最後，我唯一眞正希望過來安慰我的人，是黑密契，因爲他也愛比德。我向他伸出手，似乎叫了他的名字，然後他就在我身邊了，抱住我，撫拍著我的背，說：「沒事。小甜心，不會有事的。」他扶我坐在一根斷裂倒地的大理石圓柱上，一隻手臂環著我，讓我盡情地哭。

「我再也做不來了。」我說。

「我知道。」他說。

「我滿腦子想的，都是他會怎麼對付比德，就因爲我是學舌鳥。」我終於說出來。

「我知道。」黑密契緊緊擁住我。

「你看到他的反應有多怪了嗎？他們對他——究竟做了什麼？」我邊哭邊抽噎，不過還是設法說出了最後一句話：「都是我的錯！」然後我好像跨越了什麼界線，落入了歇斯底里的狀態，接著一根針扎入我的手臂，整個世界離我遠去。

無論他們注射到我身體裡的是什麼東西，作用一定很強。因爲等我醒來，已經過了整整一天。不過，我睡得並不安穩。我感覺自己像從一個黑暗的世界，一個我獨自奔行，魅影出沒的地方，浮了出來。黑密契就坐在我床邊的椅子上，他的皮膚蒼白如蠟，雙眼充滿血絲。我想起了比德，又開始顫抖。

黑密契伸手抓緊我的肩膀。「別擔心，我們決定把比德救出來。」

「什麼？」我聽不懂。

「普魯塔克決定派出營救小組。他在都城裡有內應。他認爲我們可以把比德活生生地救回來。」他說。

「那我們之前爲什麼不這樣做？」我問。

「因爲代價太高。不過，大家都同意，這件事非做不可。這跟我們在競技場時所做的選擇一樣。不惜一切，都要讓妳撐下去。我們不能在這時候失去學舌鳥。可是，除非妳知道史諾無法把氣出到比德頭上，妳才有可能繼續扮演下去。」黑密契遞給我一個杯子。「來，喝點東西。」

我慢慢坐起來，啜了一口水。「你說代價太高，是什麼意思？」

他聳聳肩，說：「臥底的人會曝光。會死一些人。但是要記住，他們每天都有人死。還有，不只營救比德。爲了芬尼克，我們也會把安妮救出來。」

「他在哪裡？」我問。

「就在那道簾子後面，正在昏睡，等體內的鎮定劑消退。我們把妳弄昏之後，他也抓狂了。」黑密契說。我微微笑了笑，感覺沒那麼虛弱了。「是啊，這支影片拍得可眞精彩。你們倆一起崩潰，而博格斯離開去安排營救比德的任務。我們已正式重播了。」

「嗯，如果是博格斯帶隊，那是一項加分。」我說。

「噢，他做得很好。這任務只讓自願者參加，可是他假裝沒看見我舉起手來拼命揮。」

黑密契說：「妳看，他已經展現了絕佳的判斷力。」

有什麼地方不對勁。爲了讓我開心，黑密契太用力了。這根本不是他的作風。「那麼，還有誰自願？」

「我記得總共有七個。」他避重就輕地說。

我內心深處有一種不好的感覺。「黑密契，還有誰？」我追問。

黑密契終於放棄他和善的演出。「妳知道還有誰，凱妮絲。妳知道誰第一個站出來。」

我當然知道。

蓋爾。

12

今天，我可能同時失去他們兩人。

我試著想像一個再也聽不見蓋爾和比德聲音的世界。我雙手僵硬，目不轉睛地站在他們的屍體前面，低頭看最後一眼，然後離開他們躺臥的房間。但是，當我打開門，跨入外面那個世界，那裡只有一個巨大無邊的空洞。我的整個未來是一片灰白色的虛空。

「妳要我讓他們幫妳施打鎮定劑，昏睡到行動結束嗎？」黑密契問。他不是在開玩笑。這個人把他成年以後的人生全泡在酒精裡，用麻醉自己來對抗都城所犯的罪行。在十六歲那年贏得第二屆大旬祭的那個男孩，一定也有他愛的人，他拼死要回去團聚的人——家人、朋友，說不定還有一位心上人。現在，他們都在哪裡？直到我和比德莫名其妙地被丟給他照顧之前，他的生命裡怎麼會沒有別人呢？史諾把他們怎麼樣了？

「不，」我說：「我要去都城，我要參加營救任務。」

「他們已經走了。」黑密契說。

「他們走了多久？我可以趕上。我可以——」什麼呢？我可以做什麼呢？

黑密契搖搖頭，說：「絕不可能。妳太有價值，又太脆弱了。我們曾經討論過，在展開營救任務的同時，把妳送到另一個行政區去，轉移都城的注意力。但是大家都認為妳辦不到。」

「黑密契，拜託！」我開始求他。「我得做點什麼。我無法只是坐在這裡，等著知道他們是不是死了。一定有什麼是我能做的！」

「好，我去跟普魯塔克談談。妳給我乖乖待在這兒。」但是我待不住。黑密契的腳步聲還在外頭長廊上響著，我就歪歪倒倒地穿過隔簾的開口去找芬尼克。他俯趴在床上，兩手緊緊攢著枕頭套。雖然這麼做很懦弱，甚至很殘忍，但我還是把他從鎮定劑幽暗、無聲的世界裡搖醒，回到殘酷的現實，因為我無法一個人面對。

我解釋了我們的處境，他起初的焦慮竟不可思議地消退了。他說：「凱妮絲，妳還不明白嗎？這會讓事情有個了斷。要不是這樣，就是那樣。等今天結束時，他們要不是死了，就是回到我們身邊來了。這簡直……簡直超過我們所能期盼的！」

嗯，這樣看待我們的處境，未免太陽光了。不過，想到這場折磨終將結束，我也漸漸鎮靜下來。

簾子被猛地拉開，黑密契回來了。如果我們振作得起來，他有個差事要分派給我們。他們仍然需要製作一部與轟炸後第十三區有關的宣傳片。「如果我們能在幾個鐘頭內拍好，比提可以在營救行動展開前播放它，讓都城的注意力專注到這上面來。」

「對，讓他們分心。」芬尼克說：「聲東擊西。」

「我們需要的，是某種眞正引人入勝的東西，連史諾總統看了都走不開。有這樣的東西嗎？」黑密契問。

可以做一件對營救任務有幫助的事，立刻讓我振作起來，集中精神。我邊狼吞虎嚥地吃著早餐，讓預備小組幫我打理，邊思忖著我該講些什麼。史諾總統一定很想知道，濺在地板上的血和他送的玫瑰，對我有何影響。如果他希望看到我崩潰，那麼我就必須表現出安然完好的模樣。但是，我不認爲光是對著鏡頭叫囂幾句挑釁的話，就能讓他相信。再說，那也無法幫營救小組爭取多少時間。叫囂嘶喊爲時很短，講故事才花時間。

我不知道這會不會有效，但是攝影小組全都聚集在地面上時，我請教奎希妲，能不能從她問我比德的事情開始。我在之前崩潰的地點，那根斷裂倒地的大理石圓柱上坐下，等候攝影機的紅燈和奎希妲的問題。

「妳是怎麼認識比德的？」她問。

於是，我做了第一次接受凱薩・富萊克曼訪問時，黑密契就要我做的事——敞開自己。

「遇見比德那年，我十一歲，正在生死邊緣掙扎。」我談起那個可怕的日子，如何在大雨中試著賣掉幾件舊嬰兒服，比德的媽媽怎麼把我從麵包店的後門趕開，他如何拼著挨打給我送來麵包，救了我們一家性命。「我們甚至不曾講過話。我第一次跟比德說話，是在我們去參加飢餓遊戲的火車上。」

「而他那時已經愛上妳了。」奎希妲說。

「我想是吧。」我容許自己露出一點笑容。

「如今你們天各一方，妳還好嗎？」她問。

「不太好。我知道史諾隨時可能殺了他。尤其在他警告第十三區會遭到轟炸之後。忍受這樣的痛苦，實在很難受。」我說：「但是，正因爲他們這樣對待比德，我再也沒有任何保留了。只要能摧毀都城，我不惜一切。我終於自由了。」我抬頭仰望天空，看見一隻蒼鷹飛過。「史諾總統曾對我承認，都城很脆弱。當時，我不明白他的意思。我那時非常害怕，看不清事實。現在，我不害怕了。都城很脆弱，因爲它的所有一切，無論食物、能源，甚至用來管制我們的維安人員，都仰賴各行政區。只要我們自己宣告自由，都城就垮了。史諾總統，多虧了你，今天我正式宣布，我自由了。」

我的表現就算不是精彩絕倫，也應該夠好了。大家都很喜歡那個麵包的故事。不過，讓普魯塔克動起腦子的，是我傳達給史諾總統的訊息。他匆匆把芬尼克和黑密契叫到一邊，三人短暫而激烈地交談了一陣子。我看得出來，黑密契不同意。到最後，普魯塔克似乎贏了，芬尼克一臉蒼白，但點了點頭。

當芬尼克走到攝影機前，在我的位子坐下，黑密契對他說：「你不需要這麼做。」

「不，我得這麼做。如果這能幫上她的忙。」芬尼克把繩子揉成一團，握在手上。「我準備好了。」

我不知道他會說什麼。一個有關安妮的愛的故事？歷數第四區的悲慘經驗？然而，芬尼克．歐戴爾走的是全然不同的另一個方向。

「史諾總統曾經……出賣我……我是說，我的身體。」芬尼克用一種平淡的，彷彿事不關己的聲調說：「我不是唯一的一個。如果一個勝利者被認爲十分富有魅力，惹人垂涎，總統會把他們當作一種獎賞賞給人，或容許人們用驚人的高價來購買。如果你拒絕，他就殺一個你所愛的人。因此，你只好就範。」

原來如此。難怪芬尼克在都城有那麼多的情人，他們從來不是他眞正愛的。他們就像我們原來那個維安隊長克雷，他花錢買那些無路可走的女孩，糟蹋她們，用過即丟。他這麼做，是因為他有辦法這麼做。我真想打斷拍攝，請求芬尼克原諒我曾經把他想得非常不堪。但是，我們有任務要執行，而我察覺，芬尼克的角色將比我的更強而有力。

「我不是唯一的一個，但我是最受歡迎的一個。」他說：「說不定，也是最不能保護自己的一個，因為我愛的人無法保護自己。我的那些顧客，為了讓自己感覺良好，都會送我金錢或珠寶做禮物。但是我找到一個遠比這些東西有價值的禮物。」

祕密，我心裡說。芬尼克告訴過我，他那些情人都付些什麼給他。只不過我當時以為這種交易是出於他自己的選擇。

「祕密。」他說，呼應我內心的話。「史諾總統，接下來請注意了，因為有太多祕密與你有關。不過，讓我們先從別人開始好了。」

芬尼克開始編起一幅色彩斑斕的織錦，細節豐富詳盡，讓人無法懷疑這些故事的真實性。奇怪的性癖好，感情的背叛，無饜的貪婪，以及血淋淋的權力遊戲。死寂的夜裡，酒後吐露的祕密在汗濕的枕套上竊竊傳遞。芬尼克被出售和購買，不過是一個來自某行政區的奴隸。沒錯，絕對非常英俊。但其實無害。他能跟誰講去？誰又會相信他？而且有些祕密實在太美味可口，藏在心裡眞是抓心撓肝，不能不分享。我不認識芬尼克講的那些名字，似乎全是都城裡有頭有臉的人。但聽多了我的預備小組哈拉閒聊，我知道，即便只是判斷上最輕微的失誤，都會引來別人的注意。如果一個難看的髮型都可以讓人八卦上幾小時，試想，亂倫、背後捅刀子、訛詐勒索，以及縱火的指控，會是多麼狗血？很快，駭異震驚和互相控訴的波浪勢必席捲整個都城，但那裡的人一定會等，就像我現在還在等一樣，等著聽總統的祕密。

「現在，輪到我們可敬的科利奧雷納斯・史諾總統。」芬尼克說：「年紀輕輕，就位居要津。精明無比，總是穩操勝券。你一定忍不住要問，他到底是怎麼辦到的？你只需要知道一個字，就知道了全部。**毒**。」芬尼克回溯史諾一路爬升，直到今天位高權重的政治生涯。這些事情，我一無所知。芬尼克的重點是一個接一個的案例，史諾的政敵，甚至更慘，他的盟友，因爲來日可能威脅到他的位子，如何相繼神祕死亡。有的人在宴席上突然暴斃，有的人在幾個月之內，慢慢地、無法解釋地，日漸衰弱，終至被人淡忘。都是因爲腐敗的貝類蝦蟹，無人知曉的病毒，或疏於注意的動脈血管病變。史諾自己也用下了毒的杯子飲酒，藉以避免他人起疑。只不過解毒劑不總是有效。他們說，他老是配戴香味濃烈的玫瑰，就是爲了這個。他們說，他嘴裡永遠不會好的潰瘍，不時散發出血腥味。他們說，玫瑰的香味是爲了掩蓋血的氣味。他們說，他們說……史諾有張殺人清單，沒人知道下一個要倒楣的是誰。

毒。蛇的完美武器。

我原本就看不起都城和它偉大的總統，所以芬尼克的指陳說不上令我震驚。不過，他揭露的事情對脫離都城的反叛者，像是我的攝影小組和芙薇雅，似乎帶來不小的衝擊。連普魯塔克也三不五時露出吃驚的表情，也許是在納悶自己怎麼會漏了某些特定的小道消息。當芬尼克說完，他們還怔怔地楞在那兒，任攝影機繼續轉動，直到最後，芬尼克不得不自己開口喊：「停。」

攝影小組匆匆忙忙趕回地下去剪輯毛片，普魯塔克把芬尼克拉到一邊聊天，八成是想知道他還有沒有更多的祕辛。我跟黑密契留在瓦礫堆中，心中胡思亂想，不知道如果情勢沒有改變，自己是不是有一天也會步上芬尼克的後塵。爲什麼不會？燃燒的女孩不難賣個天價，史諾可以狠賺一筆。

「這種事情也曾經發生在你身上嗎？」我問黑密契。

「沒有。因爲我逞能，拿力場玩了那個花招，在我奪得勝利者寶座之後兩個禮拜，我媽和我弟，還有我的女朋友，全死了。」他回答：「史諾沒有可以拿來威脅我的人了。」

「我很驚訝他居然沒乾脆宰了你。」我說。

「噢，不會。我可是個範例，可以作爲小芬尼克、小喬安娜和小凱絲米爾的借鏡，讓他們看看一個惹麻煩的勝利者會招致什麼下場。」黑密契說：「但史諾很清楚，他沒有對付我的籌碼。」

「直到比德跟我出現。」我輕聲說。他毫無反應，連聳聳肩都沒有。

宣傳片拍完後，除了等，我和芬尼克再無事可做。我們試著在特殊防禦中心裡度過緩慢、難熬的時光。打繩結。把碗盤裡的午餐攪來攪去。在射擊場裡打爆靶子。爲了怕被偵測到，營救小組不會傳來任何訊息。到了預計行動的下午三點，我們緊張又安靜地站在一個擺滿螢幕和電腦的房間後方，看著比提和他的組員奮力爭奪廣播波段的主控權。他平常杌隉不安的肢體動作不見了，取而代之的，是我從未見過的，堅定不拔的神情。經過剪輯，我的鏡頭沒佔全片多長時間，只夠證明我還活著，而且依然桀驁不馴。佔盡鋒頭的，是芬尼克細數都城淫穢、血腥的事跡。是比提的技術進步了嗎？還是他在都城的對手聽得太入迷，捨不得切斷芬尼克的話？總之，接下來的六十分鐘，都城的人將會看到平日的午後新聞播報、芬尼克的鏡頭，以及所有頻道遭到封鎖後一片漆黑的螢幕，三者來回轉換。不過，反抗軍的技術小組突破了頻道封鎖，而且難能可貴地，幾乎讓芬尼克揭發史諾的段落完整播映完畢。

「還給他們吧！」比提說，舉起雙手，將廣播頻道交還給都城。他拿一塊毛巾擦了把臉。「如果他們這時還沒撤離，那就是全死了。」他轉過椅子，看到芬尼克和我的反應。

「不過，計畫擬得相當好。普魯塔克給你們看了嗎？」

當然沒有。比提帶我們到另一個房間，讓我們看營救小組在反抗軍內應的幫助下，會怎麼救出被關在地牢裡的勝利者。整個過程似乎包括了利用通風系統施放迷暈毒氣，切斷電源，在離監牢數哩遠的一棟政府辦公大樓引爆炸彈，以及剛剛的電視廣播干擾戰。比提看到我們很難理解整個計畫，竟很高興，因爲那表示我們的敵人也同樣會搞不懂。

「就像你在競技場裡設下的雷電陷阱？」我問。

「一點也沒錯。瞧，那計畫不是很成功嗎？」比提說。

呃……其實沒那麼成功。我心裡想。

芬尼克和我試圖待在指揮中心，因爲那肯定是第一個接獲營救小組消息的地方。但是我們被拒於門外，因爲他們要忙與戰爭有關的正事。我們拒絕離開特殊防禦中心。最後，我們待在蜂鳥房等候消息。

打繩結。打繩結。還沒有消息。打繩結。滴答滴答。是一座時鐘。別想蓋爾。別想比德。打繩結。我們不想吃晚餐。手指頭都磨破流血了。芬尼克終於放棄，彎腰蹲在地上，縮成一團，就像在競技場中受到八卦鳥侵擾時那樣。我的迷你繩套越打越好，「吊人樹」的歌詞在我腦海中一遍又一遍響起。蓋爾和比德。比德和蓋爾。

「芬尼克，你對安妮是一見鍾情嗎？」我問。

「不是。」過了好一會兒之後，他才又說：「她是悄悄地、慢慢地佔領了我的心。」

我搜索我的心，但這時我唯一能想到的，悄悄佔領我的心的人，是史諾。

黑密契推開門時，一定是午夜了，也說不定是隔天了。他說：「他們回來了。他們要我們到醫院去。」我張開嘴，一連串的問題準備如潮水般湧出，他一句話阻斷了我：「我只知道這麼多。」

我想奔跑，但芬尼克的舉動好奇怪，彷彿剎那間喪失了行動能力，我只好牽著他走，像牽個小孩子。穿過特殊防禦中心，進電梯，上下左右移行，終於抵達醫院的側翼。那裡一片鬧烘烘的，好幾個醫生在大聲嘶吼，發出各種指示，傷患躺在病床上被推著穿過走廊。

一台擔架床擦撞到我們，上面躺著一個失去意識，骨瘦如柴，剃光了頭的年輕女子。她身上裸露的地方滿是瘀青和流膿的瘡疤。喬安娜・梅森。她知道反抗軍的祕密。起碼知道有關我的那一部分。而這就是她付出的代價。

透過一道門，我瞥見蓋爾，赤裸著上半身，臉上汗如雨下，醫生正用一把長鑷子從他的肩胛骨下方取出什麼。他受了傷，但活著。我叫他的名字，朝他走過去，有一名護士擋在眼前，將我往後推，關上門，把我關在門外。

「芬尼克！」像是尖叫，又像是快樂的哭喊。是一個年輕女子，一頭糾結的深色頭髮，碧綠眼睛，有點髒污，但很可愛。她朝我們跑來，身上只裹著一條床單。「芬尼克！」突然間，整個世界只剩他們倆，再也沒有其他人存在。他們迅速奔向對方，撞在一起，緊緊抱住，失去平衡，一起撞在牆上，然後就停在那裡，融爲一體，無法分開。

嫉妒狠狠地刺痛我。不是嫉妒芬尼克或安妮，而是嫉妒他們的那種確定。任何看見他們的人，都不會懷疑他們眞心相愛。

博格斯找到黑密契跟我。他看起來相當疲憊，但沒受傷。「我們把他們全救出來了，除了伊諾巴瑞雅。不過，她是第二區的人，我們懷疑她根本沒被關在牢裡。比德在走廊盡頭那一間。毒氣的效力正在消退。他醒來時你們應該要在場。」

比德。

活著，好好的。也許不是好好的，但活著，而且就在這裡。遠離史諾。安全。在這裡。跟我在一起。再過一下子我就能觸摸到他。看見他的笑容。聽見他的笑聲。

黑密契咧著嘴對我笑，說：「來吧，快點。」

我興奮得有點暈眩。我要說什麼呢？噢，誰在乎我說什麼？無論我做什麼，比德一定欣喜若狂。他說不定會用力吻我。我不禁好奇，如果他等一下吻我，那感覺會不會跟在競技場中沙灘上最後的那些吻一樣。我一直不敢去想那些吻，直到此刻。

比德已經醒了，坐在床邊，一臉迷惘。三名醫生在安慰他，用手電筒照他的眼睛，測量他的脈搏。我有點失望，因爲他醒來第一個看見的人不是我。不過，這時他看見我了。他露出不敢相信的表情，還有另一種強烈的情緒。我不知道那是什麼情緒。渴望？急切？肯定兩者都是，因爲他馬上把醫生推開，跳下床，朝我走過來。我朝他跑過去，張開雙臂，想擁抱他。他也朝我伸出雙手——我想，他是要撫摸我的臉。

我張開嘴才要喊他的名字，他十指一收，狠狠掐住我的咽喉。

13

冰冷的護頸圈摩得我脖子發痛，害我更止不住顫抖。不過，起碼我已經離開那個引發幽閉恐懼的管子了。先前躺在那管子裡頭，環繞著我的機器一直喀答作響，呼呼有聲，一個我看不見人的聲音不時叫我不要動，我卻只拼命說服自己，要相信自己還能呼吸。即使到現在，醫生已再三保證，不會留下永久性的傷害，我仍渴望著空氣。

醫療小組原本最掛慮的，是我的脊髓、氣管、靜脈和動脈所受的傷害。現在他們不那麼擔心了。至於瘀青、聲音沙啞、喉嚨痛，以及奇怪的輕微咳嗽，他們說，都不用愁，會好的。學舌鳥不會啞掉。我很想問，哪個醫生能確定我會不會瘋掉呢？只不過我現在還不該講話。連博格斯來看我時，我都不能開口跟他道謝。他仔仔細細地端詳了我一遍，然後告訴我，他看過士兵在接受鎖喉戰技訓練時受到更嚴重的傷害。

是博格斯在比德可能對我造成任何永久性傷害之前，一拳打昏了他。我知道，黑密契如果不是因爲出乎意料，反應不過來，一定會出手保護我。能夠讓黑密契跟我同時失去防備，措手不及，是很罕見的事。我們因爲比德落在都城手裡而憂心如焚，一心只掛念著營救他的事，如今他獲救歸來，我們欣喜若狂，竟因此瞧不見任何徵象。如果我是私下跟比德會晤，他早就掐死我了。現在，他已經精神錯亂了。

不，不是精神錯亂，我提醒自己，**是遭到劫持了**。我在走廊上坐著輪椅被推著經過普魯塔克和黑密契時，聽他們提到**劫持**這個詞。我不知道那是什麼意思。

小櫻在我身上多蓋了條毯子。她在我受到攻擊後幾分鐘內趕來，然後就一直盡可能地守著我。「凱妮絲，我想他們很快會把護頸圈拿掉，妳就不會覺得那麼冷了。」我媽一直在協助一項複雜的手術，還沒得到通知，不知道比德攻擊我的事。小櫻抓起我一隻緊緊攢成拳頭的手，不斷搓揉，直到它鬆開，血液重新在指頭裡流動。她開始要按摩我的另一隻手時，醫生來了，除去了護頸圈，給我打了一針消腫止痛的藥劑。我按照吩咐躺下，保持頭部不動，免得頭部傷勢惡化。

普魯塔克、黑密契和比提都在走廊上，等候醫生准許他們進來看我。我不知道他們告訴了蓋爾沒有，不過既然他沒來，我猜想他們還沒告訴他。普魯塔克送走醫生後，命令小櫻也離開。但是她說：「不。如果你強迫我走，我就直接到手術室去，告訴我媽剛才發生了什麼事。我警告你，對於一個發號施令，操控凱妮絲生命的遊戲設計師，她可不看在眼裡。尤其是你居然把她照顧成這個樣子。」

普魯塔克一臉遭到冒犯的表情，黑密契卻暗自發笑，說：「我勸你算了，普魯塔克。」小櫻留了下來。

「好吧，凱妮絲，比德的情況令我們所有的人都大吃一驚。」普魯塔克說：「我們不可能沒注意到他最後兩次訪談時情況已經惡化。很明顯，他受到虐待，於是我們把他的精神狀況歸咎於這個。現在，我們相信事情不止於此。都城肯定讓他經受了一項特殊技術的實驗，叫作『劫持』。比提？」

「凱妮絲，我很抱歉，」比提說：「但我無法告訴妳這項技術的所有細節。都城對這種酷刑保密到家，而且我相信它的結果也不一致。不過，我們確實知道，這是一種引發恐懼的技術。**劫持**一詞已經是古老的用語了，意味著『奪取』，或更好說是『佔據』。我們認爲，都城的人所以會採用這個詞，是因爲這種酷刑必須使用追蹤殺人蜂的毒液，而牠們的毒液會使人產生幻覺，彷彿被毒液所引發的幻覺所控制。妳在第一次參加飢餓遊戲時被殺人蜂螫過，因此，不像我們大多數人，妳對牠的毒液有第一手的經驗。」

恐懼。幻象。噩夢似的幻覺，以爲自己失去所愛的人。因爲牠的毒液專門攻擊我們腦中主管恐懼的部位。

「妳肯定還記得那有多可怕。妳被螫之後，是不是也深受心智混亂之苦？」比提問：「一種沒有辦法判斷什麼是眞、什麼是假的感覺？大多數遭到殺人蜂攻擊，僥倖存活的人，在他們的報告裡都提到類似的狀況。」

對。我那時碰上比德就是這種情況。連清醒之後，我都還是無法確定，他是不是眞的爲了救我一命跟卡圖打起來，或者整件事根本是我的想像。

「回憶會變得更困難，因爲記憶可以被改變。」比提拍了拍他的前額。「他們能夠把你的某個記憶抓出來，讓你清楚意識到它，然後改變它，再把改造過的記憶存回去。現在，想像我用口頭提示，或讓妳看某件事的影片，藉以喚起妳對這件事的記憶。然後，就在這個記憶歷歷在目的時候，我給妳打一針追蹤殺人蜂的毒液，劑量不會多到讓妳昏迷三天，但足以在那段記憶中注入恐懼和懷疑。於是，妳的腦子長期儲存的就是這個改造過的記憶。」

我開始覺得噁心想吐。小櫻說出我心裡所想的問題：「那就是他們對比德做的事？取出他對凱妮絲的記憶，扭曲那些記憶，讓它們變得很可怕？」

比提點頭。「可怕到一種地步，他把她視爲莫大的生命威脅，以至於他會想要殺了她。沒錯，這就是我們目前的推論。」

我抬起兩隻手臂遮住臉，因爲這種事不會發生，這是不可能的。竟然有人讓比德忘了他愛我……沒有人辦得到。

「但是你們能把它反轉回來，對吧？」小櫻問。

「呃……這方面的資料很少。」普魯塔克說：「不，其實根本沒有這種記錄。如果之前有劫持得以康復的記錄，我們也沒有管道取得。」

「可是，你們一定會嘗試，對吧？」小櫻不放棄。「你們不會就這樣把他關在某個有防護軟墊的房間裡，丟下他一個人受苦，對吧？」

「小櫻，我們當然會嘗試。」比提說：「只不過，即使能治癒，我們也不曉得可以復元到什麼程度。我猜想，恐懼的事情最難根除。畢竟，那是我們記憶最深刻的事情。」

「還有，除了他對凱妮絲的記憶，我們不曉得他還有什麼記憶遭到了竄改。」普魯塔克說：「我們組了一個心理健康與軍事專業的團隊，研擬反擊計畫。我個人相當樂觀，相信他可以完全康復。」

「真的嗎？」小櫻挖苦地問。「黑密契，你怎麼想呢？」

我挪了一下手臂，透過縫隙看他臉上的表情。他看起來既疲憊又喪氣。「我想，比德的情況或許能獲得某種程度的改善。但是……我不認為他還會是從前的那個人。」他承認。我收回手臂併緊，關掉縫隙，把他們全關在外頭。

「至少他還活著。」普魯塔克說，彷彿已經不耐煩理會我們的悲慘境遇。「史諾處決了比德的設計師和預備小組，今天晚上的電視現場直播了。我們不知道艾菲．純克特的下場。沒錯，比德是受到了傷害，但他人在這兒。跟我們在一起。他現在的處境，相較於十二個小時之前，當然是顯著的改善。大家記住這點，好嗎？」

普魯塔克企圖讓我高興起來的努力，由於添加了另外四個人，說不定是五個人，遭到謀殺的消息，反而造成反效果。波緹雅。比德的預備小組。艾菲。我拼命把淚水吞回去，咽喉開始抽痛，甚至再度急促地大口喘氣。最後，他們沒得選擇，只好又給我注射鎮定劑。

當我醒來，我懷疑現在我是不是只能靠注射鎮定劑才能入睡。我很高興接下來幾天都不能出聲說話，因爲我什麼都不想說。也不想做。事實上，我變成模範病人。我病懨懨，提不起勁，他們卻認爲我這是能夠自制，聽從醫囑。我一點都不想哭了。事實上，我只夠力氣緊緊抓住一個簡單的念頭：我腦海中有一張史諾的臉，伴隨著一個聲音在低語。**我要殺了你**。

我媽和小櫻輪流照顧我，哄著我一點一點地吞下軟質食物。有人會定期來告訴我比德的最新狀況。他的身體正在排出大量蜂毒。只有第十三區的人，也就是他完全陌生的人，在照顧他。所有來自家鄉或都城的人都不准去探望，以免引發任何危險的記憶。有一組專家耗時費力地研擬幫他康復的策略。

蓋爾因為肩傷被迫臥床休養。他們說，醫生不許他下床來看我。但是第三天晚上，在我服過藥，燈光調暗以後，他靜悄悄地溜進我的病房。他沒說話，只是伸出手指撫摸我脖子上的瘀青，動作輕柔得彷彿蛾翅，然後他低頭親了一下我的眉心，便悄悄消失了。

第二天早上，我獲准出院。醫生指示我動作要放緩，非必要別開口說話。我的手臂沒被打上作息表，所以我漫無目的地遊蕩，直到小櫻從醫院下班，帶我回到我們最近分配的居室。二二一二室。裡頭的格局、布置跟我們之前那間一樣，只差沒有窗戶。

金鳳花現在每天分配到一份口糧，還有一盆砂，放在浴室的洗臉台底下。待小櫻把我在床上安置好，牠跳上我的枕頭，爭取小櫻的注意。小櫻把牠抱起來，但是注意力仍擺在我身上。「凱妮絲，我知道比德的事對妳來說太可怕了。但妳要記住，史諾在他身上下了好幾個禮拜的工夫，而我們把他救回來才幾天而已。以前那個深愛妳的比德，很有可能仍然埋藏在他裡面，正努力著要回到妳身邊。別放棄，別對他失去信心。」

我看著我的小妹妹，心想，她一定繼承了我們家所能給她的最大優點：我母親醫治傷病的雙手，我父親冷靜明智的頭腦，還有我絕不服輸的鬥志。除此之外，她還有別的，完全屬於她自己的特質。那是一種能看穿人生的困惑混亂，直視事物本質的能力。有沒有可能她說得對，那個比德還能回到我身邊？

「我得回醫院去了。」小櫻說著，把金鳳花放在床上我的身邊。「你們兩個好好作伴，好嗎？」

金鳳花跳下床，跟著她走到門邊，然後發現自己被留下來，便大聲抱怨。我們討厭彼此，作伴個鬼。過了大約三十秒，我知道我再也受不了被關在這個地底牢房裡，於是離開房間，隨金鳳花怎麼搗蛋去。我迷路好幾次，但最後總算抵達特殊防禦中心。我一路上錯身而過的每個人，都盯著我脖子上的瘀青瞧，害我很不自在，最後終於忍不住拉高衣領，直遮到耳朵。

蓋爾一定也是今天早上出院的，因爲我發現他在一間研究室裡，跟比提在一起。他們全神貫注，低頭看著一張圖，正在測量什麼。那張圖顯然還有各種不同版本，凌亂地扔得桌面和地板到處都是。此外，還有其他類似的設計圖釘在牆上的軟木板上，顯示在電腦螢幕上。從其中一張圖的粗略線條，我認出那是蓋爾誘捕、抽吊獵物的陷阱。「這些東西是什麼？」我聲音嘶啞地問，將他們的注意力從那張紙上引開。

「啊，凱妮絲，被妳逮到了。」比提愉快地說。

「什麼？這是祕密嗎？」我知道蓋爾花很多時間到這邊跟比提一起工作，但我以爲他們都是在把玩弓箭和槍枝。

「不算是。不過我有點罪惡感，老把蓋爾拉來這裡，害他沒法子陪妳。」比提說。

由於我在第十三區的時間，絕大部分都只顧著失神迷路、擔憂生氣、化妝打扮，或住院，我不能說蓋爾不在身邊給我帶來了什麼不便。再說，我們倆之間的關係也不再那麼和諧了。但是，我任由比提這樣想。「我希望你善用他的時間了。」

「過來看看吧。」他說，招手叫我到一台電腦螢幕前。

原來這是他們一直在忙的事。擷取蓋爾安設陷阱時背後的基本概念，改造成對付人類的武器。大半是炸彈。重點不在陷阱的機械原理，而是在背後的心理因素。在一個地方安裝詭雷，留下生存必需品，水或食物。然後驚擾獵物，驅使大批鳥獸或人奔向陷阱，遭遇更大規模的毀滅。使幼獸或子女陷入險境，引來眞正要獵殺的目標，他們的父母。把受害者誘入表面上看起來安全的避難所，死神卻在該處等候。在某個地方，蓋爾和比提的注意力不在鳥獸生存的荒野，而是在人性的衝動，譬如同情、憐憫。有一顆炸彈爆炸，接下來的時間足供人們奔上前去幫助傷患。然後第二次爆炸，一顆威力更強大的炸彈炸死所有的人。

「那太過分了吧。」我說：「所以，可以不擇手段？」他們一起瞪著我——比提一臉困惑，蓋爾一臉敵意。「我猜，沒有哪本指導手冊說，對付別人有什麼手段是不能用的。」

「當然有。比提跟我所遵照的，正是史諾總統劫持比德時參考的那本指導手冊。」蓋爾說。

殘酷，但一針見血。我一言不發，掉頭走人，覺得自己再不馬上離開的話，肯定要發火了。當黑密契突然攔住我，我人還沒走出特殊防禦中心。「來，」他說：「醫院需要我們支援。」

「支援什麼？」我問。

「他們要在比德身上做個試驗。」他回答：「他們要派個最無害的第十二區居民進去。某個小時候和比德一起玩過，但是跟妳扯不上什麼關係的人。他們現在正在過濾人選。」

我知道這件事挺困難的。比德小時候的玩伴絕大多數是鎮上的孩子，而鎮上的居民沒幾個人逃過大火。不過，當我們抵達那間特定的病房——這裡已經轉變成比德專屬醫療小組的工作坊——蝶麗．卡賴特已經坐在那兒跟普魯塔克聊天。果不其然，她對我露出笑容，那神情彷彿我是她在這世上最要好的朋友。她對每個人都是這樣笑。「凱妮絲！」她叫我。

「嗨，蝶麗。」我說。我已經聽說她和她弟弟逃過一劫，但他們在鎮上開鞋店的父母就沒那麼幸運。她看起來老了些，身上穿著灰撲撲的第十三區制服，金色長髮很實際地紮成一根辮子，不像以前那樣打成捲兒披垂著。蝶麗比我記憶裡的樣子瘦，不過她是第十二區少數身上還有肉經得起瘦的孩子之一。這裡的飲食、壓力，還有失去父母的悲傷，毫無疑問都會令她消瘦。「妳還好嗎？」我問。

「噢，一夕之間人事全非。」她眼眶裡一下子盈滿了淚水。「但是第十三區這裡的人眞的很好，不是嗎？」

蝶麗是眞心的。她眞的喜歡人，所有的人，不止是少數幾個她經過多年相處，心裡認定的人。

「他們很努力讓我們覺得受歡迎。」我說，心想這麼說很公道，又不過頭。「妳是他們挑中要見比德的人？」

「我想是吧。可憐的比德。妳也好可憐。我完全不理解都城爲什麼這麼做。」她說。

「也許不理解比較好。」我告訴她。

「蝶麗認識比德很久了。」普魯塔克說。

「噢，是啊！」蝶麗的神情亮起來。「我們從很小就在一起玩。我以前常跟人說他是我弟弟。」

「妳覺得呢？」黑密契問我：「她有任何地方會讓比德聯想到妳嗎？」

「我們全在一個班上，但是我們沒什麼來往。」我說。

「凱妮絲一向令人歆羨，我從來沒指望她會注意我。」蝶麗說：「她會打獵，敢去灶窩交易，還有別的。大家都很欽佩她。」

黑密契和我都認眞地盯著她的臉，確定她不是開玩笑。聽蝶麗這麼講，好像我幾乎沒朋友是因爲我太特別，讓人不敢跟我來往。才不是。我之所以幾乎沒朋友，是因爲我根本不友善。不愧是蝶麗，把我說得天花亂墜。

「蝶麗總是把每個人都想得非常好。」我解釋。「我想，比德看到她不可能有不好的聯想。」然後我想起來了。「等等。在都城的時候，當我發現我認得那個去聲人女孩，比德幫我圓謊，說那女孩像蝶麗。」

「我記得這件事。」黑密契說：「不過，嗯，我不知道。那不是眞話，蝶麗不是眞的在場。我不認爲這麼件小事可以跟長年的童年記憶相比。」

「尤其是跟蝶麗這麼一個讓人愉快的人相處。」普魯塔克說：「我們就試試看吧。」

普魯塔克、黑密契，和我，走進禁閉比德的房間隔壁的觀察室。室內已經擠了十個醫療小組成員，手裡都拿著筆和寫字板。透過單向透視玻璃和傳聲設備，我們可以偷偷觀察比德。他躺在床上，雙臂用皮帶綁在床上。他沒有掙扎反抗，但雙手持續不安地動來動去。比起要掐死我的那個時候，他現在看起來似乎清醒了些，但仍然不是他正常該有的模樣。

當門靜靜地打開，他驚恐地睜大眼睛，接著一臉困惑。蝶麗小心翼翼地往前走，但靠近他時，自然而然地露出笑容。「比德？我是蝶麗，家鄉那個蝶麗。」

「蝶麗？」部分烏雲似乎散開了。「蝶麗。是妳。」

「是啊！」她說，明顯鬆了口氣。「你還好嗎？」

「糟透了。我們這是在哪裡？發生了什麼事？」比德問。

「要開始了。」黑密契說。

「我要她避免提及凱妮絲和都城。」普魯塔克說：「就看她能喚起多少家鄉的記憶了。」

「嗯……我們在第十三區。我們現在都住在這裡。」蝶麗說。

「那些人也這麼說。可是，我不懂。我們為什麼不待在家裡？」比德問。

蝶麗咬了咬嘴唇。「出了個……意外。我也很想家，想得要命。我剛才還想起我們從前常在石板路上用粉筆畫畫。你畫得實在太棒了。記得你在每塊石板上都畫一隻不同的動物嗎？」

「記得。豬呀，貓呀，還有別的。」比德說：「妳剛才說……出了意外？」

我看見蝶麗思索著怎麼回答這個問題，額頭閃著汗水的光澤。「情況很壞。沒有人……能繼續住下去了。」她吞吞吐吐地說。

「撐住啊，丫頭。」黑密契說。

「不過，比德，我知道你一定會喜歡這裡。這裡的人眞的對我們很好。大家都有東西吃，有乾淨的衣服穿，學校的課也有趣得多。」蝶麗說。

「我的家人爲什麼沒來看我？」比德問。

「他們沒辦法來。」蝶麗眼裡閃著淚珠。「很多人沒能離開第十二區。所以我們需要在這裡展開新生活。我確信他們用得上一個優秀的麵包師傅。你記得你爸讓我們捏麵團做小女孩跟小男孩嗎？」

「火在燒。」比德突然說。

「對。」她喃喃地說。

「第十二區燒掉了，對嗎？就因爲她。」比德憤怒地說：「因爲凱妮絲！」他開始扯動綁著他的皮帶。

「噢，不，比德，那不是她的錯。」蝶麗說。

「這話是她告訴妳的嗎？」他對她咆哮。

「叫她出來。」普魯塔克說。房門立刻打開，蝶麗開始慢慢往門口退。

「不必她說。我自己——」蝶麗想往下說。

「因為她騙人！她是個騙子！妳別相信她說的任何話！她是都城造出來對付我們所有人的變種怪物。」比德大吼。

「不，比德，她不是——」蝶麗再次試著要往下說。

「別相信她，蝶麗。」比德的聲音像發狂了。「我相信過她，她卻想殺我。她殺了我的朋友、我的家人。千萬別接近她！她是變種！」

一隻手伸進門內，把蝶麗拉出去，門隨即關上。但是比德繼續吼叫：「變種！她是可惡的變種！」

他不但恨我，想要我的命，他甚至已經不相信我是人類。被勒死還比較不痛苦。

在我四周，醫療小組的成員發狂似地拼命記筆記。黑密契和普魯塔克一人一邊地抓住我的手臂，把我拉出觀察室。他們讓我靠在走廊的牆上。走廊悄然無聲。但我知道，門和玻璃的另一邊，比德仍在嘶喊。

小櫻錯了。比德是找不回來了。「我沒辦法再待在這裡。」我木然地說：「你們如果要我繼續當學舌鳥，就得把我送到別的地方去。」

「妳想去哪裡？」黑密契問。

「都城。」那是我唯一想得到的地方。只有在那裡，我才還有個任務要執行。

「辦不到，」普魯塔克說：「除非所有行政區都拿下了。好消息是，除了第二區，其他區的戰事差不多都已底定。但第二區確實棘手，像個敲不碎的堅果。」

沒錯。先拿下各行政區，再進取都城。然後，我獵殺史諾。

「好。」我說：「那就把我送到第二區。」

14

一如所料，第二區是個很大的行政區，包括一連串散布在群山間的村落。起初，這些村落都是圍繞著當地某個礦坑或採石場而形成的。不過，後來許多村莊都用來安置和訓練維安人員。由於反抗軍擁有第十三區空中武力的優勢，所有這些村落都不難攻下。唯一的例外，是一座簡直堅不可摧、攻不可破的山，位於第二區的中心位置，裡面藏著都城的核心武力。

我向此地疲憊又灰心的反抗軍領袖們，轉述普魯塔克那句「像個敲不碎的堅果」的評語後，我們便管那座山叫作「堅果」。堅果是在黑暗時期結束後，就馬上建立起來的。那時，都城失去了第十三區，迫切需要一處新的地下要塞。他們有一些核子飛彈、飛行器、不同類型的部隊部署在都城外圍，但相當重要的一部分武力已落入了敵人手中。當然，他們不可能複製另一個第十三區，那是經過好幾百年才累積出來的成果。這時，他們在鄰近的第二區的舊礦場，看到了新的機會。從空中鳥瞰，堅果不過是一座山，四面有幾個出入口。不過，以前人們深入山的內部，切割石材，拉到地面，沿著窄滑的山路運送出去，成為遠方其他地區的建材，因此山的內部留下了許多巨大、深廣的洞穴。那裡頭甚至有鐵道系統，方便將礦工從堅果運送到第二區主要城鎮的中心，直接抵達比德和我在勝利之旅時到過的廣場。在那裡，我還記得，我們站在司法大樓前寬闊的大理石台階上，努力不去注意聚集在我們下方的，卡圖和克莉芙悲傷的家人。

這座山的地形其實不怎麼理想，經常發生土石流、洪水、山崩。但是它的優點勝過這些缺點。礦工採石已深入山的內部，留下了足以支撐整個基礎結構的巨大石柱和石壁。都城加以強化加固，著手將這座山打造成他們新的軍事基地。於是，他們在裡面設置一排排電腦、一間間會議室、營房和軍火庫，並安裝飛彈發射裝置，拓寬出入口，供氣墊船出入。不過，整座山的外貌基本上沒有多少改變，仍是岩石磊磊，林木叢生，野獸出沒的荒野，形成天然屏障，保護他們不受敵人攻擊。

就其他行政區的標準來講，都城對第二區的居民簡直是呵護備至。單是看看本區的反抗軍，你就知道他們從小吃得不錯，受到妥善的照顧。有些人最後還是成為採石場和礦場的工人。不過，有些人則接受教育，在堅果裡擔負職務，或經過篩選，加入維安部隊。他們從小就接受結結實實的戰鬥訓練，將飢餓遊戲視為致富的機會，甚至獲得榮耀的途徑。這是其他行政區看不到的現象。當然，第二區的人民比我們其餘的人更容易接納都城的宣傳，擁抱他們的價值觀。儘管如此，說到底他們還是奴隸。如果那些成為維安人員或在堅果工作的人忘了這一點，採石工人可沒有忘記。不難想見，採石工人成為此地反抗軍的中堅分子。

我來到這裡已經兩週，第二區的情勢仍沒有什麼進展。外圍村落都已落入反抗軍手中，中心城鎮遭雙方割據，而堅果依然無法撼動分毫，少數幾個出入口都有重兵把守，核心則安穩地據守在洞穴深處。簡言之，所有其他行政區都已從都城手中奪下控制權，但第二區仍在都城的掌握之下。

每天，我盡我所能地幫忙，或者探視傷患，或者跟我的攝影小組拍攝宣傳短片。他們不許我參加實際的戰鬥，但經常邀請我參加戰況會議。不像在第十三區，我在這裡出席這類會議的機會要多得多。待在這裡比較好，比較自由，手臂上沒有作息表，我有更多自己的時間。我住在地面上反抗軍的村落或周圍的山洞裡。為了安全，我常更換落腳地點。白天，我獲准出去打獵，條件是必須帶著一名護衛，而且不可跑得太遠。置身在稀薄、寒冷的山間空氣裡，我覺得自己體力逐漸恢復，腦海中剩餘的迷霧也消散了。然而，隨著神智越來越清醒，我也更清晰地意識到比德所承受的折磨。

史諾已經把他從我身旁偷走，將他扭曲到讓人認不得的地步，然後又把他當成禮物送給我。博格斯跟我一起來了第二區，他告訴我，雖然我方確實費心策劃，營救比德的過程還是太容易了點。他相信，即使第十三區沒有出兵救人，比德最後照樣會被送回我身邊。史諾說不定會把他丟棄在某個交戰區，甚至直接丟到第十三區，腦中設定了謀殺我的指令，用包裝禮物的絲帶捆綁著，貼上我的名字。

直到他飽受摧殘，完全變了個人的這一刻，我才眞正明白原來的比德有多好。就算他死了，我都無法看出他有這麼好。善良、堅定、溫暖，而這溫暖背後藏著出人意料的熱情。除了小櫻、我媽和蓋爾，這世界上有多少人如此無條件地愛我？我想，就我的情況而言，如今的答案恐怕是一個都沒有。比德送我的珍珠，我隨身帶來了第二區。有時候，當我獨自一人，我會從口袋拿出珍珠，試著憶起那個給我麵包的男孩，在火車上幫我擋開噩夢的強壯臂膀，在競技場中的吻。試著憶起我失去的這一切。但這有什麼用？都已不見了。他不見了。無論我們之間存在過什麼，都已消逝了。剩下的，只有我要殺了史諾的承諾。一天十次，我每天反覆告訴自己，我要殺了他。

在第十三區，比德的康復計畫持續進行著。雖然我沒問，普魯塔克三不五時會在電話中告訴我最新的進展，譬如：「凱妮絲，好消息！我想我們差不多已經說服他，妳不是變種動物！」或「今天他獲准自己吃布丁！」

隨後等黑密契接過電話，他會承認比德沒有好轉，還是老樣子。唯一一絲令人半信半疑的希望，來自我妹。「小櫻想到一個主意，試著把比德劫持回來。」黑密契告訴我：「將他對妳的扭曲記憶引發出來，然後給他注射大劑量的鎮定劑，譬如麻精。目前我們只用一段記憶來試驗。我們給比德看了一段影片，你們倆在石洞裡，妳告訴他妳為小櫻買下山羊的故事。」

「有任何改善嗎？」我問。

「嗯，如果極度的困惑勝過極度的恐懼，答案是有。」黑密契說：「但我不確定這是一種改善。他好幾個小時不能言語，進入一種恍惚呆滯的狀態。當他恢復過來，他問的唯一一件事是那隻山羊。」

「喔。」我說。

「那邊情況如何？」他問。

「沒有進展。」我告訴他。

「我們會派一個小組去幫忙對付那座山。是比提和其他一些人。」他說：「妳知道的，智囊們。」

智囊團的名單選出來後，我毫不詫異看見蓋爾的名字在上面。我已經想到比提會帶他一起來，不是因爲他有什麼科技專業，而是希望他能想出一個用陷阱困住那座山的辦法。起初，蓋爾表示要跟我一起來第二區，但是我看得出來，這麼一來他便無法幫比提的忙。我告訴他稍安勿躁，留在最需要他的地方。我沒告訴他，有他在，我哀悼比德時會變得更爲難。

一天傍晚，蓋爾他們抵達了。他找到我時，我在目前居住的村莊的邊緣，正坐在一截木頭上，替手上的雁鴨拔毛。我腳邊堆著十來隻雁鴨。打從我來這裡，就見到大群大群的雁鴨在遷徙，要打下牠們是輕而易舉的事。蓋爾不發一語，在我旁邊坐下，抓起一隻雁鴨開始拔毛。我們差不多拔完一半雁鴨時，他說話了：「我們有機會吃到這些雁鴨嗎？」

「有。這些大部分會送進營區的廚房，不過他們會讓我帶兩隻給今晚收留我的人家。」我說：「算是謝禮。」

「有妳在家裡作客不就夠光榮了，還要謝禮？」他說。

「我本來也以爲是這樣。」我說：「但是人們盛傳，學舌鳥有害健康。」

我們繼續拔毛，這次沉默更久。然後他開口：「我昨天去看了比德，透過玻璃看的。」

「你有什麼想法？」我問。

「我的想法有些自私。」蓋爾說。

「因爲你不用再嫉妒他了？」我的手指用力一扯，一大把雁鴨毛揚起，飄落在我們四周。

「不，正好相反。」蓋爾拈起一根落在我頭髮上的羽毛。「我想的是……無論我多麼痛苦，都永遠無法跟他競爭了。」他用拇指和食指轉著那根羽毛。「如果他不好起來，我就一點機會也沒有了。妳心裡永遠放不開他，妳會永遠覺得跟我在一起是不對的。」

「就像因爲你的緣故，我在吻他的時候老覺得不應該。」我說。

蓋爾盯著我的眼睛。「假如妳說的是眞話，其他一切我幾乎都可以忍受了。」

我承認說：「是眞話。但你剛才說的有關比德的那幾句話，也是眞的。」

蓋爾懊惱地哼了一聲。然而，當我們處理完那些雁鴨，自願回森林裡撿拾晚上要用的柴火，不知何時，我已經被他緊緊摟著。他的嘴唇輕輕吻著我脖子上褪淡的瘀青，慢慢地移到我的嘴唇。就在這個時候，不管我怎麼惦著比德，我內心深處已經承認，他永遠不會回到我身邊了。但也許應該說，我永遠不會回到他身邊了。我會待在第二區，直到將它攻陷，再去都城，殺了史諾，然後死在自己的傷痛裡。而他將死於瘋狂和對我的恨之中。因此，在逐漸黯淡的天光裡，我閉上眼睛，全心回吻蓋爾，彌補所有我以前保留的吻，因爲無所謂了，因爲我是如此孤單，再也受不了了。

蓋爾的撫觸、親吻和散發的熱，提醒我至少我的身體還活著。在這一刻，我需要這樣的感覺。我清空腦子，讓這些感覺浸透全身，情願忘記自己。當蓋爾稍微退開一些，我上前要繼續貼住他，卻察覺到他捏住我的下巴。「凱妮絲。」他叫喚我。我睜開眼睛的那一剎那，世界好像是不連貫的。這不是我們的森林，不是我們的山，也不是我們相處的方式。我的手不自覺地撫摸著左邊太陽穴的疤，彷彿我的困惑就在那裡。「現在，吻我。」我只是站著，困惑不解，目不轉瞬地看著他，而他靠過來，把嘴唇貼在我的唇上一會兒。然後，他仔細地端詳我的臉，問：「妳腦子裡在想什麼？」

「我不知道。」我喃喃地回答。

「那，這就像親一個喝醉的人，不能算數。」他說，勉強笑了一聲。他抱起一捆柴塞進我空空的臂彎裡，將我喚回現實。

「你怎麼知道？」我問，主要是想掩飾我的尷尬。「你親過喝醉酒的人嗎？」我猜蓋爾以前在第十二區到處都親過女孩子。肯定有很多女孩願意被他親。這事，之前我從來沒有多想。

他搖了搖頭。「沒有。但這不難想像。」

「所以你從來沒親過別的女孩？」我問。

「我沒這麼說。妳知道，我們認識時，妳才十二歲，而且很討厭。除了跟妳一起打獵，我生活裡確實還有別的事。」他邊說，邊抱起另一捆柴火。

忽然間，我眞的好奇起來。「你親過誰？都在哪裡啊？」

「多到記不得了。在學校後面，在礦渣堆上，任何妳想得到的地方。」他說。

我翻了翻白眼，問：「那麼，我是哪個時候開始變特別的？是他們要送我去都城的時候嗎？」

「不，大概在那之前半年，就在過完年之後。那時，我們在灶窩吃著油婆賽伊煮的濃湯。達魯斯逗妳，說要妳用一隻兔子換他一個吻。我突然發現……我在乎。」他告訴我。

我記得那天。凍得要命，才下午四點，天就已經黑了。我們本來在打獵，但是大雪迫使我們提早回到鎭上。灶窩人聲鼎沸，擠了一大堆躲避風雪的人。油婆賽伊的濃湯嚐起來比往常的差，湯底是用一個禮拜前我們打來的一隻野狗的骨頭熬的。不過，湯是熱的，而且我餓得要命，於是我盤著腿坐在她的櫃台上狼呑虎嚥地吃起來。達魯斯靠在攤位一旁的柱子上，抓起我的辮子，用辮稍搔我的臉頰。我啪地打掉他的手。他卻兀自解釋爲什麼他的吻抵得上一隻兔子，說不定還値兩隻，因爲大家都知道紅頭髮的男人最有男子氣概。油婆賽伊和我大笑，因爲這實在太荒謬了，而他偏又一直糾纏下去，還不停地指著灶窩裡的女人，說誰、誰，還有誰付了比一隻兔子高的代價，只求他一吻。「看到了嗎？那個圍著綠圍巾的？如果妳需要證明，去，去問她。」

那是久遠久遠以前的事，發生在迢遙千里之外的地方。「達魯斯只是在開玩笑罷了。」我說。

「也許吧。不過，如果他不是在開玩笑，妳也會是最後一個知道的人。」蓋爾說：「看看比德吧，看看我吧。說不定連芬尼克也可以算進來。我已經開始擔心芬尼克是不是看上妳了，不過他現在好像恢復正常了。」

「如果你認爲芬尼克會愛上我，那你眞是一點也不瞭解他。」我說。

蓋爾聳聳肩。「我知道他很絕望。絕望的人什麼瘋狂的事都幹得出來。」

我忍不住覺得，他這話是針對我說的。

第二天一大早，智囊團便聚會討論堅果的問題。他們要我也出席，即使我沒什麼可貢獻的。我避開會議桌，跑去坐在寬闊的窗台上。從這扇窗，可以看見大家正在討論的那座山。第二區的指揮官是個中年婦女，名叫灰岩，她透過影片帶我們走了一趟堅果，認識它的內部和防禦工事，並詳述歷次攻佔它的失敗經驗。我來到此地後，曾跟她幾次短暫相遇，始終覺得我以前見過她。她身高超過六呎，渾身肌肉，模樣本來就很容易讓人印象深刻。不過，直到此時，當影片中出現一個片段，她置身戰場，帶領部隊突擊堅果主要入口，我才猛然想起來，我這會兒面對的是另一位勝利者。第二區的貢品灰岩，在二、三十年前贏了她的那一場飢餓遊戲。艾菲在幫我們準備大旬祭時寄來一堆錄影帶，其中有一卷便是她的。過去這些年來，我說不定在都城播放的那些往年遊戲鏡頭中瞥見過她，但她一直保持低調，我竟然就忘了。由於我已經知道黑密契和芬尼克贏得遊戲之後的遭遇，我這時滿腦子想的都是：那她呢？她贏得勝利後，都城對她做過什麼事？

當灰岩說明完畢，智囊們開始提問。時間一小時一小時過去，午餐送來，吃完收走，他們開始絞盡腦汁，試圖想出一個實際可行的攻佔堅果的計畫。然而，儘管比提表示他或許能夠侵入並遙控敵方的某些電腦系統，另外一些人談到如何運用潛伏在堅果裡面的幾位內應，卻始終沒有人提出眞正創新的辦法。下午的時光似乎過得很慢，話題一再回到已經重複嘗試了好幾次的策略——集結大軍，猛攻各入口。我看得出灰岩越來越沮喪，因爲無論怎麼修正、變化，這個策略已經失敗許多次，她也爲此賠上了許多士兵的性命。最後，她衝口而出：「誰再提議攻打入口，最好想個漂亮的做法出來，因爲這趟攻擊任務將由他帶領！」

蓋爾早已焦躁不安，受不了在會議桌前多坐上幾個小時，一會兒在房間裡踱來踱去，一會兒過來陪我坐在窗台上。稍早，他似乎已經接受了灰岩的看法，同意出入口是不可能攻下的，因此完全退出了討論。但最後一小時，他安靜地坐著，透過窗玻璃盯著堅果，眉頭深鎖，專心思索。當灰岩說出那句警告，眾人陷入一片沉默，他突然開口說話了：「眞的有必要拿下堅果嗎？還是只要癱瘓它就行了？」

「你這一步好像走對方向了。」比提說：「你想到什麼？」

「我把它想成一個野狗窩。」蓋爾說道：「你根本不會想要打進去。因此，你只有兩個選擇，要不把狗困在裡頭，要不把牠們逼出來。」

「我們試過轟炸入口。」灰岩說：「但是他們躲得很深，轟炸無法造成眞正的破壞。」

「我想的不是這個。」蓋爾說：「我在想怎麼利用那座山。」比提起身，走到蓋爾旁邊，站在窗前，透過他那副不合適的眼鏡凝望著。「看到了嗎？沿山坡而下的痕跡？」蓋爾繼續說。

「山崩的路徑。」比提低聲說：「必須安排得很巧妙。我們設計爆炸順序時，得非常小心。一旦開始山崩，我們是不可能控制它的。」

「如果我們放棄佔領堅果的念頭，我們就不需要控制爆炸的結果。」蓋爾說：「只要把它封死就行。」

「所以你建議我們引發山崩，封死所有的出入口？」灰岩問。

「沒錯。」蓋爾說：「把敵人困在裡面，切斷補給，讓他們無法派出氣墊船。」

大家在思考這個計畫時，博格斯快速翻閱著一疊堅果的藍圖，皺起眉頭。「這樣做得冒很大的風險，可能害死裡面所有的人。你看他們的通風系統，充其量只是基本的設備，還很簡陋，完全不能跟第十三區比。它全靠從山坡抽入空氣。封住這些通風口，你會害裡面所有的人窒息而死。」

「他們還是可以穿過火車隧道，逃到鎮上的廣場去。」比提說。

「如果我們把隧道也炸毀，就無路可逃了。」蓋爾直截了當地說。他的意圖，他最終的意圖，完全顯露出來了。他不在乎能否保存堅果裡頭那些人的性命。他無意把獵物關在籠子裡，留待稍後利用。

這是他想要設置的死亡陷阱之一。

15

在靜默中，室內所有的人逐漸領會到蓋爾這個提議的可能後果。你可以看到，人們臉上出現不同的反應。各種表情，從高興到苦惱，從悲傷到稱心。

「裡面絕大部分員工是第二區的人民。」比提平靜地說，不表示贊成或反對。

「那又怎樣？」蓋爾說：「我們反正再也不能信任他們。」

「至少應該給他們投降的機會。」灰岩說。

「噢，好奢侈的機會。他們轟炸第十二區時，可沒給我們這樣的機會。不過，你們這裡的人一向和都城走得很近。」蓋爾說。從灰岩的臉色看，我覺得她八成想一槍斃了他，或至少狠狠揮他一拳。她受過那麼多的訓練，打起來很可能佔上風。但是她的憤怒只把蓋爾惹得更火。他大吼道：「我們眼睜睜看著孩子們活活燒死，卻只能束手無策！」

那影像從我心頭閃過，我不得不閉上眼睛一會兒。蓋爾這話達到了他要的效果。我要那山裡的人死得一個都不剩。我差一點出聲附和，但是……到底我是個來自第十二區的女孩，不是史諾總統。我做不到。我無法害那些人以他提議的那種方式死去。「蓋爾，」我開口，抓住他的手臂，試圖用講道理的口吻說：「堅果是個老礦坑。那會像是引起一場巨大的煤礦災變。」毫無疑問，這句話會讓任何來自第十二區的人在決定這項計畫時三思。

「但他們不會死得像我們父親那麼快。」他忿忿地反駁。「這就是你們大家的顧慮嗎？我們的敵人可能有幾個鐘頭的時間反芻自己面臨死亡的事實，而不是瞬間炸得粉身碎骨？」

從前，當我們還只是孩子，溜到第十二區外面去打獵時，蓋爾說過類似的話，甚至更糟的話。不過，那只是嘴上說說而已。現在，一旦付諸實施，這些話就會變成無可挽回的行動。

「你不知道那些第二區的人怎麼會去堅果裡面工作。」我說：「他們說不定是被脅迫的。他們可能根本不願意，但被強制拘留在那裡頭。當中還有一些人是我們的內應。難道你要連他們都一起殺害？」

「對，我會犧牲一些人，爲了把其他那些人消滅掉。」他回答：「如果是我在裡面臥底，我會說：『引發山崩吧！』」

我知道他說的是實話。蓋爾會爲了達到目的而犧牲自己的性命，沒有人會懷疑這點。我們在場所有的人，如果是在裡面臥底，面臨這樣的選擇，說不定都會這麼做。我猜，我是會這麼做。但是，爲別人和愛他們的人下這種決定，太殘酷了。

「你剛才說我們有兩種選擇。」博格斯對他說：「把他們困在裡面，或把他們逼出來。我建議我們就引發山崩，但留下那條火車隧道。裡面的人會逃到廣場上，我們在那裡等他們。」

「全副武裝地等他們，我希望。」蓋爾說：「因爲他們肯定不會手無寸鐵。」

「全副武裝，把他們全都俘虜下來。」博格斯同意。

「讓第十三區也參與決策吧。」比提建議說：「聽聽柯茵總統怎麼說。」

「她會封掉隧道的。」蓋爾說得很有把握。

比提說：「對，很可能。不過，你知道，比德在他的訪問裡確實提到一個重點，那就是我們到最後可能把自己消滅殆盡。這些日子來，我三不五時就會想一下數字問題，把傷亡人數估算進來……我想，這至少值得拿出來談談。」

隨後的會談只有少數幾個人獲邀留下，蓋爾跟我和其餘的人解散。我帶他出去打獵，好讓他把餘怒發洩出來，不過他絕口不提剛才的事。八成太氣我反對他。

不久，命令果然下達，決定業已做成。到了傍晚，我著裝完畢，扮成學舌鳥，斜背著弓，戴上了耳機，跟身在第十三區的黑密契保持聯繫，以備拍攝短片的良機突然來臨。我們在司法大樓的屋頂上等候，從這裡可以清楚看見我們的目標。

一開始，堅果的指揮官對我們的盤旋機絲毫不以爲意，因爲過去它們就像繞著蜂蜜罐打轉的蒼蠅，起不了什麼作用。但是，在高海拔的地方進行兩輪轟炸之後，這些飛機終於引起他們的注意。等都城的地對空砲彈開始發射，已經太遲了。

蓋爾的計畫遠超過眾人的預期。比提的判斷是正確的，山一旦開始崩塌，就無法控制。山坡體本身就不穩定，轟炸之後變得更脆弱，如同液體般地傾瀉而下。堅果的山壁一整片一整片地在我們眼前崩陷，抹除了人類曾經在那裡活動的任何痕跡。當一波波土石從山上轟隆轟隆地滾落，我們只是站在那裡，瞠目結舌，渺小，微不足道。所有的出入口被無數噸岩石掩埋，塵土和碎石揚起的雲霧遮蔽了天空，把堅果變成一座墳墓。

我想像山的內部成了何種地獄。警報器大響，燈光閃爍，隨即一片黑暗。空氣中布滿令人窒息的砂石。驚恐、受困的人們尖叫哀號，跌跌撞撞，瘋狂地尋找出路，卻發現土石爭相湧入各出入口、飛行器發射台、通風管。電線脫落飛甩，起火燃燒。土石瓦礫讓平日熟悉的通道變成迷宮。猶如螞蟻，當蟻丘塌陷，即將壓垮牠們脆弱的軀殼，人們拼命衝撞、推擠、逃竄。

「凱妮絲？」黑密契的聲音在我耳機裡響起。我想回答，卻發現自己雙手緊緊地摀著嘴。「凱妮絲！」

我爸死的那一天，警報聲在學校的午餐時間響起。沒有人等候宣布解散，也沒人期待有人宣布。人們對礦災的反應是連都城都控制不了的。我奔向小櫻的教室。我還記得她當時的模樣，就一個七歲大的孩子來說，嫌太瘦小。她一臉蒼白，但在自己座位上坐得挺直，雙手交疊擺在桌上，等我去接。我答應過，如果哪天警報聲響，我會去找她。她從座位上跳起來，抓住我外套的袖子。我們在如同溪流，從四面八方湧上街頭，往礦坑入口匯聚的人群裡，穿梭奔跑。我們找到我媽時，繩索已經倉促拉起，阻止人們靠近。我媽雙手緊抓著繩索，兩眼死盯著入口。事後回想起來，我猜我那時候就應該知道出事了。因爲，應該是她來找我們，怎麼會是我們去找她呢？

發熱的電纜拉著升降梯唧唧嘎嘎不停上上下下，將一批批燻得烏黑的礦工帶到日光下。每上來一批人，便聽見如釋重負的哭喊聲，親人低頭鑽過繩索，接走他們的丈夫、妻子、子女、父母、手足。下午的天色轉趨陰霾，細雪灑在地上，我們站在冰寒的空氣裡。升降梯的移動這時已經變慢，帶出來的人越來越少。我跪在地上，雙手插進煤渣裡，好想好想把我爸拉出來。自己所愛的人困在地底下，你無論如何觸摸不到——我不知道世界上還有比這更無助的感覺。傷患。屍體。徹夜等候。陌生人把毯子披在你肩上。有人遞給你一杯熱騰騰的飲料，你沒喝。終於，最後，天亮了，礦坑工頭臉上悲痛的神情只可能說明一件事。

我們剛剛造了什麼孽？

「凱妮絲！妳在嗎？」此刻，黑密契說不定已經打算把頭銬固定在我頭上。

我放下雙手。「在。」

「進屋裡去。萬一都城企圖用它僅存的空中武力展開報復。」他下達指令。

「好。」我回答。除了負責操作機關槍的士兵，樓頂上所有的人都開始往屋內移動。我走下樓梯時，忍不住伸手撫摸著毫無瑕疵的白色大理石牆壁。如此冰冷，如此美麗。即使是在都城，也沒有哪一棟樓比得上這棟老建築雄偉壯觀。但是它無動於衷，從不屈撓——屈服的是我的肉身，冷卻的是我的體溫。每一次，都是岩石征服了人。

我在寬闊的入口門廳裡，倚著一根巨大石柱的基座，坐在地板上。穿過大門向外望，可以看見開闊的白色大理石平台延伸到廣場上的台階。我還記得，比德跟我那天在那裡接受歡呼道賀時，我有多不舒服。那時，一趟勝利之旅走下來，我已疲憊不堪，平息各行政區騷亂的努力又告失敗，卻還得面對克菈芙和卡圖留下的記憶，尤其是卡圖在變種狼的尖爪利牙下，緩慢而恐怖的死亡過程。

博格斯在我身旁蹲下，他的臉色在陰影中顯得蒼白。「妳知道的，我們沒有轟炸火車隧道。他們有些人說不定逃得出來。」

「然後，當他們在廣場上出現，我們再加以射殺？」我問。

「除非萬不得已。」他回答。

「我們這邊也可以派火車進去，幫忙把傷患撤出來。」我說。

「不。事情已經決定，隧道留給他們。如此一來，他們就可以利用所有的軌道把人送出來。」博格斯說：「再說，這樣我們也才有時間把其餘的士兵調來廣場。」

幾個小時前，廣場還是反抗軍和維安部隊交戰前線的無主地帶。當柯茵批准蓋爾的計畫，反抗軍便發動猛烈攻擊，把都城的部隊逼退到好幾條街外。如此一來，一旦堅果塌陷，火車站已在我們的掌控之中。好了，它塌陷了，事實已經明白，任何倖存者都會逃到廣場來。此時，我聽到兩軍交火的槍聲再度響起。毫無疑問，維安部隊一定會反擊，試圖回來控制火車站，好援救他們從堅果逃出的戰友。我方也源源不斷地召來士兵，加以抵禦。

「妳在發冷。」博格斯說：「我去看看能否找一條毯子來。」沒等我開口拒絕，他已經走開。我不需要毯子，雖然大理石持續吸走我的體溫。

「凱妮絲。」黑密契的聲音在我耳中響起。

「在這裡。」我回答。

「今天下午比德的情況出現有趣的轉變。我猜妳會想知道。」他說。有趣不是什麼好事。不表示好轉。但是我除了聽，也沒別的選擇。「我們給他看了妳唱『吊人樹』的片段。那段影片從來沒播放過，所以都城在劫持他時不可能使用它。他說他聽過這首歌。」

我的心跳當下停了一拍。然後，我明白那只是追蹤殺人蜂毒液引發的又一個錯覺。「他搞錯了，黑密契。他從來沒聽過我唱那首歌。」

「不是妳，是妳爸。有一天，妳爸到麵包店交易，他聽到他唱這首歌。那時比德還小，大約六、七歲，但是他記得這首歌，因爲他特別專心聆聽，想看鳥兒是不是會停止歌唱。」黑密契說：「我猜想，應該沒錯，鳥兒都噤聲了。」

六、七歲。那應該是在我媽禁止這首歌之前，說不定正是我學唱這首歌的那段時間。

「那時我也在場嗎？」

「我想，妳應該不在。反正他沒提到妳。不過，這是第一件與妳有關，卻沒有引發他精神崩潰的事情。」黑密契說：「至少，凱妮絲，這有點意義。」

我爸。今天他好似無所不在。死在礦坑裡。唱著歌，唱進了比德混亂的意識。連博格斯拿了條毛毯疼惜地披在我肩上，他看著我的表情裡也閃現我爸的影子。我好想他，想得心好痛。

外頭，兩軍交火的聲音激烈起來。蓋爾跟一隊反抗軍匆匆閃過，急於奔赴前線。我沒有請纓加入戰鬥，反正他們不會准，反正我沒有興致加入。我渾身冰冷，血液裡沒有熱度。我希望比德在這裡，以前那個比德，因爲他一定能夠清楚說明，當有人——不管是什麼人——拼死要從崩塌的山爬出來，我們雙方還在這裡互相開火是不對的。或者，是我自己的經歷讓我太敏感？難道我們不是在打仗？這不過是另一個殲滅敵人的辦法，不是嗎？

天色暗得很快。巨大、明亮的探照燈打開了，照亮廣場。火車站裡的每盞燈泡也一定電力開到十足。即便我隔著廣場望去，仍能清楚看穿火車站狹長建築正面的加厚玻璃。只要有火車到達，甚或僅有一個人出現，你都不可能沒有察覺。但是，幾個小時過去了，還是沒有人抵達。隨著時間一分一秒流逝，我越來越難想像有人在堅果的災難中存活下來。

當奎希妲上前將一個特殊的麥克風別在我的學舌鳥服裝上，應該早過了午夜。「這是要幹嘛？」我問。

黑密契的聲音出現，跟我解釋說：「我知道妳一定不樂意這麼做，不過我們需要妳發表一番談話。」

「談話？」我說，立刻焦慮起來。

「我會一句一句講給妳聽，妳只要跟著複述就可以。」他安慰我。「聽著，那座山沒有任何人存活的跡象。我們贏了，但是戰鬥還在繼續。所以我們認爲，如果妳走出去，站到司法大樓的台階上，說明目前的狀況——告訴大家，堅果已經潰敗，都城在第二區的勢力已經結束了——妳說不定能讓對方剩餘的部隊投降。」

我覷著眼望向廣場之外遠方的黑暗。「我連他們的部隊也看不見。」

「所以才給妳別上麥克風。」他說：「妳這是要上廣播。不但妳的聲音會透過他們的緊急播音系統播放，並且只要是有螢幕的地方，都可以看到妳的影像。」

我知道在廣場上有幾面巨大的螢幕。我在勝利之旅時見過。如果我對這種事很拿手的話，說不定我能勸降他們。可惜我不拿手。最初開始拍短片時，他們也試過叫我唸台詞，結果一團糟。

最後，黑密契說：「凱妮絲，妳可以因此挽救許多性命。」

「好吧。我盡力而爲。」我告訴他。

穿著全套的學舌鳥服裝，在探照燈的照耀之下，站在外面台階的頂端，卻看不到半個聽我講話的人，這感覺很奇怪。彷彿我在演一齣戲給月亮看。

「讓我們速戰速決吧。」黑密契說：「妳這樣暴露在外太危險了。」

我的攝影小組站在廣場上，扛著特殊的攝影機，打手勢表示他們已經準備好了。我請黑密契開始，然後打開我的麥克風，仔細聽他唸第一句話。廣場上有一面螢幕亮起，出現我巨大的影像，我開口說：「第二區的人民，我是凱妮絲・艾佛丁，正站在你們司法大樓的台階上向大家說話。在這裡——」

兩列火車發出刺耳的急速煞車聲，並肩駛入火車站。隨著車門打開，裡頭的人挾帶著從堅果帶來的濃密煙塵湧出來。他們一定多少想到了等在廣場上的會是什麼，因爲你可以看到他們一擠出車門便立刻做出閃躲的動作。絕大部分人撲倒在地上。車站內一陣槍彈掃射，打掉了站內的燈。正如蓋爾所預料的，他們帶著武器來，但他們也帶著傷來。在頓時寂靜的夜暗裡，你可以聽見呻吟的聲音。

有人關掉台階上的燈，讓我獲得黑暗的保護。車站內一團火焰升騰怒放，一定有一列火車著火了。滾滾黑煙洶湧地逼向車站的玻璃窗。沒得選擇，站內的人開始推擠著湧入廣場，一邊嗆咳著，一邊倔強地揮舞他們手上的槍。我抬頭迅速掃視環繞廣場的屋頂。每一處屋頂都部署了反抗軍士兵，架著機關槍，可以交織成死亡的火網。月光在油亮的槍管上閃爍。

有個年輕人跌跌撞撞走出火車站，一隻手緊壓著臉頰，手上的布染滿鮮血，另一隻手拖著一把槍。當他絆了一跤趴在地上，我看見他襯衫背部有一塊燒灼的痕跡，底下是鮮紅的血肉。突然間，他只是礦災中一個燒傷的受害者。

我衝下階梯，朝他奔去。「住手！」我對反抗軍吼道：「別開火！」我的聲音在廣場上迴盪，並透過麥克風向外擴散。「住手！」我接近這個年輕人，伸手想去幫他。這時，他掙扎著跪坐起來，舉槍瞄準我的腦袋。

我直覺地後退幾步，把弓高舉過頭，表示我沒有傷害他的意思。現在，他用雙手握住槍，我注意到他臉頰上有個被什麼東西刺穿的猙獰傷口，也許是遭到掉落的石塊穿刺。他身上散發出燒焦的味道，頭髮、血肉、燃油的焦味。疼痛和恐懼令他眼神狂亂。

「別動。」黑密契的聲音在我耳中低語。我聽從他的指示，突然明白整個第二區，說不定整個施惠國，此刻都在看著這一幕：學舌鳥命懸一線，操在一個絕望、拼命的人手中。

「給我一個我不該對妳開槍的理由。」他口齒不清，我幾乎沒聽懂。

世界從我眼前淡去，只剩下我獨自望著這雙悲慘的眼睛。這個剛從堅果出來的人要我給他一個理由。當然，我應該可以想出成千上萬個理由。但是，當話語從我嘴裡吐出來，我只說：「我沒有。」

照理說，接下來會發生的事，是那人對準我扣下扳機。但是他一臉困惑，試著想要搞懂我的話。我自己也楞了半晌，這才明白，我說的是真話。驅使我衝進廣場的高貴衝動，瞬間被絕望取代。「我沒有理由。這才是問題所在，對不對？」我垂下我的弓。「我們炸毀你們的礦坑。你們把我們的行政區燒得片瓦不存。我們有充分的理由殺掉對方。所以，動手吧，好讓都城高興。我受夠了，我不想再替他們殺害他們的奴隸！」我鬆手讓弓掉到地上，用靴子輕輕一踢，那把弓滑過石板地面，停在他膝前。

「我不是他們的奴隸。」那人喃喃地說。

「我是。」我說：「所以我才會殺死卡圖……而卡圖才會殺死打麥……而打麥才會殺死克菈芙……而克菈芙才會想要殺死我。就這樣一直循環。最後，誰贏了？不是我們。不是哪個行政區。永遠是都城。但我已厭倦做他們遊戲中的一顆棋子。」

比德。我們第一次參加飢餓遊戲的前一天晚上，在天台上。那時我們還沒踏進競技場，他就已經明白了。我希望他這時也在看，希望他記得那天晚上發生的事，因此我死去的時候，他或許會原諒我。

「繼續說。告訴他們妳看到山崩的心情。」黑密契敦促我。

「當我今晚看到山崩，我心裡想……他們又成功了，讓我殺害你們，殺害行政區的人。但是我爲什麼要這麼做？第十二區和第二區從來沒有過節，只除了都城要我們彼此屠殺。」

那年輕人眨著眼看我，不明白我在說什麼。我雙膝著地，跪在他面前。我的聲音低沉而急切。「而你呢？你爲什麼要跟屋頂上的反抗軍作戰？爲什麼要跟你們的勝利者灰岩作戰？他們可能是你的鄰居，說不定甚至是你的家人，不是嗎？」

「我不知道。」那人說，但他手上的槍依然指著我。

我站起來，慢慢轉一圈，然後指著那些機關槍：「還有，你們呢，在上面的？我來自一個礦區。打從什麼時候開始，礦工會害別的礦工這樣死去？然後還守在外面，等著殺掉任何拼了命從瓦礫堆爬出來的人？」

「誰才是敵人？」黑密契低聲說。

「這些人——」我指著廣場上受傷殘破的軀體——「不是你們的敵人！」我急速回身，面對火車站。「反抗軍也不是你們的敵人！我們所有的人只有一個敵人，就是都城！這是我們終結他們權力的機會，但是我們需要行政區的每個人來共同達成！」

我將手伸向那個年輕人，伸向受傷的人，伸向整個施惠國那些還在猶豫的叛徒。攝影機緊緊盯著我。「求你！加入我們！」

我的話在空氣中迴盪。我望向螢幕，希望看見他們拍攝到人群紛紛流露和解的意願。

然而，我在電視上看見自己中槍。

16

「永遠。」

在麻精的暮色裡，比德低聲告訴我。我起身去尋他。那是薄紗一般朦朧輕盈的淡紫色世界，沒有尖銳粗糙的稜角，有許多可以躲藏的地方。我穿過輕輕湧動的雲堆，跟隨淡淡的蹤跡，聞到肉桂的香氣，還有蒔蘿。當我感覺到他的手撫摸我的臉頰，我伸手要抓住它，它卻像霧一般從我指間消失。

當我終於浮上來，察覺自己躺在第十三區慘白、無菌的病房裡，我想起來了。都是睡眠糖漿在糾纏。那時，我爬上一根橫越通電鐵絲網的樹枝，跳下來落在第十二區內，傷了腳跟。比德抱我上床，我迷迷糊糊睡去時要求他留下來陪我。他喃喃說了什麼，我沒聽清楚。但是，他簡短的回答已留駐在我腦海深處某個地方，此時穿越層層夢境浮現，來嘲弄我。

「永遠。」

麻精麻木了所有激烈的情緒，我只感覺到空虛，而非椎心刺骨的悲傷。曾是繁花盛開之地，此時只剩枯枝散落的坑洞。可惜我血管中剩下的藥劑，已經不足以讓我忽視左半邊身體的疼痛。那是子彈擊中的地方。我雙手笨拙地摸索著綁在肋骨上的厚厚繃帶，納悶自己怎麼還在這裡。

不是他，不是那個跪在我面前，燒傷逃出堅果的年輕人，對我扣的扳機。是遠處某個雜在人群裡的人開的槍。我的感覺比較像被大錘子猛力擊中，不像被子彈貫穿。遭槍擊的那一剎那過後，事情一片混亂，交織著槍聲。我想要坐起來，但我唯一做到的是呻吟了一聲。

隔開我和隔壁病床的白色簾子刷地被拉開，喬安娜·梅森低頭盯著我。我先是覺得受到威脅，因爲她在競技場裡攻擊過我。然後我提醒自己，她那是救了我一命。那攻擊是叛軍計畫的一部分。即便如此，不表示她不討厭我。或者，她那樣對待我都是演給都城看的？

「我還活著。」我聲音沙啞地說。

「才知道啊，傻瓜。」喬安娜走過來，一屁股重重坐在我床上，震動引起我的胸膛一陣陣刺痛。當她咧嘴笑著看我痛苦的模樣，我曉得我們肯定不是要演什麼溫馨重逢的戲碼。「還有點痛，是吧？」她熟練、俐落地拔出我手臂上的麻精點滴注射管，接上貼在她臂彎的留置針。「他們幾天前開始減少我的劑量，怕我像第六區那兩個傢伙，會染上麻精癮。這幾天我只好趁四下無人時，過來跟妳借一點。想妳應該不介意。」

介意？大旬祭之後她幾乎被史諾折磨至死，我怎麼能介意？她很清楚，我毫無介意的權利。

隨著麻精注入血管，喬安娜長長舒了口氣。「他們在第六區搞不好弄懂了什麼事。服藥把自己迷得暈暈糊糊的，然後在你身上畫花兒。那種人生也不錯。反正好像比我們其餘的人快樂。」

在我離開第十三區的這幾個禮拜裡，她的體重回復了一些，被剃光的頭長出柔軟的短毛，幫忙遮住了一些疤痕。不過，如果她還需要偷吸我的麻精，表示她還在痛苦掙扎。

「他們叫了個腦袋醫生天天來看我，說是要幫我康復。好像這麼一個一輩子活在這兔子窟裡的傢伙眞能把我治好。眞是白癡！每次看診，他至少要提醒我二十次，說我絕對安全，不用擔心。」我擠出一個笑容。這眞的是蠢話，尤其是對一個勝利者來說。彷彿世界上哪個地方、哪個人眞有絕對安全這麼一回事。「妳怎麼樣啊，學舌鳥？妳覺得絕對安全嗎？」

「噢，是啊。起碼在我中槍之前是這樣。」我說。

「拜託。子彈根本連妳的皮都沒碰到。秦納早有準備了。」她說。

我想起那套學舌鳥服裝裡鎧甲提供的層層保護。但是，我身上確實有個地方在痛。「肋骨斷了？」

「也沒有。挫傷得相當嚴重。撞擊造成妳的脾臟破裂，他們無法修補。」她搖了搖手，彷彿這沒什麼大不了的。「別擔心，妳反正不需要脾臟。如果妳需要，他們一定會幫妳找一個來，對吧？保住妳的命可是大家的責任。」

「這是我討妳厭的原因嗎？」我問。

「部分原因。」她承認。「肯定還有嫉妒。我同時覺得，妳眞有點兒令人難以消受。瞧妳那俗爛的愛情戲碼，以及捍衛弱者的演出。偏偏那不是演戲，這就更讓人受不了了。我這麼說，妳要是聽了不爽，儘管不爽吧。」

「妳應該當學舌鳥的。大家不愁幫妳寫台詞。」我說。

「沒錯。可惜沒人喜歡我。」她告訴我。

「但他們信任妳。我是說，讓妳幫忙救我出來。」我提醒她。「而且他們怕妳。」

「在這裡，或許吧。在都城，這會兒他們怕的是妳。」蓋爾出現在門口。喬安娜俐落地拔掉手臂上的注射管，重新插回我身上。「妳表哥就不怕我啊。」她說，一副像是在說悄悄話的樣子。然後，她迅速起身走到門口，經過蓋爾時，用屁股撞了一下他的大腿。「對吧，帥哥？」她在走廊上走遠時，我們還可以聽到她的笑聲。

他走過來握住我的手，我揚起眉毛看他。「嚇死人。」他用嘴型說。我大笑，但馬上痛得皺起眉頭。「小心。」疼痛減輕時，他撫摸我的臉。「妳不可以再這樣自找罪受了。」

「我知道。但有人炸掉了一座山啊。」我回答。

這話沒讓他後退。相反地，他靠得更近，俯身端詳我的臉。「妳認爲我冷血。」

「我知道你不是那種人。但我不會告訴你我不在意。」我說。

這下他退開了，似乎是不耐煩了。「凱妮絲，說眞格的，炸垮礦坑把我們的敵人壓死，跟用比提做的弓箭把他們從天上轟下來，到底哪裡不同？結果是一樣的。」

「我不知道。至少，在第八區我們是遭到攻擊，醫院遭到攻擊。」我說。

「對，而那些盤旋機來自第二區。」他說：「所以，除掉他們，我們就防止了他們再發動攻擊。」

「但是這種想法……你可以把它變成任何時候殺人的理由。譬如，你可以說，爲了防止各行政區踰越分際，所以把孩子送去參加飢餓遊戲。」

「我不接受這種說法。」他告訴我。

「我接受。」我回答。「一定是因爲去了兩次競技場的緣故。在競技場上，你必須殺人。」

「算了。我們都知道怎麼跟對方唱反調。」他說：「我們總是這樣。或許這樣也好。偷偷告訴妳，我們拿下第二區了。」

「眞的？」有那麼片刻，勝利的感覺在我裡面發光發熱。然後我想到廣場上的那些人。

「在我中彈之後，兩邊有打起來嗎？」

「不嚴重。堅果的員工出其不意地反過來打都城的士兵，反抗軍只是在一旁隔岸觀火。」他說：「事實上，全國都只是袖手旁觀。」

「嗯，這是大家最拿手的。」我說。

你會以爲，失去一個主要器官，你就可以在床上躺幾個星期。但是，不知爲什麼，醫生幾乎是要我立刻下床走動。即使注射了麻精，頭幾天我還是痛得厲害。不過，體內的疼痛稍後就大幅減緩了，肋骨挫傷的地方看樣子卻還要痛上好一段時間。我開始痛恨喬安娜染指我的麻精，但我還是讓她愛分多少就分多少去。

有關我死亡的傳言甚囂塵上，因此他們派攝影小組來拍我躺在病床上養傷的影片。我展示傷口縫線和嚇人的瘀青，並恭賀各行政區作戰成功，團結一致。然後，我警告都城，我們很快就會兵臨城下。

我每天可以到地面上散步一會兒，這是康復療程的一部分。有天下午，普魯塔克陪我走了一小段路，告知我目前的情勢。如今，由於第二區已經站在我們這邊，反抗軍終於可以喘一口氣，暫時停下作戰的腳步，重新整頓。於是，我方致力於鞏固補給線，照料傷患，改編部隊。至於都城，一如黑暗時期的第十三區，他們發現自己陷於孤立，外援全部遭到切斷，只剩手上用來威脅敵人的核子武器。跟第十三區不同的，是都城沒有能力改造自己，自給自足。

「噢，那個城市還能夠支撐一段日子。」普魯塔克說：「他們肯定有應對緊急情況的備用物資。但是第十三區和都城最關鍵的不同點在於，人民對生活的期盼。第十三區的人慣於吃苦，相反地，都城的人只懂得Panem et Circenses。」

「那是什麼意思？」我當然認得Panem，那是我們國家的名字，「施惠國」，但其餘的就聽不懂了。

「這是幾千年前流傳下來的名言，用一種叫拉丁文的古代語言寫的，說的是一個叫羅馬的地方。」他解釋道：「Panem et Circenses直譯就是『麵包和競技場』。寫下這句話的作者是說，他國家的人民放棄了自己的政治責任，也因此放棄了他們的力量，來換取豐盛食物和娛樂。」①

我想了想都城的情況。過剩的食物。終極的娛樂。飢餓遊戲。「所以各行政區的功能就

① 譯註：參見首部曲《飢餓遊戲》第13頁註一。

是提供麵包和競技遊戲。」

「沒錯。只要麵包和娛樂源源而來，都城就能繼續控制它的小帝國。現在，這兩者它都供應不起，起碼已經遠遠及不上人民習慣的標準了。」普魯塔克說：「我們有食物，而且我正在籌劃一部肯定大受歡迎的娛樂片。畢竟，大家都喜歡婚禮啊。」

我走著走著，頓時僵住，他這個點子讓我不舒服到了極點。要上演比德跟我的婚禮，這太變態了。自從回來，我到現在都還沒辦法走到那面觀察比德的單向透視玻璃前。在我的要求下，我只從黑密契得知他的最新狀況。黑密契說得很少。我只知道，他們不停嘗試各種不同的療法，但看來絕無可能找到一個治癒他的門路。而現在，他們爲了一部宣傳影片，竟然要我和比德結婚？

普魯塔克急忙跟我解釋：「噢，不，凱妮絲，不是妳的婚禮。是芬尼克和安妮的。妳只須出席並假裝很爲他們高興就行了。」

「普魯塔克，那是少數我不需要假裝的事。」我告訴他。

接下來幾天，隨著婚禮籌劃的展開，大家忙得雞飛狗跳，也凸顯了都城和第十三區的明顯差異。對柯茵來說，所謂「舉辦婚禮」，是指兩個人在一張證書上簽字，分配到一間新居室，事情就結了。普魯塔克的意思卻是，成百上千人穿金戴銀，連續慶祝三天。看他們雙方爭執每個細節，討價還價，委實有趣。爲了多邀一名賓客，播放某首樂曲，普魯塔克都得拼了命地爭取。在柯茵否決了晚宴、娛樂節目和美酒之後，普魯塔克大吼：「如果沒人覺得好玩，那還拍什麼宣傳片！」

要一名遊戲設計師掐緊預算，眞是太爲難他了。然而，即使是一場不鋪張的婚禮，也在第十三區引起了騷動，因爲這裡的人似乎從來沒過過節日。當主辦單位宣布需要兒童來唱第四區的婚禮頌歌，幾乎所有的小孩全來了。自願來幫忙布置婚禮的人手也從不短缺。在餐廳用餐時，大家總是興奮地聊著這件大事。

也許這不僅僅是一場慶典。也許，我們所有的人都太渴望有什麼好事發生了，所以都希望參與。或許因爲這樣，當普魯塔克對新娘該穿什麼衣服而大發雷霆，我自願帶安妮回我在第十二區的家。那棟位於勝利者之村的房子，樓下的大衣櫥裡還有秦納留下的各種晚禮服。他爲我設計的新娘禮服都已送回都城，但我在勝利之旅途中仍有不少禮服可以穿。跟安妮相處，我心裡有點毛，畢竟對於她，我只知道芬尼克愛她，而大家認爲她是個瘋子。在搭氣墊船飛行途中，我終於認定，與其說她瘋了，不如說她情緒不穩。跟她談話，她會在不該笑的地方突然大笑，或突然不講話，一副失神的樣子。那雙碧綠的眼睛盯住一處，看得那麼認眞，以至於你也不禁想知道，她到底在空無一物的空氣中看到了什麼。有時候，無緣無故地，她會兩手緊緊摀住雙耳，彷彿要擋住什麼痛苦的聲音。好吧，她眞的很怪，但是芬尼克愛她。對我來說，這就夠了。

我獲准帶著我的預備小組同行，讓我如釋重負，因爲這樣我就不需要決定新娘子穿什麼才好看。當我打開大衣櫥，我們一下子全靜下來。錦衣美服湧現，滿滿都是秦納的影子。歐塔薇雅撲通一聲跪下，拉起一件裙子的下襬摩擦著臉頰，流下淚來。「好久了，」她哽咽著說：「我好久沒看到漂亮的東西了。」

儘管柯茵這一方多所保留，認爲太奢侈浪費，而普魯塔克那邊則認爲太平淡乏味，這場婚禮還是極其成功。賓客包括第十三區選出的三百名幸運者，以及許多難民，都穿著平日的服裝。會場的裝飾是由秋天多彩的樹葉編織布置而成，音樂則只有兒童合唱團的歌聲，由一位有幸帶著琴從第十二區逃出來的小提琴手伴奏。所以，照都城的標準來看，這場婚禮是太過樸素、寒酸了。但是這一點也不重要，因爲什麼都比不上那對新人搶眼。安妮穿了件我在第五區時穿過的綠色絲綢洋裝，芬尼克穿的是一套他們幫忙修改過的比德的西裝，都非常光鮮亮麗。但令人目不轉睛的，不是他們身上借來的華服。這對新人做夢都沒想到會有今天，誰能忽略那兩張容光煥發、幸福洋溢的臉呢？主持婚禮的是第十區來的養牛專家道同，因爲程序跟他們區的儀式類似。不過，這場婚禮還是具有第四區的特色。新人彼此起誓許諾時，身上罩著一張長草編織的網子。他們手指蘸了鹽水，碰觸彼此的嘴唇。那首古老的婚禮頌歌，將結婚比喻爲出海遠航。

不，我一點也不需要假裝自己爲他們感到高興。

新人相吻許下終身，眾人歡呼，大家舉起蘋果西打乾杯。之後，小提琴手拉起一首曲調，讓所有來自第十二區的人都轉過頭去。在整個施惠國，我們或許是最小最窮的行政區，但是我們懂得怎麼跳舞。婚禮到了這個階段，已經沒有什麼既定流程。不過，在控制室裡指揮影片拍攝的普魯塔克，此刻一定暗自期待，令人驚喜的事情將會發生。果不其然，油婆賽伊一把抓住蓋爾的手，把他拉到場中央，跟他面對面站定。人們湧進場中，加入他們，排成長長兩排，開始跳舞。

我站在場邊跟著旋律打拍子，突然有隻骨瘦如柴的手掐了一下我的手臂。喬安娜皺眉瞪著我。「妳難道要錯過這個讓史諾看妳跳舞的機會？」她說得沒錯。有什麼能比一隻快樂的學舌鳥隨著音樂旋轉，更能張揚我們的勝利？我在人群中找到小櫻。過去在第十二區，我們趁著冬夜已練習過無數次，早就是默契十足的好舞伴。她掛慮我肋骨的傷，我叫她不要擔心。於是，我們兩人牽手加入跳舞的行列。確實很疼。但是，一想到史諾看著我跟我小妹跳舞，那種志得意滿令其餘的感覺都變得微不足道。

一跳起舞來，第十二區的人全變了個樣。我們教第十三區的賓客舞步，堅持新人跳一段特殊的舞蹈。大家手拉手，圍成一個大圓圈，不斷旋轉。人們相繼下場，在圈裡展現腳下的功夫。我們好久沒這麼瘋，這麼快樂，這麼好玩過了。如果不是普魯塔克還爲影片安排了最後一個節目，大家可以一整晚這麼跳下去。我不知道還有這個節目，但這本來就是要給大家一個驚喜。

有四個人從旁邊的房間裡推出一個巨大的結婚蛋糕。碧綠色的糖霜海浪，浪尖是白的，水裡還有游魚、漁船、海豹，以及海葵，美得令人目眩神迷。大部分賓客都往後退，給這稀有珍貴的禮物讓出一條路來。我卻擠過人群，走上前去，好確認我第一眼看見時心裡所想的。正如安妮禮服上的刺繡絕對一針一線都出自秦納的手，同樣地，蛋糕上的糖霜裝飾絕對出自比德的手。

這或許是件很小的事，卻傳達了很清楚的訊息。黑密契瞞得我好苦。那個我上次見到時，還大聲吼叫，拼命掙扎，想掙脫固定帶的男孩，絕不可能製作這樣的東西。他絕不可能注意力這樣專注，手這樣穩定，爲芬尼克和安妮設計如此完美的禮物。彷彿預期到我的反應，黑密契出現在我身旁。

「妳跟我，咱倆談談吧。」他說。

出到外面走廊上，遠離攝影機之後，我問：「他怎麼樣了？」

黑密契搖搖頭，說：「我不知道。我們沒有人知道。有時候他幾乎是完全正常，然後，他會毫無徵兆地突然又發起狂來。做蛋糕是一種治療方式。他已經爲這蛋糕忙了好幾天。看著他做……他看起來幾乎恢復到從前的模樣了。」

「所以，他可以隨意走動了？」我問。想到這個可能性，我一顆心揪緊，五味雜陳。

「噢，還不行。他是在嚴密看管下製作蛋糕的。他還被拘禁在房間裡。不過我跟他說上話了。」黑密契說。

「面對面？」我問：「他沒發狂？」

「沒。不過對我非常火大，但這很合理。他氣我沒告訴他反抗軍的計畫，諸如此類的。」黑密契頓了一會兒，彷彿在考慮什麼。「他說他想見妳。」

我在一艘糖霜帆船上，被碧綠色的海浪拋來拋去，甲板在我腳下搖晃。我伸手扶牆，穩住自己。這不在我的計畫之內。在第二區時，我已經放棄比德，將他從我生命中抹除。接下來，我應該是要去都城，殺了史諾，同時賠上自己一命。遭到槍擊只是暫時的挫敗。我從來沒打算聽到**他說他想見妳**這樣的話。但是現在我聽到了，而且無法拒絕。

夜半時分，我站在囚禁他的牢房外。醫院的病房。我們得等普魯塔克完成他的婚禮宣傳片。儘管他嘴上說這婚禮缺乏令人眼花撩亂的花招，他心裡其實蠻滿意的。「都城這麼多年來一直忽略第十二區，倒有一個很棒的好處，就是你們的人民還保有一份率性。觀眾很吃這一套。就像比德宣布他愛妳，或妳出其不意地拿出毒莓果，都成爲極佳的電視秀。」

我希望跟比德會面時沒有其他人在場。可是，那些當觀眾的醫生們早就聚集在單向玻璃後面，手上拿著寫字板和筆，等著記錄下一切。當黑密契在我耳機裡說可以了，我慢慢打開房門。

那雙藍色的眼睛立刻鎖定我。他兩條手臂各被三條固定帶綁著，一邊手臂上還插了條管子，萬一他失控，可以立刻注入藥劑讓他昏迷。不過，他沒有想要掙脫的意思，只是帶著警戒的表情觀察我。顯然，他仍然擔心此刻站在他面前的會是一隻變種動物。我走上前，在離病床大約一碼處站定。我不知道兩隻手該擺哪裡，於是我交叉雙臂，防衛似地抱在胸前，然後開口說：「嗨。」

「嗨。」他回答。那像是他的聲音，幾乎就是他的聲音，只不過裡頭有陌生的東西——猜疑和責備。

「黑密契說你想跟我談談。」我說。

「起碼先看看妳。」他好像在等我當著他的面變成一隻流著口水的變種狼。他一直瞪著我看，時間久到我不安起來，不禁偷偷瞥了幾眼那面單向玻璃，希望黑密契能給我一點指示。但我的耳機沒有半點聲響。「妳不是非常大隻，也沒有特別漂亮，對吧？」

我知道他飽受折磨，歷劫歸來，但不知怎麼搞的，他的話惹毛了我。「嗯哼，你看起來好多了。」

黑密契勸我別惹他，但他的話語被比德的笑聲壓了過去。「甚至一點也不友善。在我吃盡苦頭之後，妳居然這樣對我講話。」

「沒錯，我們都吃了不少苦頭。可是，大家都知道，你才是那個友善的人，我不是。」我怎麼進了門就沒說對一句話？我不知道自己爲什麼防衛心理會這麼重。他遭到酷刑的折磨！他被劫持！我這是吃錯了什麼藥？突然間，我覺得自己可能會開始對他吼叫，而我甚至不確定要針對什麼吼叫，因此我決定趕快離開這裡。「聽著，我覺得不太舒服。也許我明天再過來。」

正當我伸手要去推門，他的聲音讓我停了下來。「凱妮絲，我記得麵包的事。」

麵包。在飢餓遊戲之前，我們最初眞正有接觸的那一刻。

「他們給你看了我談起這件事的錄影帶。」我說。

「沒有。有妳談這件事的錄影帶嗎？都城怎麼沒用它來對付我？」他問。

「我是在你被救出來那天拍的。」我回答。胸口的疼痛像一把老虎鉗緊緊夾住我的肋骨。眞不該跳舞。「你都記得什麼？」

「妳。在大雨裡，」他柔聲說：「在我家的垃圾桶裡翻找。烤焦的麵包。我媽打了我一巴掌。把麵包拿出去餵豬，但我把麵包給了妳。」

「沒有錯，事情就是那樣。」我說：「隔天，放學之後，我想跟你道謝，卻不知道怎麼做。」

「那天放學後，我們在教室外頭，我想要注視妳的眼睛，妳卻把頭轉開了。然後……不知道爲什麼，我記得妳伸手採了一朵蒲公英。」我點點頭。他眞的記得。這一點我從來只放在心裡，沒說出來過。「我一定曾經非常愛妳。」

「對。」我的聲音哽住了，連忙假裝咳嗽。

「那妳愛我嗎？」他問。

我兩眼盯著瓷磚地板。「大家都說我愛你。大家都說，所以史諾才會折磨你。爲了讓我崩潰。」

「妳沒回答問題。」他告訴我。「當他們給我看一些錄影帶，我不知道該怎麼想。第一次在競技場上，妳看起來像是要用追蹤殺人蜂除掉我。」

「我想要除掉你們所有的人。」我說：「你們把我困在樹上。」

「之後，有很多次親吻，但妳看起來不怎麼眞心。妳喜歡吻我嗎？」他問。

「有時候。」我承認。「你知道現在有一群人正在看著我們嗎？」

「我知道。那蓋爾呢？」他繼續問。

我的怒火又上來了。我不在乎他這是在養病，我們現在談到的事情不關玻璃後頭那群人的屁事。「他也很會接吻。」我簡短回答。

「所以，妳親了這個又親了那個，對妳來說不是問題？」他問。

「錯。不管親你們哪個都是問題。但是我不需要徵求你的同意。」我告訴他。

比德又放聲大笑，冰冷、輕蔑。「妳可眞不簡單，不是嗎？」

當我掉頭走出房門，黑密契沒阻止我。我沿著長廊，穿過蜂窩般分布的居室，找到洗衣房裡一根溫暖的水管，躲到後面。我花了很長的時間，才弄明白自己爲什麼這麼難過。但是，當我明白過來，我卻不想承認，因爲一旦承認，我將無地自容。一直以來，我理所當然地以爲，在比德眼中我樣樣都好。這樣的日子結束了。他終於看清了我的眞面目。凶暴、不可信任、會利用人、致命。

爲此，我痛恨他。

17

青天霹靂。當黑密契在醫院裡把事情告訴了我，我就是這樣的感覺。我飛也似地奔下樓，衝向指揮中心，心裡又急又亂，一口氣闖進了一場作戰會議。

「妳是什麼意思？我不去都城？我當然要去！我是學舌鳥！」我說。

柯茵僅從她的電腦螢幕前抬眼瞄了我一下。「身為學舌鳥，妳團結各行政區對抗都城的首要目標已經達成。別擔心，如果一切順利，我們會在他們投降時，及時派機將妳送去。」

投降？

「那就太遲了！我會錯過所有的戰鬥。妳需要我——我是妳能找到的最佳神射手！」我大吼。我很少拿這件事吹噓，但這話八九不離十。「蓋爾也去啊。」

「蓋爾每天都參加訓練，除非有別的任務分派。在戰場上，我們確信他會有良好的表現。」柯茵說：「妳估計自己參加過多少訓練課程？」

答案是，一次也沒有。「嗯，有時候我去打獵。還有……我在特殊武器中心跟比提受過一些訓練。」

「那不一樣，凱妮絲。」博格斯說：「我們都知道妳聰明、勇敢，還是神射手。但是在戰場上，我們需要的是士兵。妳一點兒也不懂得服從命令，而且妳的身體不是處於最佳狀態。」

「我在第八或第二區時，你們似乎不怎麼在意這一點。」我反駁。

「無論在哪一區，一開始妳可沒有受命參與作戰。」普魯塔克說，狠狠瞪我一眼，警告我不要說太多。

是沒有。在第八區對抗轟炸機，以及在第二區介入廣場上的情勢，我都是率性而爲，莽撞行事，百分之百沒獲得授權。

「而且兩次妳都害自己受了傷。」博格斯提醒我。剎那間，我透過他的眼睛看到自己。一個十七歲女孩，個子略嫌嬌小，肋骨的傷還沒痊癒，從衝進來到現在一直氣喘吁吁。樣子狼狽。不遵守紀律。還在康復之中。不是一名士兵，而是一個需要別人照顧的人。

「但是我一定得去。」我說。

「爲什麼？」柯茵問。

我可不能說，如此一來，我才能夠解決我和史諾之間的個人宿怨。我也不能說，我忍受不了待在第十三區，看著比德目前的情況，而蓋爾卻前去作戰。不過，我想要前往都城作戰的理由，一點也不難找。「因爲第十二區。因爲他們毀了我的家鄉。」

我這個理由讓總統考慮了片刻，衡量我的狀況。「好，妳有三個禮拜的時間。時間不長，但是妳可以開始接受訓練。如果任務分配委員會認爲妳合適，或許會重新評估妳的個案。」

就這樣。我最多只能爭取到這個地步。我想，這是我自己的錯。我的確沒有一天理會過作息表的安排，除非那上頭有什麼是我想要做的。有那麼多別的事情在發生，我實在看不出攜槍繞著操場跑步是什麼當務之急。現在，我得爲自己的掉以輕心付上代價。

回到醫院，我發現喬安娜也遭遇相同的處境，正氣急敗壞地咒罵。我告訴她柯茵說的話。「也許妳也可以來參加訓練課程。」

「好，我會去受訓。不過，就算我得宰了一整組機組人員，自己駕機飛去，我也一定要去那該死的都城。」喬安娜說。

「上訓練課時，妳最好不要講這種話。」我說：「不過，很高興知道屆時我有氣墊船搭。」

喬安娜笑了。我感覺到我們之間的關係發生了看似輕微，其實意義重大的轉變。我不確定我們眞的已成爲朋友，但說是盟友應該算正確。這樣很好，我需要盟友。

第二天早上，一俟我們七點半向訓練課報到，現實立刻毫不留情地打擊我。我們被分到初級班，跟十四、五歲的孩子一起上課。而蓋爾和其他已經獲選去都城的人，接受的是截然不同的密集訓練。這對我們來說簡直是羞辱，但結果證明那些孩子的狀況比我們強。做伸展運動時，我很痛。接著上兩個小時的體能訓練，我仍然很痛。然後是跑五哩，我差點沒痛死。即使有喬安娜在旁邊辱罵激勵我，驅使我前進，在跑了一哩之後我還是退出了。

「是我的肋骨。」我跟訓練教官解釋。她是個絕不廢話的中年婦女，我們得稱她約克教官。「整個還是瘀青的。」

「嗯，我告訴妳，艾佛丁軍士，這些傷要自行痊癒，起碼還要一個月。」

我搖頭說：「我沒有一個月的時間。」

她上下打量我。「醫生沒給妳治療嗎？」

「有辦法治療嗎？」我問：「他們說這傷只能讓它自己慢慢好。」

「他們總是這麼說。但是如果我提出建議的話，他們可以讓痊癒的速度加快。不過，我警告妳，那可不好受。」她告訴我。

「拜託，我一定得去都城。」我說。

約克教官沒質問這一點。她在便條紙上寫了些什麼，然後讓我直接回醫院去。我遲疑了一下。我不想再錯過任何訓練課程。「我一定會回來參加下午的訓練。」我向她保證。她只是緊抿著唇，沒說話。

稍後，二十四根針扎入我的胸膛，我平躺在醫院的病床上，咬緊牙關，讓自己不能開口求他們把麻精點滴送回來。那點滴原本一直掛在我床邊，讓我需要時可以用一點。我最近一直沒用，但爲了喬安娜，我始終留著它。今天他們給我驗了血，確定我體內沒有止痛劑，因爲麻精和那燒灼我肋骨的藥一旦混合，會有危險的副作用。他們事先跟我說得很明白，接下來幾天我都會很難受，但我要他們儘管動手。

那天晚上，我們在病房裡可眞難熬，根本沒辦法睡。我想，我確實嗅到了胸膛那一圈肉燒焦的味道，而喬安娜在跟戒斷麻精的痛苦搏鬥。稍早，我向她道歉，無法繼續供應她麻精時，她只擺擺手，說反正是遲早的事。到了凌晨三點，我已經成了第七區所有最精彩的罵人髒話的靶子。天亮時，她把我從床上拖起來，堅持要去上訓練課。

「我想我辦不到。」我招認。

「妳辦得到。我們倆都辦得到。我們是勝利者，妳忘了嗎？無論他們怎麼整我們，我們都能撐過去。」她對我咆哮，儘管她自己臉色發青，抖得像風中樹葉。我硬是起床穿衣服。

我們也一定得是勝利者，才能撐過這個早上。當我們看到外面下著傾盆大雨，我眞害怕喬安娜就要倒下了。她面如死灰，彷彿停止了呼吸。

「只是水而已，要不了我們的命。」我說。她咬緊牙關，跨步出門，重重地踏進一攤泥濘裡。我們做暖身運動時，大雨把我們澆得濕透。然後，我們繞著操場艱難地慢慢跑步。才跑一哩，我又退出了。我得竭力克制，才能不扒下襯衫，讓冷雨澆熄我熱得冒煙的肋骨。我強迫自己嚥下訓練場上的午餐：濕軟的魚燉甜菜。喬安娜才吃一半，就全吐了出來。下午，我們學習組裝槍枝。我努力做到了，但是喬安娜的手抖得太厲害，無法把拆開的槍組裝起來。等約克一轉身背對我們，我趕忙幫她組好。雖然雨還是繼續下，下午的時間好過許多，因爲我們是在射擊場上。總算輪到一件我拿手的事。從拿弓變成拿槍，需要一點時間適應，不過到這天結束時，我的成績是全班最好的。

我們才一走進醫院的門，喬安娜就斷然說道：「我們不能繼續在醫院這樣住下去。大家都把我們當成病人看待。」

這對我來說不是問題，我可以搬回我家人共住的居室，但是喬安娜一直沒分配住的地方。她試圖辦理出院手續時，儘管同意天天回來跟那個腦袋醫生談話，他們還是不同意讓她獨自居住。我想，他們一定早就猜到她偷用麻精的事，而這只會讓他們更加認定她還不夠穩定。「她用不著獨居，我可以跟她住。」我宣布。他們仍有人反對，不過黑密契站在我們這邊。到了就寢時間，我們分配到一間居室，就在小櫻跟我媽的對面，而她們倆允諾隨時留意我們的狀況。

我沖過澡，喬安娜也用一塊濕毛巾草草擦過身子之後，她很快地檢查了一遍房間。當她拉開一個抽屜，發現裡面是我僅有的幾樣東西，她趕緊關上，說：「對不起。」

我想到喬安娜的抽屜裡，除了政府分發的制服之外，什麼也沒有。在這世界上，她沒有一樣屬於自己的東西。「沒關係，如果妳想看我的東西，就看吧。」

喬安娜打開我那個項鍊墜子的小匣子，看著裡面蓋爾、小櫻和我媽的照片。她打開那朵銀色降落傘，拿出插管，把小指伸進去，說：「看到它，我就覺得渴。」然後她發現比德給我的珍珠。「這是——？」

「對。」我說：「不知怎地，它留下來了。」我不想談到比德。上訓練課最好的一件事，是讓我沒時間去想他。

「黑密契說他的情況越來越好了。」她說。

「也許。但是他變了。」我說。

「可是，妳也變了。我也變了。還有芬尼克、黑密契和比提，都變了。別讓我提起安妮·克利絲塔。競技場可真把我們每個人搞得慘兮兮的，妳不覺得嗎？或者，妳仍然覺得自己是那個自願代替妹妹參賽的女孩？」

「我沒有。」我回答。

「我想，我那個腦袋醫生恐怕說對了一件事。一切都再也回不去了。所以，我們最好還是把日子過下去。」她仔細地把我的東西收回抽屜裡，在熄燈時爬上我對面的床。「妳不怕我今天晚上會宰了妳嗎？」

「說得好像我沒辦法要了妳的小命似的。」我回答。接著我們一起大笑。我們倆的身體已經累得一塌糊塗，如果明天早上還起得來，那可真是奇蹟。但是我們起來了。每天早上，我們都辦到了。到了這個禮拜結束時，我的肋骨感覺像新長出來的，而喬安娜可以不用幫忙就組裝好她的來福槍。

那天訓練結束時，約克教官對我們倆滿意地點點頭，說：「幹得好，兩位。」

等走得遠些，別人聽不見我們講話時，喬安娜低聲抱怨說：「我覺得贏得飢餓遊戲還容易些。」不過，她臉上的表情顯示她心裡其實很高興。

事實上，我們前往餐廳時，簡直是心情愉快，情緒高昂。蓋爾已經在餐廳裡等著跟我一起吃飯。接過一大碗燉牛肉更是令我開心。「今天早上第一批糧食送達了。」油婆賽伊告訴我：「這可不是你們獵到的野狗，而是眞正的牛肉，從第十區送來的。」

「我可不記得妳有哪次不收啊。」蓋爾頂回去。

我們走去跟蝶麗、安妮和芬尼克坐在一起。芬尼克結婚後，改變可眞大。他先前的模樣，無論是我在大旬祭前夕碰到的那個頽廢的萬人迷帥哥，或競技場中那個謎樣的盟友，或那個自己已經崩潰，卻試著安慰我的年輕人，都已杳無蹤影，眼前我只看到一個散發著生命光輝的人。芬尼克謙和、風趣的迷人風采，第一次在眾人面前顯露出來。他始終牽著安妮的手，無論是在散步，還是在吃飯，絕不放開。我猜他是不打算放開了。安妮沉醉在幸福裡。你還是看得出來，她有時候會神不守舍，整個人不知道落進哪個世界裡，但只要芬尼克對她說幾句話，就能把她召喚回來。

蝶麗我從小認識，卻從沒注意過她，但現在她在我心裡的份量越來越重。芬尼克結婚當晚比德對我說的話，他們已經告訴她了，但她絕不會跟別人說三道四。黑密契說，每當比德失控，對我謾罵，她是我的最佳辯護人。她始終站在我這邊，責備比德不該誤解我，說這都是都城的酷刑造成的。她對比德的影響力超過任何人，因爲他眞的認識她。總之，雖然她美化了我的優點，我還是感激她。坦白說，這麼一些美化對我應該有點好處。

我餓得要命，而這道燉肉裡濃濃的肉汁、牛肉塊、馬鈴薯、蕪菁和洋蔥，眞是美味無比，我得強迫自己慢慢地吃。整個餐廳裡，你可以感覺到，好食物讓人精神煥發，變得友善、風趣、樂觀，同時也提醒人們，好好地活下去不是什麼壞事。這比任何醫藥都來得好用。我努力放慢速度，希望能吃得久一點，並跟大家一起聊天。我邊用麵包蘸肉汁，小口小口地吃著，邊聽芬尼克講一個荒謬的故事，說是有一隻海龜戴著他的帽子游到海上。我仰頭大笑，這才發現他站在那裡。就在桌子對面，站在喬安娜旁邊的空位後頭，正看著我。我一下子噎住了，吸了肉汁的麵包卡在喉嚨裡。

「比德。」蝶麗說：「眞高興看見你出來……逛逛。」

兩個人高馬大的警衛站在他背後。他彆扭地端著餐盤，只能靠兩手的指尖撐著，因爲他手腕上還戴著一副手銬，而連繫兩邊手銬的鏈子太短。

「你戴著這麼花稍的手鐲幹嘛？」喬安娜問。

「我還不怎麼可靠。」比德說，朝左右後方擺了一下頭，提醒我們還有兩名警衛守著他。「如果你們不同意，我甚至不能坐在這裡。」

「他當然可以坐在這裡。我們是老朋友了。」喬安娜拍了拍身旁的空位。警衛點點頭，於是比德坐下。「在都城時，比德的牢房就在我隔壁，我們非常熟悉彼此的哀號尖叫。」

坐在喬安娜另一邊的安妮，立刻用雙手摀住耳朵，再度脫離現實。芬尼克狠狠地瞪了喬安娜一眼，伸手環住安妮。

「怎麼？我的腦袋醫生說，我不應該壓抑，應該要想到什麼就說什麼。這是療程的一部分。」喬安娜說。

我們這場小派對的蓬勃生氣消失了。芬尼克在安妮耳邊喃喃低語，直到她慢慢放下手。接著，有好長一段時間的靜默，大家都假裝認眞吃飯。

「安妮，」蝶麗打破沉默，愉快地說：「妳知道嗎，你們的結婚蛋糕是比德做的裝飾。在我們家鄉，他家開麵包店，所有蛋糕上的糖霜彩繪都是他做的。」

安妮小心翼翼地望向喬安娜另一邊，說：「謝謝你，比德，眞的很漂亮。」

「不客氣，安妮。」比德說。我在他的聲音裡聽見他昔日的溫柔語調，我原本以爲那份溫柔已經一去不返了。即使他話不是對我說的，到底他的溫柔還在。

「如果我們還想散步，可得走了。」芬尼克告訴她。他小心地將他們的餐盤疊放在一隻手上，另一隻手仍舊緊握著安妮的手。「很高興看見你，比德。」

「你最好待安妮好一點，芬尼克，否則我說不定會嘗試把她從你身邊搶走。」這應該只是開玩笑，但他的語氣太冰冷，整個意思都弄擰了。彷彿他在公開表示，他不信任芬尼克。彷彿他意有所指，暗示他在留意安妮，安妮可能拋棄芬尼克，而我根本不存在。

「噢，比德，」芬尼克輕快地說：「別讓我後悔恢復了你的心跳啊。」他擔憂地看了我一眼，隨即帶著安妮離開。

他們走了之後，蝶麗用斥責的語氣說：「比德，他救過你的命。還不只一次。」

「那是爲了她。」他瞥了我一眼。「爲了反抗軍。不是爲了我。我什麼也不欠他。」

我不該被激怒的，但是我忍不住。「也許你是不欠他。但梅格絲死了，而你還在這裡。這起碼有點意義吧。」

「對，凱妮絲，很多似乎沒有意義的事，其實應該都有意義。我記憶裡有好些事可沒被都城污染過，但我怎麼也想不通。譬如說，在火車上的那些夜晚。」他說。

又是意有所指。他在暗示，火車上發生的事，不僅僅是表面上看到的那樣。那些夜晚，由於他的臂膀呵護著我，我才能保持神志清醒。但這些確實發生過的事，都無所謂了。每件事都是謊言，每件事都是爲了利用他。

比德用湯匙比了比蓋爾跟我，說：「現在你們倆是公開的一對了？還是他們讓悲劇戀人的戲碼繼續拖下去？」

「還在拖下去。」喬安娜說。

比德全身突然一陣痙攣，猛地握緊雙拳，然後用一種怪異的姿勢張開兩掌。只有這樣，他才能克制自己，不衝過來掐我的脖子嗎？我可以感覺到隔壁的蓋爾肌肉緊繃，很怕他們會吵起來。沒想到蓋爾只簡單地說：「若不是親眼看見，我絕不相信。」

「看見什麼？不相信什麼？」比德問。

「你。」蓋爾回答。

「你得再具體一點。」比德說：「我怎麼樣？」

「不相信他們眞的把你變造成邪惡的變種動物，把原來的你變不見了。」喬安娜說。

蓋爾喝完他的牛奶，轉頭問我：「妳吃完沒？」我起身。我們穿過餐廳，把餐盤拿去放好。到了門口，有個老人攔下我，因爲我手裡還捏著那塊沒吃完的肉汁麵包。也許因爲我的表情透露了什麼，也許因爲我根本無意隱藏手裡的麵包，那老人沒爲難我。他容我把麵包塞進嘴裡，然後走出門。蓋爾和我快走到我的居室時，他才再度開口說話。「我沒想到會這樣。」

「我告訴過你，他恨我。」我說。

「我指的是他恨妳的方式。看起來……好熟悉。我也有過那種感覺。」他承認。「那時，我在螢幕上看見妳吻他。只不過，我知道自己不盡公平，而他還看不見這一點。」

我們走到了門口。「也許他只是看見了我的眞面目。我得睡一覺了。」

在我閃進門內之前，蓋爾抓住我的手臂。「所以，這就是妳現在的想法？」我聳聳肩。「凱妮絲，身爲妳交往最久的朋友，我要說，他還沒看見眞正的妳。我勸妳相信我的話。」他親了一下我的臉頰，然後離開。

我坐在床上，嘗試把幾本戰術戰技書籍中的內容塞進腦子裡，卻不斷分心想起跟比德在火車上度過的那些夜晚。大約二十分鐘後，喬安娜進來，一躍跳過我的床尾。「妳錯過了最精彩的部分。蝶麗大發脾氣，指責比德不該那樣對待妳。她簡直是不斷對他尖叫，就像有人拿叉子反覆戳一隻老鼠一樣。整個餐廳的人看得目不轉睛。」

「比德有什麼反應？」我問。

「他開始跟自己辯論，好像他分身成了兩個人。警衛只好把他帶走。不過，也有好事，似乎沒人注意我吃光了他那碗燉牛肉。」喬安娜伸手撫摩著她鼓鼓的肚子。我看著她指甲底下的污垢，不禁懷疑第七區的人是不是從來不洗澡。

我們花了幾個小時考對方對軍事術語的認識。然後我到對面房間去看我媽和小櫻，陪她們一陣子。等我回到自己房間，洗好澡，瞪著黑暗，我終於開口問道：「喬安娜，在都城時，妳眞的聽得見他尖叫哀號嗎？」

「那只是其中一部分。」她說：「就像競技場裡的那些八卦鳥在叫。只不過，那是眞的。而且過了一個小時，聲音都還沒停。滴答，滴答。」

「滴答，滴答。」我低聲回答。

玫瑰。變種狼。貢品。糖霜海豚。朋友。學舌鳥。造型設計師。我。

今天晚上，我夢中的每樣東西都在尖叫哀號。

18

我拚了命似地全心投入訓練。體能鍛鍊、戰技演練、武器練習，以及戰術課程，是我生活的全部。他們要我們當中少數幾個人去上額外的訓練課，這讓我覺得，或許我眞的有機會參戰。在第十三區一個隱密的角落，他們仿造了個都城的街區。我手臂上的作息表顯示，這門課叫作「模擬巷戰」，不過士兵們都簡稱它叫「街區」。指導員把我們八人一組地分成幾個小隊，要我們執行各種任務：攻佔據點，摧毀目標，搜索房子。彷彿我們是實地作戰，穿行於都城的街道。這個仿造的街區經過精心設計，處處暗藏危機，你只要一不小心，事情就會出錯。踏錯一步會引爆地雷，某處屋頂會突然出現狙擊手，你的槍會卡住，一個哭泣的小孩會誘騙你遭遇伏擊。你的隊長（只是電腦程式設定的一個聲音，不是眞人）遭迫擊砲擊中，掛了，你得在沒有人指揮的情況下，自己想辦法。你心裡知道這是假的，不會眞要了你的命。如果你踩到地雷，你會聽見爆炸聲，然後假裝倒地死亡。但是，另一方面，一切感覺起來又很眞實——敵軍穿著維安人員的制服，煙霧彈造成混亂。他們甚至用毒氣攻擊我們。

喬安娜跟我是唯一及時戴上防毒面具的人。我們其餘的隊員都中了毒，昏死了十分鐘。而且，照說應該無害的假毒氣，我只吸入一兩口，接下來卻頭痛一整天。

喬安娜和我在射擊場練習時，奎希妲和她的攝影小組過來拍攝。我知道他們也拍了蓋爾和芬尼克。這是新的短片系列，顯示反抗軍正準備入侵都城。基本上，事情進行得非常順利。

後來，我們在做晨間的伸展運動時，比德開始出現在操場上。手銬拿掉了，但還是有兩名警衛一直跟著他。午飯過後，我看見他在操場的另一邊，跟一群初級班學員一起受訓。我不知道他們在想什麼。如果和蝶麗發生一點口角，就能害他自言自語，跟自己爭論起來，他根本沒有理由來學怎麼組裝一把槍。

當我質問普魯塔克，他跟我保證，這純粹是爲了拍片。他們已經拍了安妮結婚，喬安娜擊中槍靶，但是整個施惠國都在猜比德怎麼了。他們需要看見他爲反抗軍而戰，不是爲史諾而戰。還有，最好他們還能拍到幾個我們倆在一起的鏡頭，不必接吻，只要表現出很高興又能在一起的樣子就好——

聽到這裡，我掉頭就走。這事絕不可能發生。

在少有的休息時間裡，我焦慮地旁觀人們進行入侵行動的準備工作，看著軍備與糧草備妥，部隊集合。你可以看出誰接到了命令，因爲他們的頭髮會剪得很短，這是即將上戰場的標誌。很多人都在談論第一波攻擊行動，據說目標是要拿下運送物資進入都城的火車隧道。

第一批部隊開拔前數日，約克出其不意地告訴喬安娜跟我，她推薦我們參加測試，要我們立刻去報到。測試包含四個部分：評估體能狀況的障礙賽跑、戰術筆試、武器熟練度測試，以及街區裡的模擬作戰。我還沒來得及感到緊張，就已做完前三項，而且成績不錯，但巷戰的測試往後延宕了。他們正在解決某種技術性問題。在等待的時候，我們一小群人聚在一起交換情報。就我們所知，看來我們每個人眞的得獨自闖關，而且完全無法預測自己會碰上什麼情況。有個男孩壓低聲音說，他聽說這項測試會針對每個人的弱點來設計。

我的弱點？我甚至不想知道自己的弱點是什麼。但是我找了個安靜的角落，試著評估我可能有哪些弱點。我列出了一長串，令人喪氣。我既非身強力壯，又僅受過少得可憐的訓練。我身爲學舌鳥的突出身份，就當前他們試圖泯除我們的個性，把我們融入一個群體的情況而言，似乎一點也不是優點。他們隨便都能設計出一堆情況，讓我過不了關。

喬安娜早我三名被叫進場，我對她點點頭以示鼓勵。我眞希望自己是排在名單上的頭幾個，因爲現在我已經想得太多，亂了分寸。等他們叫到我的名字時，我不知道該採取什麼策略。幸運的是，一旦進入街區，訓練的成果立刻發揮作用。我遭遇的是伏擊的狀況。維安人員幾乎是馬上出現，我必須設法穿過障礙，去指定地點跟分散的隊員會合。我沿著街道慢慢前進，一路上除掉埋伏的維安人員。有兩個在我左邊的屋頂上，另一個在我前方一棟建築的門後。非常具有挑戰性，但沒我預期的困難。只是，有個感覺一直困擾著我：如果這麼簡單，我一定錯過了什麼。距離目的地僅隔著幾棟建築物時，情況開始緊張起來。六名維安人員突然衝到前方街角，他們的火力比我強大，但我注意到一個東西。路旁排水溝裡橫躺著一桶汽油，像是不經意遺落在那裡。就是它了，這就是我的考驗，要看我有沒有察覺，引爆那桶汽油是我達成任務的唯一辦法。就在我跨出去準備動手時，在這之前幾乎沒有發揮什麼作用的隊長，突然在我耳機裡低聲命令我撲倒在地。我所有的直覺都在尖叫，要我別理會那聲音，直接扣下扳機，把那些維安人員炸到半空中去。忽然間，我領悟到在軍隊眼中我最大的缺點是什麼。我進入飢餓遊戲的第一刻，便無視於黑密契的指示，奔向那個橘色背包。在第八區，我與敵軍駁火對峙。乃至於在第二區，我衝動地奔進廣場。所有這一切，都在在說明一件事——我不懂得服從命令。

我猛地趴下，力量之大，速度之快，刺進下巴裡的碎石子大概要花一星期才挑得完。有人一槍打爆了汽油桶。維安人員全數斃命。我抵達了會合地點。當我從街區另一頭走出來，有位士兵向我道賀，在我手上蓋上編號451小隊的章，叫我去指揮中心報到。我興奮得有點暈眩，衝過一條條長廊，滑著繞過每個轉角，三步併做一步跳下樓梯，因爲搭電梯太慢。我闖進指揮中心時，才突然想到這情況不尋常。我不該來指揮中心的，我應該要去剃頭才對。那些圍坐在桌前的人不是剛受過訓練的士兵，而是一群發號施令的人。

博格斯一看見我，便搖搖頭，露出笑容。「讓我看看是怎麼回事。」這時，我心裡狐疑著，不過還是伸出蓋了章的手。「妳在我這一隊。這是頂尖射手組成的特殊單位。過去跟妳的隊友站在一起吧。」他朝列隊站在牆邊的一群人點了一下頭。蓋爾、芬尼克，還有另外五個我不認識的人。我的小隊。我不僅加入了，還歸博格斯帶領，跟我的朋友在一起。我強迫自己鎮定，像個士兵那樣，沉穩地踏步走向他們，而不是在那裡歡欣雀躍。

我們一定很重要，因爲我們是在指揮中心集合，而這無關乎學舌鳥的角色。普魯塔克站在桌前，俯視著桌子中央一面巨大的平面螢屏，正在解釋我們進入都城後會碰上什麼性質的狀況。我心裡想，這樣的說明方式未免太糟糕了，因爲即使我踮起腳尖都看不見那塊平面螢屏。這時，他摁下一個按鈕，都城某個街區的全像立體透視影像立刻投射在空中。

「譬如說，這個區域圍繞著一個維安人員的兵營，算是重要目標，但不是頂重要。還有，看這裡。」普魯塔克在鍵盤上輸入密碼，透視影像上開始亮起許多燈光。這些燈光顏色各自不同，閃爍的速度也不一樣。「這些燈光，我們叫它『豆莢』，代表各種不同的障礙。

這些障礙的性質五花八門，從一顆炸彈到一群變種動物，什麼都有可能。切記，不管豆莢裡是什麼東西，目的都是爲了捕捉或殺害你。有些豆莢在黑暗時期就有了，有些是在過去幾十年間發展出來的。坦白說，當中有好些個還是我創造的。你們現在看到的這個程式，是我們所擁有的最新資訊。我們離開都城時，其中一位潛逃人員攜帶了出來。他們不曉得我們手上有這東西。不過，即便如此，在過去幾個月裡，他們有可能又設置了新的豆莢。這就是你們會面臨的狀況。」

直到距離透視影像只有幾吋，我才發現我的雙腳已經不知不覺地走到桌前。我伸出手，托住一個快速閃動的綠燈。

有人走到我旁邊，他的身體緊繃著。沒錯，是芬尼克。因爲只有勝利者才能這麼快看見我所看見的。競技場，散布著由遊戲設計師控制的豆莢。芬尼克的手指撫摸著一道門上方持續穩定亮著的紅燈。「各位女士，各位先生……」

他的聲音很輕，但我的聲音響徹整個房間：「第七十六屆飢餓遊戲，現在開始！」

說完，我大笑。他們還沒來得及領會我話裡的意思，還沒來得及揚起眉毛，出聲斥責，或想到我將會是個麻煩，而唯一的解決辦法，是扣住我，讓我離都城越遠越好。肯定沒有人希望自己隊上有這麼一個勝利者——滿腔怒火，會獨立思考，心靈的瘡疤已結成厚厚的繭，無法穿透。

「普魯塔克，我不明白你幹嘛費事讓我跟芬尼克去接受訓練。」我說。

「沒錯，」芬尼克得意地說：「我們倆早就是你手上最能勝任這趟任務的士兵了。」

「別以爲我沒想到這點。」他不耐煩地揮揮手，說：「現在，歐戴爾軍士和艾佛丁軍士，回你們的隊伍去。我這場說明還沒結束。」

我們回到自己的位置，假裝沒看見投向我們的質疑目光。當普魯塔克繼續往下說明，我擺出極度專注聽講的模樣，不時點點頭，或移動一下位置，好看得清楚些。但從頭到尾，我在心裡告訴自己，要撐下去，撐到我有機會到森林裡去，在眾人聽不見的地方大聲尖叫，或咒罵，或哭喊，或這三樣同時一起來。

如果這是個測驗，芬尼克和我都通過了。待普魯塔克說明結束，會議解散，他們說有一道針對我的特殊命令，我心裡頓時很不舒服。所幸這道命令只是不准我剃頭。他們希望，在可預期的受降日來到時，學舌鳥看起來盡可能像競技場上那個女孩。妳曉得，都是爲了上鏡頭。我聳聳肩表示，我的頭髮是長是短，我完全不在乎。他們沒再說什麼，讓我離開。

在外頭走廊上，芬尼克和我自然而然地走到一塊兒。他壓低聲音說：「我要怎麼跟安妮說？」

「什麼都別說。」我回答：「我也不會告訴我媽跟我妹。」我們自己知道我們即將重返凶險的競技場已經夠糟了，不需要再把這樣的消息告訴我們所愛的人。

「如果她看到那個透視影像——」他說。

「她不會看到的。那是機密。肯定是。」我說：「反正，它不像眞正的飢餓遊戲，沒規定只能有一人存活。我們不論多少人都可能生還。我們不過是反應過度，因爲——嗯，你知道因爲什麼。你仍然想去，對吧？」

「當然。我跟妳一樣想殺史諾。」他說。

「情況不會像別場遊戲。」我語氣堅定地說，也試著想說服自己。接著，我突然明白，這一場遊戲眞正美妙的地方在哪裡。「這一次，史諾也是競技場上的參賽者。」

這時，黑密契出現。他沒參加剛才的會議，心裡掛著的不是競技場的事，而是別的。「喬安娜又住院了。」

我原本以爲，喬安娜沒問題，已經通過測驗，只不過沒被分派到我們這個神射手小隊。她擲斧頭的本領可是神乎其技，但用槍的本事平平。「她受傷了嗎？發生了什麼事？」

「事情發生在她接受街區測試的時候。他們試圖暴露每個士兵的潛在弱點。因此，他們水淹街道。」黑密契說。

我還是不懂。喬安娜會游泳啊。至少，我記得在大旬祭裡她能游。當然，不像芬尼克那樣。我們沒人能像芬尼克那樣泅水。「那又怎樣？」

「他們在都城裡就是這樣折磨她的。把她全身浸得濕透，然後施以電擊。」黑密契說：「在街區測驗中，她回想起那情況，恐慌起來，忘了自己身在哪裡。現在，他們已經給她注射了鎮定劑。」芬尼克跟我怔怔地站在那裡，彷彿失去了反應的能力。我想到喬安娜從來不沖澡。還有，下大雨那天，她如何強迫自己走進雨裡，彷彿天上下的是強酸。我原本還以爲，是因爲戒斷了麻精，她才會這麼淒慘。

「你們兩個應該去看她。要說她有朋友，你們最可以算是她的朋友了。」黑密契說。

他這句話讓我更難過了。我不曉得喬安娜跟芬尼克的交情到底有多深，但我根本算不上瞭解她。沒有家人，沒有朋友。在她那毫無特色的抽屜裡，除了規定的服裝，她連一樣足以代表第七區的標誌物都沒有。一無所有。

「我最好去跟普魯塔克說一聲。他一定不會高興的。」黑密契繼續說：「他覺得，到了都城以後，能有越多的勝利者上鏡頭越好。他認爲這樣節目會更精彩。」

「你跟比提也去嗎？」我問。

黑密契修正自己的說法：「有越多年輕、迷人的勝利者越好。所以，我們不去，會待在這裡。」

芬尼克直接去看喬安娜。我在指揮中心外頭徘徊了幾分鐘，一直等到博格斯出來。現在，他是我的指揮官，所以我猜有什麼特別請求的話，我該找他。當我告訴他我想做什麼，他寫了張放行條，讓我可以在「反省」時段外出到森林裡去，不過我必須待在警衛視力所及的範圍內。我奔回我的居室，本來想用那朵降落傘，但是它充滿了醜惡的記憶。因此，我橫過走廊到對面我媽的房間去，拿了一塊我從第十二區帶來的白紗布。方正，結實，正適用。

我在森林裡找到松樹，從樹枝拔了好幾把松針下來。等紗布中央堆起一小堆松針後，我把紗布四邊收攏、扭緊，用一根藤蔓緊緊紮上，做出一個蘋果大小的松針球。

站在病房門口，我觀察了喬安娜片刻，一下子明白過來，她看起來凶猛，大半是因為她態度粗魯。一旦剝除這一點，就像此刻這樣，躺在那裡的只是個瘦小的年輕女子。她努力睜著那兩隻距離過寬的眼睛，對抗藥物的效力，保持清醒，害怕睡眠會帶來噩夢。我走到病床旁，遞上松針球。

「這是什麼？」她沙啞著聲音說。前額濡濕的頭髮聚成一小撮一小撮的尖刺。

「我為妳做的，讓妳可以放在抽屜裡。」我把它放在她手裡。「聞聞看。」

她把松針球湊到鼻端，小心翼翼地嗅了嗅。「聞起來像家鄉的味道。」淚水盈滿她的眼睛。

「這正是我所希望的。妳是第七區來的啊。」我說：「還記得我們頭一次碰面的時候吧？妳是一棵樹。嗯，時間不長就是了。」

突然間，她抓住我的手腕，緊得像鐵鉗。「妳一定要殺了他，凱妮絲。」

「別擔心。」我克制著想掙脫她的衝動。

「妳發誓。用妳在乎的什麼發誓。」她咬牙切齒地說。

「我用我的命發誓。」但她還是沒放開我的手腕。

「用妳家人的命發誓。」她堅持。

「用我家人的命發誓。」我複述。我猜，要說我有多在乎自己能否活命，恐怕不足以令她信服。她鬆開了手。我揉著手腕說：「傻瓜，要不然妳以為我去都城幹嘛？」

這話讓她露出了一絲笑容。「我就是需要聽妳說出來。」她把松針球貼緊鼻子，閉上眼睛。

餘下的日子眨眼即過。每天早晨短暫做過運動後，我們小隊便一整天待在射擊場裡練習。大部分時候我練習槍枝射擊，但他們每天留一小時讓我們使用自己擅長的武器。這表示，我可以使用那把學舌鳥的弓，而蓋爾可以用那把重裝備化的弓。比提為芬尼克設計的三叉戟有許多特色，但最惹眼的一點，是他擲出這把三叉戟後，只要按一下手腕上金屬環的一個按鈕，三叉戟就會返回他手中，不必趕去拾回。

有時候我們用裝扮成維安人員的人體模型做靶子，熟悉他們身上護具的弱點，也就是說，盔甲上的縫隙。如果你擊中肉體，假人會冒出假血回饋你。我們這些假人個個渾身鮮血淋漓。

看見我們小隊的整體精準度有多高，肯定讓人信心倍增。除了芬尼克和蓋爾，這小隊還包括五名第十三區的士兵。博格斯的副手，傑克森，是一位中年婦女，看起來慢吞吞的樣子，卻能一槍射中我們其餘的人得靠瞄準望遠鏡才看得見的東西。她說，她是遠視。李格姊妹，二十來歲。爲了方便區別，我們管她們叫作大李格和小李格。兩人穿上制服後，簡直難以分辨。在我注意到大李格的眼睛有怪異的黃色斑點之前，我根本分不清誰是誰。還有兩個有點年紀的男人，米歇爾和侯姆斯，話都很少，但是能在五十碼外射飛你靴子上的灰塵。我也看見其他一些相當好的小隊，不過，在那天早晨普魯塔克過來看我們之前，我對我們這個小隊的特殊角色始終搞不清楚。

「四五一小隊，你們被挑選出來，是爲了擔任一項特殊任務。」他說。我咬著嘴唇，雖然明知不太可能，仍滿心希望這任務就是刺殺史諾。「我們有許多頂尖的神射手，可惜缺乏攝影團隊。因此，我們精挑細選，找你們八位出來，組成我們所謂的『明星小隊』，作爲入侵行動中，在螢幕上亮相的人。」

失望、震驚，然後是憤怒，席捲了小隊。「你的意思是，我們不會參與實際的戰鬥。」蓋爾怒道。

「你們會參與戰鬥，不過或許不會一直在最前線。如果有人能在這種形態的戰爭中分辨出一條前線的話。」普魯塔克說。

「我們沒人想當明星。」芬尼克的話引起眾人一陣低聲附和，但是我不發一語。「我們要去打仗。」

「打仗絕不會少了你們的份。我們會讓你們盡可能有所貢獻。」普魯塔克說：「不過，我們認爲，你們在電視上能產生最大的價值。看看凱妮絲穿著那套學舌鳥服裝跑來跑去的效果多強啊，扭轉了整個反抗行動的局勢。你們沒發現嗎，她是唯一沒出聲抱怨的？因爲她瞭解電視螢幕的威力。」

事實上，凱妮絲之所以沒抱怨，是因爲她根本無意待在「明星小隊」，而且她明白，要執行她心裡的計畫，自己必須先到得了都城。不過，表現得過度聽話，也可能引來猜疑。

「但是，不會從頭到尾都在演戲吧？」我問：「那豈不是浪費了我們的才能？」

「別擔心，」普魯塔克告訴我：「你們會有許多眞正的靶子可以打。但是，小心別把自己給炸死。我要忙的事已經夠多了，可不想還得傷腦筋找人替代你們。現在，整裝上都城去，好好演一場戲吧。」

我們出發的那天早晨，我到醫院跟家人道別。我沒告訴她們，都城的防衛系統有多像競技場裡的殺人利器。單是我去參戰這件事本身，就已經夠糟了。我媽好半天緊緊抱著我，我感覺到她臉頰上淌著淚水。那是我被迫參加飢餓遊戲時，她壓抑著沒流下的眼淚。我跟她保證：「別擔心，我百分之百安全。我甚至不算是眞正的士兵，只是普魯塔克在鏡頭前擺弄的木偶而已。」

小櫻陪我一直走到醫院門口。「妳感覺如何？」

「很好。這一次，我知道妳們在這裡，史諾碰不到妳們。」我說。

「下次我們再見面時，就已經永遠擺脫他了。」小櫻堅定地說。然後她張開手臂緊緊環住我的脖子。「要小心點。」

我曾考慮去跟比德做最後的道別，但仍決定，這對我們倆肯定只有壞處。不過，我還是把那粒珍珠塞進我制服的口袋裡。一個紀念物，紀念那個給我麵包的男孩。

有那麼多地方可去，氣墊船卻載我們到第十二區。那裡，在交戰區外，已經設置了一個臨時轉運站。這一次沒有豪華的火車，只有貨運卡車，擠滿了穿深灰色制服，枕著行囊睡覺的士兵。經過幾天顛簸的旅程之後，我們下車時，已置身在一條通往都城的山中隧道內。餘下的六個小時路程，我們徒步行軍，小心地走在一條標明爲安全通道，漆成綠色的發光的線條上，向隧道口外有空氣的地方前進。

出了隧道，便是反抗軍的營區，位於我跟比德前幾次抵達都城時下車的火車站外，佔地約十個街區大。舉目望去，這裡已布滿反抗軍的士兵。我方攻下這塊地方已經超過一週。在逐退維安部隊的過程中，喪失了數百條人命。都城的兵力撤退後，已在城市內部重新集結。敵我雙方之間隔著布滿詭雷，處處陷阱的街道，空無一人，誘人深入。無論哪一條街道，在我們能夠前進之前，都必須先把裡面的豆莢掃蕩乾淨。

四五一小隊在指定地點搭好了帳棚。米歇爾問到遭敵方盤旋機轟炸的可能性。在開闊的空地紮營，形同暴露在危險中，確實很沒有安全感。但是博格斯說沒必要擔心，都城絕大部分的機隊若不是已在第二區被摧毀，便是已在反抗軍入侵時遭殲滅。如果他們手上還剩有飛行器，一定會好好守住，不輕易出動，以防必要時，史諾和他的核心成員才能在最後一分鐘撤離，逃到不知在哪裡的總統專用地下碉堡。至於我方的盤旋機，在頭幾波攻勢中遭都城的地對空飛彈攻擊，折損不少，所以目前都困在地面，停止起飛。因此，這場戰爭勢必要在街道上一決勝負，希望對基礎建設只造成表面的破壞，人員傷亡降到最低。反抗軍想拿下都城，正如之前都城想拿下第十三區。

經過三天，四五一小隊多數人已厭倦枯等，差一點沒逃兵。奎希妲和她的攝影小組要拍攝我們開槍射擊的鏡頭，因爲，他們說，我們也負有製造不實消息的責任。如果反抗軍只攻擊普魯塔克所說的那些豆莢，都城不到兩分鐘就會明白我們手裡擁有透視圖。因此，我方花很多時間去摧毀一些無關緊要的目標，混淆對方的視聽。大多數時候，我們只是找幾棟色彩繽紛宛如糖果的建築物，在從它們外牆打落的一堆堆彩虹玻璃碎片上，再增添一些破碎的玻璃。我懷疑他們會把這部分毛片，跟摧毀都城重要目標的片段剪接在一起。偶爾，他們需要神射手眞的上場幫忙。這時，八隻手便會同時舉起。但是蓋爾、芬尼克和我始終沒被選上。

「是你們自己的錯。誰叫你們長得那麼上鏡頭。」我告訴蓋爾。彷彿外表就可以殺人，所以我們只負責拍片。

我覺得，他們根本不知道該拿我們三個怎麼辦，尤其是我。我帶來了那套學舌鳥服裝，但是目前只拍了穿軍服的鏡頭。有時候我是用槍，有時候他們叫我拉弓射箭。看來好像他們不想完全失去學舌鳥，但又想把我的角色降級到只是個步兵。反正我不在乎，所以想到他們可能在後方第十三區爲此爭吵辯論，我只覺得好笑，而非沮喪。

我表面上對我們沒機會眞正參與戰鬥表示不滿，暗地裡卻盤算著自己的計畫。我們每個人都有一張都城的地圖。從地圖上看，這個城市幾乎是完美的方形。橫直線條將它劃分成許多小方格，地圖上方由左至右列出英文字母，側邊從上到下列出數字，定出各個方格子的編碼，整張地圖形成一面棋盤式方格網。我細讀這張地圖，留意每個交叉路口和路邊的小巷弄，但這只能算聊勝於無。這裡的部隊指揮官用的都是普魯塔克的全像立體透視圖，每一位手上都有一個稱爲「透視圖機」的精巧裝置，可以產生我在指揮中心看見的那種影像。每個透視圖機都是一個獨立裝置，既不能傳送也不能接收訊號，說穿了就是科技化的地圖。不過，它比我手上的紙本地圖要優越多了。

透視圖機要啓動，只能靠個別指揮官出聲說出自己的名字。但一旦啓動，它便會回應隊上其他人的聲音。譬如說，假設博格斯陣亡，或重傷失去行動能力，四五一小隊的其他成員可以接管。如果這個小隊中任何一個人連續說三次「夜鎖」，透視圖機就會爆炸，將半徑五碼之內的一切炸到半空中。這是持用透視圖機的隊員萬一被捕時的安全措施。我們所有的人都理解這一點，也會毫不猶豫地執行這項措施。

所以，我需要做的，就是偷走博格斯已經啓動的透視圖機，然後趁被發現之前溜之大吉。不過，我想，偷他的牙齒恐怕還比較容易。

第四天早上，小李格擊中一個標示錯誤的豆莢。它釋出的不是反抗軍已經有所防備的成群變種蚊蚋，而是向四面八方發射的金屬標槍。其中一支標槍擊中她的頭。在醫療人員抵達之前，她就死了。普魯塔克答應立刻送來遞補的人。

當天晚上，我們小隊的最新成員抵達。沒戴手銬，沒有警衛，慢悠悠地從火車站走出來，斜背在肩上的槍晃啊晃的。我們震驚，困惑，不願意相信，但是比德手背上清清楚楚蓋著四五一小隊的章。博格斯繳了他的械，走開去打電話。

「沒用的。」比德告訴我們其餘的人：「總統親自指派我這項任務。她認爲，宣傳片需要加溫。」

也許是吧。但是，如果柯茵派比德來這裡，她肯定還有別的打算。也就是說，她認爲，我死了比活著對她更有用。

第三篇

刺殺

19

我之前從未見過博格斯發脾氣。無論是我不服從他的命令，還是吐了他一身，甚至蓋爾一腳踹斷他的鼻梁，他都沒發火。這次他跟總統通完電話回來，卻一臉怒氣。他做的第一件事，是指示副指揮官傑克森軍士安排輪值表，兩人一組，全天候輪班看守比德。然後他帶我出去散個步。在向四面八方蔓延開來的營區，我們迂迴穿過凌亂分布的帳棚，直到遠遠地將我們的小隊拋在身後。

「反正他早晚會找機會殺掉我。」我說：「尤其在這裡。這個地方充滿醜惡的記憶，隨時會讓他發狂。」

「我會盯緊他的，凱妮絲。」博格斯說。

「爲什麼柯茵現在要我死呢？」我問。

「她否認她有這種意圖。」他回答。

「但我們知道實情是怎樣。」我說：「起碼你一定有你的推想。」

博格斯緊緊盯著我看了好半响，才回答說：「就我所知，是這樣的：總統不喜歡妳，從來都沒喜歡過。她想從競技場裡救出的人是比德，但是沒人贊成。當妳強迫她特赦其他的勝利者，情況變得更糟糕。不過，瞧妳後來表現得這麼好，那件事其實也可以不必計較。」

「所以，到底是爲什麼？」我堅持追問。

「不久以後，這場戰爭一定會結束。人們將會選出一個新的領導人。」博格斯說。

我翻了翻白眼，說：「博格斯，沒有人認爲我會當領導人。」

「不錯，沒有人這麼認爲。」他同意。「但是妳會支持某個人。那人會是柯茵總統嗎？還是別的人？」

「我不知道。我從來沒想過這件事。」我說。

「如果妳當下的回答不是柯茵，那麼，妳就是個威脅。妳是反抗運動的象徵，妳的影響力可能比任何其他一個人都大。」博格斯說：「而妳的表現，到目前爲止，充其量也不過是在容忍她。」

「所以她要宰了我，讓我永遠閉嘴。」這話一出口，我就知道自己說得沒錯。

「她現在不再需要妳號召群眾了。正如她所說的，妳團結各行政區的首要任務已經達成了。」博格斯提醒我。「目前拍攝的這些宣傳短片可以不需要妳。妳現在只剩一件事能爲反抗軍火上加油。」

「死掉。」我靜靜地說。

「對。成爲烈士，讓我們爲妳奮戰。」博格斯說：「但是，艾佛丁軍士，在我的眼皮子底下絕不會發生這種事。我打算讓妳長命百歲。」

「爲什麼？」他這種想法只會給他帶來麻煩。「你什麼也不欠我。」

「因爲這是妳自己掙來的。」他說：「現在，回小隊去。」

我知道我該感激博格斯。他竟爲我出頭，甘冒大不韙。但我眞正感覺到的卻是挫折。我是說，現在，我怎麼還能偷他的透視圖機，然後溜之大吉？要背叛他本來就夠爲難了，何況如今我又欠他新的債。他救過我的命，我早就虧欠他了。

回到我們小隊的營地，看見害我陷入當前這個困境的人，正若無其事地搭他的帳棚，我不禁怒火中燒。「什麼時候輪我値班？」我問傑克森。

她瞇起眼睛看我，一臉狐疑，也或許她只是想看清楚我的臉。「我沒把妳排進輪値表裡頭。」

「爲什麼沒排？」我問。

「因爲事到臨頭，我不確定妳對比德眞開得了槍。」她說。

我提高聲音，好讓整個小隊都能聽清楚我的話：「如果我開槍，我射殺的也不是比德。他早就死了。喬安娜說得對，那就像對都城的另一隻變種動物開槍一樣。」自從他回來，我日子過得很難堪，能當著眾人的面，這樣大聲地說狠話，感覺眞爽。

「妳說這番話也顯示妳未必適合值班。」傑克森說。

「把她排入輪值表。」我聽見博格斯在我背後說話。

傑克森搖搖頭，在輪值表上記下來，說：「從午夜到凌晨四點，妳跟我一班。」

晚餐的哨音響起，蓋爾和我去炊事部打菜的地方排隊。他直截了當地問：「要我去宰了他嗎？」

「那肯定會讓我們兩個被送回去。」我說。雖然我在盛怒之中，他殘酷的提議還是令我不安。「我自己能對付他。」

「妳是說在妳走人之前嗎？在妳帶著妳那張地圖，或者，如果妳拿得到手，甚至帶著一具透視圖機，突然不告而別之前？」那麼，蓋爾沒看漏我在做準備。希望我的這些行徑在其他人眼中不是那麼明顯。不過，他們沒有人像蓋爾這麼瞭解我。「妳沒打算把我丟下，對吧？」他問。

在此之前，我是這麼打算的。但是有我打獵的夥伴幫我顧著後背，聽起來是個不錯的主意。「身爲你的同袍，我必須強烈建議你跟你的小隊共進退。但是我阻止不了你跟來，對吧？」

他露出微笑。「對，除非妳想要我驚動全軍。」

四五一小隊和電視攝影小組的人都到炊事部拿了晚餐，然後緊緊地圍成一圈吃飯。一開始，我以爲是比德造成大家這麼不安，但是等到晚餐接近尾聲，我注意到不少不友善的目光朝我的方向投來。這轉變還眞快。我很確定，比德剛出現時，整個小隊都在擔心他可能帶來多大的危險，尤其是對我。但是，直到黑密契打電話來找我，我才明白過來。

「妳打算做什麼？激怒他來攻擊妳嗎？」他問我。

「當然不是。我只是要他離我遠一點，別來惹我。」我說。

「這個，他沒辦法。在都城那樣折磨他之後，他沒辦法。」黑密契說：「聽我說，柯茵派他去，有可能是希望他殺了妳，但是比德不曉得這一點，他不明白自己身上發生了什麼事，所以妳不能怪他——」

「我沒有！」我說。

「妳有！妳一次又一次爲那些他不能控制的事情懲罰他。聽著，我不是說妳不該全天候隨身帶著子彈上膛的槍，但我認爲，這時候妳應該在心裡設想一下，如果妳和他易地而處，這齣小戲碼會是怎樣搬演的。我問妳，如果被都城抓去的是妳，被劫持的是妳，然後妳企圖殺了比德，妳想他會這樣對待妳嗎？」黑密契來勢洶洶地問。

我啞口無言。不會，他絕不會這樣對待我。他會不惜一切代價想辦法把我救回來。不會把我拒於千里之外，拋棄我，或總是對我惡聲惡氣。

黑密契繼續說：「妳跟我，我們曾經約定，要盡力救他，記得嗎？」我沒應聲。「想辦法記得。」他拋下這麼一句話，便掛斷了電話。

秋天從涼爽轉為寒冷，小隊裡大部分人都縮在自己的睡袋裡。有些人睡在露天之下，靠近我們營地中心的暖爐，有些人則返回他們的帳棚。大李格終於在妹妹陣亡的事上崩潰了，我們聽見她壓抑的哭聲透過帆布傳來。我蜷縮在自己的帳棚裡，回想黑密契的話，羞愧地醒悟到，由於一心只想著要刺殺史諾，我竟容許自己忘卻更棘手的難題——如何將比德從劫持他，困住他的陰暗世界拯救出來。我不知道要怎麼找到他，更別提怎麼帶他出來。我連一個計畫也想不出來。相形之下，穿越危機四伏的競技場，尋獲史諾，用一顆子彈打穿他的腦袋，反而顯得輕而易舉。

午夜時分，輪到我跟傑克森值班。我爬出帳棚，到靠近暖爐的凳子上坐定。博格斯要比德睡在眾人都看得見的地方，讓我們其餘的人都能監視他。不過，他沒睡。相反地，他坐著，把睡袋拉高到胸部，笨拙地嘗試用一小截繩子打繩結。我認得那截繩子。那夜在地下碉堡裡，芬尼克借給我的繩子。看見它在比德手裡，就好像芬尼克在呼應黑密契剛說過的話，我拋棄了比德。也許，現在是開始彌補過錯的好時機，如果我想得出該說什麼話。可惜我什麼也想不出來，因此我什麼也沒說，只任由士兵們的鼾聲塡滿夜晚。

大約一個鐘頭後，比德說話了：「過去這兩年，不停想著到底要不要殺了我，反反覆覆，反反覆覆，一定讓妳累極了。」

這話不公平到了極點，我的第一個衝動是說些什麼傷人的話。但是我又想了一遍跟黑密契的談話，第一次嘗試著從比德的角度來看事情。「我從來沒想過要殺你。我以爲你幫著專業貢品來殺我的時候不算。在那之後，我始終當你是……是個盟友。」這是個安全的用詞，不帶任何感情負擔，也不會傷人。

「盟友。」比德緩緩說出這兩個字，咀嚼著它。「朋友、愛人、勝利者、敵人、未婚妻、目標、變種、鄰居、獵人、貢品。爲了弄清楚妳是什麼，我用了好大一串字眼。盟友。我會把它加進來。」他的手指來來回回打著繩結。「問題是，我再也分不清哪個是眞的，哪個是捏造的。」

眾人起伏有致的呼吸聲停了。這表示，大家要不是給吵醒了，就是從頭到尾根本沒睡。

我猜是後者。

芬尼克的聲音從陰暗處的一包睡袋裡傳來。「比德，那你就該問。安妮就懂得問。」

「問誰？」比德說：「我能信任誰？」

「嗯，可以從我們這幾個人開始。我們是你的隊友。」傑克森說。

「你們是看守我的警衛。」他指出。

「那也沒錯。」她說：「但是你救了第十三區那麼多人的命，我們不會忘記這樣的事。」

在接下來的沉默中，我試著想像無法分辨幻覺和眞實的處境。不知道小櫻或我媽是否愛我，史諾是不是我的敵人，在暖爐對面的人到底是救了我還是犧牲掉我。不費什麼力，我的人生迅速扭曲成一場噩夢。我突然很想告訴比德每件事，讓他知道他是誰，我是誰，以及我們怎麼會落到現在的處境。但是我不知道怎麼開始。沒用，我眞沒用。

快到四點時，比德再度開口對我說：「妳最喜歡的顏色……是綠色？」

「對。」然後我想到一件可以說的事。「你喜歡的是橘色。」

「橘色？」他似乎不太相信。

「不是鮮亮的橘色。是柔和一點的，像落日。」我說：「至少，你這樣告訴過我。」

「喔。」他閉上眼睛一會兒，也許是在腦子裡想像落日的顏色。然後他點點頭說：「謝謝妳。」

這時，更多的話語從我嘴巴湧出：「你會畫畫。你會做麵包。你睡覺時喜歡開著窗。你喝茶從不放糖。你繫鞋帶時總是打兩次結。」

然後，我低頭鑽進我的帳棚，免得自己做出什麼蠢事，譬如哭泣。

到了早晨，蓋爾、芬尼克和我去掃射一些建築物的玻璃，讓攝影小組拍些鏡頭。我們回到營地時，看見比德跟其他隊員圍坐成一圈。這些第十三區的士兵都荷槍實彈，但也都敞開胸懷，坦誠地跟他聊天。傑克森發明了一個叫作「眞或假」的遊戲來幫助比德。他提出某件他認爲發生過的事，然後他們告訴他那是眞的或是想像的，通常還會帶上幾句簡短的解釋。

「第十二區大部分的人都死在大火之中。」

「眞的。存活下來逃到第十三區的人，不足九百名。」

「降下那場大火是我的錯。」

「假的。史諾總統摧毀第十二區，跟摧毀第十三區如出一轍，爲了向反叛者傳達一個訊息。」

這似乎是個不錯的主意。但不久我便發現，大多數折磨著他的問題，只有我能證實或駁斥。傑克森將我們的輪班編組重新調整，芬尼克、蓋爾和我各搭配一名第十三區的隊員。如此一來，比德就一直有個比較有私交的人可以說話。每次談話並不總能持續進行，因爲即使是最細微的訊息，像是人們從哪裡買肥皀回家，他都要花很長的時間去思考。蓋爾告訴他許多有關第十二區的事情。芬尼克對比德參與的兩次遊戲都知之甚詳，因爲第一次他是導師，第二次他是貢品。但是，由於比德最感困惑的問題都集中在我身上，而且不是每件事都能輕易交代，我們之間的交談變得既痛苦又緊張——即使我們只觸及最表層的細節。我在第七區時穿的禮服是什麼顏色。我怎麼會喜歡乳酪麵包。我們小時候的數學老師叫什麼名字。重建他對我的記憶，是件極端煎熬的事。說不定，在史諾對他下這樣的毒手之後，這根本是不可能的。不過，幫助他試著憶起往事，應該還是對的。

隔天下午，我們接獲通知，我們小隊這回得全隊上場，拍一部比較費事的宣傳片。比德有件事倒是說對了：「明星小隊」迄今交出的毛片的品質，柯茵和普魯塔克十分不滿意。非常無趣，一點兒也不能振奮人心。可想而知，我們馬上反應，這是因爲他們除了讓我們拿著槍裝裝樣子，從來不讓我們做別的事。不過，這可不是爲我們自己辯護，而是爲了要拍出有用的影片。所以，今天，他們特別指定一個街區供我們拍片。這街區裡甚至有幾個活躍的豆莢。其中一個一經觸發，會有一陣槍彈掃射出來。另一個會張網捕捉、困住入侵者，我們一且就逮，便只能任人宰割，等著受審訊或被處決。不過，這仍是一個無足輕重的住宅區，沒有什麼戰略價值。

攝影小組打算施放煙霧彈，增添砲彈飛竄的音效，來製造槍林彈雨的緊張氣氛。包括攝影小組本身在內，我們全穿上沉重的防護裝備，彷彿我們即將投入激戰之中。我們當中擁有特殊專長武器的人，獲准除了一般槍枝之外也隨身帶上。博格斯甚至把比德的槍還給他，不過他故意大聲告訴比德，裡面裝的是空包彈。

比德聳聳肩。「反正我不是神射手。」他似乎只顧盯著波呂克斯看，那神情專注到了令人有點擔心的地步。最後他恍然大悟，激動地說：「你是個去聲人，對吧？我可以從你吞嚥的樣子看出來。我坐牢的時候有兩個去聲人跟我關在一起，達魯斯和菈薇妮雅。不過守衛大部分時候都叫他們紅頭髮。在訓練中心的時候，他們服侍過我們，所以也被逮捕了。我眼睜睜看著他們被刑求到死。她運氣比較好，他們電擊她時用了太高的電壓，她的心跳立刻停止。他被整了好幾天才死掉。他們拷打他，割掉他身體的不同部位，不斷問他問題，但是他不能說話，只能一直發出恐怖的、動物般的吼聲。你們知道嗎，他們其實不是要問出什麼？他們是要我看。」

比德環顧我們驚愕的臉，彷彿等著我們回答。但沒人說話。於是，他問：「真的還是假的？」沒人回應令他更加沮喪。「眞的還是假的？」他大聲詰問。

「眞的。」博格斯說：「至少，就我所知……是眞的。」

比德繃緊的肩膀頹喪地鬆垮下來。「我也這麼想。這記憶裡面沒有什麼……亮閃閃的地方。」他失神地走開，嘴裡喃喃說著什麼手指、腳趾之類的。

我走向蓋爾，額頭抵住他胸膛上的鎧甲，感覺到他環住我的雙臂縮緊。我們終於知道，那個在第十二區的森林裡，在我們眼前，硬生生被都城劫走的女孩叫什麼名字。我們終於知道，那個身爲維安人員，卻試圖保住蓋爾一命的朋友，最後遭遇怎樣的命運。但這不是喚起快樂記憶的時候。因爲我，他們丟了性命。我把他們加入我個人的被害人名單。這名單始於競技場，如今已有數千人。當我抬起頭來，我看見這事對蓋爾造成不同的影響。他的神情彷彿在說，無論炸毀多少座山，毀掉多少座城市，都還不夠。他要他們全死光。

比德可怕的陳述還鮮明地烙在我們心頭，我們已吱吱嘎嘎地踩著滿街碎玻璃前進，直到抵達目的地，一處我們要攻下的街區。雖然小，卻是一個眞正的目標，正待我們完成。我們聚在博格斯身邊，察看透視圖機的街道投影。那個槍彈豆莢位於這條街道前頭大約三分之一距離的地方，在一棟公寓的遮陽棚上方。我們應該可以用子彈觸發它。網子豆莢位於街道盡頭，幾乎就在下一個轉角。要觸發它，得有人去啓動身體感應器。除了比德，每個人都志願去做這件事。比德似乎不太清楚我們現在在幹嘛。我沒被選上，而是奉命去找米薩拉，讓他在我臉上撲些粉什麼的，爲預定要拍攝的特寫鏡頭做準備。

在博格斯的指示下，小隊已站好位置，但我們得等奎希妲指揮攝影人員也就定位。他們倆都在我們左手邊，卡斯托在最前方，波呂克斯殿後，以免他們拍攝到彼此。米薩拉施放了幾枚煙霧彈製造氣氛。因爲這既是任務，又是演戲，我正要問，這次行動到底由誰主導——是我的指揮官，還是我的導演——只聽得奎希妲喊道：「開始！」

我們慢慢沿著煙霧瀰漫的街道前進，就像我們在「街區」中所做的練習那樣。每個人至少都分配到一段玻璃來射擊，但是蓋爾分配到真正的目標。當他射中槍彈豆莢，我們立刻就地尋找掩護——有的人閃進某個門框，有的人趴倒在漂亮的淺橘色和粉紅色地磚上——一陣彈雨在我們頭頂上來回掃射。過了好一會兒，博格斯命令我們繼續前進。

奎希妲在我們爬起來之前阻止我們，因爲她要拍幾個特寫鏡頭。我們輪流再表演一次剛才的反應，或者撲倒在地，一臉痛苦，或者避入街邊凹入的門洞。我們知道這應該是嚴肅的任務，整件事情給人的感覺卻很荒謬。最可笑的，是我發現，我不是隊上最差勁的演員。一點兒也不是。看到米歇爾咬牙切齒，鼻孔翕張，試圖演出奮力掙扎的模樣，我們全捧腹大笑，惹得博格斯不得不出聲斥喝。

「正經點，四五一小隊！」他語氣鄭重，但是你可以看見他壓抑住笑容。這時，他在察看下一個豆莢，擺弄著手上的透視圖機，捕捉在煙霧中最能幫他看清楚影像的光線。他的臉朝著我們，左腳往後退一步，踏到一塊橘色的地磚。炸彈引爆，炸斷了他的雙腿。

20

彷彿剎那間，彩繪的玻璃窗粉碎了，暴露出它後面的醜陋世界。笑聲變成尖叫，鮮血染紅粉彩地磚，眞正的煙霧籠罩了拍攝影片用的特效煙霧。

第二聲爆炸劃破空氣，造成我一陣耳鳴，但我無法判斷這聲爆炸來自哪裡。

我第一個衝到博格斯身邊，慌張地試圖理解眼前撕裂的血肉、消失的肢體，想找個什麼東西來止住從他身體噴湧而出的鮮血。侯姆斯一把將我推開，用力扳開急救箱。博格斯抓住我的手腕。他的臉沾滿塵埃，面如土色，浮現垂死的痛苦，而且似乎在慢慢縮小。但他的下一句話卻是命令：「透視圖機。」

透視圖機。我四處摸索翻找，雙手鏠進染血黏滑的地磚破片，碰到溫熱的肉塊，忍不住打顫。我看到了，透視圖機跟博格斯的一隻靴子被轟到一處樓梯間。我撿回來，赤手將它擦乾淨，歸還給我的指揮官。

侯姆斯已經用某種壓力繃帶綁住博格斯左腿的殘肢，但是繃帶很快就濕透了。此刻，他試圖用止血帶紮緊另一條腿尚存的膝蓋上方。小隊的其餘成員已經聚攏過來，在我們和攝影小組四周擺出防衛隊形。米薩拉剛才被爆炸的震波甩了出去，撞上一面牆，芬尼克正在爲他做心肺復甦。傑克森對著一具野戰通訊器大吼，試圖通知營區派醫療人員過來，似乎沒成功。而我知道，太遲了。小時候，看著我媽救人，我早就學到一件事：血泊一旦大到一個程度，就沒救了。

我跪在博格斯身邊，準備再次扮演我在小芸身邊，在第六區那個麻精蟲身邊扮演過的角色，讓他在呼出最後一口氣的時候，能有個人讓他緊緊抓著。但是博格斯的雙手忙著操作透視圖機。他鍵入一道指令，把拇指按在螢幕上，讓機子辨認指紋，然後他依照螢幕上的提問，說出一串字母和數字。透視圖機射出一束綠光，照亮了他的臉。他說：「不能勝任指揮。將首選安全許可轉移給四五一小隊凱妮絲·艾佛丁軍士。」他竭盡最後一分力氣，將透視圖機轉向我的臉。「說出妳的名字。」

我對著那束綠光說：「凱妮絲·艾佛丁。」突然間，光束把我攫住。我不能動彈，甚至無法眨眼，只能看著影像在我面前快速閃動變換。這是在掃描我？記錄我？還是要弄瞎我？光束消失，我甩了甩頭，讓腦筋清楚。「你做了什麼？」

「準備撤退！」傑克森大吼。

芬尼克也大吼一聲，回他一句什麼話，舉手比向我們先前進入這街區的那一頭。黑色油膩的東西如同湧泉，從街道路面噴出，在兩旁建築物之間滾動，形成一面無法看穿的黑牆。它看起來既不像液體又不像氣體，既不是人造物質也不是自然物質。但它肯定致命。我們不可能從原路退回去了。

震耳欲聾的槍聲響起，蓋爾和大李格開始掃射地磚，清出一條前往街道另一端的路。我不知道他們在幹什麼。直到另一顆炸彈在十碼外引爆，把街道炸出一個坑，我才明白這是掃除地雷的基本動作。侯姆斯和我抓住博格斯，開始拖著他跟在蓋爾後面走。疼痛擊垮了他，他痛得大叫，我想停下來，找個更好的辦法，但是那黑色物質漲到高過建築物，一直膨脹，像浪一般朝我們滾來。

有人突然猛力把我往後拉，我一下子鬆開了博格斯，仰摔在石板路面上。比德俯視著我，神情恍惚、瘋狂，返回了劫持他的世界。他在我上方舉起槍，猛砸下來，要打爛我的頭。我翻滾避開，聽見槍托重重砸在地面，眼角瞥見兩個人扭在一起倒下。是米歇爾撲倒了比德，把他壓制在地上。但比德向來身強力壯，這時在蜂毒的狂暴刺激下，一縮腳頂住米歇爾的肚子，猛地用力把他拋向街道盡頭。

豆莢被觸發，陷阱啓動，發出一聲巨響。連在兩旁建築物牆面滑軌上的四條纜繩破土而出，拉起一張網子，網住米歇爾。我不懂，他怎麼會在剎那間就渾身鮮血淋漓？然後，我們看見網線上有倒刺。我馬上認出那是倒刺，因爲圍繞第十二區的鐵絲網頂端就有這種東西。當我開口叫他別動，我聞到那黑色物質彷彿焦油的濃稠氣味，反胃想吐。黑浪已經漲到頂峰，開始沉落。

蓋爾和大李格打穿街角那棟房子的門鎖，回頭開始射擊拉起那張網的纜繩。其他人這時已經制住了比德。我衝回博格斯身邊，和侯姆斯一起將他拖進那間公寓，穿過這戶人家用粉紅色和白色天鵝絨布置的客廳，經過掛滿家庭照片的走廊，進到鋪著大理石地磚的廚房，癱倒在那裡。卡斯托和波呂克斯挾著在他們之間瘋狂掙扎的比德進來，傑克森設法將他上了手銬，但這只讓他更加狂暴，他們被迫把他鎖進一個櫥櫃裡。

客廳裡，前門被用力甩上，有人大喊。然後是腳步聲奔過走廊，同時黑浪怒吼著從房子前面翻湧而過。我們在廚房裡可以聽見窗戶被擠壓、破碎的聲音。有毒的焦油氣味瀰漫在空氣中。芬尼克扛著米蕯拉進來，大李格和奎希妲跟在後面跌跌撞撞地撲進來，咳個不停。

「蓋爾！」我驚慌地尖聲叫喚。

他在那裡，剛踏進來，將廚房的門在他背後重重關上，嗆咳著說出兩個字：「毒氣！」

當卡斯托和波呂克斯抓起毛巾、圍裙去堵門縫、窗縫，蓋爾趴在鮮黃色的水槽前開始嘔吐。

「米歐爾呢？」侯姆斯問。大李格只搖了搖頭。

博格斯把透視圖機塞到我手中。他的嘴唇蠕動著，但是我聽不見他說什麼。我俯身把耳朵貼近他的嘴，聽見他沙啞地低聲說：「別相信他們。別回去。殺了比德。去做妳來這裡要做的事。」

我直起身子來，好看著他的臉。「什麼？博格斯？博格斯？」他眼睛還睜著，但人已經死了。塞在我手上，用他的鮮血黏在我手裡的，是那具透視圖機。

比德用腳猛踹櫥櫃的門，打斷眾人急促的呼吸聲。不過，就在我們拉長耳朵細聽的同時，他的力氣似乎衰退了。踢門的聲音逐漸減弱成零星的咚咚敲擊聲，然後消失。我不禁疑心，他是不是也死了。

「他死了？」芬尼克低頭看著博格斯問。我點點頭。「我們得離開這裡。現在就走。我們剛才觸發了一整條街的豆莢。我相信，他們用監視器拍下了我們所有的行動。」

「料想得到。」卡斯托說：「所有的街道都布滿了監視攝影機。我敢打賭，他們是看到我們在拍片後，才用手啓動了那黑浪。」

「我們的無線電通訊器幾乎是立刻斷訊，大概是電磁脈衝裝置造成的。不過，我會帶大家回營區的。把透視圖機給我。」傑克森伸手要那機子，但我抓緊它貼在胸口。

「不。博格斯把它給了我。」我說。

「別胡鬧了。」她吼道。她當然認為這東西是她的，她是副指揮官啊。

「是眞的。」侯姆斯說：「他臨死前將首選安全許可轉移給她了。我親眼看見的。」

「他為什麼要這麼做？」傑克森問。

是啊，為什麼呢？我還在暈眩，腦海中翻滾著剛才五分鐘內發生的一連串可怕的事——博格斯炸斷雙腿，瀕死，死亡；比德暴怒，企圖殺人；米歇爾被網住，渾身是血，然後被惡臭的黑浪吞沒。我轉頭去看博格斯，巴不得他活著，我需要他活著。突然間，我確知，他絕對站在我這一邊，說不定只有他一人眞正站在我這一邊。我想到他最後的指令……

「別相信他們。別回去。殺了比德。去做妳來這裡要做的事。」

他是什麼意思？不要相信誰？反抗軍？柯茵？還是此刻盯著我看的這些人？我是不會回去的，但他一定知道我不可能一槍打穿比德的腦袋。我能嗎？我該這麼做嗎？難道博格斯已經猜到，我來這裡的眞正目的，是要開小差，獨自去刺殺史諾？

現在我無法想清楚所有這些事，因此，我決定先執行頭兩項指令：不要信任任何人，深入都城。但是，我要怎麼解釋？怎樣才能讓他們容許我保留透視圖機？

「因為我肩負柯茵總統指派的一項特殊任務。我想博格斯是唯一知道這件事的人。」

這一點也說服不了傑克森。「要做什麼？」

爲何不乾脆告訴他們眞相？我現在無論掰出什麼，也不會比眞相更合情合理。不過，我得說得讓它聽起來像是眞正的任務，而不是私人的復仇行動。「刺殺史諾，及早結束戰爭，免得喪失大量人命，害我們的人口無法維繫下去。」

「我不相信妳。」傑克森說：「身爲妳目前的指揮官，我命令妳將首選安全許可轉移給我。」

「不。」我說：「這直接抵觸柯茵總統的命令。」

大夥兒舉槍相向。一半隊員瞄準傑克森，另一半瞄準我。要死人了。這時，奎希妲開口說：「她說的是眞話。這也是我們奉命來這裡的原因。普魯塔克希望能讓這件事上電視。他認爲，如果我們能拍到學舌鳥刺殺史諾的鏡頭，就能馬上結束戰爭。」

這話讓傑克森也猶豫了。然後她把槍比向櫥櫃，說：「那他爲什麼在這裡？」

她問倒我了。我想不出任何合情合理的原因，會讓柯茵派這麼一個無法掌控，預定殺害我的男孩，來參與這麼關鍵的任務。我的說詞一下子就站不住腳了。奎希妲再次幫我解圍。「因爲大旬祭後，凱薩．富萊克曼對他的兩次訪談，都是在史諾總統的官邸錄製的。普魯塔克認爲，在這個我們幾乎一無所知的地方，他可以發揮一點嚮導的作用。」

我想問奎希妲，爲什麼她要幫著我說謊，爲什麼她極力說服大家去執行我自行指派的任務。但現在不是問的時候。

「我們得走了！」蓋爾說：「我跟著凱妮絲。如果你們不願意，就回營區去。但別阻撓我們！」

侯姆斯打開櫥櫃的鎖，把失去意識的比德扛上肩膀。「準備好了。」

「博格斯呢？」大李格問。

「我們沒法帶著他。他會懂的。」芬尼克說。他把博格斯的槍從他肩上解下，背到自己身上。「帶路吧，艾佛丁軍士。」

我不知道怎麼帶路。我看著透視圖機，尋求指引。它仍處於啓動狀態，但無論它對我有什麼用處，其實跟關著沒兩樣，因爲我不會用。現在沒時間去摸索那些按鍵，搞清楚它是如何運作的。「我不知道怎麼使用它。博格斯說妳會幫助我。」我告訴傑克森：「他說我可以仰賴妳。」

傑克森一臉不高興，一把從我手中奪過透視圖機，輸入一則指令，一個交叉路口隨即出現。「如果我們從廚房後門出去，會經過一個小院子，然後是另一棟拐角公寓的後面。我們現在看到的是一個概略圖，顯示出交會在這個路口的四條街。」

我瞪著地圖上的剖面圖，以及每個方向上閃爍的豆莢，試著辨認自己的方位。這些閃爍的亮點，只是普魯塔克已知的豆莢。透視圖機並沒有指出，我們剛才經過的街區埋有地雷，會噴出黑色湧泉，或那張網子帶有倒刺。除此之外，可能還有維安人員得對付，因爲他們現在已經知道我們的位置。我咬著嘴唇，感覺到大家的目光都落在我身上。「戴上防毒面具。我們從剛才進來的前門出去。」

立時出現反對的聲音。我提高聲音說：「如果剛才的黑浪威力如此強大，它可能已經觸發並消耗掉了我們路上的其他豆莢。」

他們靜下來，思考我這個推測。波呂克斯對他哥哥迅速比了幾個手勢。卡斯托替他翻譯說：「它有可能也讓那些監視攝影機失去了功能，覆蓋住了鏡頭。」

蓋爾抬起一隻腳，擱在流理台上，察看他靴尖濺上的黑色污漬，然後從一塊砧板上拿過一把菜刀去刮它。「它沒有腐蝕性。我猜它是用來悶死或毒死我們的。」

「看來這是我們最好的選擇了。」大李格說。

大家戴上了防毒面具。芬尼克幫比德在那張面如死灰的臉上戴好面具。奎希妲和大李格一同架起還在暈眩的米薩拉。

我等著有人領隊，然後才想起來，現在這是我的工作了。我推開廚房的門，沒有任何阻力。客廳地板上布滿半吋厚的黑色黏稠物質，漫進了四分之三個走廊。我小心翼翼地用靴尖探了一下，發現它黏稠的感覺類似凝膠。我抬起腳，它黏在靴子上稍微延展了一下，就彈回原來的地方。我在黑膠上走了三步，然後回頭看，發現沒有腳印。這是今天發生的第一件好事。我穿越客廳，注意到黑膠變得稍微厚一點。我慢慢打開前門，預期會有大量的黑膠湧進來，但是它凝固在原處不動。

這個粉紅色與橘色的街區看起來像是浸入了光滑的黑色油漆裡，正等著晾乾。地面的石板、兩側的建築物，甚至屋頂，都塗上了一層黑膠。一滴很大的黑色淚滴掛在街道上方，有兩個形狀突出來。一根槍管和一隻人手。是米歐爾。我等在路旁人行道上，仰頭盯著他看，直到整個小隊都聚到我身邊。

「無論爲了什麼理由，如果有人想要回去，請現在就走。」我說：「我不會質問你，也不會埋怨你。」似乎沒有人想打退堂鼓。於是，我開始向都城深入，知道我們沒有太多時間。這裡的黑膠比較厚，有四到六吋，每次抬起腳，它都會發出吸吮的聲音，不過它掩蓋了我們的足跡。

這一波黑浪一定很龐大，夾帶著巨大的威力，影響及於前頭好幾個街區。我一路上每一步都走得很小心，但我想我的直覺是正確的，它觸發了其他豆莢。有一個街區散落著許多追蹤殺人蜂的黃金色屍體。牠們一定是剛從豆莢蜂擁而出，便死於毒氣的攻擊。再往前一點，有一棟公寓整個坍塌，瓦礫堆上覆蓋著黑膠。每逢交叉路口，我便舉起一隻手，示意其他人稍候，讓我先注意可能的危險，然後迅速衝過。但這波黑浪看來比反抗軍任何一個小隊都能幹，把豆莢拆除得很徹底。

來到第五個街區，我看得出來，我們已經抵達黑浪開始減弱的地方。這裡的黑膠只有一吋厚，我可以看見下一個路口對面，有淡藍色的屋頂露出來。下午的光線正在暗下來，我們急需找個地方掩護，擬定下一步計畫。我選了進入這條街三分之二處的一棟公寓。侯姆斯撬開門鎖，我叫大家進去。我在街上只多待一分鐘，看著我們的最後一個腳印消失，然後進屋關上門。

我們槍管上的照明燈照亮了一間大客廳，四面牆壁都貼了鏡子，每個轉身我們都看到自己的臉照回來。蓋爾檢查過窗子，發現毫無損壞，於是他取下面具，說：「沒事了。還是可以聞到那股味道，不過不太重。」

這屋裡的格局似乎跟我們剛才避難的那間一模一樣。黑膠擋住了屋前的所有自然光，不過在後面的廚房裡，還是有光線從百葉窗透進來。沿著走廊有兩間附帶了浴室的臥房。客廳裡有一道螺旋梯可以上到二樓，那裡幾乎就只是一個開闊的空間。樓上沒有窗戶，但電燈亮著，也許是主人緊急撤離時忘了關。一面巨大的電視螢幕佔據了一面牆。螢幕一片空白，但發出柔和的光。房間裡到處擺著豪華的椅子和沙發。我們聚在這裡休息，癱坐在絲絨椅墊上，慢慢平復呼吸。

侯姆斯把比德橫放在一張深藍色的沙發上。他仍戴著手銬，昏迷不醒，但傑克森依然用槍對準了他。我到底該拿他怎麼辦？拿攝影小組怎麼辦？我又該拿所有其餘的人怎麼辦？——坦白說，蓋爾和芬尼克除外。要搜查史諾，我寧可帶上他們兩個，而不是孤身前去。但是，就算我懂得怎麼用透視圖機，我也不可能帶領十個人浩浩蕩蕩穿過都城，去執行一項假任務。剛才還有機會的時候，我應該把他們都攆回去嗎？我能夠嗎？還是，無論對他們個人，或對我的任務而言，讓他們回去都太危險了？也許我不該聽博格斯的話，因爲他那時可能已陷入臨死前的譫妄狀態。也許我應該乾脆說實話，但是如此一來，傑克森就會接管小隊，結果我們都得回營區去。屆時我就得面對柯茵的質問了。

我把大家拖進了這個困境，而我覺得，我的腦袋快負荷不住這麼複雜的難題了。這時，遠處傳來一連串爆炸，這房間也跟著微微震動。

「不是在附近。」傑克森向大家保證：「起碼在四或五個街區之外。」

「我們留下博格斯的地方。」大李格說。

雖然沒有人去碰，電視機卻突然一下亮起來，發出高頻率的嗶一聲。我們當中有一半的人跳了起來。

「別緊張！」奎希妲說：「只是一則緊急廣播。遇到這種情況，都城的每一台電視機都會自動開啓播放。」

我們出現在螢幕上，那是炸彈剛炸傷博格斯之後的場景。一個旁白的聲音向觀眾解說他們正在看的事，畫面上我們正在重新整隊，不知怎麼應付從街道上湧現的黑膠，對整個情況失去控制。我們看著接下來的一陣混亂，直到黑浪遮住了監視攝影機鏡頭。螢幕上最後出現的畫面，是蓋爾獨自站在街上，試圖射斷把米歐爾吊在半空中的纜繩。

播報員爲觀眾指認出現在鏡頭前的蓋爾、芬尼克、博格斯、比德、奎希妲，和我，一一叫出我們的名字。

卡斯托說：「完全沒有自空中拍攝的鳥瞰鏡頭。博格斯說，他們的空軍已經無力出動飛機。他一定是說對了。」我沒有注意到這一點。不過，我猜，這是攝影師才會察覺的事。

接著出現的畫面，是我們避難的那棟公寓的後院。隔街的屋頂上，站著一列維安人員。砲彈對準我們曾經藏身的那一整排公寓發射，造成我們剛才聽見的一連串爆炸。然後，房子倒塌，化爲瓦礫與塵埃。

現在，鏡頭切換到現場播報。有位記者站在屋頂上維安人員當中。在她背後，那一棟公寓在燃燒。消防隊員正試著用水管噴水控制火勢。她宣稱，我們已經死了。

「總算有點運氣。」侯姆斯說。

我猜他說得對。這肯定比都城緊跟在後追殺我們要好。不過，我滿心想的只是這在第十三區會引起怎樣的反應。我媽和小櫻、哈賽兒和那幾個孩子、安妮、黑密契，以及整個第十三區的人民，都會以爲他們剛才看到了我們喪命。

「我爸。他剛剛失去我妹，現在又……」大李格說。

我們看著他們一遍又一遍地播放這個片子，得意地享受他們的勝利，尤其是除掉學舌鳥的勝利。然後，畫面轉換成一段剪輯而成的影片，描述我如何變成叛軍重要人物的過程——我想，這段影片他們已經準備好一陣子了，因爲它看起來十分精緻流暢。接著，畫面又切回現場，有兩名記者在討論我活該慘死的命運。他們說，稍後史諾會發表官方的正式聲明。螢幕轉暗，回復死寂，只剩原來淡淡的光澤。

整個廣播進行期間，反抗軍不曾試圖切入干擾。這讓我認爲，他們相信報導是眞的。果眞如此，我們就眞的孤立無援了。

「好，既然我們已經死了，我們的下一步行動是什麼？」蓋爾問。

「這還不清楚嗎？」完全沒人注意到比德已經醒過來。我不知道他盯著電視螢幕看了多久，但是從他悲痛的表情來看，顯然夠久了，夠他看到剛才街上發生的事，看到他突然發瘋，試圖砸爛我的腦袋，把米歇爾抛向一個豆莢。他痛苦地掙扎撐起身子坐好，然後對著蓋爾說話。

「我們的下一步行動是……殺了我。」

21

不到一個小時之內，第二次有人主張讓比德死。只不過上一次是博格斯提出的，這一次則是比德自己的要求。

「別傻了。」傑克森說。

「我才殺害了一位隊友啊！」比德吼道。

「你只是把他從你身上甩開。你根本不知道他碰巧會在那個地方觸動網子。」芬尼克說，試著讓他冷靜下來。

「那有差別嗎？他死了，不是嗎？」眼淚滑下比德的臉。「我不知道。我從來沒見過自己像那個樣子。凱妮絲沒說錯，我是怪物，我是變種。史諾已經把我變成一件武器！」

「這不是你的錯，比德。」芬尼克說。

「你們不能帶著我上路，我遲早會再害死別的人。」比德環視我們臉上表現出來的矛盾心情。「也許你們認為，隨便把我丟在哪裡，讓我自己碰運氣，會比殺了我仁慈。但是拋下我跟直接把我交給都城是同樣的。你們想想看，把我交回史諾手上，是在幫我的忙嗎？」

比德。回到史諾手裡。刑求和折磨，直到以前的他丁點兒不存，再也無法浮現。

不知怎地，「吊人樹」的最後一節閃過我腦際。那個男人寧可他所愛的人死，也不願她去面對世界上正等著她的邪惡。

妳要，妳要來嗎？
到這兒來，到樹下來。
戴上繩索的項鍊，與我在一起肩挨著肩。
這裡真的發生很多怪事，
最古怪的卻是
一旦我們子夜相會於吊人樹。

「我會在發生這樣的事情之前殺了你。」蓋爾說：「我保證。」

比德遲疑了一下，彷彿在考慮這項提議的可信度，然後搖了搖頭。「不是好辦法。萬一到時候你不在怎麼辦？我要一粒你們都有的那種毒藥。」

夜鎖。我這身軍服的胸口口袋裡有一粒。後頭營區還有一粒，就在我學舌鳥服裝袖子上的暗袋裡。他們居然沒有給比德一粒，這就耐人尋味了。或許，柯茵怕他會在有機會殺我之前，自己先服毒自殺。比德沒有說清楚，他是要現在就結束自己的性命，免除我們必須殺他的掙扎，還是打算一旦被都城擒獲才這麼做。照他眼前的情況，我猜想，他寧可早一點服毒。對我們其餘的人來說，這樣當然會讓事情變得簡單些——不必開槍射殺他。也不必擔心還得應付他不知何時會發作的殺人衝動。

不知道是因爲這裡豆莢遍布，或我內心恐懼，還是因爲看到博格斯死去，我覺得自己仍置身在競技場裡。彷彿我從來沒離開過，沒眞的離開過。我再次不單必須爲自己的生存，還必須爲比德的性命而奮鬥。若我殺了比德，豈不是稱了史諾的心？他知道，比德的死將會讓我殘餘的生命始終愧疚不安——不管我還能剩下怎樣的殘生。

「不是爲了你。」我說：「我們是在出一項任務，而你是必要的一員。」我看著其他人，說：「你們想，我們能在這裡找到什麼吃的嗎？」

除了急救箱和攝影機，我們身上只有制服和武器，別的什麼也沒有。

我們有一半的人留下來看守比德，並留意史諾的電視廣播，其他的人去找吃食。結果我們發現，米薩拉在這件事上最有用，因爲他住的地方跟這公寓類似，曉得人們最可能把食物藏在哪裡。譬如，臥室牆上穿衣鏡後頭有個儲藏空間，走廊上通風口的屏遮很容易撬開。因此，雖然廚房的櫥櫃裡是空的，我們還是找到三十幾個罐頭食品和好幾盒餅乾。

在第十三區長大的士兵，顯然不能接受這種私藏食物的行徑。大李格說：「難道這不違法嗎？」

「正好相反，在都城，如果你不這麼做，大家會當你是笨蛋。」米薩拉說：「甚至在大旬祭之前，人們已經開始囤積短缺的物資。」

「而其他人有需要也買不到。」大李格說。

「對，」米薩拉說：「事情在這裡就是這樣。」

「幸虧是這樣，要不然我們就沒晚餐吃了。」蓋爾說：「大家都拿一個罐頭吧。」

我們當中有些人似乎不太願意這樣做，但別的辦法也不會更好。我真的沒心情把這些東西均分成十一份，還顧及各人的年齡、體重、體力支出。我在那堆罐頭翻找了一下，正打算拿起一罐鱈魚濃湯時，比德遞過來一個罐頭說：「這給妳。」

我接過它，心裡沒預期這會是什麼東西。標籤上寫著「燉羊肉」。

霎時記憶湧現，我抿緊雙唇。雨水從石縫滴下來，我彆扭地嘗試跟他調情，冰冷空氣中瀰漫著我最喜歡的一道都城名菜的香氣。所以，這段往事也還有部分存留在他腦海裡。當一籃子的食物降落在石洞外，我們是多麼快樂，多麼飢餓，彼此又是多麼親近。「謝謝你。」我拉開罐頭蓋子。「居然還有李子乾。」我把蓋子扭彎，當成臨時湯匙，舀了一點放進嘴裡。現在，這地方連味道都像競技場了。

我們正在傳遞一盒精緻的奶油餅乾時，電視發出嗶的一聲。螢幕上亮起施惠國的徽章，背景播放著國歌。然後他們開始放映死者的照片，就跟他們播放競技場上死亡貢品的影像一樣。最先出現的是我們四名電視工作人員的頭像，然後是博格斯、蓋爾、芬尼克、比德和我。除了博格斯，他們沒理會其他第十三區的士兵，有可能他們根本不知道是哪些人，要不就是他們認爲其餘的人對觀眾來說無關緊要。然後，那個男人親自上場，坐在他的辦公桌前，背後垂掛著一面國旗，外衣翻領上別著一朵新摘的、明亮的白玫瑰。我猜，他最近又花了不少工夫整容，因爲他的嘴唇比過去要腫。還有，他的化妝小組最好少用點腮紅。

史諾恭喜維安人員表現傑出，讚許他們爲國家除掉人稱學舌鳥的害蟲。隨著我死亡，他預測，戰局將會翻轉，因爲士氣低落的反抗軍將沒有人可以跟隨了。而且，老實說，我究竟是什麼東西呢？他說，不過是個貧窮、莽撞的女孩，在張弓射箭上還算有點小本事罷了。不是了不起的思想家，不是叛亂行動的策劃人，只是一張從下層民眾之間挑出來的臉孔，因爲在飢餓遊戲中可笑的舉動而引起了全國矚目。不過，對叛軍而言，這很重要，太重要了，因爲反抗軍當中沒有眞正的領袖人物。

在第十三區某處，比提一定按下了什麼切換鈕，因爲現在在螢幕上看著我們的，不是史諾總統，而是柯茵總統。她向全施惠國自我介紹，表明自己是反抗軍的領導人，然後發表頌揚我的悼辭。她說，這個女孩捱過了炭坑和飢餓遊戲的磨難，存活了下來，將一整個國家的奴隸轉變成一支自由鬥士的大軍。「無論是生是死，凱妮絲·艾佛丁將永遠是反抗運動的代表。如果你內心有絲毫動搖，那麼，想想學舌鳥吧。在她身上，你將找到爲施惠國除去壓迫者所需要的力量。」

「我眞不知道自己在她心裡這麼有份量。」我說，惹得蓋爾笑出來，其他人則向我投來疑惑的目光。

接著，螢幕上出現我一張經過嚴重修飾的照片，在背景閃耀的火焰映襯下，看起來既美麗又凶猛。沒有文字。沒有口號。現在他們所需要的，就只是我這張臉。

比提把控制權還給看上去非常沉著的史諾。我有個感覺，這個總統原本認爲，緊急頻道是不可能被突破的，但現在它被突破了，今天晚上一定有人會爲此掉腦袋。「明天早上，當我們從瓦礫堆中拖出凱妮絲·艾佛丁的屍體，我們就可以看到學舌鳥究竟是什麼模樣。一個死去的女孩，誰都救不了，連自己也救不了。」國徽，國歌，結束。

「只除了，你找不到她。」芬尼克對著空白螢幕說，說出了可能大家都想到的事。寬限期將會很短。當他們挖開所有瓦礫，發現少了十一具屍體，他們就知道我們逃過一劫了。

「起碼我們可以比他們先一步採取行動。」我說。突然間，我覺得好累，只想躺到旁邊那張綠色絲絨沙發上，蜷縮在兔毛和鵝絨做的被子裡，好好睡上一覺。然而，我拿出透視圖機，堅持要傑克森一步步跟我講解最基本的指令，也就是輸入地圖上最靠近我們位置的交叉點座標，讓我至少可以開始自己操作這東西。當透視圖機投射出我們四周的環境，我的心情更低落了。我們現在一定很接近重要目標，因爲豆莢的數量明顯增加了。我們怎麼可能走進這一大叢閃爍的光點中而不被偵知呢？我們做不到。如果做不到，我們就變成受困的籠中之鳥了。我決定，既然跟這些人在一起，我最好不要擺什麼高姿態。尤其是在我的眼睛一不小心就飄向那張綠色沙發的時候。所以，我說：「有什麼提議沒有？」

「我們用消去法來檢視可能的方案好了。」芬尼克說：「走街道是不可能的。」

「屋頂跟街道一樣糟糕。」大李格說。

「我們或許還有機會撤退，沿著原路回去。」侯姆斯說：「但這表示任務失敗。」

突然湧起的罪惡感震得我心頭好痛，因爲這任務是我揑造出來的。「計畫中不是我們所有的人都得去。你們只是倒楣跟我在一起。」

「這一點沒有討論的必要。我們現在已經跟你在一起了。」傑克森說：「所以，我們不能停留在這裡。我們不能往上走。我們不能往旁邊走。我想，那就只剩一個選擇了。」

「往地底下走。」蓋爾說。

地底下。我痛恨地底下。無論礦坑、隧道，或第十三區。我害怕死在地底下。這實在很蠢，因爲即使我死在地面上，接下來人們還是會把我埋到地底下。

透視圖機可以顯示街道上的豆莢，也一樣可以顯示地底的機關。我注意到，在街道平面圖清晰的線條下方，交疊著蜿蜒曲折、錯綜複雜的地下坑道。不過，地底下豆莢看來少很多。

前頭第二間公寓裡，有一道豎井從我們這排公寓通到地下坑道。要到那間公寓去，我們得鑽過一條貫穿整棟建築的維修管道。我們可以從樓上一間儲藏室的後方鑽進那條管道。

「好吧，就這樣。收拾乾淨，不要讓他們看出我們在這裡待過。」我說。我們開始抹除在此駐足留下的痕跡。空罐頭扔進垃圾斜道，尚未打開的食物收進袋子，沾到血跡的沙發墊子翻過面，沾上黑膠的瓷磚擦乾淨。前門撬壞的鎖沒法復原，但我們把第二道門栓插上，至少免得門一碰就敞開。

最後，只剩比德要處理。他牢牢坐在藍色沙發上，動也不肯動一下。「我不去。我會暴露你們的位置，或再傷害什麼人。」

「史諾的手下會找到你。」芬尼克說。

「那就留一粒藥給我。到了必要關頭，我才吃。」比德說。

「不可能。一起走。」傑克森說。

「要不然妳要怎樣？一槍打死我？」比德問。

「我們會把你打昏了拖著一起走。」侯姆斯說：「如此一來，你會拖慢我們的速度，危害到我們。」

「別再裝高尚了！我不在乎我的死活！」他轉向我，開始祈求。「凱妮絲，求求妳。妳難道看不出來，我不想再這樣下去了？」

問題是，我**的確**看得出來。為什麼我無法如他的願？塞給他一粒藥丸，或扣下扳機？是因為我太在乎比德，還是太在乎讓史諾贏？我這難道不是把他變成我私人遊戲當中的一枚棋子嗎？這眞卑鄙，但我不確定自己夠高尚，做不出這種事來。如果眞是這樣，那麼，此時此地殺了比德才是最仁慈的做法。然而，無論好壞，我的動機都不是仁慈。「我們是在浪費時間。你是要主動跟我們走，還是要我們把你打昏了拖著走？」

比德把臉埋進手裡好一會兒，然後起身加入我們。

「要不要解開他的手銬？」大李格問。

「不要！」比德對她咆哮，把銬著的手往懷裡縮。

「不要。」我也緊跟著說。「但我要鑰匙。」傑克森一言不發，把鑰匙交給我。我把它塞進長褲口袋，它碰到那粒珍珠時輕輕響了一聲。

當侯姆斯撬開維修管道的金屬小門，我們碰上了另一個難題。攝影師的甲蟲殼根本塞不進狹窄的通道。卡斯托和波呂克斯把那身裝備脫下來，拆下緊急備用的攝影機。這兩台攝影機都只有鞋盒大小，功能大概也不大。米薩拉想不出哪裡可以藏那兩副笨重的殼，我們最後只能把它們扔在儲藏室裡。留下這麼明顯的痕跡，讓我很喪氣，可是我們還有什麼辦法？

維修管道真的很窄，即使我們把背包和武器拿在手上，排成一列縱隊，側著身子前進，也才僅可容身。我們橫穿過第一間公寓，闖進第二間。在這裡，一間臥室內有一扇門，門上標示著「管道」兩字，顯然不是浴室。門後的房間，便是豎井的入口所在。

米薩拉看著那大大的圓孔蓋，皺起眉頭，有那麼片刻回到了他那老愛挑三揀四的往日生活。「難怪沒有人願意住中間的公寓。工人不時來來去去，還少了一間浴室。不過房租確實便宜很多就是了。」然後，他察覺到芬尼克覺得好笑的神情，趕緊說：「當我沒說話。」

豎井的圓蓋一掀就開。裡頭的梯子相當寬，踏腳的橫桿上鋪了橡膠胎面，我們輕易就迅速爬進這城市的地下深處。我們在梯子底下集合，呼吸著混合了化學物質、黴菌和污水的空氣，等眼睛適應一條條黯淡的光線。

波呂克斯臉色發白，冷汗涔涔，伸手緊緊抓住卡斯托的手腕。彷彿沒人穩住他的話，他就要昏倒了。

卡斯托說：「我弟弟成爲去聲人之後，就是在地底下工作。」當然。他們還能叫誰來維修這充滿噁心味道，埋設了豆莢的陰濕通道？「在我們湊夠錢把他贖回到地面之前，他在這底下待了五年，不曾見過陽光。」

若在比較好的情況下，在令人驚怖的事情少些、休息充足些的日子裡，應該有人知道該說什麼。然而，此刻我們全乾站在那裡，好半天擠不出一句回應的話。

終於，比德對波呂克斯說：「那麼，你這會兒可成了我們最寶貴的資產啦。」卡斯托大笑，波呂克斯也總算露出了微笑。

第一條通道走了一半，我才想到，剛才他們之間的對話有多不尋常。比德聽起來就像從前的他，在大家想不出要講什麼的時候，總能想出對的話。諷刺、鼓舞、帶一點好玩，又不會傷到任何人。我回頭瞥他一眼，看見他在蓋爾和傑克森守衛下步履沉重地前進，拱肩縮背，身體向前傾，眼睛盯著地上，非常沒有精神。但是剛才有那麼片刻，他真的出現過。

比德說得一點也沒錯。波呂克斯果眞比十個透視圖機還有用。大隧道直接對應地面上主要道路的布局，位於主要縱向大道和橫向大街底下，構成一個清楚的地下網絡。這些大隧道叫作「轉運通道」，因爲小型貨車利用它們輸送物資到城市各處。白天，裡頭的豆莢都會停用，但是到了夜晚，這個網絡就是個布雷區。不過，另外還有數百條附屬通道、維修管道、火車軌道，以及排水管，形成一個多層次的迷宮。波呂克斯知道可能導致新手遭逢災難的所有細節。譬如，哪些分支需要戴防毒面具，或有通電的鐵絲網，或有大如水獺的老鼠。他提醒我們注意定期沖洗下水道的水流，留心去聲人換班的時段，並帶領我們進入潮濕、隱密的管路，避開幾乎無聲的貨運火車。最重要的是，他知道哪裡有監視攝影機。除了轉運通道，在這個煙氣朦朧的陰暗所在，攝影機不多。無論如何，我們全都遠遠地避開了。

有波呂克斯帶路，我們一路順暢，前進迅速——如果和地面上的旅程相比，簡直是進展神速。在走了大約六個鐘頭後，疲憊戰勝一切。現在是凌晨三點，所以，我猜想，還要過個幾小時，他們才會察覺我們的屍體不見了，才會料想到我們可能從內部通道逃走，而搜索一整片公寓建築的瓦礫堆，然後，展開追獵。

當我提議大家休息，沒人反對。波呂克斯找了個溫暖的小房間，裡面滿是控制桿和儀表盤，還有機器的嗡嗡響。他伸出手指，表示我們一定要在四個小時內離開。傑克森排了個輪值表，由於我不是輪第一班，我擠進蓋爾和大李格中間空出的一點地方，立刻睡著了。

傑克森把我搖醒，告訴我輪到我守衛時，感覺好像才過幾分鐘。已經六點了，再過一小時，我們就得上路。傑克森叫我吃個罐頭，同時留心一下波呂克斯。她說，他堅持守一整晚不睡。「他在這底下沒辦法睡覺。」我強迫自己進入比較警醒的狀態，面對門靠牆坐著，吃了一罐馬鈴薯燉豆子。波呂克斯似乎清醒得很。他說不定整晚都在回想被囚禁在這底下的那五年。我取出透視圖機，輸入我們位置的座標，仔細地檢查各個坑道。正如所料，我們越靠近都城的中心，豆莢就越多。有好一會兒，波呂克斯跟我一直在透視圖機上按來按去，察看什麼地方埋設了哪一種陷阱。當我的頭開始暈，我把透視圖機遞給他，靠回牆壁。我低頭看著睡著的士兵、攝影小組和朋友，不知道我們當中有多少人還能再看到陽光。

比德的頭就枕在我腳邊。當我的目光落到他身上，我看見他醒著。我真希望我看得出他心裡在想什麼，進得去他內心，幫他解開糾纏成一團的謊言。然而，我決定只做我辦得到的事。

「吃了嗎？」我問。他的頭輕輕搖了一下。我打開一罐雞肉米粥遞給他，把罐頭蓋子留在手上，以免他拿這東西割腕或做什麼。他坐起來，舉起罐頭往嘴裡倒，囫圇吞下，根本懶得嚼。罐底反射著機器發出的光，我想起打從昨天我心裡就一直掛著的一件事。「比德，當你問起達魯斯和菈薇妮雅的遭遇是不是眞的，博格斯告訴你那是眞的，你說你也這麼想，因爲那記憶裡沒有亮閃閃的地方。你這話是什麼意思？」

「噢，我不知道要怎麼解釋才清楚。」他告訴我：「起初，所有的事都只是一片混亂。現在我可以理出一些頭緒來了。我想，這裡面有個模式浮現出來。那些他們用追蹤殺人蜂毒液給扭曲的記憶，會有這種奇怪的特徵。好像它們太強烈了，或那些影像不牢靠。妳還記得我們被螫了之後，有什麼感覺嗎？」

「樹都扭曲粉碎了。還有巨大的彩色蝴蝶。我掉進一個滿是橘色泡泡的坑裡。」我回想當時的景象。「亮閃閃的橘色泡泡。」

「對。但是，關於達魯斯和菈薇妮雅的記憶沒有那種亮閃閃的感覺。我想，那時候他們還沒給我注射毒液。」他說。

「嗯，這樣很好，對吧？」我說：「如果你可以把兩者分開，你就能分出眞假了。」

「對。如果我能長出翅膀，我就能飛。只是，人不會長出翅膀。」他說：「眞的還是假的？」

「眞的。」我說：「但人不需要翅膀也能活。」

「學舌鳥需要翅膀才能活。」他喝完米粥，把空罐子還給我。

在螢光燈下，他的黑眼圈看起來像瘀青。「還有些時間，你應該睡一會兒。」他沒抗拒，躺了下去，但仍瞪著一個儀表盤上不停左右跳動的指針。就像面對受傷的動物那樣，我慢慢地伸出手，拂開他前額的鬈髮。經我這麼一觸碰，他全身僵直，但沒有退縮。於是，我繼續輕柔地將他的頭髮往後捋。打從在競技場分開之後，這是我第一次主動觸摸他。

「妳仍舊試圖保護我。眞的還是假的？」他喃喃地說。

「眞的。」我回答。我似乎該多做點解釋，於是繼續說：「因爲你跟我一直都是這樣在做。保護對方。」一兩分鐘後，他睡著了。

快要七點時，波呂克斯和我在大家身邊走動，叫醒他們。如同平常那樣，大家打著呵欠或嘆著氣醒來。但我的耳朵還捕捉到另一個聲音，幾乎像是嘶嘶響的聲音。也許只是蒸汽從某個管子漏出來，或是遠處某列火車飛馳而過……

我示意大家噤聲，好聽得清楚一點。是有嘶嘶響的聲音沒錯，但那不是持續延長的聲音。比較像許多吐氣的聲音，說出幾個字。像是一聲呼叫，在隧道裡迴響。一聲呼叫。一個名字。不斷不斷地重複。

「凱妮絲。」

22

寬限期結束。也許，大火一滅，史諾立刻要他們徹夜挖掘。他們找到博格斯的殘骸，有那麼片刻覺得很有把握，然後，隨著時間過去，沒有找到更多戰利品，便開始起疑。到了某個節骨眼，他們明白過來，自己被愚弄了。而史諾總統不可能忍受自己看起來像個蠢蛋。無論他們是搜查到了第二棟公寓，還是認爲我們直接就往地底下走，都不重要。反正他們現在知道我們在地底下了，並且放出了某種東西，或許是一群變種動物，決意找到我。

「凱妮絲。」聲音離得這麼近，嚇得我跳起來。箭搭上弓，我驚慌地四處張望，尋找聲音的來源，射擊的目標。**「凱妮絲。」**比德的嘴唇幾乎沒動，但毫無疑問，這聲呼喚是他發出的。我剛剛才以爲他似乎有些好轉，以爲他可能會慢慢回到我身邊，卻又看到史諾對他下的毒有多深。**「凱妮絲。」**比德被設定回應那此起彼落的嘶嘶聲，加入他們的獵殺行動。他的身體開始蠢動，快從睡夢中醒來了。別無選擇。我瞄準，準備一箭射穿他的腦袋。他不會有感覺的。突然間，他坐起來，雙眼驚恐張大，呼吸急促。「凱妮絲！」他的頭猛轉向我，但似乎沒有注意到我的弓箭。「凱妮絲！快離開這裡！」

我遲疑了一下。他的聲音很驚慌，但不瘋狂。「爲什麼？那聲音是什麼東西發出來的？」我問。

「我不知道。只知道它要妳的命。」比德說：「快跑！出去！快！」

困惑片刻之後，我相信，我不必射殺他。我放鬆弓弦，環顧四周一張張焦急的面孔。

「無論那是什麼東西，都是針對我來的。或許這是分開的時候了。」

「但我們是妳的護衛。」傑克森說。

「以及妳的攝影小組。」奎希妲說。

「我不會丟下妳的。」蓋爾說。

我看著攝影小組。他們身上只有攝影機和寫字板，沒有武器。芬尼克有兩把槍和一支三叉戟。我請他把一把槍交給卡斯托。比德的槍裝著空包彈，我把彈匣退出，裝上實彈，交給波呂克斯。蓋爾和我都有自己的弓，因此我們把我們的槍交給米薩拉和奎希妲。除了教他們瞄準跟扣扳機，沒時間多教別的。不過，在這麼狹窄的空間裡，這樣應該夠用了。起碼比赤手空拳強。現在，只剩比德沒有武器。但是，一個會跟著一群變種低聲呼叫我名字的人，應該不需要武器。

我們離開小房間時，什麼也沒留下，除了我們的氣味。但這時我們沒辦法去除它。我猜想，那些嘶嘶叫的東西便是循著我們的氣味追蹤過來的，因爲我們一路上沒留下什麼具體的痕跡。那些變種的鼻子肯定靈敏異常，不過我們花了不少時間涉水穿過排水管，或許能多少擾亂牠們的方向。

等聽不見小房間裡機器的嗡嗡響時，嘶嘶聲變得更清楚了，我們也更能辨認變種的位置。牠們在我們後方，還相當遠。史諾大概是在發現博格斯遺體的地方附近，將牠們釋放到地底下。按理說，我們應該領先牠們相當一段距離，但牠們的速度肯定比我們快許多。我想起第一次在競技場裡遇到的變種狼、大旬祭中的那些猴子，還有過去多年來我在電視上看到的各種怪物。不知道現在這些變種會是什麼。不管是什麼，一定是史諾認爲我最害怕的東西。

我們接下來的行程，波呂克斯和我稍早已經擬定計畫。既然我們原定的方向可以帶領我們遠離嘶嘶聲，我看不出有必要改變。我們如果行動夠快，說不定能在變種追上之前就抵達史諾的官邸。但是，隨著快速前進，我們也莽莽撞撞地製造了不少聲音：雜沓的腳步踩得水花四濺，槍枝不小心撞到水管發出哐啷響，就連我下命令時都說得太大聲，不夠謹慎。

我們沿著一條溢流管和一段廢棄的火車軌道，大約推進了三個街區時，慘叫聲響起。粗啞含糊的喉音，在隧道的牆壁之間迴盪。

「去聲人。」比德突然說：「達魯斯被刑求時，就是發出這種聲音。」

「變種一定撞見了他們。」奎希妲說。

「所以牠們不是只追殺凱妮絲。」大李格說。

「牠們大概碰上誰就殺誰。牠們不會停下來，除非抓到她。」蓋爾說。他花了那麼多時間跟比提一起做研究，很可能說得對。

所以，還是因爲我。因爲我，人們死於非命。朋友、盟友、全然陌生的人，爲了學舌鳥丟了性命。「讓我一個人走，把牠們引開。我把透視圖機轉給傑克森，你們可以自己去完成任務。」

「沒有人會同意這麼做！」傑克森氣急敗壞地說。

「我們是在浪費時間！」芬尼克說。

「你們聽。」比德低聲說。

慘叫聲停止了。沒了慘叫聲之後，我的名字重又響起，驚人地接近。現在，不但在我們後方，也在我們下方。**「凱妮絲。」**

我碰了一下波呂克斯的肩膀，然後我們開始奔跑。問題是，我們本來打算往更底下一層走，現在行不通了。當我們來到往下走的樓梯時，波呂克斯和我在透視圖機上尋找可能的替代方案。這時，我開始作嘔。

「戴上面具！」傑克森下令。

不需要面具。大家呼吸一樣的空氣，卻只有我把剛吃下肚的燉羊肉吐出來，因爲只有我對那氣味有反應。它從樓梯間飄上來，穿過污水傳來。玫瑰。我開始發抖。

我掉轉頭，逃離那氣味，跌跌撞撞地一下闖進了轉運通道。這是光滑平整的街道，鋪著粉彩顏色的地磚，一如地面上的街道，只不過兩旁不是房屋，而是白色磚牆。運送貨物的車輛可以在這條大道上輕鬆地奔馳，無須受都城擁擠的交通阻撓。此刻，整條通道空空蕩蕩，除了我們，什麼也沒有。我張弓往上一揚，用一支裝塡炸藥的箭摧毀第一個豆莢，炸死一窩關在裡面的吃人鼠。接著，我奔向第二個十字路口。我知道，抵達那裡以後，只要踏錯一步，腳下的地面就會崩裂，讓我們掉進地圖上稱爲「絞肉機」的陷阱。我大聲警告，要其他人緊跟著我。我計畫帶大家繞過那個街角，然後觸發絞肉機。但是，另一個透視圖機沒有標示的豆莢正等著我們。

它無聲無息地出現。「凱妮絲！」若非芬尼克拉住我，我就完全錯過了。

我猛回身，箭在弦上，準備飛出。但是，射箭有什麼用？蓋爾已經射出的兩支箭，落在一道巨大的金色光束旁邊，了無作用。光束從隧道頂射下，直抵地板。米薩拉被光束攫住，陷在裡頭，動也不動，宛如雕像。他只用一隻腳的拇趾踮著，頭往後仰。我不確定他是不是在叫喊，只見到他張大著嘴。我們完全無能爲力，只能眼睜睜看著他的肌肉像蠟燭的蠟那樣，從他的身體融化淌下。

「幫不了他了！」比德開始推著大家前進。「沒辦法的！」他竟是唯一一個還能反應過來，催促大家行動的人。我不知道他爲什麼還能保持鎮靜。這種時候，他不是應該發狂，企圖砸爛我的頭嗎？不過，他隨時仍然可能失控。他的手搭在我的肩膀，使勁推擠。經他這麼一推，我的目光從那具原本是米薩拉的恐怖形體撇開，轉身疾步前進。我越跑越快，非常快，在抵達下個路口時差點煞不住腳。

一排子彈打得牆上灰泥四濺。我迅速左右張望，找尋豆莢，接著才轉身看見一隊維安人員沿著轉運通道大步朝我們奔來。前方有絞肉機擋住去路，我們別無他法，只能開火反擊。他們的人數是我們的兩倍，但我們還保有六名「明星小隊」的神射手，而且我們可不打算邊跑邊射擊。

鮮紅的花朵在他們雪白的制服上綻開。我心裡想著，**就像在桶子裡射魚**。他們當中有三分之二的人倒地死亡，但一旁的坑道開始湧出更多維安人員。我剛剛就是從那個坑道衝出來，逃離那味道，逃離——

他們不是維安人員。

通體雪白，四肢俱全，身高如成人。但牠們與維安人員相似的地方，僅止於此。赤身露體，拖著長長的爬蟲尾巴，拱著背脊，頭朝前突，牠們蜂擁而出，掩過維安人員，不管死活，一口咬住他們的脖子，把戴著頭盔的頭拽斷下來。擁有都城的血統，在此顯然跟在第十三區一樣無用。不過一眨眼的工夫，那些維安人員全都身首異處。此時，變種趴下身體，四肢著地，匍伏委蛇而行，朝我們快速爬來。

「這邊！」我大吼，抱住牆壁，右轉盤過街角，避開豆莢。當大家都聚在我身邊，我朝路口交叉點射出一箭，啓動了絞肉機。巨大的機械利齒破街而出，把地磚嚼得粉碎。這應該能阻止變種追上來，但我沒把握。我之前碰上的變種狼和猴子，都能躍過令人難以置信的長距離。

嘶嘶聲灼痛我的耳朵。玫瑰濃烈的氣味令我暈眩。牆壁在旋轉。

我抓住波呂克斯的手臂。「別理任務了。最快上到地面的路在哪裡？」

沒時間察看透視圖機，我們跟著波呂克斯沿轉運通道走了大約十碼，穿過一道門。我只記得地磚變成水泥地，然後我們爬行通過一根狹窄、惡臭的管子，攀上牆壁突出的一道寬約一呎的壁沿。我們是在主要污水道裡。腳下一碼的地方，是人類排泄物、垃圾、化學排放物混合的濃稠廢水，正在蒸騰冒泡。廢水的表面有些地方冒出火焰，有些地方則釋出看起來很噁心的濃濃煙霧。只一眼，你就知道，如果掉下去，就永遠上不來了。在濕滑的壁沿上，我們盡可能迅速移動，終於跨上一道窄橋。過了橋，盡頭是牆上的一處凹陷的空間。波呂克斯用手拍打一道梯子，並指了指上頭的豎井。這就是了。我們出去的路。

我迅速瞥了我們這群人一眼，覺得有什麼事情不對勁。「等等！傑克森和大李格哪裡去了？」

「她們留在絞肉機那裡牽制變種怪物。」侯姆斯說。

「什麼？」我轉身撲向窄橋，不願意把任何人留給那些怪物。他卻一把將我拉回來。

「別讓她們白白犧牲，凱妮絲！現在已經來不及救她們了。妳看！」侯姆斯轉頭望向那條管子。好幾隻變種正陸續鑽出管子，像蛇一樣爬上那道狹窄的壁沿。

「後退！」蓋爾大喊。他裝填炸藥的箭鏃炸掉了窄橋的另一端。就在變種抵達那一端的橋頭時，整座橋坍塌，落入底下污濁的泡泡裡。

我這時才第一次看清楚牠們的長相。像是人類與蜥蜴的混種，可能還混進了別的不知什麼鬼東西的特徵。全身雪白，緊緻的爬蟲類皮膚上斑斑血污，手跟腳都是爪子，臉部的五官似乎是不同生物的畸形組合。這時，牠們發出尖銳的嘶嘶聲，叫喚我的名字，身體因暴怒而扭曲。接著，牠們居然甩打著尾巴，揮舞著爪子，張開吐著泡沫的血盆大口，撕咬彼此和自己的身體。亟欲摧毀我的欲望，令牠們瘋狂。就像牠們的味道刺激著我，我的氣味也一定叫牠們抓狂。但或許我的氣味更可怕，因爲牠們無視於底下的有毒物質，開始一隻接一隻跳進惡臭的廢水中。

我們在這一頭的岸上，排成一列，火力全開。我顧不得分辨箭頭的種類，只管一次次將箭鏃、火焰和炸藥射進變種的身體。牠們當然會死，但很難死。沒有任何自然的生物能在中了二十幾槍之後，還繼續前進。沒錯，我們最後還是殺了牠們，但牠們的數量實在是太多了，源源不斷地從管子裡鑽出來，而且毫不遲疑地跳入廢水中。

不過，不是牠們的數量令我的手發抖。

所有的變種都很可怕，全都是製造來傷害人的。有些會奪走你的生命，譬如那些猴子。有些會奪走你的理智，譬如追蹤殺人蜂。然而，最令人害怕，眞正殘忍的地方，在於裡頭包含了一種變態而巧妙的心理機制，讓受害者陷入恐懼的深淵。在變種狼的臉上，你可以看到死亡貢品的眼睛。八卦鳥發出小櫻遭到折磨的慘叫聲。現在，史諾的玫瑰混合著受害者鮮血的氣味，橫跨污水道傳來，甚至穿透了廢水的臭氣，令我的心臟瘋狂跳動，我的皮膚冰冷，我的肺吸不到空氣。彷彿史諾當著我的臉孔吐氣，告訴我，我的死期到了。

其他人對我大吼，但是我無法反應。兩隻強壯的手臂把我抓起來的時候，我正好一箭射出，炸掉一隻變種的頭，而牠的爪子險些抓傷我的腳踝。我的身體被拉著撞上梯子。有人猛推我，逼我兩手抓住梯子的橫桿，命令我往上爬。我的身體像傀儡，四肢痲木，默默地服從命令。攀爬的動作逐漸讓我恢復了意識。我察覺上方有一個人。是波呂克斯。比德和奎希妲在我下方。我們抵達一處平台，轉而攀爬第二道梯子。橫桿因黴菌和汗水而滑溜，但我們還是爬上了下一個平台。這時，我的頭腦清醒了，剛才發生的事向我襲來。我開始驚慌地把梯子上的人拉上來。比德。奎希妲。沒有了。

我幹了什麼事？我拋棄了其他人，讓他們去面對什麼樣的命運？我立刻回到梯子，手忙腳亂地往下爬，卻一腳踢到一個人。

「上去！」蓋爾對我咆哮。我連忙爬回去，把他拉上來，然後往昏暗的下方看，希望還有人。「沒有了。」蓋爾把我的臉轉向他，搖了搖頭。他身上的制服被抓得稀爛，頭側有一道撕裂的巨大傷口。

底下傳來一聲人類的叫喊。「還有人活著。」我哀求說。

「不，凱妮絲，他們不會上來了。」蓋爾說：「會上來的只有變種。」

我無法接受，抓過奎希妲的槍，用上頭的照明燈往豎井底下照。在遠遠的下方，我勉強看到了芬尼克的身影。他在奮戰，努力支撐，對抗三隻往他身上撕咬的變種。當其中一隻怪物把他的頭往後猛一扯，張嘴對他的脖子咬下時，奇怪的事發生了。我彷彿變成了芬尼克，看著自己人生的某些片段在眼前閃過。一艘船的桅桿，一朵銀色降落傘，梅格絲的笑容，粉紅色的天空，比提的三叉戟，身上穿著結婚禮服的安妮，海浪拍在岩石上碎裂了。然後，結束了。

我從腰帶上取出透視圖機，哽咽著喊道：「夜鎖，夜鎖，夜鎖。」鬆手讓它掉進豎井。我跟其他人一起抱頭縮身貼緊了牆，爆炸撼動了平台，變種和人類的碎爛血肉從井口噴上來，淋在我們身上。

波呂克斯哐噹一聲重重蓋上豎井的蓋子，牢牢鎖上。波呂克斯、蓋爾、奎希妲、比德和我。只剩下我們了。稍後，人類的感覺會回來。但現在我只意識到動物的本能，只想保住我們僅存的成員的性命。「不能停留在這裡。」

有人掏出繃帶。我們包紮了蓋爾的脖子，扶他站起來。只剩下一個人還縮在牆邊。我喊他：「比德。」沒有回應。他昏過去了嗎？我在他面前蹲下，把他銬著的雙手從他臉上拉開。「比德？」他的雙眼黑如深潭，瞳孔放大，藍色的虹膜幾乎消失不見了。他手腕上的肌肉硬如鋼鐵。

「別管我。」他低聲說：「我撐不下去了。」

「不。你撐得下去！」我告訴他。

比德搖頭。「我會失控，我會發瘋，像牠們一樣。」

像變種。像狂暴的野獸執意要撕裂我的咽喉。終於，在這裡，在這個地方，在這樣的情況下，我眞的必須殺了他。然後，史諾贏了。灼熱、強烈的憤怒竄過我全身。史諾今天已經贏了太多了。

這樣做實在太冒險了，也許是自殺，但我做了我唯一能想到的事。我靠過去，緊緊地吻比德的嘴。他整個人開始顫抖，但是我的唇仍緊貼著他的唇，直到我必須放開來呼吸。我的手往上滑過他的手腕，抓住他的手。「別讓他把你從我身邊奪走。」

比德劇烈地喘著氣，跟他腦袋裡風狂雨驟的夢魘搏鬥。「不。我不要……」

我抓緊他的手，緊到發疼。「別離開我。」

他的瞳孔縮小，小如針尖，隨即又迅速擴大，然後才恢復到近乎正常的狀態。「永遠。」他喃喃地說。

我扶著比德站起來，轉身問波呂克斯：「離街道還有多遠？」他表示就在我們上方。我攀上最後一道梯子，推開孔蓋，爬進某戶人家的雜物間。那女人推門走進來時，我正要站直身子。她穿著一件鮮豔的青綠色絲袍，上面繡著熱帶鳥兒。她紫紅色的頭髮蓬鬆地往上盤，像一團雲，上頭裝飾著好幾隻鍍金的蝴蝶。她手上拿著吃了一半的香腸，油脂沾污了嘴上的唇膏。她臉上的表情顯示，她認得我。她張開嘴想呼救。

我毫不遲疑，一箭射穿她的心臟。

23

那女人要向誰呼救，將永遠是個謎，因爲搜索過整間公寓後，我們發現只有她一個人在家。也許她是要呼叫鄰居，也許這只是恐懼的叫喊。無論如何，沒有別人聽見她。

如果可以，這間公寓可眞是高檔的藏匿之所。不過，這樣的奢華我們消受不起。「在他們發覺我們可能還有人逃出生天之前，你們想，我們還有多少時間？」我問。

「我想，他們隨時可能追到這裡。」蓋爾回答：「他們知道我們是要到街道上來。爆炸或許會困擾他們幾分鐘，然後他們就會開始找尋我們出來的地點。」

我走到一面可以俯瞰街道的窗前，從窗簾縫往外窺視。我看到的不是維安人員，而是熙來攘往的人群，正如常地過他們的日子。原來，我們在地底奔行，已經把撤空居民的區域遠遠拋在後面，出來的地方是都城的熱鬧地段。街上的人潮提供了我們唯一的逃脫機會。我沒有了透視圖機，但是我有奎希妲。她走到窗前，陪我一起往外看，並向我證實，她認得這一帶。她還告訴我一個好消息，我們離總統官邸不遠了。

只要瞥一眼我的同伴，就可以知道，現在絕不是對史諾發動偷襲的時候。蓋爾脖子上的傷口，我們還沒來得及清理，而且仍在流血。比德坐在一張天鵝絨沙發上，牙齒死咬著一個靠枕，不知道是在對抗瘋狂，還是在抑制尖叫。波呂克斯倚著雕飾華麗的壁爐台默默哭泣。奎希妲堅定地站在我身邊，但是臉色非常蒼白，連嘴唇都沒了血色。而我還能行動，是因爲我滿心仇恨。當這股力量消退，我將變得一無用處。

「我們去看看她的衣櫥吧。」我說。

我們在一間臥室裡找到數百樣女人的套裝、外套、鞋子、各色假髮，以及多到可以粉刷一棟房子的化妝品。在走廊對面的另一間臥房裡，同樣有各種式樣的男性行頭。或許是她丈夫的，或許是她僥倖今早出門去的情人的。

我叫大家著裝。看到比德血淋淋的手腕，我伸手到褲袋裡掏手銬的鑰匙，但是他猛一收手躲開我。

「別，」他說：「別解開。它們能幫我控制自己。」

「你可能需要用到手啊。」蓋爾說。

「當我覺得自己快要失控，我會把手腕壓緊手銬。疼痛會幫助我集中注意力。」比德說。我讓手銬留在他手腕上。

幸好外面很冷，所以我們可以披上寬敞的外套和斗篷，把身上的制服和武器隱藏在底下。我們把軍靴的鞋帶綁在一起，掛在脖子上藏起來，換穿上樣式可笑的鞋子。當然，真正的挑戰是我們的臉。奎希妲和波呂克斯得冒著被熟人認出的風險，蓋爾可能已因爲那些宣傳短片和新聞報導而成爲熟面孔。至於比德和我，全施惠國沒有不認識我們的。我們匆忙地幫彼此塗上厚厚的妝，戴上假髮和太陽眼鏡。奎希妲給比德和我圍上圍巾，把嘴巴和鼻子都包起來。

我可以感覺到時間在流逝，卻還是停下片刻，把食物和急救藥品塞滿口袋。走到大門口時，我說：「別走散了。」然後我們邁步踏進大街。雪花已經開始飄落。焦慮不安的人們在我們四周匆匆來去，用他們做作的都城腔調談論著反抗軍、飢餓和我。我們橫過街道，經過幾棟公寓，正要在街角轉彎時，三十幾名維安人員風一般從我們身旁掃過。我們跟眞正的本地居民一樣，趕緊跳開讓路。等人群恢復行進後，我們才繼續往前走。「奎希妲，」我低聲說：「妳想得到有哪裡可以去嗎？」

「我正在想。」她說。

我們走過另一個街區時，警報響起。透過一戶人家的窗戶，我看見電視播出緊急報導，我們的臉孔在螢幕上輪流閃現。他們還沒認出我們當中有誰死了，因爲我在那些相片中看見卡斯托和芬尼克。很快，路上的每個行人都會變得跟維安人員一樣危險。「奎希妲？」

「有個地方，不很理想，但可以一試。」她說。我們跟著她又走過幾個街口，穿過一道柵門，進入看起來像是私人住宅區的地方。不過，這是抄近路，因為在穿過一座修剪整齊的花園後，我們從另一道柵門出來，走上一條連接兩條主要大道的窄小後巷。這裡有幾間不起眼的小店，有一間賣二手貨，另一間賣假首飾。附近只有兩三個人，都沒注意到我們。奎希妲開始哇啦哇啦尖聲講話，提到毛皮內衣，說在寒冬中它們是如何重要。「等你們看到價錢就知道了！相信我，比大街上賣的便宜一半！」

我們在一家骯髒的小店門前停下來，店面擺滿了穿著毛皮內衣的假人。這店看起來甚至不像在營業，但奎希妲還是推門進去，引發一串刺耳的鈴鐺聲。陰暗、窄小的店內，一排排架子上掛著商品，毛皮的氣味撲鼻。這裡一定沒什麼生意，因為除了我們，沒有別的客人。奎希妲直接走向店後方一個佝僂的身影。我跟上去，邊走，手指邊撫過那些柔軟的衣物。

櫃檯後面，坐著一個我所見過模樣最怪異的人。她是整容手術出錯的極端例子。即使是在都城，肯定也不會有人認為這張臉好看。臉皮緊緊往後拉，文上黑色和金色的條紋。鼻子扁平，幾乎看不見。之前我見過都城有人把貓的鬍鬚植到臉上，但是從來沒有這樣長的。結果整張臉顯得非常怪誕，像是一張半人半貓的面具。現在，這張面具正瞇起眼睛，帶著提防的表情，打量我們。

奎希妲取下假髮，露出藤蔓。「虎娘子，」她說：「我們需要幫忙。」

虎娘子。這名字在我腦海深處喚醒模糊的記憶。在我記憶所及的最早幾場飢餓遊戲裡，她是固定會出現的臉孔，只是那時候比較年輕，模樣沒這麼驚悚。是個造型設計師吧，我想。我不記得她是爲哪個行政區的貢品做設計的，總之不是第十二區。然後她一定是做了太多整容手術，最後終於整過了頭，變成這般醜怪的德性。

所以，這就是造型設計師過氣之後的歸宿。淪落到這麼一間悲慘的主題內衣商店，等候死亡，在眾人看不見的地方凋零。

我盯著她的臉瞧，心裡琢磨著，究竟是她父母眞的把她取名爲虎娘子，啓發了她如此毀損自己的身體，或者是她選擇了這種造型，然後才改名，來配合臉上的斑紋。

「普魯塔克說，可以信任妳。」奎希妲緊接著說。

好極了，她竟是普魯塔克的人。所以，如果她的第一個反應不是把我們舉報給都城，她也一定會通知普魯塔克我們在哪裡——也就是間接通知了柯茵。不，虎娘子的店絕對不理想，但這是我們目前唯一能待的地方。如果她肯幫助我們的話。她瞄了瞄櫃檯上一台老舊的電視，又看了看我們，彷彿試圖辨認我們。爲了幫她的忙，我解下圍巾，摘掉假髮，往前走近一些，讓螢幕的光線映在我臉上。

虎娘子低吟一聲，跟金鳳花向我打招呼的聲音沒有兩樣。她溜下板凳，消失在一架子的毛皮襯裡緊身褲後頭。有東西滑開的聲音傳出，接著她的手冒出來，招我們上前。奎希妲看著我，彷彿在問：**妳確定**？可我們還有什麼選擇？在這種情況下，回到街上，保證我們會被捕或被殺。我撥開毛皮，看見虎娘子剛剛推開了嵌在牆腳的一塊板子，後方似乎是一道陡斜的石階。她比著手勢，要我進去。

所有的跡象都在大聲警告：**陷阱**！我有那麼片刻陷入恐慌，然後發現自己轉頭盯著虎娘子，在那雙黃褐色的眼睛裡搜尋答案。她爲什麼要這麼做？她不是秦納，一個願意爲他人犧牲自己的人。這女人曾是都城膚淺品味的具體表現，飢餓遊戲的明星之一，直到……直到她不再是。所以，就是爲了這個原因？憤懣？怨恨？復仇的念頭？說實在的，想到這裡，我安心了些。復仇的欲望可以燃燒很久，很熱。尤其是，每次照鏡子都是在添加柴火。

「是史諾禁止妳參加飢餓遊戲嗎？」我問。她只是瞪著我，不說話。她的老虎尾巴在某處不高興地甩著。「因爲，妳知道，我是要去殺他。」她的嘴咧成一個我認爲是微笑的樣子。我放下心，相信這不完全是瘋狂之舉，低頭鑽了進去。

樓梯下到一半，我的臉碰到一條垂下的鍊子。我拉了一下，螢光燈泡閃了閃，亮了，照亮我們的藏身之所。這是個小小的地窖，淺而寬，沒有門也沒有窗。說不定只是兩個眞正的地下室之間的夾層。除非你對空間大小的感覺很敏銳，否則不會察覺有這樣一個地方存在。這裡頭寒冷陰濕，堆著一落落的皮貨。我猜，這些貨品不見天日已經許多年了。除非虎娘子出賣我們，我不相信有人能在這裡找到我們。我踏上水泥地面時，我的同伴都已經下到樓梯上。牆上的嵌板滑回原處。我聽見內衣架子被推動調整位置，輪子發出吱嘎吱嘎的聲響。虎娘子輕步走回她的板凳。我們被她的店吞沒了。

剛好來得及，因爲蓋爾看起來快要昏倒了。我們用毛皮鋪了個床，把他身上層層的僞裝和裝備扒掉，扶著他躺下。在地窖盡頭，有個離地約一呎的水龍頭，下方還有條排水溝。我扭開水龍頭，它在發出一陣劈里啪啦的聲響，並洩掉許多鏽黃的水之後，開始流出乾淨的水。等清潔了蓋爾脖子上的傷口，我明白，只用繃帶是不夠的，他那傷口需要縫上幾針。急救包裡有針和消毒過的線，但是我們缺少一位治療師。我想到虎娘子。身爲造型設計師，她一定懂得怎麼用針線。但是這樣一來，就沒有人看店，而且她已經幫我們夠多忙了。我只好認命，最有資格做這件事的大概就是我了。我咬緊牙，把傷口縫上，縫得參差不齊。不漂亮，但是有用。我在縫好的傷口塗上藥，然後包紮起來。我讓他服下一些止痛藥，告訴他：「這裡很安全，現在你可以睡一會兒。」他斷電似地馬上睡著。

奎希妲和波呂克斯用毛皮幫我們每個人做被窩時，我處理比德手腕上的傷，輕柔地清洗血跡，撒上消炎粉，然後在手銬底下包上繃帶。「你得保持傷口清潔，要不然感染會擴散，然後——」

「凱妮絲，雖然我媽不是治療師，」比德說：「我也知道什麼是敗血症。」我霎時回到過去，回到另一處傷口，另一副繃帶。「在第一場飢餓遊戲裡，你說了同樣的話。眞的還是假的？」

「眞的。」他說：「然後妳冒著生命危險去拿藥來救我？」

「眞的。」我聳聳肩。「因爲你，我才有命去做那件事。」

「因爲我？」這句話讓他陷入困惑當中。一定有亮閃閃的記憶在拉扯，爭奪他的注意力，因爲他的身體緊繃，剛包紮好的手腕又緊緊抵住金屬手銬。然後，他整個人像洩了氣。「凱妮絲，我好累。」

「睡吧。」我說。他不肯，直到我調整他的手銬，把他銬在樓梯的一根支柱上。他那樣一定不舒服，躺在地上，但兩隻手都給拉到頭頂上。不過，沒幾分鐘，他也睡著了。

奎希妲和波呂克斯已經幫我們鋪了床，整理好食物和急救藥品，這時來問我，我打算怎麼安排守衛。我看了看臉色蒼白的蓋爾、被銬住的比德。波呂克斯已經兩天沒睡，奎希妲和我也只打了幾個鐘頭的盹。如果有一隊維安人員闖進來，我們就像籠中鳥，插翅難飛。我們眼下只能把命運交給一個衰老的虎女，而我只希望，她巴不得史諾死掉的怒火足以焚毀一切。

「坦白說，我不認爲有設守衛的必要。讓我們試著睡一會兒吧。」我說。他們木然地點點頭，然後我們全都鑽進各自的毛皮堆裡。我裡面的火熄了，隨之而去的是我的力氣。我把自己交給發出霉味的柔軟毛皮，昏睡過去。

我記得的夢只有一個。又長又疲憊的夢，我努力要回到第十二區。我找尋的家完好如初，大家也都活著。艾菲·純克特很搶眼，頂著一頭鮮亮的粉紅色假髮，穿著訂做的套裝，跟我一起旅行。我不斷試著在不同的地方擺脫她，但不知怎地她總是又出現在我身邊，堅持說她既是我的伴護人，就有責任確保我按表操課。只不過，行程表一直改變，因爲我們少蓋了官方的一個章而動彈不得，或艾菲扭斷了高跟鞋而延遲出發。我們在第七區一個灰暗車站的長椅上過了幾夜，等著始終沒來的火車。當我醒來，比起我平素在血腥恐怖中打滾的噩夢，這場夢更令我精疲力竭。

唯一醒著的另一個人是奎希妲。她告訴我，現在已近黃昏。我吃了一罐燉牛肉，喝了很多水。然後，我靠著牆，回想過去一天發生的事。同伴一個接著一個死亡，我扳著手指一個個數。第一和第二個：在頭一個街區，我們丟了米歐爾和博格斯的性命。第三個：米薩拉被豆莢融化了。第四和第五個：大李格和傑克森在絞肉機那裡犧牲了自己。第六、第七和第八個：卡斯托、侯姆斯和芬尼克，被散發玫瑰氣味的變種蜥蜴咬斷頭顱。二十四小時內，死了八個人。我知道事情確實發生了，卻仍感覺這不像是眞的。卡斯托肯定睡在哪堆毛皮底下，芬尼克隨時會從樓梯上蹦下來，博格斯會告訴我他擬定的逃脫計畫。

相信他們已死，就必須承認我殺了他們。好吧，也許米歐爾和博格斯不算，他們眞的是在執行上面交代的任務時死的。但是其他人會喪命，都是爲了支持我捏造出來的任務。我暗殺史諾的圖謀，這時看起來實在愚不可及。愚蠢到此刻我只能坐在這地窖裡簌簌發抖，清點我們損失的人命，手指撫弄著我從那女人家裡偷穿出來的，銀色及膝長靴上的流蘇。噢，對了，我漏了這個。我殺死的人還有她。現在，我連沒有武裝的平民也殺。

我想，是我自首的時候了。

當大家終於都醒來，我向他們坦白。我如何謊稱有這麼一項任務，如何爲了復仇而危及所有人的性命。我說完後，好一會兒大家鴉雀無聲。然後，蓋爾說：「凱妮絲，我們全都曉得妳說柯茵派妳去刺殺史諾是騙人的。」

「你或許曉得，但是第十三區的士兵不曉得。」我回答。

「妳眞以爲傑克森相信妳奉了柯茵的命令？」奎希妲說：「她當然不相信。但是她信任博格斯，而他很清楚是要妳去進行。」

「我從來沒告訴博格斯我打算幹嘛。」我說。

「妳在指揮中心就已經告訴所有的人了！」蓋爾說：「那是妳願意扮演學舌鳥的條件之一。『**我要殺史諾**。』」

跟柯茵談判，爭取在戰後處決史諾的特權，和現在未經授權，闖進都城，似乎是不相干的兩件事。「但不是像這樣子。」我說：「這次行動已經徹底失敗了。」

「我倒認爲，這次行動會被視爲非常成功的任務。」蓋爾說：「我們滲透了敵營，顯示都城的防衛是可以突破的。我們還讓都城的新聞都在報導我們的消息。我們讓整個城市爲了找出我們而陷入混亂。」

「相信我，普魯塔克可興奮了。」奎希妲說。

「那是因爲他只要遊戲能夠成功，」我說：「才不在乎死了什麼人。」

奎希妲和蓋爾一而再再而三地試圖說服我。波呂克斯則在一旁點頭，支持他們的說法。只有比德還沒發表意見。

「比德，你覺得呢？」我終於問他。

「我認爲……妳對自己擁有多大的影響力，仍然毫無概念。」他把手銬往支柱上方推，撐著身子坐起來。「我們失去的隊友全都不是白癡。他們知道自己在做什麼。他們跟隨妳，因爲他們相信妳眞的能夠宰掉史諾。」

我不知道爲什麼別人說了半天都無效，他的話我卻聽進去了。但是，如果他說得對，而我認爲他說得對，那麼我欠其他人的債，就只有一個辦法能還。我鐵下心腸，重新振作起來，從制服口袋裡掏出那張地圖，將它攤開在地上。「奎希妲，我們在哪裡？」

虎娘子的店距離市圓環和史諾的官邸大約五條街，我們可以輕易走到。而且途中經過的區域，爲了維護居民的安全，豆莢都沒有啓動。我們已經有僞裝的行頭，或許可以再用虎娘子的毛皮修飾一下，應該能安全走到那裡。可是，然後呢？官邸肯定戒備森嚴，攝影機二十四小時監控，並且布滿了只要開關一開就會活過來的豆莢。

「我們現在要做的，就是讓他公開露面。」蓋爾對我說：「然後，妳或我就可以趁機射殺他。」

「他有再公開露面嗎？」比德問。

「我想是沒有。」奎希妲說：「至少，我所看到的，他最近幾次發表談話，都是在官邸裡。甚至在反抗軍到來之前，他就不再露面了。我想，在芬尼克公開他的罪行之後，他就提高警覺了。」

沒錯。現在在都城裡，不是只有虎娘子這類人恨他。一大票人如今都已經知道，他對他們的親朋好友幹過什麼事。肯定得有什麼近乎奇蹟的事情發生，才能誘他出來。某種像是……

「我打賭，他會爲了我出來。」我說：「如果我被捕，他一定會希望盡可能公開地處置我。他會想在官邸大門口的台階上處決我。」我頓了一下，等大家領會我這話的意思。「那時，蓋爾就可以從人群中一箭射死他。」

「不。」比德搖頭說：「這計畫的結果有太多變數。史諾可能會決定關著妳，對妳用刑，要妳供出情報。也可能公開處決妳，但他不露面。或在官邸裡把妳處死，然後屍體公開示眾。」

「蓋爾？」我說。

「這似乎是直接就採取最極端的手段。」他說：「也許等所有其他方法都失敗了，再來看吧。讓我們先繼續想別的辦法。」

在接下來的靜默中，我們聽見虎娘子輕巧的腳步在頭頂上走來走去。一定是打烊時間到了。她鎖上了門，可能還闔上了窗戶。幾分鐘後，樓梯頂端的嵌板滑開來。

「上來吧。」一個沙啞的聲音說：「我給你們準備了點吃的。」自從我們來到這裡，這是她第一次開口說話。我不知道這是天生的，還是多年練習的結果，她講話的樣子讓人想起貓在打呼嚕。

我們爬上樓梯時，奎希妲問：「虎娘子，妳跟普魯塔克聯絡了嗎？」

「聯絡不上。」虎娘子聳聳肩。「他一定會想到你們是待在安全的地方。別擔心。」

擔心？我是如釋重負，因爲這樣一來，我就不會接到直接從第十三區下達的命令，然後又得故意不予理會；也不用爲自己過去兩天來所做的決定，掰出什麼辯解的話。

櫃檯上有幾大塊不怎麼新鮮的麵包、一角發霉的乳酪、半罐芥末醬。我這才想到，這些日子來，都城裡不是每個人都能塡飽肚子。我覺得有義務告訴虎娘子，我們還有東西可吃。但是她擺擺手，不理睬我的話。「我吃得很少。」她說：「而且，只吃生肉。」她未免太入戲了吧。不過我沒多問，徑直拿起乳酪，把上面的霉刮掉，然後把食物分成五份。

我們一邊吃，一邊觀看都城最新的新聞報導。政府已經知道倖存的叛軍是哪幾個人，把搜查範圍縮小到我們五個，並提供鉅額賞金，徵求有助於追捕我們的消息。他們強調我們有多麼危險，還放映我們跟維安人員交火的鏡頭——不過，沒播放變種蜥蜴咬斷他們腦袋的片段。報導中特別對那個女人致哀，畫面上她躺在我們丟下她的地方，我的箭仍插在她的心窩。有人爲她重新化過妝，好上鏡頭。

反抗軍讓都城完整播放這段新聞，沒有加以干擾。「反抗軍今天發表了什麼談話嗎？」我問虎娘子，她只搖搖頭。「柯茵現在知道我還活著了，我看她也不知道該拿我怎麼辦。」

虎娘子喉嚨裡發出嘎嘎的笑聲，說：「丫頭，沒有人知道該拿妳怎麼辦。」然後，她要我挑一條毛皮緊身褲。她明知我沒錢可以付給她，但這是那種你不能拒絕的禮物。再說，地窖裡冷得要命。

晚飯後回到地窖，我們繼續絞腦汁想計畫，但沒想出什麼好點子來。不過，大家都同意，我們不能再五個人一同結伴出門，還有，在我出面做誘餌之前，我們得先努力想出混進總統官邸的辦法。我同意第二點，免得爭論不休。如果我眞的決定自投羅網，我可不需要任何人的同意或參與。

我們更換繃帶，把比德銬回樓梯支柱，安頓好，躺下睡覺。幾個小時後，我醒過來，察覺到有人在小聲交談。是比德和蓋爾。我無法阻止自己偷聽。

「謝謝你給我水喝。」比德說。

「沒什麼。」蓋爾回答：「反正我一個晚上醒來十次。」

「好確認凱妮絲還在？」比德問。

「諸如此類的。」蓋爾承認。

他們沉默良久之後，比德才又說：「虎娘子說的話——沒有人知道該拿她怎麼辦——很有意思。」

「嗯，**我們**就從來都不知道。」蓋爾說。

兩個人都笑了起來。聽他們這樣交談，簡直像朋友一樣，感覺好怪。因爲他們不是朋友，從來不是。不過，他們也說不上是敵人。

「她愛你，你知道吧？」比德說：「在他們鞭打你之後，她差不多等於跟我明說了。」

「你別信。」蓋爾回答：「她在大旬祭裡親你的樣子……嗯，她可從來沒那樣親過我。」

「那只是演戲。」比德告訴他，不過他的聲音裡也帶著一絲懷疑。

「不，你贏得了她。你爲她放棄了一切。或許那是唯一能讓她相信你愛她的辦法。」他停頓了好一會兒。「在第一次飢餓遊戲時，我應該自願取代你去的。那時候就去保護她。」

「你沒辦法這麼做。」比德說：「要不她永遠都不會原諒你的。你必須留下來照顧她的家人。對她而言，她們比她自己的性命還重要。」

「嗯，反正這都快要無關緊要了。我想，戰爭結束時，我們大概不可能三個都還活著。

就算我們都還活著，我猜那也是凱妮絲的問題，看要選誰。」蓋爾打個呵欠，說：「我們應該睡一下了。」

「對。」我聽到比德躺下時，他的手銬在支柱上往下滑。「眞想知道，她會怎麼做決定。」

「噢，這點我倒知道。」在毛皮遮蓋下，我捕捉到蓋爾最後說的話。「凱妮絲會選擇一旦失去，她就無法存活的人。」

24

一股寒意竄過我全身。我真的那麼冷酷，那麼工於心計嗎？蓋爾說的不是「凱妮絲會選擇一旦失去，她就會心碎的人」，甚至不是「一旦失去，她就活不下去的人」。那麼說起碼表示我的決定是基於某種感情。但是，我最要好的朋友卻預言，我會選擇那個我一旦失去就無法「存活」的人。一點也看不出，愛情，或欲望，或起碼氣味相投，會左右我的決定。我只會冷酷地評估，我未來的伴侶能提供我什麼。彷彿到了最後，這不過是這樣一個問題：究竟是麵包師傅，還是獵人，能讓我活得最久？這真是太可怕了，蓋爾居然說出這種話，而比德也沒有反駁。尤其是在我所有的情感都遭到都城和反抗軍剝奪、利用之後。但在此刻，我的選擇很簡單。沒有他們任何一個，我都可以存活下去。

到了早晨，我沒時間，也沒力氣，去照拂我受傷的心。黎明前，我們吃肝醬和無花果餅乾當早餐，聚在虎娘子的電視機前看比提突破封鎖播映的節目。戰爭又有了新的進展。顯然是受到黑浪的啓發，某位有膽識的反抗軍指揮官想出一個主意，徵收了廢棄的汽車，讓它們在無人駕駛的情況下衝進街道。汽車沒能觸發所有的豆莢，但肯定引爆了絕大部分。到了凌晨四點，反抗軍開始打通三條路線，代號為A、B和C線，朝都城中心推進。結果，他們一個接著一個街區攻佔下來，傷亡很少。

「這情況不會持續多久的。」蓋爾說：「事實上，我很驚訝他們這麼長的時間繼續這樣幹。都城會馬上修正，故意先解除特定的豆莢，等目標進入攻擊範圍，再以手動方式引爆。」他說出他的預測後幾乎才兩三分鐘，我們便在螢幕上目睹事情發生。有個小隊送出一輛車，去一處街區掃雷，引爆了四個豆莢。一切看起來都很順利。三名偵察兵尾隨進入，安全走到街尾。但是，二十名反抗軍士兵跟著進入時，被一家花店前的一排玫瑰盆栽炸了個屍骨不存。

「我打賭，這招一定讓普魯塔克惌死了自己不是在控制室裡的那個人。」比德說。

比提把頻道交還給都城，螢幕上一個表情嚴肅的女記者宣布百姓必須撤離的街區名稱。結合她提供的最新消息與先前的報導，我在我那張地圖上標示出雙方軍隊的相對位置。

我聽見外頭街上疾步走路的窸窸窣窣聲，走到窗前從一處縫隙往外窺。在清晨的陽光下，我看見一幅怪異的景象。從淪陷街區撤離的人們，川流不息地湧向都城的中心。那些最驚慌失措的人，只穿著睡衣，趿著拖鞋；那些比較有準備的人，則裹著一層層的衣服。他們帶上所有能帶的，從寵物狗到珠寶盒到盆栽。有個身穿絨毛長袍的男人，手裡只抓著一根過熟的香蕉。一臉疑惑、睡眼惺忪的孩童，跌跌撞撞地跟在他們父母後面走，絕大部分若不是太驚嚇，就是太困惑，都沒有哭。一些零星的影像在我眼前掠過。一雙睜大的棕色眼睛。一隻緊抱著心愛玩偶的手臂。一雙赤裸的腳，凍得發紫，被巷子裡不平整的地磚絆了一下。看見他們，我想起第十二區在逃離燃燒彈時喪命的孩子。我從窗邊走開。

虎娘子主動表示，她願意利用白天出去幫我們打探任何有用的消息，因爲她是我們當中唯一腦袋沒有賞格的人。把我們藏進樓下後，她便出門去了。

在地窖裡，我來回踱步，攪得其他人抓狂。我有個感覺，不利用逃難的人潮絕對是個錯誤。我們還能找到什麼更好的掩護？不過，另一方面，每個逃離家園，在街上晃來轉去的人，都是一雙偵察的眼睛，在搜尋那五名漏網的叛徒。可是，話說回來，我們繼續待在這裡有什麼好處？我們只能消耗僅存的一點食物，等著……等著什麼呢？等著反抗軍拿下都城嗎？說不定這要等上好幾個禮拜。而且，等他們眞的攻下都城，我不確定我該做什麼。絕不是奔出去迎接他們。柯茵一定會在我來得及說「夜鎖，夜鎖，夜鎖」之前，立即把我遣回第十三區。我千辛萬苦來到這裡，失去所有那些夥伴，可不是爲了要把自己交到那女人手上。**我要殺史諾**。此外，過去幾天發生的一大堆事情，我無法輕易給個說法。這當中好些事情，如果見了光，很可能會徹底毀了我為勝利者爭取來的特赦。且不管我自己啦，我有個感覺，別的勝利者一定有人需要這個豁免權。譬如，比德。無論你怎麼幫他掩飾開脫，人們都可以清清楚楚從錄影帶上看見他把米歇爾拋向那個網子豆莢。我想像得出來，柯茵的戰犯審判庭會怎麼處置這件事。

到了傍晚，我們開始對虎娘子去了這麼久沒回來感到不安，談起她遭到逮捕、存心出賣我們，或只是在人潮中受了傷等種種可能性。不過，到了六點左右，我們聽見她回來了。頭頂上有人走動，然後她打開嵌板，空氣中立時瀰漫著香噴噴的煎肉味道。虎娘子為我們準備了火腿碎肉馬鈴薯泥。這是數天以來我們第一次吃到熱食。當我等著她把食物舀進我的盤子裡，我真的差點滴下口水。

我邊嚼，邊試著注意聽虎娘子告訴我們，她如何獲得這些食物的，不過我主要聽進去的事情是，毛皮內衣在此刻是非常有價值的商品，尤其對那些離家時沒多穿兩件的人來說。露宿街頭的人仍舊很多，都在找可以過夜的地方。內城高級公寓的住戶，並沒有敞開大門歡迎那些失去住家的人。相反地，他們絕大多數大門深鎖，拉上窗簾，假裝出門了，家中沒人在。目前，市圓環聚集了大批難民，維安人員正挨家挨戶敲門，把人分配到各個家戶裡，必要的話還會破門而入。

電視上，我們看見一位維安隊長要言不煩，明確規定，每戶人家每平方呎應該接納多少人。他提醒都城市民，今晚的氣溫會驟降到冰點以下，總統期待大家，在這危難關頭，不只要願意配合，還要做個熱情的主人。然後他們播出一些演得很假的鏡頭：一些面帶關切之情的市民，歡迎面露感激的難民進入他們家。維安隊長還說，總統已下令收拾官邸內的一些地方，明天要讓難民入住。最後，他說，店家一旦接獲通知，也要準備騰出店裡的空間。

「虎娘子，妳也可能接到通知喔。」比德說。我頓時明白，他說得對。即使是這間小店的狹窄走道，在難民人數暴增時，都可能被徵用。如此一來，我們就眞的會被困在地窖裡，隨時可能被發現。我們還能待多久？一天？還是兩天？

稍後，維安隊長又出現在螢幕上，對百姓提出更多指示。今天傍晚似乎發生一件不幸的意外，群眾打死了一名長得像比德的年輕人。因此，凡是發現叛徒行蹤，都應該立刻報告當局，由當局認定和拘捕可疑人士。他們播出受害者的照片。除了顯然經過漂染而呈淡金色的鬈髮，那人跟比德沒有絲毫相似之處。

「人們已經瘋狂了。」奎希妲喃喃說道。

我們看了反抗軍插播進來的最新消息，得知他們今天又攻佔了好幾個街區。我在地圖上的幾個路口做上標記，研究了一下，然後說：「C線離這裡僅四個街區了。」不知爲什麼，比起維安人員逐戶塞人，這件事更令我焦慮。我突然熱心起來。「碗盤我洗。」

「我來幫妳。」蓋爾把盤子收過來。

我感覺到比德注視著我們走出房間。在虎娘子店鋪後面的狹窄廚房裡，我把熱水注滿水槽，攪出肥皂泡沫。「你想，史諾眞的會讓難民住進官邸嗎？」我問。

「我想，他現在必須這麼做，至少在鏡頭前表演一下。」蓋爾說。

「我明天一早就離開。」我說。

「我跟妳一起走。」蓋爾說：「我們該拿其他人怎麼辦？」

「波呂克斯跟奎希妲可能幫得上忙。他們是很好的嚮導。」我說。波呂克斯跟奎希妲不是眞正的問題。「但是比德太……」

「太難預料了。」蓋爾幫我把話說完。「妳想，他還肯讓我們把他丟下嗎？」

「我們可以指出，他會危及我們的安全。」我說：「如果我們說得讓他信服，他說不定願意待在這裡。」

比德聽過我們的說法後，表現得相當理性，馬上同意，他同行會害我們四人置於險境。我正想著，這下子問題解決了，他可以待在虎娘子的地窖裡，坐等戰爭打完，他卻開口說，他要獨自出去。

「出去幹嘛？」奎希妲問。

「我也不確定。我可能還有的一點用處，是製造混亂，轉移注意力。你們也看到那個長得像我的人出了什麼事。」他說。

「萬一你……失控呢？」我說。

「妳是說……變得像變種？嗯，如果我覺得快要發作了，我會試著趕回這裡。」他向我保證。

「萬一史諾又逮到你呢？」蓋爾問：「你連槍都沒有。」

「我總得冒險一試。」比德說：「就跟你們每個人一樣。」他們兩人互望良久，然後蓋爾把手伸進自己胸前的口袋，掏出夜鎖藥丸，放在比德手中。比德張著手掌，讓它平躺在掌心，既沒拒絕，也沒接受。「那你怎麼辦？」

「別擔心。比提教過我怎麼徒手引爆我的炸藥箭鏃。如果這沒成，我有刀子。再說，我還有凱妮絲。」蓋爾微笑著說：「她不會讓他們稱心如意地活捉我。」

想到維安人員把蓋爾拖走的畫面，我腦海中再次響起那首歌：

妳要，妳要來嗎？

到這兒來，到樹下來。

「拿著吧，比德。」我的聲音緊繃，伸出手把他的手指闔上，握住藥丸。「到時候可沒有人在旁邊幫你。」

這一夜，我們睡得很不安穩，頻頻被彼此的噩夢吵醒，腦中盤旋著隔天的計畫。清晨五點，我鬆了一口氣。無論今天會碰上什麼事，我們終於要面對了。我們把剩下的存糧，水蜜桃罐頭、餅乾和蝸牛肉，混著吃了，留下一罐鮭魚罐頭給虎娘子，聊表謝意，感謝她幫了這麼多忙。這個小動作似乎觸動了她。她的臉扭曲成一個怪異的表情，然後開始忙碌起來。接下來一小時，她替我們五個人重新打扮：修正我們的服飾，在我們穿上大衣和斗篷之前，使得日常衣服就足以掩飾我們的軍裝。讓我們套上一種毛茸茸的拖鞋，遮蓋住軍靴。用髮夾固定我們的假髮。卸掉我們之前倉促塗在臉上的花稍殘妝，重新幫我們化好妝。爲我們披上外套，遮住身上的武器。然後，叫我們提著手提袋，裝上一堆住家的小飾物。於是，我們看起來十足就像那些躲避反抗軍的難民。

「絕不要低估一個高明的造型設計師能發揮怎樣的力量。」比德說雖然很難看得出來，但我想，在她的斑紋底下，虎娘子的臉紅了。

電視上沒有什麼有用的新消息，但巷子裡的難民似乎跟昨天早上一樣多。我們的計畫是分成三組人混進人群裡。第一組是奎希妲和波呂克斯，當我們的嚮導，跟我們保持一段安全距離，走在前面。然後是蓋爾和我，打算插進被指定今天進入總統官邸的難民行列。最後是比德，跟在我們後面一段路，準備必要時製造混亂。

虎娘子從百葉窗的縫隙往外看，等候適當時機，然後拉開門閂，對奎希妲和波呂克斯點點頭。「保重。」奎希妲說，兩人隨即走出門。

我們馬上得跟上去。我拿出鑰匙，解開比德的手銬，把手銬塞進自己的口袋。他揉搓著手腕，活動了一下。我心裡升起絕望的感覺，彷彿回到大旬祭的那一刻，比提將金屬線軸交給喬安娜和我，我馬上得拋下比德。

「聽著，」我說：「別做任何蠢事。」

「不會。蠢事是萬不得已才做的。絕對是。」他說。

我上前展臂環住他脖子，感覺到他的手臂遲疑了一下才抱住我。它們不像以前那麼穩定，但依然溫暖與強壯。剎那間記憶如潮水淹沒了我。在所有的那些時刻裡，這雙臂膀曾是我逃避世界的唯一避難所。或許我當時並沒有完全瞭解它們有多美好，但在我記憶中是如此甜美。現在，它們將永遠離我而去。我放開他，說：「好吧，就這樣了。」

「是時候了。」虎娘子說。我親了親她的臉頰，繫好身上的紅兜帽斗篷，拉高圍巾，遮住口鼻，轉身跟隨蓋爾踏進外面冰寒的空氣中。

凜冽、寒冷的雪片，凍得我暴露在外的那一部分肌膚好痛。正在升起的太陽試圖穿破陰霾，但不太成功。這時的光線，只夠人看見身邊挨挨擠擠的人影，再看不見別的。完美的情況，真的，只除了我也看不到奎希妲和波呂克斯在哪裡。蓋爾和我低下頭，拖著腳，跟著人群走。昨天透過窗縫往外窺時錯過的聲音，現在我聽見了。哭泣，嘆息，粗重的呼吸。以及，在不很遠的地方，槍聲。

「叔叔，我們要去哪裡？」一個凍得發抖的小男孩，問一個抱著小保險箱，步履艱難的男人。

「去總統官邸。他們會分配一個新的地方給我們住。」那男人氣喘吁吁地說。

我們轉出巷子，湧上一條主要大道。有個聲音喝道：「靠右邊走！」我看見維安人員散布在人群中，指揮著人潮的流動。路旁商店的厚玻璃窗後頭，許多驚恐的臉盯著外面看。這些店都已經擠滿了難民。依照這個速度，虎娘子大概到午餐時候就會有新的房客。還好，我們在情況還允許時離開了。

雪越下越大，天卻亮多了。我看見奎希妲和波呂克斯在我們前方大約三十碼，隨著人潮緩慢前進。我伸長脖子張望，想看比德在哪裡。看不到。不過，我瞥見一雙好奇注視的眼睛，是個穿著檸檬黃外套的小女孩。我用手肘頂了一下蓋爾，微微放慢腳步，讓流動的人群在我們和小女孩之間形成一道人牆。

「我們可能需要分開。」我壓低聲音說：「有個小女孩——」

槍彈在人群當中穿過，我附近有好幾個人倒下。第二輪掃射擊倒我們後方的另一批人，尖叫聲劃破空氣。蓋爾和我立刻匍伏在地上，弓身疾步衝向旁邊的商店，躲在一家鞋店外一座細高跟長統靴陳列架後面。

一排羽毛鞋擋住了蓋爾的視線。他問我：「是誰？妳看得到嗎？」我從一雙薰衣草紫靴子和一雙薄荷綠靴子中間望出去，只看到滿街倒臥的人。那個盯著我看的小女孩跪在一個動也不動的女人身邊，哭喊著，拼命想叫醒她。另一波子彈掃來，穿過她的胸膛，把黃色外套染紅，小女孩仰倒在地上。有好一會兒，我看著那癱倒的小小身軀，喪失了說話的能力。蓋爾用手肘戳我。「凱妮絲？」

「他們是從我們上方的屋頂開槍。」我告訴蓋爾。接著，又有幾輪槍彈掃過，我看見穿白色制服的人墜入覆雪的街道。「有人想除掉維安人員，但是瞄得沒那麼準。一定是反抗軍。」照說我的盟友已經攻入內城，我應該高興。但我絲毫沒有興奮的感覺，只怔怔地看著檸檬黃外套。

「如果我們現在開始射擊，那就完了。」蓋爾說：「全世界都會知道是我們。」沒錯。我們身上只有性能絕佳的弓箭。只要射出一支箭，就等於向雙方人馬宣布，我們在這裡。

我用力地說：「不，我們得去找史諾。」

「那我們最好在整條街被炸掉以前，快點走。」蓋爾說。我們緊靠著牆，繼續沿著街道前進。只不過現在大部分的牆面是商店的櫥窗。櫥窗上的圖案是一雙雙汗濕的手掌和一張張目瞪口呆的臉緊貼著玻璃。我把圍巾拉高，遮到顴骨，在商店門口的陳列架之間飛奔。來到一排掛著史諾的裱框照片的架子後面，我們碰上一名受傷的維安人員。他靠著一面磚牆支撐著，求我們救他。蓋爾一抬腿，膝蓋擊中他的太陽穴，拿下他的槍。到了十字路口，他射倒另一名維安人員。現在我們兩個都有槍了。

「現在我們成了什麼人呢？」我問。

「鋌而走險的都城百姓。」蓋爾說：「維安人員會認爲我們跟他們是同一邊的。希望反抗軍找到比我們有趣的靶子。」

我們奔過十字路口時，我琢磨著扮演這角色的學問，但是等我們抵達下一個街區，我們是誰已經不重要了。誰是誰都不重要了。因爲沒有人在看你是誰。沒錯，反抗軍已經進攻到這裡。他們湧進大道，在門廊下、車子後找尋掩護，不斷開槍，嘶啞著聲音呼喝叫喊，準備迎戰一隊朝我們而來的維安人員。夾在雙方火線中間的，是沒有武裝的難民。他們迷失方向，張皇失措，許多人都受了傷。

我們前方有個豆莢被觸動，噴出大量熱蒸汽，經過的人都燙得半熟，死了滿地，燙得像一條條粉紅色的腸子。之後，僅存的一點秩序蕩然無存。一縷縷殘留的蒸汽跟大雪糾纏在一起，遮蔽了視線。我最遠只能看到手中這支槍管的末端，之外便是白茫茫一片。維安人員、反抗軍、平民百姓，誰知道誰是誰？任何移動的東西都是靶子。人們反射性地開槍，我也不例外。心跳加速，腎上腺素在我全身流竄，每個人都是我的敵人，除了蓋爾，我打獵的夥伴，守護我後背的那個人。現在，我們只能繼續前進，殺掉所有擋住去路的人。到處都是尖叫的人，流血的人，死去的人。當我們抵達下一個街角，前方整個街區都籠罩在強烈的紫色光芒中。我們快速後退，躲進一處樓梯口，瞇眼朝那光芒張望。被紫光照到的人都彷彿受了傷。他們是遭到……遭到什麼襲擊？聲波？光波？雷射？武器從他們手中滑落，他們手指抓臉，鮮血從眼睛、鼻子、嘴巴、耳朵，從所有看得見的孔竅噴湧而出。不到一分鐘，所有的人都死了，紫光消失。我咬緊牙關，開始奔跑，跳過地上一具具屍體，腳踩到血泊時打滑了一下。狂風捲著大雪飛旋，擋住了視線，但沒有擋住另一波朝我們而來的腳步聲。

「趴下！」我以氣聲對蓋爾喊叫。我們就地趴倒。我的臉剛好趴在一攤還溫熱的血上面，但我裝死，一動也不動。腳步從我們身邊邁過，有的人避開屍體，有的人踩上我的手、我的背，踢到我的頭。當腳步聲遠去，我睜開眼睛，對蓋爾點點頭。

到了下一個街區，我們碰到更多驚恐的難民，但只有少數士兵。就在我們以爲終於可以稍微喘一口氣時，我們聽見有什麼東西破裂開來，就像雞蛋敲在碗沿的聲音，但放大了好幾千倍。我們停下腳步，左右張望，尋找豆莢的蹤跡。什麼也沒有。然後，我感到靴尖開始微微地傾斜。「快跑！」我對蓋爾大喊。沒時間解釋。但不到幾秒鐘，大家都知道這是怎樣一個豆莢了。街道的正中央裂開一道縫。鋪著地磚的街道兩旁像可以掀動的口蓋，向下翻開，讓走在上面的人緩緩滑落。我不知道底下有什麼東西等著我們。

我一邊想筆直奔向下一個路口，一邊又想衝向路旁建築的門，躲進某棟房子裡。結果，我沿對角線前進。口蓋繼續翻落，我連跑帶爬，腳步慌亂，越來越難踏穩滑溜的地磚。就像跑在結冰的山坡上，每一步都越發陡峭。當我感覺到腳下的口蓋已經翻落，我的兩個目的地——十字路口和路旁建築物——都在幾呎之外。我無計可施，只能在千鈞一髮之際，利用腳下還觸及地磚的最後著力點，猛力一蹬，躍向十字路口。我雙手抓住邊沿時，發覺口蓋已經垂直翻落。我的雙腳懸在半空中晃蕩，完全沒有可以踏腳的地方。底下五十呎的地方傳來一股惡臭，彷彿溽夏裡屍體腐爛的氣味。陰影中有黑色的形體在蠕動爬行，解決掉任何跌下去沒死的人。

我張口呼喊，但喉嚨裡只發出哽住的聲音。沒有人來救我。我快要抓不住冰冷的邊沿了。這時，我看見我距離角落大約只有六呎。於是，我雙手抓緊邊沿，慢慢移動，努力不去注意從底下傳來的可怕聲音。當我雙手扣住角落的兩側，我努力把右腳盪上邊沿，勾住可以使力的地方，然後使盡力氣，將身體翻到路面上。我氣喘吁吁，不住地發抖，往外爬，然後雙臂牢牢抱住一根燈柱，穩住自己，雖然這時我腳下的路面是平坦的。

「蓋爾！」我對底下的深淵呼喊，顧不得會被人認出來。「蓋爾？」

「在這裡！」我疑惑地朝左邊看。口蓋直貼著建築物邊緣往下翻落，不給人留任何餘地。有十來個人跑得夠遠，現在正抓著那一排房子任何可以抓住的東西——門把、門環、信箱口——懸掛在半空中。我前方第三個門，蓋爾緊抓著一棟公寓門口裝飾用的鐵柵欄。如果這時門開著，他可以輕易翻進去。但是，即使他不斷踢門，也沒人來開門。

「閃一下！」我舉起槍。他轉過身，我朝門鎖射擊，直到門朝內敞開。蓋爾用力一盪，進了門，癱在地板上。有那麼片刻，我因為他獲救而興奮起來。但是，接著，戴著白手套的手攫住他。

蓋爾抬頭，與我四目相接，掀動嘴唇，以嘴型對我說了什麼。我沒看懂，不知道該怎麼辦。我不能拋下他，但我也到不了他身邊。他的嘴唇又動了一下。我搖頭表示我不明白。他們隨時都會發現自己抓到了什麼人。維安人員這時已經把他往裡面拖。「快走！」我聽見他喊。

我轉身逃離豆莢。現在，只剩我一人了。蓋爾被捕。奎希妲和波呂克斯可能死了十次不止。比德呢？自從離開虎娘子的店，我就沒看見過他。他可能已經折回虎娘子那裡了。是的，我寧可相信，他可能覺得自己又快發瘋，於是在還能控制自己的情況下，退回了地窖。他一定已經察覺，都城已經夠混亂了，不需要他再製造混亂。他一定知道，他不需要以身作餌，然後服下夜鎖。夜鎖！蓋爾沒有夜鎖。儘管他說過可以徒手引爆箭鏃，他根本沒有機會這麼做。維安人員抓住他以後，第一件事一定就是奪下他的武器。

我跌坐在一戶人家門口，淚水刺痛我的眼睛。**開槍打我**。他用嘴型對我說的，就是這句話。我照說應該要射殺他的！那是我的職責。那是我們沒有說出口的承諾，我們五個人對彼此的承諾。我卻沒做到。現在，都城會殺他，折磨他，劫持他，或——裂痕開始在我裡面擴散，我快要裂成碎片了。我只能希望，都城趕快陷落，放下武器，在傷害蓋爾之前交出所有囚犯。但是，只要史諾還活著，我就不可能看到這樣的事發生。

兩個維安人員從我面前跑過去，對這個縮在門口哭泣的都城女孩，看都不看一眼。我嚥下還沒流出的眼淚。淌在臉上的淚水，我趁它們還沒結冰，伸手抹掉。我強自振作起來。好，那麼，我仍是個不知名的難民。或者，抓住蓋爾的維安人員在我逃跑時已經瞥見我的模樣？我脫下斗篷，把它反過來穿，讓黑色的襯裡而不是紅色的面料露在外頭。然後，我拉好兜帽，遮住臉孔，把槍緊抱在胸前，掃視眼前的街區。這裡只有幾個落單的人，表情茫然地往前走。我靜靜地尾隨在兩個老人後面。他們沒有注意到我。沒有人會想到我跟老人在一起。當我們走到下一個十字路口，他們停下來，我差點撞上他們。市圓環到了。圓形廣場周圍環繞著宏偉的建築，而對面就座落著總統的官邸。

圓環裡擠滿了人，有的茫然地走動，有的哭泣哀號，有的只是坐在那裡，任由雪花堆積在身上。我立刻融入其中，在人群裡穿梭，朝官邸走去，腳下不時絆到棄置的珠寶或覆雪的肢體。走了大約一半，我才察覺官邸前方圍著水泥塊路障。高約四呎，向兩旁延伸，形成巨大的長方形。你會以爲它後面是空的，但是它圍了一群難民在裡面。也許他們就是被選上可以進官邸避難的那一群人？然而，再走近一些，我注意到情況並不是這樣。被圈在路障後面的，全是孩子。從剛在學步的幼兒到青少年。害怕、凍傷的孩子。或者三五成群地擠在一起，或者木然地坐在地上前後搖晃。他們被圈在這裡，四周有維安人員把守著。我馬上知道，這不是為了保護他們。如果都城要保護這些孩子，他們應該會被帶到某處碉堡。這是為了保護史諾，讓孩子做他的人肉盾牌。

廣場上傳來一陣騷動，群眾都湧向左邊。我陷在比我龐大的身軀之間，被大群大群的人擠到一旁去，偏離了我原本的路線。我聽見有人大喊：「叛軍！是叛軍！」所以，他們已經攻打進來了。在人群的推擠下，我撞上一根旗杆。我緊緊抱著旗杆，抓住從頂端垂下來的繩子，往上攀爬，脫離群眾的推擠衝撞。沒錯，我看見反抗軍湧進了圓環，把難民趕回大街上。我環視整個區域，找尋豆莢，確信它們馬上會引爆。但那樣的事並未發生。相反地，我看見——

一艘標上都城徽章的氣墊船出現，浮在水泥塊路障圈住的那群孩子的正上方。幾十朵銀色降落傘朝他們飄落。即使是在這樣混亂的情勢裡，孩子們仍然知道，銀色降落傘裡會有什麼。食物、醫藥、禮物。他們急切地接住降落傘，用凍僵的手指費力地去解上頭繫著的繩子。氣墊船消失，五秒鐘過後，大約二十朵降落傘同時爆炸。

人群中響起哀號聲。雪地染紅，散落著小小的破碎肢體。許多孩子當場死亡，但有些孩子痛苦地躺在地上。還有些孩子踉蹌地走動，不發一語，瞪著還握在手裡的，剩下的銀色降落傘，彷彿裡面仍然可能藏有什麼寶貴的東西。我看得出來，那些維安人員不曉得會發生這樣的事，因爲他們正奮力推開水泥塊，開出一條路，急著要奔向那些孩子。這時，另一群穿著白色制服的人從路障的缺口湧入。但他們不是維安人員。他們是醫護人員。反抗軍的醫護人員。無論在哪裡，我都認得那身制服。他們衝進小孩當中，手裡拿著急救箱。

我先是瞥見她垂在背後的金色辮子。然後，當她一把脫下外套，蓋在一個哭號的小孩身上，我注意到她沒紮好的襯衫後襬露在外面，像是鴨尾巴。我的反應跟艾菲．純克特在抽籤日叫到她名字時一樣。無論如何，我一定是癱軟了，因爲我察覺自己滑落到了旗杆基座，想不清楚剛剛那幾秒鐘發生了什麼事。接著，就跟抽籤日那天一樣，我排開人群往前擠，在人聲喧騰之中大聲喊她的名字。我幾乎快走到了，幾乎快到水泥塊路障了。我想，她聽見我叫她了。因爲在那一刻，她看見我，掀動嘴唇，要叫我的名字。

就在這時候，剩餘的降落傘爆炸了。

25

眞的還是假的？我在燃燒。降落傘爆炸的火球飛出水泥塊路障，穿過飄雪的空氣，落在人群裡。我轉過身時正好被一團火擊中，火舌從我的背部往上竄，把我轉變成一種新的生物。這生物，宛如太陽，無法撲滅。

火的變種只知道一種感覺：煎熬。看不見，聽不見，沒有感覺，只除了肌膚永不止息的燒灼。或許間歇有失去意識的時刻。但是，如果失去意識不能減輕痛苦，那又有什麼用？我是秦納的鳥兒，已經點燃，瘋狂地拍翅，想要逃離無法逃離的事物。火焰的羽毛從我的身體長出來。拍動翅膀只能搧起烈焰。我燃燒自己，吞噬自己，無止無盡。

最後，我的翅膀開始蹣跚搖晃，我在下墜，地心引力將我拉向泡沫海洋，海的顏色是芬尼克眼睛的顏色。我仰面漂浮著，我的背在水面下繼續燃燒，但煎熬的劇痛已經減弱，變成疼痛。我漂浮著，但無法翱翔。這時，他們來了。死去的人來了。

我所愛的那些人，像鳥兒一樣在我上方開闊的天空飛翔。他們盤旋而上，來回穿梭，召喚我加入。我好想跟他們去，但是海水浸透了翅膀，我舉不起來。我痛恨的那些人卻撲向水面，可怕的有鱗生物用尖銳的牙齒撕咬著我浸鹽的身體，一口一口地咬，把我往水下拖。

那隻帶著淡淡粉紅色的小白鳥俯衝下來，雙爪抓住我胸口，努力不讓我沉下去。**「不，凱妮絲！不！妳不能走！」**

但我痛恨的人贏了，如果她繼續抓著我不放，她也會沉沒。**「小櫻，放手！」**最後，她放開手。

在水的深處，我被所有的人拋棄了。只剩下我呼吸的聲音，我費盡力氣把水吸入，然後從肺部呼出的聲音。我想停下來。我試著憋住氣。但海水不理會我的心意，不斷強行進出。**「讓我死。讓我跟他們去吧。」**我哀求。不管撐住我的是什麼，我向他哀求。沒有任何回應。

我被困住，好幾天了，好幾年了，說不定好幾世紀了。死了，但不容死去；活著，但無異於死。好孤單，任何人、任何東西，無論多讓人厭惡，我都歡迎他們來訪。當我終於有一名訪客，那竟是甜美的。痲精。在我的血管裡迴流，撫慰我的疼痛，輕盈我的身體，我又往上升，朝天空升起，再度平躺在泡沫水面上。

泡沫。我真的漂浮在泡沫上。我的指尖可以感覺到泡沫在我下面，輕輕抱著我赤裸的身體。仍然很痛，但也有了現實的感覺。我的喉嚨乾得像砂紙。我聞到第一次在競技場裡那種燒傷藥膏的味道。我聽到我母親說話的聲音。這些感覺令我害怕。我試圖回到深海中，想弄懂怎麼回事。但是，回不去了。漸漸地，我被迫接受眞正的自己。一個嚴重燒傷的女孩，沒有翅膀，沒有火，也沒有妹妹。

在白得眩目的都城醫院裡，醫生在我身上施展他們的魔法。將新的皮膚覆蓋在我燒傷的地方。呵護新皮的細胞，讓它們以爲自己是我身上長的。擺布我的肢體。將我的手腳時而彎曲，時而拉直，維持我四肢的彈性。我一再聽見有人說我是多麼幸運。我的雙眼沒有受到傷害，臉部大部分地方也沒有燒傷，肺對治療有反應。我整個人終會像新的一樣。

當我嬌嫩的新皮漸趨堅硬，足以承受被單的壓力，有更多的訪客來看我。麻精打開了門，迎進死者，也迎進生者。黑密契，臉色發黃，沒有笑容。秦納，在縫製一件新的新娘禮服。蝶麗，叨叨說著大家有多好。我爸，唱完四節「吊人樹」，提醒我別讓我媽知道。我媽，一遇到值班的空檔，便在床邊一張椅子上睡覺。

有一天，我如眾人所預期地醒來，知道我將不再允許活在自己的夢境裡。我必須自己用嘴巴進食，活動肌肉，自己上廁所。柯茵總統的短暫造訪，確認了我已經康復。

「別擔心。」她說：「我把他留給妳。」

醫生們對我爲什麼無法說話越來越困惑。他們做了許多檢查。我的聲帶有一點損傷，但不至於不能說話。最後，一位腦袋醫生，奧瑞理烏斯大夫，提出一個理論，說我雖然生理上沒有理由不能說話，卻變成了心理上的去聲人。我不能說話，是情感創傷造成的。眾人提出了上百種治療方式，但他告訴他們，由著我吧。就這樣，我沒有問起任何人或任何事，但大家還是持續給我帶來一些消息。關於戰爭：都城在降落傘爆炸當天陷落，現在是柯茵總統在領導施惠國，軍隊被派到各地追剿都城殘餘的小股頑抗份子。關於史諾總統：他被關起來，等候審判，肯定會被處死。關於我的刺殺小組：奎希妲和波呂克斯被派到各行政區，報導戰爭帶來的損害。蓋爾逃脫時中了兩槍，現在正在第二區掃蕩殘餘的維安人員。比德仍在燒傷中心。他那天到底還是去到了圓環。關於我的家人：我媽用工作埋藏她的悲傷。

我，沒有工作要做，被悲傷吞噬。讓我繼續活下去的，只剩柯茵的承諾。我將可以殺了史諾。等這件事做完，我就什麼都沒有了。

終於，他們讓我出院，並將總統官邸裡的一個房間分配給我，讓我跟我媽同住。但她幾乎沒回來過，總在工作的地方吃飯和睡覺。探望我，確定我有進食用藥的責任，便落到黑密契頭上。這不是件容易的任務。我拾回了在第十三區養成的習慣，總是未經許可就在官邸裡四處遊蕩，闖進一間間臥房和辦公室、舞廳和浴室，找尋奇怪的可以躲藏的小地方。掛滿毛皮衣物的衣櫥。藏書室裡的櫃子。擺滿廢棄家具的房間裡，一個早被人遺忘的浴缸。我躲藏的地方既陰暗又安靜，沒人找得到。我蜷縮起來，把自己變小，希望能完全變不見。包裹在沉默當中，我一遍又一遍地轉動手腕上的塑膠手環，上面寫著「精神錯亂」。

我名叫凱妮絲·艾佛丁。我十七歲。我家在第十二區。第十二區已經不存在了。我是學舌鳥。我推翻了都城。史諾總統恨我。他殺害了我妹妹。現在我要殺他。然後飢餓遊戲將會結束……

我發現，每隔一段時間，我就會回到自己的房間。我不確定這是因爲我需要回來補充痲精，還是因爲黑密契把我搜了出來。我吃飯，服藥，依照他們的要求洗澡。我不在乎水，我在乎的是鏡子，鏡子照出我焚燒過的裸體，一隻火的變種。移植的皮膚仍保持新生嬰兒的粉紅色。被火燒灼過，但仍可挽救的皮膚，看起來又紅又燙，有些地方還出現溶解的現象。那些沒被燒到的皮膚，發出白皙和蒼白的光澤。我看起來就像一張怪異的皮膚拼貼百衲被單。我有些頭髮已完全燒掉，剩餘的部分剪得參差不齊。凱妮絲·艾佛丁，曾經燃燒的女孩。我其實不在乎，但看見自己的身體，就會喚起痛的回憶。就會想起爲什麼我會痛，想起開始痛之前發生了什麼事，想起我眼睜睜看著我的小妹變成人體火炬。

閉上眼睛也沒有用。在黑暗中，火燒得更明亮。

奧瑞理烏斯醫生偶爾會出現一下。我喜歡他，因爲他不會說一些蠢話，像是說我現在絕對安全了，說他知道我總有一天會再度快樂起來，雖然我現在看不到那一天，或甚至說從今以後施惠國將會變得更好。他只會問我想不想說話，當我不回答，他便坐在椅子上睡覺。事實上，我認爲，他來看我，最主要是因爲他需要打個盹。這種安排對我們倆都很有用。

雖然我說不出確切的時間，但我知道時候快要到了。史諾受審了，確定有罪，判處死刑。黑密契跟我說了。我在走廊上從警衛身旁緩緩飄過時，也聽到他們在談這件事。我的學舌鳥服裝送到了我房間。還有我的弓，看起來完好如初。不過，少了一袋箭。也許箭都已經損毀，但更可能因爲我不應該擁有武器。我隱隱約約想到，我是不是應該爲這件大事做點什麼準備，卻什麼都想不出來。

有天下午，我躲在一扇彩繪屏風後頭，在一張靠窗的軟墊長椅上待了很久。傍晚，我走出來，不是像往常那樣向右轉，而是向左轉。我發現自己來到官邸中一個陌生的區域，並且馬上迷失了方向。不像我住的那個區域，這裡似乎沒有人可以詢問。不過，這樣很好，我喜歡這樣。但願我早一點知道這個地方。這裡好安靜。厚厚的地毯和沉重的掛氈，吸收掉所有的聲音。燈光柔和，顏色低沉，非常平靜。直到，我嗅到玫瑰的氣味。我趕忙鑽到什麼帷幔背後，不停顫抖，無法奔逃，等著變種動物出現。最後，我明白過來，沒有變種會來。那麼，我嗅到的是什麼？眞正的玫瑰嗎？難道我走近了生長那邪惡東西的花園？

我靜悄悄地沿著走廊往前走，那氣味越來越濃。或許沒有變種動物發出的味道那麼濃，但是更純粹，因爲沒有污水和炸藥的氣味夾雜在裡頭。我轉過拐角，發現自己瞪著兩個表情吃驚的守衛。當然，不是維安人員。現在已經沒有維安人員了。但也不是身材精瘦，穿著灰色軍服的第十三區士兵。這兩個人，一男一女，穿著胡搭亂湊的破舊衣服，是眞正的叛軍。他們身上還纏著繃帶，面容憔悴，守著一道通往玫瑰花圃的門。我邁步要進去，他們的槍立刻交叉擋在我面前。

「小姐，妳不能進去。」那男的說。

「是軍士。」那女的糾正他。「艾佛丁軍士，妳不能進去。總統下的命令。」

我只是站在那裡，耐心地等他們把槍放下，等他們明白，不待我開口解釋就明白，門的那邊有我要的東西。不過是一朵玫瑰。一朵就好。我射殺史諾之前，要別在他的外衣翻領上。我不出聲，光是站在那裡，似乎就令這兩名守衛很困擾。他們討論著要不要叫黑密契來。這時，有個女人在我背後說：「讓她進去。」

我認得這聲音，但無法立刻想起在哪裡聽過。不是炭坑，不是第十三區，當然也不是都城。我轉過頭，發現自己面對著佩勒，第八區的指揮官。她看起來比那時在臨時醫院裡還憔悴。可是，誰不是呢？

「我的命令。」佩勒說：「門後的任何東西，她都有權利。」這兩名守衛是她的士兵，不是柯茵的。他們沒有質疑，立刻放下槍，讓我通過。

在短短的走廊盡頭，我推開玻璃門走了進去。這時，那味道已經太濃，濃得不再嗆鼻了，彷彿我的鼻子再也無法多吸入一點。潮濕、溫和的空氣觸撫著我發燙的皮膚，感覺很舒服。滿園的玫瑰開得燦爛奪目。一列列豐美茂盛的花朵，飽滿的粉紅，夕陽般的橘色，甚至還有淡藍色。我信步走在精心修剪的花叢間，只是看，不碰觸，因爲我已經受過慘痛的教訓，知道這些美麗的東西有多致命。當我看到它，我知道我找到了。在一株細長的枝條頂端，一朵高貴的白色花苞正要綻放。我拉起左邊的衣袖蓋住手，這樣我的皮膚就不會眞的接觸到它。我拿起一把修剪枝葉用的剪刀，剛放在枝條上要剪的位置，就聽到他開口說話。

「那朵很漂亮。」

我的手一抖，剪刀闔上，剪斷了枝條。

「當然，有顏色的也很討人喜歡。但是，最能代表完美的還是白色。」

我仍然看不到他，不過他的聲音似乎是從鄰近的紅玫瑰花床那邊傳來。我的手指隔著衣袖的布料，小心翼翼地掐著那朵花苞的枝條，慢慢繞過轉角，看見他坐在靠牆的一張凳子上。一如既往，他梳理得很整潔，一身精緻的衣裝，只不過他這時戴著手銬腳鐐，還有追蹤器。在明亮的光線底下，他的膚色發青，顯得蒼白、虛弱。他手裡握著一塊白色手帕，上面染著點點鮮紅的血跡。即便健康惡化，他蛇一般的眼睛依然灼亮冷酷。「我一直期望著妳能找到路，來我的住所。」

他的住所。我侵入了他的家，就像去年他像蛇那樣無聲無息地侵入我家，發出血和玫瑰的氣息，低聲威脅我。這間溫室是他家裡的一個房間，也許是他最喜歡的一間。在時機好的時候，或許他會親自照料這些花。但是，現在，這裡是他的監牢的一角。難怪守衛會阻擋我，難怪佩勒會放我進來。

我本來以爲他會關在都城最深的地牢裡，不是安置在如此奢華的環境中。但是柯茵讓他待在這裡。我猜，這是爲了樹立先例。這樣，如果將來她自己失勢倒台，人們才會知道，做總統的人，即使是最卑鄙無恥的總統，都應該享有特殊待遇。畢竟，誰知道她的權勢不會有衰頹的一天？

「有太多事情我們應該好好談一談了。不過，我有個感覺，妳來訪的時間很短暫。因此，重要的事先談。」他開始咳嗽。當他把手帕從嘴上拿開，手帕更紅了。「我想要告訴妳，妳妹妹的事，我很遺憾。」

即便我此時感覺麻木，麻精還在作用，他這句話仍然刺痛了我，只再度提醒我，他的殘酷毫無止境。他即使要死了，都還想摧毀我。

「眞是浪費，毫無必要。任何人都看得出來，到那地步，遊戲已經結束了。事實上，他們釋出降落傘時，我正要發布正式的投降文告。」他的眼睛緊緊盯著我，眨也不眨，以免錯失我的任何反應。但是，我不懂他在說什麼。**他們**釋出降落傘？「嗯，妳不會眞的以為那是我下的命令，對吧？這是再明顯不過了——如果我手裡還有一架能飛的氣墊船，我應該用它來逃走的。但這一點先不管吧。那時候我這麼做有什麼意義？妳我都曉得，我也殺小孩子，但我不做無謂的浪費。我取人性命，總有非常明確的理由。我沒有理由殺害一大群都城的孩子。完全沒有。」

我不知道他接下來的咳嗽是不是故意的，好讓我有時間咀嚼他說的話。他說謊。當然，他一定在說謊。但是，在謊言之外，有個什麼感覺在掙扎，想要從中釋放出來。

「無論如何，我必須承認，柯茵這一招實在高明。想想看，我炸死我們自己無助的孩童，難怪我的人民對我僅存的，最後一點脆弱的忠誠，會立刻瓦解。在那之後，反抗軍就沒遭到眞正的抵抗。妳知道那是現場轉播嗎？這裡頭，降落傘裡頭，可以看見普魯塔克的風格。身為首席遊戲設計師，會這樣思考，不是很正常嗎？」史諾用手帕摁了摁嘴角。「我很確定，他無意傷害妳妹妹。但事情就這樣發生了。」

眼前我不是跟史諾在一起。我是在第十三區的特殊武器中心，跟蓋爾和比提在一起，看著設計圖。那是以蓋爾的陷阱爲基礎做的設計。利用人類的同情心。第一顆炸彈殺死受害者。第二顆，殺死趕來救援的人。我想起蓋爾說的話。

「比提跟我所遵照的，正是史諾總統劫持比德時參考的那本指導手冊。」

「我敗在哪裡呢？」史諾說：「我敗在太慢才理解柯茵的計畫。讓都城和行政區互相毀滅，然後柯茵倚仗幾乎毫髮無傷的第十三區介入，奪下政權。沒有錯，她從一開始就打算取代我的位置。我不應該感到驚訝的。畢竟，是第十三區挑起叛變，導致黑暗時期來臨，然後，當整個情勢失利，第十三區又拋棄了所有其他行政區。可惜，我沒注意柯茵。我注意的是妳，學舌鳥。而妳也只注意我。恐怕我們兩個人都被當作傻子耍了。」

我拒絕相信這是眞的。不是在任何情況下，我都能生存。有些事，連我也無法承受。自從我妹死後，我第一次開口說話：「我不相信你。」

史諾故意裝出失望的表情，搖搖頭說：「噢，我親愛的艾佛丁小姐，我以爲我們已經同意彼此不說謊。」

26

走出花園，回到走廊，我發現佩勒仍站在原來的地方。「找到妳要找的了嗎？」她問。

我舉起白色花苞作爲回答，然後顫顫巍巍地從她身邊走過。我不記得怎麼辦到的，但我一定是設法回到了我的房間，因爲下一件我意識到的事情，是我拿了個玻璃杯到浴室水龍頭底下裝水，把玫瑰插進去。我跪倒在冰冷的瓷磚上，瞇著眼睛看那朵花，因爲在慘白的日光燈下，眼睛似乎很難聚焦看清楚白色。我的手指捏住手環，扭緊它，一如扭緊止血帶，直到擰痛了手腕。我希望疼痛能幫我保持清醒，看清現實，就像比德那樣。我一定要撐住。我一定要知道事情的眞相。

有兩種可能，雖然相關細節未必如我揣測的。

首先，正如我之前相信的，都城派出那艘氣墊船，拋下降落傘，犧牲掉他們自己孩子的性命，知道剛剛抵達的反抗軍會去搶救。有證據可以支持這樣的看法。氣墊船上有都城的徽章，維安人員一點也沒想把它打下來，並且，都城長年來壓制各行政區，向來不惜拿孩子做遊戲的棋子。

其次，史諾的說法。反抗軍駕駛都城的氣墊船，炸死孩子，好加速結束戰爭。但是，如果這是事實，爲什麼都城沒對敵人開火？難道他們是過度震驚，無法做出反應？還是他們一點防衛能力都沒了？對第十三區而言，孩子是很珍貴的，至少一向看起來是這樣。嗯，也許我是例外。我一旦不再有用處，就可以拋棄。不過，我想，在這場戰爭裡，他們早已不把我當成孩子看待了。那些扔炸彈的人，明知道他們自己的醫護人員會怎麼反應，知道這些人會被第二波爆炸炸死，爲什麼還要這麼做？他們不會這麼做。他們不可能這麼做。所以，史諾撒謊。他像一向以來那樣，仍想利用我，希望我轉而對抗反抗軍，甚至摧毀他們。對，一定是這樣。

那麼，又是什麼讓我一直感到不安呢？首先是分兩波爆炸的那些炸彈。不是說都城造不出同樣的武器，而是我確知反抗軍擁有這樣的東西。那是蓋爾和比提的發明。其次，我知道史諾是最傑出的生存者，而他卻沒有嘗試脫逃。似乎很難相信他沒在哪個地方打造隱密的藏匿之處，譬如地下碉堡，預先儲藏了豐富物資，供他度過蛇一般的卑瑣的餘生。最後，還有他對柯茵的看法。不能否認地，她的所作所爲確實像他說的那樣。讓都城和各行政區拼得你死我活，然後悠悠地走過來，伸手拿下政權。不過，即使這確實是她的計畫，也不表示那些炸彈是她扔的。因爲沒必要這樣做。勝利已經是她的囊中之物。一切都在她的掌握之中。

只除了我。

我想起我承認自己沒想過誰會接替史諾時，博格斯是怎麼說的：**「如果妳當下的回答不是柯茵，那麼，妳就是個威脅。妳是反抗運動的象徵，妳的影響力可能比任何其他一個人都大。而妳的表現，到目前為止，充其量也不過是在容忍她。」**

突然間，我想到小櫻不滿十四歲，還不能授以軍士的頭銜，卻不知怎地跑到了前線來工作。怎麼會發生這樣的事？我不懷疑我妹妹會想要到前線來。她比許多年齡比她大的人還能幹，也是不爭的事實。但是，即便如此，也還是要有非常高層的人士批准，才能把一個十三歲的孩子投入戰鬥當中。所以，柯茵批准了這件事，想把我逼到絕境，因爲失去小櫻而完全失控？或者，起碼讓我此後堅定地站在她那一邊？我甚至不用在現場親眼目睹。市圓環布滿了無數的攝影機，勢必將那一刻永遠捕捉下來。

不，現在我快要瘋了，快要變成某種被害妄想症的患者了。這項轟炸任務會有太多人知道，事情遲早會傳出來的。還是，其實不會傳出來？除了柯茵、普魯塔克，以及一小撮忠心的人——或可以輕易滅口的人——知道以外，還有誰一定會知道？

我迫切需要有人幫我釐清這件事，偏偏我信任的人都死了。秦納、博格斯、芬尼克、小櫻。我可以找比德，但是他頂多只能揣測。再說，誰知道他的心智現在是處於什麼狀態。如此一來，只剩下蓋爾。他遠在他方。不過，就算他近在咫尺，我能向他吐露這件事嗎？我能說什麼？我要怎麼措辭，才能不暗示是他的炸彈炸死了小櫻？我不能找蓋爾，最重要的理由就在這裡：萬一史諾說的是眞話呢？畢竟，爲什麼史諾一定是在說謊呢？

最後，我能找的人只剩一個。他有可能知道發生了什麼事，並且也還站在我這一邊。光是提出這個疑問，就是在冒很大的風險。但是，雖然我知道在競技場上黑密契會拿我的命來賭，我不認爲他會出賣我，向柯茵告密。不管我們之間有什麼問題，多討厭對方，我們都寧可面對面解決我們自己的歧異。

我從瓷磚地板爬起來，走出房門，橫過走廊，去他的房間。我敲了門，沒人回應。於是我逕自推門進去。呃。他這麼快就能把一個地方弄得髒亂不堪，確實是本事。一盤盤吃剩一半的食物、破碎的酒瓶、發酒瘋時砸壞的破碎家具，散布在他的房間裡。他躺在床上，纏在被單裡，邋遢，骯髒，不省人事。

「黑密契。」我搖著他的腿叫他。當然，這樣是不夠的。不過，我還是多搖了幾下，才把一壺水澆在他臉上。他驚愕地大口吸氣，醒過來，盲目地揮舞著刀子。看來，史諾政權的終結，並不等於他的恐懼的終結。

「噢，妳啊。」他說。聽他的聲音，我知道他還在醉。

「黑密契……」我才開口要說話。

「聽，學舌鳥找回她的聲音了。」他大笑，截斷我的話。「嗯，普魯塔克會很高興。」他舉起酒瓶灌了一大口。「爲什麼我全身濕透了？」我慌忙把水壺扔到背後的一堆髒衣服裡。

「我需要你幫忙。」我說。

黑密契打了幾個嗝，空氣中充滿了白色的酒氣。「什麼事，小甜心？又有男孩子的困擾了？」我不知道爲什麼，但黑密契這話傷了我。他難得能夠這樣就傷了我。我臉上一定表現出來了，因爲，他即使還在醉酒的狀態，也試著收回剛才的話。「好吧，不好笑。」我已經轉身走到門口。「不好笑！回來！」他砰地一聲跌在地上，我猜他是想來追我，但是這樣沒有用。

我曲曲折折地穿過官邸的許多走廊，躲進一座掛滿綾羅綢緞的衣櫥。我把它們從衣架上扯下來，堆成一堆，把自己埋進去。我在口袋的內襯裡找到一粒遺落的麻精藥片，我乾嚥下去，企圖阻止歇斯底里來襲。只是，這不足以挽回走岔的事情。我聽見黑密契在遠處叫我，但他在這種醉酒的狀況下不可能找到我。何況這是全新的地點，我不曾躲在這裡過。包裹著絲綢，我感覺自己像一隻毛毛蟲，躲在繭裡，等候蛻變。我總以爲，這應該是寧靜的狀態。起初，確實如此。但是，當夜色降臨，我越來越覺得自己被困住了。柔滑的衣料令我窒息。除非我變成美麗的生物，我無法掙脫。我扭動身體，掙扎著，試圖褪去殘破的軀殼，解開蛻變的祕密，長出完美無瑕的翅膀。然而，費盡力氣之後，我仍是醜陋的生物，被炸彈的火焰燒成現在的模樣。

跟史諾偶遇，開啓了夢魘的門，所有昔日那些噩夢蜂擁而出。就像又被追蹤殺人蜂螫了一樣。一波可怕的影像襲擊我，然後，稍微平息了一下，我誤以爲自己醒來了，另一波恐懼卻又掩襲而至。當警衛終於找到我，我坐在衣櫥裡，糾纏在一堆絲綢中，聲嘶力竭地瘋狂尖叫。一開始，我抗拒他們伸過來的手。他們一再勸慰，我才相信他們是來幫我的。他們一件件卸下悶住我的衣服，護送我回房間。途中，我們經過一扇窗，我瞥見灰濛濛的、落雪的黎明在都城鋪展開來。

宿醉未醒的黑密契在房間裡等我。他端著一整個托盤的食物，握著滿手的藥片。我們倆都沒胃口。他有氣無力地嘗試勸我再度開口說話，眼看沒有用，就打發我去洗澡。有人幫我放好洗澡水了。浴缸很深，走三階才到底。我緩緩坐進溫暖的水裡，讓肥皂泡沫浸到頸項，盼望著吃下去的藥快點生效。我的眼睛盯著那朵玫瑰。一夜之間，它的花瓣已經綻開了。蒸汽瀰漫的空氣中，充滿了它濃烈的香味。當我站起來，伸手拿浴巾要蓋住它，有人遲疑地敲了一下門。浴室門打開，出現三張熟悉的臉。他們想對我微笑，但是看到我殘破的身體，連凡妮雅也掩飾不住震驚的表情。「驚喜吧！」歐塔薇雅大叫一聲，緊接著卻哭出來。我納悶他們怎麼會來這裡，隨即明白過來，一定是時候到了。今天是處決的日子。他們來，是爲了幫我裝扮，好上鏡頭。是爲了讓我回到「美人原點」。難怪歐塔薇雅會哭。那根本是不可能的任務。

他們幾乎不敢摸我拼貼補綴的皮膚，怕碰痛我。因此，我自己沖洗和擦乾。我告訴他們，我已經不覺得痛了。但是，富雷維斯在給我披上一件袍子時，還是忍不住瑟縮了一下。走進臥室，我發現另外一個驚喜。挺直地坐在椅子上，手裡抓著一塊寫字板。從閃著金屬光澤的金色假髮，到獨一無二的高跟皮鞋，全身上下打扮得光鮮亮麗。除了眼神空洞，她幾乎毫無改變。

「艾菲。」我說。

「哈囉，凱妮絲。」她起身，親吻我的臉頰，彷彿從我們上回在大旬祭前夕碰面至今，什麼事都沒發生。「嗯，看來，我們眼前又有一個大、大、大日子。你們最好趕快化妝，我先出去繞一圈，察看一下行程安排。」

「好。」我對著她的背影說。

「他們說，普魯塔克和黑密契費了九牛二虎之力才保住她的命。」凡妮雅壓低聲音告訴我：「她在妳逃脫之後就被關起來了。這多少有點幫助。」

把艾菲．純克特和反抗軍扯在一起還挺困難的。但是我不想讓柯茵殺了她，因此我在心裡記下來，如果別人問起，要把艾菲說成是都城的叛徒。「我猜，普魯塔克把你們三個抓來，到底是好事。」

「我們是唯一還活著的預備小組。還有，參與大旬祭的所有造型設計師全都死了。」凡妮雅說。她沒明確指出是誰殺了他們。但我開始覺得，這其實也不重要了。她小心翼翼地抓起我一隻疤痕累累的手，拉開一段距離，審視著。「現在，妳覺得指甲應該上什麼顏色？紅色，或黑亮的顏色？」

富雷維斯爲我的頭髮創造了美容奇蹟，居然弄齊了前面的瀏海，還利用幾絡比較長的頭髮遮住後面光禿的地方。由於我的臉僥倖沒遭火吻，處理起來的難度和往常一般。等我穿上秦納的學舌鳥服裝，唯一看得見傷疤的地方只剩脖子、前臂，以及手掌。歐塔薇雅把學舌鳥胸針在我胸口別好。然後我們退後看著鏡子。我眞不敢相信，經過他們這麼一打扮，儘管我裡面一片荒蕪破敗，外表竟顯得如此正常。

門上傳來輕叩聲，蓋爾走了進來。「可以佔用一分鐘嗎？」他問。我在鏡子裡看著我的預備小組。由於不知道要去哪裡，他們一開始手忙腳亂，走向不同的方向，幾度撞在一起。然後，他們把自己關進浴室裡。

蓋爾走到我背後，我們看著彼此在鏡中的影像。我在我們身上尋找某個可以讓我抓住的東西，某種跡象，證明我們仍是五年前在森林裡偶遇，後來形影不離的那個女孩和那個男孩。我想知道，如果飢餓遊戲沒有劫走那個女孩，究竟會發生什麼事。她會不會跟那男孩談戀愛，甚至嫁給他？在將來某個時刻，當兩家的弟弟妹妹們都長大了，她會不會隨他一同逃入森林，永遠離開第十二區？在荒野中，他們會不會快樂地生活下去？或者，即使沒有都城來打擾，他們之間那黑暗、扭曲的悲傷仍會滋長？

「我給妳帶來這個。」蓋爾舉起箭袋。我接過來時，注意到裡面只有一支普通的箭。「照說這具有象徵性的意義，妳射出這場戰爭的最後一箭。」

「萬一我失手呢？」我問：「柯茵會把箭拾回來給我嗎？還是她會乾脆自己一槍射穿史諾的腦袋？」

「妳不會失手的。」蓋爾幫我調整好肩上的箭袋。

我們站在那裡，面對面，卻不看彼此的眼睛。「你沒來醫院看我。」他沒回答。於是，我終於問出口：「那是不是你們的炸彈？」

「我不知道，比提也不知道。」他說：「這有關係嗎？反正妳心裡永遠會掛著這件事。」

他等我否認。我想否認，但他說的是眞話。即使是現在，我仍看得見她滿身的火光，感覺得到烈焰的熱氣。我將永遠無法把那一刻跟蓋爾分開來。我的沉默，就是我的回答。

「不知道究竟是不是，對我也一樣有用。好好照顧妳的家人吧。」他說：「一箭射準了，好嗎？」他輕輕碰了一下我的臉頰，轉身離去。我想要叫他回來，告訴他我錯了。告訴他我會想辦法接受現實，心裡不再有疙瘩。我會記住他是在哪種情況下製造出這種炸彈。我會把我自己不能推諉的罪行也考慮進去。我會挖出眞相，看究竟是誰扔下那些降落傘。證明那不是反抗軍。原諒他。但是，我辦不到，我只能面對痛苦。

艾菲進來，要帶我去參加什麼會議。我拿起我的弓，在最後一分鐘想起那朵玫瑰還在水杯中閃耀著。當我打開浴室的門，我看見我的預備小組在浴缸邊上坐成一排，駝著背，一臉挫敗。我想起我不是唯一一個自己的世界被奪走的人。「走吧。」我告訴他們：「有一大票觀眾在等著我們呢。」

我以爲這會是一場與影片拍攝有關的會議，普魯塔克將告訴我，我該站在哪裡，聽到什麼信號就動手射殺史諾。結果，我跨進房間時，看見六個人圍坐在一張桌子四周。比德、喬安娜、比提、黑密契、安妮，以及伊諾巴瑞雅。他們全穿著第十三區反抗軍的灰色制服。沒有人的氣色看起來特別好。「這是要幹嘛？」我問。

「我們也不確定。」黑密契回答：「看來是餘下的勝利者在聚會。」

「只剩下我們幾個？」我問。

「盛名之累。」比提說：「我們是交戰雙方的靶子。都城殺了一些勝利者，懷疑他們是反抗軍的成員。反抗軍則殺了另一些勝利者，認為他們站在都城那一邊。」

喬安娜繃著臉看著伊諾巴瑞雅。「那她在這裡做什麼？」

「**她**受到一項我們稱之為『學舌鳥條款』的協議保護。」柯茵說，跟在我後面走進來。「根據這項協議，凱妮絲．艾佛丁同意支持反抗軍，用以交換被捕的勝利者豁免罪責。凱妮絲守住了她那邊的約定，所以我們也該守住我們這邊的。」

伊諾巴瑞雅笑著看著喬安娜。「別一副得意的樣子，」喬安娜說：「我們遲早宰了妳。」

「請坐，凱妮絲。」柯茵說，關上了門。我在安妮和比提之間坐下，小心地把史諾的玫瑰花擺在桌上。一如既往，柯茵直接切入重點。「我請你們來，是為了解決一項爭議。今天，我們會處決史諾。過去幾個禮拜，他高壓統治施惠國的數百名幫凶，都受到了審判，正在等候處決。然而，各行政區所受的苦是如此之深刻，光這樣做看來還不足以彌補受害者。事實上，有許多人要求處死所有持有都城公民身份的人。不過，爲了維持足夠的人口來繁衍，我們不能那麼做。」

透過玻璃杯中的水，我看見比德一隻手扭曲的影像，以及手上燒傷的疤痕。現在，我們兩個都是火的變種。我的視線慢慢往上移，看到烈焰舔舐過他額頭，燒掉他眉毛的地方。但是火焰錯過了他的眼睛。依然是那雙在學校裡曾經迎視我目光，卻隨即閃開的藍色眼睛。這會兒，它們再一次躲開我的目光。

「所以，有人提出另一個方案。由於我和我的同事無法達成共識，大家同意，這件事我們讓勝利者來決定。你們當中有四人投贊成票的話，就算通過。這次投票不可以棄權。」柯茵說：「這個方案是，我們放棄消滅都城所有人口的想法，改舉辦最後一場具有象徵意義的飢餓遊戲，由都城位高權重者的子女出賽。」

我們七個人全轉頭看她。「什麼？」喬安娜說。

「我們用都城的孩子再辦一場飢餓遊戲。」柯茵說。

「妳是開玩笑吧？」比德說。

「不是。我也該告訴你們，如果最後確定要舉辦這場遊戲，我們將昭告國人，這是經過你們認可的。不過，爲了你們的安全，我們不會洩漏誰投贊成票或反對票。」柯茵告訴我們。

「這是普魯塔克的主意嗎？」黑密契問。

「這是我的主意。」柯茵說：「以最少的人命損失，來滿足復仇的需求。你們可以開始投票了。」

「不！」比德衝口而出：「我當然投反對票！我們不能再舉辦另一場飢餓遊戲！」

「爲什麼不？」喬安娜反駁說：「在我看來這很公平。史諾就有個孫女。我投贊成票！」

「我也贊成。」伊諾巴瑞雅說，一副滿不在乎的樣子。「讓他們也嘗嘗自己用過的手段吧。」

「這是我們當初反抗的原因！還記得吧？」比德看著我們其餘的人。「安妮？」

「我跟比德一樣，投反對票。」她說：「如果芬尼克在這裡，他也一定反對。」

「但是他不在這裡，因爲史諾的變種怪物殺了他。」喬安娜提醒她。

「不贊成。」比提說：「這會開啓惡例。我們不能再將彼此當作敵人了。在這個節骨眼上，要生存就得同心協力。所以，不贊成。」

「只剩凱妮絲和黑密契了。」柯茵說。

大約七十五年前，事情是不是就像現在這樣？一群人圍著一張桌子坐下來，投票決定要不要舉辦飢餓遊戲？當中有過異議嗎？是不是有人主張寬恕，卻被要求行政區孩子償命的聲音給壓下去？史諾的玫瑰的氣味裊裊升起，飄進我的鼻腔，沉入我的咽喉，帶著絕望，要窒息我。所有那些我愛的人都死了，而我們坐在這裡討論下一場飢餓遊戲，爲的是要避免浪費人命。什麼都沒改變。從今而後，什麼也不會改變。

我仔細衡量我的選擇，把每件事都徹底想過。我雙眼緊盯著玫瑰，開口說：「我贊成……爲了小櫻。」

「黑密契，就看你了。」柯茵說。

比德怒不可遏，大聲提醒黑密契，不要成爲這項暴行的共犯。我可以感覺到，黑密契端詳著我。就是這一刻了。我們將可以知道，我們彼此到底有多相似，他到底多瞭解我。

「我跟學舌鳥意見一致。」他說。

「太好了。投票通過。」柯茵說：「現在，我們眞的得就定位，參加處決典禮了。」

她經過我身邊時，我舉起插著玫瑰的玻璃杯說：「妳可以讓人給史諾戴上這朵花嗎？就別在他心口上方？」

柯茵微笑說：「當然。我也一定讓他知道要舉辦飢餓遊戲的事。」

「謝謝妳。」我說。

人們湧進房間，包圍我。有人幫我再撲上一些粉，有人引領我走向官邸的大門，並傳達普魯塔克的各項指示。市圓環擠滿了人，溢出的人聚在旁邊的街道上。大家都已在門外站好了位置。警衛、官員、反抗軍領袖、勝利者。我聽見歡呼聲，知道柯茵已經出現在露台上。然後艾菲拍了拍我的肩膀，我跨出門，走進寒冬的陽光下，在群眾震耳欲聾的呼喊聲中走到我的位置。我依照指示，轉身讓大家看著我的側臉，然後等待。當他們押著史諾走出門來，群眾簡直瘋狂了。他們把他的手反綁在一根柱子上。這實在沒必要。他哪裡也去不了，根本沒地方可去。這裡不是訓練中心前搭的寬敞舞台，而是總統官邸前窄窄的平台。難怪沒人要我事先練習。他距離我不過十碼。

我感覺到我的弓在掌中輕吟。我伸手到背後取箭。我搭好箭，瞄準玫瑰，但眼睛盯著他的臉。他咳嗽，一縷細細的紅色血水從下巴淌下。他伸出舌頭，舔了舔腫脹的嘴唇。我在他的眼睛裡搜尋，想找出一絲什麼反應，也許是恐懼、懊悔，或憤怒。但是，我只看到我們上次談話結束時他愉悅的神情。彷彿他又在說：**「噢，我親愛的艾佛丁小姐，我以為我們已經同意彼此不說謊。」**

他說得對。我們確實已經同意。

箭尖往上一揚，我鬆開繃緊的弦。柯茵總統從露台邊翻落，墜到地上。死了。

27

在隨後眾人震驚的反應中，我注意到一個聲音。史諾的笑聲。喉嚨裡可怕的嘎嘎笑聲，伴隨著咳嗽時噴出的血沫。我看到他彎下腰，嘔出他殘餘的生命，直到警衛擋住了我的視線。

當灰色的制服開始朝我聚集過來，我思忖著，在刺殺施惠國新任總統之後，我僅存的短暫日子會是什麼樣子的。審訊，可能刑求，肯定公開處決。現在，仍然牽繫著我的心的人很少，屈指可數。但我必須再一次對他們做最後的道別。我媽，從此以後，將孤孤單單一個人留在這個世界。想到要面對她，我下了決定。

「晚安。」我對手中的弓低聲說，察覺它完全靜止下來。我抬起左臂，脖子一轉，低頭去咬袖子上暗藏的藥丸。未料我的牙齒咬進了血肉裡。我猛抬起頭，困惑中發現自己望進了比德的眼睛。現在，這雙眼睛沒有閃躲，緊盯著我。鮮血從他手背上的牙印子冒出來，他緊緊握住我的夜鎖。「放開我！」我對他咆哮，試圖掙脫他鉗住我左臂的手。

「我辦不到。」他說。當他們把我從他手中拉走，我感覺到小口袋從我的衣袖被扯下來，看見深紫色的藥丸掉到地上。我眼睜睜看著秦納最後的禮物被一名警衛的靴子踩得粉碎。群眾湧過來時，我變成一頭瘋狂的野獸，踢、抓、咬，竭盡所能，試圖掙脫密密麻麻撲在我身上的手。警衛把我抬高，避開推擠。當我在擁擠的人群頭頂上被抬走，我仍繼續掙扎踢打。我開始嘶聲大叫，呼喊蓋爾。我在人群中找不到他，但是他一定知道我要什麼。乾淨俐落的一箭，結束這一切。但是，沒有箭，也沒有子彈射來。他有可能看不到我嗎？不，在我們上方，在布滿市圓環周遭的巨大螢幕上，每個人都能看見整件事發生的經過。他看見，他明白，卻沒有貫徹該做的事。正如他被捕時，我沒有做到一樣。差勁的獵人，差勁的朋友。我們倆都是。

我完全孤立無援了。

在官邸裡，他們給我戴上手銬，蒙上眼睛。我被半拖半扛地穿過長長的通道，搭著電梯時上時下，然後丟在鋪了地毯的地板上。手銬除下，門砰地一聲在我背後重重地關上。當我把眼罩往上推開，我發現自己是在訓練中心裡我以前住過的房間。我第一次參加飢餓遊戲和進入大旬祭競技場之前，最後那寶貴的幾天所住的房間。床上光禿禿的，只剩床墊。衣櫥敞開著，裡面空無一物。但是，我知道這就是那個房間。

我掙扎了半天才站起來，扒掉身上的學舌鳥服裝。我身上到處青紫，有一兩根手指可能斷了。但是，對抗警衛，付上最慘重代價的是我的皮膚。粉嫩的新皮膚像棉紙似地撕得稀爛，血從實驗室培養的細胞滲出。不過，沒有醫護人員出現，我也虛弱得不想在乎了。我緩慢地爬上床墊，蜷縮起來，等著流血至死。

沒那麼幸運。到了傍晚，血已經凝固了。我渾身僵硬、疼痛、黏膩，卻還活著。我一瘸一拐地走進淋浴間，憑記憶選擇了最輕柔的水流沖澡，沒用沐浴乳跟洗髮精，蹲在噴灑而下的溫水底下，手肘撐在膝上，頭抱在手裡。

我名叫凱妮絲·艾佛丁。為什麼我還沒死？我應該要死的。如果我早死了，對大家都好……

我跨出淋浴間，一站到地墊上，熱空氣立刻把我傷疤累累的皮膚烘乾。沒有乾淨的東西可穿，連一條裹身的浴巾也沒有。回到房間裡，我發現學舌鳥服裝不見了，擺在原地的是一件紙袍子。晚餐已經從那個神祕的廚房送上來，旁邊還有一個盒子，裝了藥物，當作飯後甜點。我沒多想，吃了食物，服了藥，在皮膚上塗了藥膏。現在，我需要專注思考自殺的方法。

我重又爬上床，蜷縮在血跡斑斑的床墊上。不冷，但是身上只有一層紙覆蓋著柔嫩的皮膚，我覺得自己毫無遮掩。跳樓自殺是不可能的，窗玻璃起碼有一呎厚。我可以打個漂亮的繩套，卻沒有地方供我懸吊。看來我可能可以把藥囤下來，累積到致命的劑量，一次服下，毒死自己，問題是我確定自己二十四小時受到監視。我不知道，但說不定此時此刻我上了電視現場直播，同時有幾個評論員正在分析我刺殺柯茵的可能動機。在日夜監視下，任何自殺的企圖幾乎都不可能遂行。再次，取我性命是都城的特權。

我能做的是放棄。我下了決心，躺在床上，不吃不喝，也不服藥。我可以做到的，只需躺著等死。然而，麻精戒斷的痛苦實在難熬。不像在第十三區的醫院裡一點一點地減少，這次是一次完全戒掉。我這一陣子服用的劑量一定很大，因爲毒癮犯起來的時候，我全身顫抖、劇痛、冷得受不了，我的決心像蛋殼一樣一下子就碎了。我跪在地板上，手指在地毯上搜索，找尋那些我在比較堅強的時刻一把扔掉的寶貴藥片。於是，我修正自殺計畫，決定靠麻精慢慢把自己毒死。我將會變得面黃肌瘦，渾身只剩皮包骨，兩隻眼睛大得嚇人。這計畫我進行了幾天，有相當的進展，然後，意想不到的事情發生了。

我開始唱歌。在窗前，在淋浴的時候，在睡夢中。唱了一小時又一小時，民謠、情歌、山歌。都是我爸生前教我的歌。因爲，我爸死後，我的生命中幾乎沒了音樂。這些歌我竟記得這麼清楚，眞是令人驚奇。曲調、歌詞，全沒忘。我的聲音，起初沙啞難聽，唱到高音時還會破掉，但越唱越好，到最後竟然還蠻動聽的。這樣的聲音，應該可以讓學舌鳥安靜下來，然後在半空中翻滾，加入合唱。日子一天天過去，一週週過去。我看著白雪落在窗外的壁沿上。在這些日子裡，我唯一聽到的聲音是自己的聲音。

不過，他們到底在幹什麼？爲什麼遲遲不處置我？要安排處決一個犯了凶案的女孩子能有多困難？我繼續執行自我消滅的計畫。身體越來越瘦。從來沒有這麼瘦過。我對抗飢餓的戰鬥打得太過激烈，有時我身爲動物的那一面會屈服於奶油麵包和烤肉的誘惑。不過，我仍朝著勝利邁進。有那麼幾天，我覺得人很不舒服，心想終於要離開這趟人生了。但就在這時，我察覺我的麻精藥片越來越少。他們要我慢慢戒除對麻精的倚賴。可是，這是爲什麼呢？在群眾面前，一個中毒的學舌鳥肯定比較容易處置。然後，一個可怕的想法襲上心頭：萬一他們不殺我呢？萬一他們對我另有計畫呢？用別的方式重新塑造、訓練、利用我？

我才不幹。如果我在這個房間裡弄不死自己，到了外頭，一有機會，我會馬上完成這個任務。他們可以把我養胖。他們可以把我全身拋光，重新打扮，讓我再次美麗起來。他們可以設計各種夢幻武器，一旦交到我手上，便宛如有了生命。但是他們再也別想把我洗腦，讓我相信自己必須使用那些武器。我已經不再信賴這種叫作「人類」的怪物，不想再爲他們效命，也鄙視自己是其中的一員。比德曾經質疑，我們摧毀彼此，難道是爲了讓某種更高尚的物種來接管大地。我想，他心裡一定有所體悟。會爲了解決彼此間的歧異，而犧牲自己孩子生命的生物，肯定非常不對勁。這種行徑，他們都能隨自己的意思解釋。史諾認爲，飢餓遊戲是有效的統治手段。柯茵相信，降落傘會加速戰爭結束。但是，到頭來，究竟誰得了好處？沒有人。事實眞相是，活在發生這種事情的世界，沒有人可能得到好處。

我不吃不喝，甚至一粒麻精藥片也不呑服，在床墊上躺了兩天之後，我房間的門開了。有人走上前來，繞過床尾，進入我的視野。黑密契。「妳的審判結束了。」他說：「走吧，我們回家去。」

回家？他在說什麼？我的家早就不見了。就算能夠去到這麼一個想像中的地方，我也太虛弱，動不了。陌生人出現，給我補充水分和餵食，幫我洗澡和穿衣。其中一位把我像個布娃娃般抱起來，上到樓頂，進入一艘氣墊船，放上座椅，繫上安全帶。黑密契和普魯塔克坐在我對面。沒幾分鐘，我們就在空中了。

我從來沒見過普魯塔克心情這麼好過，簡直是容光煥發。「妳一定有成千上萬個問題！」見我沒有反應，他乾脆自己說下去。

我射殺柯茵後，群情沸騰，亂成一團。當騷動平息下來，他們發現史諾的屍體，仍然綁在柱子上。大家看法不同，有人說他是笑到嗆死的，有人說他是遭到群眾推擠而死的。但其實沒人眞的在乎他是怎麼死的。他們緊急舉辦了一場選舉，佩勒當選總統。普魯塔克奉派擔任傳播部長，意思是，他負責安排電視廣播的節目。第一個電視轉播的重大事件，就是我的審判。在節目中，他自己也是明星，法庭上的重要證人。當然，是爲我辯護。不過，我的無罪判決，最主要應該歸功於奧瑞理烏斯醫生。他作證指出，我是個受到戰爭蹂躪，因而精神錯亂，毫無希望的瘋子。看來，他不是平白掙到那麼多打盹的時間。釋放我的條件之一是，我得繼續接受他的治療，雖然是用電話進行——他不可能跑到像第十二區這樣一個荒涼的地方住，而在接到進一步指示之前，我限制住居，只能待在第十二區。事實眞相是，由於戰爭已經結束，沒有人知道該拿我怎麼辦。萬一戰事再起，普魯塔克相信，他們一定可以找到適合我的角色。說完，普魯塔克哈哈大笑。沒人欣賞他的笑話，似乎對他一點也沒有影響。

「普魯塔克，你在準備另一場戰爭嗎？」我問。

「噢，不，不是現在。目前我們正處於蜜月期，每個人都同意，我們不久前的恐怖經歷，永遠都不該再重複。」他說：「但是，人類的集體思想通常很短命。我們是愚蠢、善變的生物，記憶力奇差，卻擁有自我毀滅的傑出天賦。不過，誰曉得呢？凱妮絲，也許現在就是時候了。」

「什麼的時候？」我問。

「記住事情的時候呀。也許我們正在見證人類這個物種的進化。要是這樣，那可眞是不得了。」然後，他問我有沒有興趣在一個新的歌唱節目中表演。這節目將在幾週後開播。他說，不妨唱首鼓舞人心的歌。他會派製作小組到我家來。

我們在第三區暫停了一下，放普魯塔克下去。他要跟比提碰面，更新廣播系統的技術。告別時，他對我說的話是：「可別變成陌生人啊。」

當我們回到雲端，我看著黑密契，說：「你爲什麼要回第十二區？」

「他們似乎也沒辦法在都城裡找到一個位置給我。」他說。

起先，我沒質疑這點。不過，我隨即開始狐疑起來。黑密契可沒刺殺任何人。他可以到任何地方去。如果他要回第十二區，一定是奉了命令。「身爲我的導師，你必須照顧我，對嗎？」他聳聳肩。接著，我明白了這是什麼意思。「我媽不會回來了。」

「對。」他說。他從外套口袋裡抽出一個信封遞給我。我端詳著上面細心、工整的筆跡。「她在第四區幫忙建立一所醫院。她要妳一到家就給她打電話。」我的手指撫摸著信封上優雅的筆畫。「妳知道她爲什麼不能回來。」對，我知道爲什麼。因爲我爸和小櫻，也因爲家鄉的灰燼。這地方太痛苦，令人無法承受。但是，我顯然承受得了。「想知道還有誰不會回來嗎？」

「不，」我說：「我喜歡驚喜。」

就像個好導師那樣，黑密契要我吃個三明治。然後，他假裝相信我剩下的旅程都在睡覺，自己忙著檢查氣墊船上的每個隔間，找酒，收進他的背包裡。當我們在勝利者之村前面的草地上降落，已經是晚上了。有半數的屋子，窗戶都透著燈光，包括黑密契和我的家。比德的房子沒亮燈。有人已經在我廚房的壁爐裡生了火，我在壁爐前的搖椅上坐下，手裡緊緊抓著我媽的信。

「那麼，明天見。」黑密契說。

隨著他背包裡酒瓶互相碰撞的聲音逐漸遠去，我低聲道：「我可不敢說。」

我無法從椅子起身。這房子裡的其他地方，都顯得寒冷、空洞、黑暗。我拉過一條舊披肩披在身上，盯著火焰看。我猜我睡著了，因爲接著我只曉得，天亮了，油婆賽伊正在灶頭丁鈴哐啷地忙著。她幫我煎了雞蛋，烤了吐司，然後坐在那裡看著我把它們吃光。我們沒說什麼話。她那個活在自己世界裡的小孫女，從我媽的針線籃拿了個寶藍色的線球在玩。油婆賽伊叫她放回去，但我說，就給她吧。反正這屋子裡再也沒有人會打毛線。吃過早餐，油婆賽伊洗了碗盤，然後離去。不過，到了晚上，她又來了。她做了晚餐，再次叫我吃光。我不知道這只是她敦親睦鄰的表現，還是政府花錢雇她這麼做。總之，她每天來兩次。她煮，我吃。我試著思考自己下一步要做什麼。現在，再也沒有什麼會阻礙我奪走自己的性命。但是，我好像在等待著什麼。

有時候，電話會一直響，一直響，但我沒接。黑密契從來沒來過。也許他已經改變主意，離開了。不過，我懷疑他只是醉死了。除了油婆賽伊和她孫女，沒有人來過。經過幾個月的獨處和自囚後，她們倆每次一來，我就覺得屋裡彷彿擠滿了人。

「今天可以感覺到春天的腳步近了。妳應該出去走走。」她說：「去打獵吧。」

我一直沒離開房子，甚至沒離開過廚房，除了走到幾步外的小浴室去。我身上仍穿著離開都城時穿的衣服。我只是坐在爐火前，瞪著壁爐台上逐漸堆積起來的一疊沒有打開的信。

「我沒有弓箭。」

「到門廊去看看吧。」她說。

她離開後，我考慮著要不要走到門廊那裡去。結果，還是決定不去。不過，幾個小時後，我還是起身，穿著襪子，悄無聲息地走動，以免吵醒鬼魂。來到書房，就是我和史諾總統一起喝過茶的那間書房，我看到一個箱子，裡面裝著我爸的打獵外套、我們家的植物書冊、我爸媽的結婚照、黑密契送到競技場上的插管，以及比德在時鐘競技場裡給我的項鍊墜子。蓋爾在大轟炸那天晚上搶救出來的兩副弓和一袋箭，擺在書桌上。我穿上打獵外套，其餘的東西留在原地，沒碰。我在客廳的沙發上睡著了，做了一個可怕的噩夢。夢裡我躺在一個很深的墓穴底下，每一位我熟悉的死者都來探望，鏟上滿滿一鏟子的灰燼倒在我身上。夢很長，因爲死者很多。我被埋得越深，就越難呼吸。我試著出聲叫喊，求他們住手，但是我嘴巴跟鼻子裡全是灰燼，發不出聲音。那鏟子一直鏟起灰燼，不斷地一直鏟，一直鏟……

我猛地驚醒過來。蒼白的晨光從百葉窗的邊緣透進來。鏟子鏟土的聲音仍然沒有停下來。我還沒醒透，還在噩夢中。我起身奔向門廊，衝出大門，繞到房子的一側，因爲我相當肯定，現在我有能力對死人高聲大叫了。當我看見他，我猛地停下腳步。他在窗下掘土挖洞，兩頰脹紅。一旁的獨輪手推車裡放著五株枝葉蕪亂的植物。

「你回來了。」我說。

「奧瑞理烏斯醫生到昨天才肯放人，讓我離開都城。」比德說：「對了，他要我告訴妳，他不能永遠一直這樣假裝在幫妳治療。妳得接電話才行。」

他看起來很好。消瘦，到處燒傷的疤痕，跟我一樣。只是，他的眼睛已經沒有那種困惑、痛苦的神色了。不過，他專注地看著我時，微微皺起了眉頭。我半不經心地把頭髮從眼睛撥開，才察覺我的頭髮一綹綹地糾結在一起。我覺得受到了侮辱，馬上武裝起來。「你在幹嘛？」

「我今天早上去了趟森林，挖了這些過來。爲了她。」他說：「我覺得，我們可以沿著房子的側面種。」

我看著那幾株灌木，根部仍掛著一塊塊的泥土，腦海中浮現**玫瑰**兩個字，不由得屏住了呼吸。我正打算對比德破口大罵，卻想起了那植物的正確名稱。不是一般的玫瑰，而是晚櫻草。我妹名字的由來。我對比德點了點頭表示同意，然後匆匆回到屋子裡，在背後鎖上門。但是，邪惡的東西是在裡面，不是在外面。我覺得虛弱和焦慮，顫抖著，奔上樓，腳絆到最後一階，整個人撲倒在地板上。我強迫自己起身，進入我的房間。味道很淡了，但仍殘留在空氣中。就在那兒，花瓶裡一朵白色的玫瑰，夾在乾燥花當中。蔫了，脆了，卻仍堅持著完美的外貌，那種在史諾的溫室裡栽培出來的不自然的完美。我抓起花瓶，跌跌撞撞地奔下樓，跑進廚房，把瓶裡的花倒進壁爐裡仍亮著紅光的煤炭。花燒起來，迸出的藍色火焰捲住玫瑰，吞噬了它。火再次擊敗玫瑰。爲了保險起見，我用力把花瓶砸碎在地板上。

回到樓上，我打開臥室所有的窗戶，清除史諾殘餘的氣味。但是，那味道仍徘徊不去，留在我的衣服上，我的毛孔裡。我扒下衣服，撲克牌大小的一片片皮屑附著在衣服上跟著脫落。我跨進浴室，避開鏡子，在蓮蓬頭底下不斷沖、搓、漱，清洗掉頭髮、身體、嘴巴裡的玫瑰氣味。直洗到我通身皮膚呈現鮮亮的粉紅色，刺刺痲痲，然後找了件乾淨的衣服穿上。

我花了半小時才把頭髮梳開。油婆賽伊打開了大門的鎖。她在做早餐時，我把扒下來的衣服全扔到火裡燒了。我聽從她的建議，用刀削短了指甲。

我邊吃蛋，邊問她：「蓋爾哪裡去了？」

「第二區。在那裡有個很炫的工作，我三不五時會在電視上看到他。」她說。

我搜尋內心，試著察覺憤怒、怨恨、思念。但我只覺得鬆了一口氣。

「我今天要去打獵。」我說。

「嗯，如果能打些新鮮的獵物回來，倒不錯。」她回答。

我背上弓箭，出了門，決定經由草場離開第十二區。靠近廣場的時候，我看到一批一批的人，駕著馬車，戴著口罩和手套。他們翻開這個冬天落下的雪，仔細地搜尋，拾起殘骸。有輛馬車停在以前市長的房子前面。我認出湯姆，蓋爾昔日的挖煤夥伴。他停了一下，用一塊破布擦拭臉上的汗。我記得在第十三區見過他，他一定回來一陣了了。他跟我打招呼的表情，讓我有勇氣開口。「他們在這屋裡找到什麼人嗎？」

「全家人。還有那兩個在他們家當差的人。」湯姆告訴我。

瑪姬。安靜，善良，勇敢。那個送我胸針，賦予我名字的女孩。我努力地嚥了嚥，心想今晚她會不會加入我噩夢中弔喪者的陣容，把灰燼鏟進我的嘴巴。「我以爲，他是市長，也許……」

「我不認爲，身爲第十二區的市長，機會就會對他特別有利。」湯姆說。

我點點頭，繼續往前走，小心不去看馬車後方車斗裡的東西。整個鎮上和炭坑，到處都是這個景象。活人在收拾死人。我越接近舊家的廢墟，路上的馬車越多。草場不見了，起碼已經改變得認不出來了。他們在那裡挖了一個深坑，把屍骨往裡頭塡。第十二區百姓的千人塚。我繞過大坑，從我以前鑽出去的地點進入森林。其實從哪裡出入已經無所謂了。鐵絲網早已不通電，現在用長長的樹枝架著，把掠食動物擋在外面。我不過是舊習難改。我想著要去湖邊，但是我太虛弱，只勉強走到以前和蓋爾碰面的地方。我坐在那塊奎希姐拍攝我們的岩石上。沒有他在我旁邊，這裡顯得太寬敞了。有好幾次，我閉上眼睛數到十，心想當我張開眼睛，他會像過去那樣，無聲無息地出現在我面前。我必須提醒自己，蓋爾現在在第二區，有個很炫的工作，說不定正在親吻另一雙嘴唇。

這是過去那個凱妮絲最喜歡的天氣。早春。森林在經過漫長的冬天後甦醒。但是，看到櫻草花之後突然抖擻起來的力氣消退了。等回到鐵絲網邊時，我頭暈想吐，湯姆得用死人的馬車載我一程，送我回去。他扶著我進屋坐在客廳的沙發上，才離開。我坐在那裡，看著點點塵埃在一道道細長的午後陽光中飛舞。

一聲嘶叫聲傳來，我猛轉過頭去。但是，過了好一會兒，我才相信牠是真的。牠怎麼可能來到這裡？我注意到牠身上有野獸留下的爪印，一隻後腳微微抬離地面，臉上骨頭突出。所以，牠是徒步從第十三區一路跋涉回來的。或許他們把牠踢了出來，也或許牠只是受不了那裡沒有她，因此回來找。

「你白走了這麼遠的路，她不在這裡。」我告訴牠。金鳳花又嘶嘶地咆哮了一聲。「她不在這裡。儘管咆哮好了。你找不到小櫻的。」聽到她的名字，牠振奮起來，豎起了耷拉的耳朵，開始滿懷希望地喵喵叫。「出去！」牠躲過我朝牠扔過去的靠枕。「走開！這裡沒有你要的！什麼都沒有！」我氣牠，好生氣，開始顫抖。「她不會回來了！她永遠不會回到這裡來了！」我抓起另一個靠枕，站起來，好丟得準一點。突然間，眼淚莫名其妙地湧出，淌下我的臉頰。「她死了。」我抓緊了腰，壓住痛苦。我跪坐到地上，抱著靠枕搖晃著，哭泣。「她死了。你這隻笨貓。她死了。」一個新的聲音，像是號哭，又像是吟唱，從我體內發出來。原來絕望是這種聲音。金鳳花也開始哀號。無論我做什麼，牠都不肯走。牠繞著我打轉，卻保持距離，讓我碰不到牠。一波一波劇烈的抽泣襲來，我不斷抽搐，直到最後，我失去了意識。但是牠一定懂了。牠一定知道不可想像的事發生了，要生存下去就得採取先前無法想像的行動。因為幾個小時後，當我在床上醒來，牠在一旁，沐浴在月光中。牠蹲伏在我身邊，黃色的眼睛滴溜溜地睜著，在夜暗中守護著我。

早晨，我幫牠清理傷口時，牠靜靜坐著，默默忍受。但是，等我要把牠爪子裡的刺挖出來，牠像小貓似地喵喵叫個不停。最後我們兩個又哭了起來，只不過這次我們彼此安慰。在這股力量的支持下，我打開黑密契交給我的我媽寫給我的信，撥了電話，跟她一起在電話裡哭。比德帶著一條熱麵包，跟油婆賽伊一起上門。她爲我們大家做早餐，我把我盤子裡所有的培根都餵了金鳳花。

慢慢地，在失落那麼多日子之後，我活了回來。我試著遵循奧瑞理烏斯醫生的指示，但我只是行禮如儀地定期跟他通電話，不很認眞。最後，我驚訝地發現，有一次通話很有意義。我告訴他，我想寫一本筆記。下一班從都城發出的火車，居然帶來了一大箱仿羊皮上等紙。

我這主意得自我們家那本植物書冊。筆記是爲了記錄那些我們不能只是託付給記憶的事。每一頁，都從一張人像開始。如果找得到的話，我們就貼上照片。如果找不到，就由比德畫一張素描或彩畫。然後，我以我最愼重的筆跡，寫下所有絕不該忘記的細節。山羊貴婦舔著小櫻的臉。我爸哈哈笑的樣子。比德的父親送我餅乾。芬尼克眼睛的顏色。秦納能拿一匹絲綢做什麼。博格斯重新設定透視圖機。小芸踮起腳尖，微微張開雙臂，像一隻正要起飛的鳥兒。一頁又一頁，我記下這一切。我覺得，忘記是一種罪過。我們的淚水滴在紙頁上。我們用淚水，也用承諾封存記憶——我們承諾好好活下去，讓他們的死有意義。終於，黑密契加入我們，將二十三年來他不得不帶領的那些貢品介紹給我們，逐一道出他們的故事。後來，增添的記錄越來越零星。一件偶然想起的往事。一朵新摘的櫻草花，夾進書頁中。有時，是令人快樂的奇特事物，譬如，芬尼克和安妮剛出生的兒子的照片。

我們再次學會保持忙碌。比德烤麵包。我打獵。黑密契喝酒，直到酒喝光。然後他開始養鵝，直到下一班都城的火車抵達。幸虧，那些鵝都把自己養得挺好的。我們並不孤單。有數百名其他的人也陸續回來了，因為，無論發生過什麼事，這裡是我們的家。由於礦坑已經關閉，人們翻土犁田，把灰燼犁入了大地，種植食物。從都城運來的機械挖開地基，起造新的工廠，我們要用來製造藥品。雖然沒有人播種，草場還是恢復一片翠綠。

比德和我又在一起了。有時候，他仍會突然抓緊椅背，撐在那裡，直到腦海中閃現的影像過去。我仍會夢到變種和那些死於非命的孩子，尖叫著驚醒。但是，他的手臂總是在一旁安慰我。最後，他用他的嘴唇安撫我。有天晚上，我又有了那種感覺，那次在沙灘上突如其來的飢渴，我渴望著他。我知道，這件事其實發生過。我知道，為了存活下去，我需要的不是蓋爾的烈火，用憤怒和仇恨點燃的火。我自己已經有足夠的火了。我需要的是春天的蒲公英。明亮的黃，意味著重生，而非毀滅。我需要的是一個許諾：無論我們失去什麼，傷害多大，人生都能夠繼續下去，都能夠再次變好起來。而這些，只有比德能給我。

因此，在這之後，當他低聲說：「妳愛我。真的還是假的？」

我告訴他：「真的。」

尾聲

他們在草場上玩耍。跳舞的小女孩，有黑色的頭髮和藍色的眼睛。剛在學步的小男孩，有金色的鬈髮和灰色的眼睛，正努力邁著兩條肥嘟嘟的腿，想追上她。比德想要孩子想得要命，但過了五年、十年，乃至於十五年，我才答應。當我第一次感覺到她在我肚子裡動，恐懼吞沒了我。那恐懼，感覺起來像是遠古之初就已存在。懷他的時候，稍微好一點，但也沒差多少。

問題才剛要開始。所有的競技場都已經摧毀，紀念碑也已樹立，再也沒有飢餓遊戲了。不過，學校裡教這件事，小女孩知道我們在其中扮演過一個角色。再過幾年，小男孩也會知道。我要怎麼跟他們講那個世界的事，才不會把他們嚇得半死？我的孩子，他們以爲，世界本來就像這首歌所說的：

青青草地，楊柳樹下

鮮草為枕，綠茵為床
睡下吧，閉上疲倦雙眼
等明天醒來，迎接耀眼陽光

這兒安全又溫暖
白色雛菊守護你
你的美夢將成真
這裡有我愛著你

我的孩子，他們不知道他們玩耍的地方是墳場。

比德說，會沒事的。我們擁有彼此，還有那本筆記。我們一定可以找到一種方式，在教他們瞭解這些事的時候變得更勇敢。但是，有一天我必須向他們解釋我的噩夢。爲什麼我會做噩夢。爲什麼那些噩夢從來不會眞的消失。

我會告訴他們，我是如何捱過噩夢，存活下來的。我會告訴他們，在感覺很糟的早晨，任何事物都不能讓我快樂起來，因爲我害怕讓我快樂的事物會被奪走。就是在這樣的一個早晨，我開始在腦子裡列清單，記下我見過的，人們做的每一件好事。這就像一個遊戲。不斷重複。在過了二十多年的今天，這個遊戲甚至變得有點單調乏味。

但是，這世上還有比它糟糕太多的遊戲。

曲終

國家圖書館出版品預行編目資料

自由幻夢 /蘇珊·柯林斯(Suzanne Collins)著；
鄧嘉宛譯. -- 初版. -- 臺北市：
大塊文化, 2011.01
面； 公分. --（R；27飢餓遊戲；3）
譯自：Mockingjay
ISBN 978-986-213-216-6（平裝）

874.57　　99022171